國家社科基金重大招標項目
國家古籍整理出版專項資助項目
北京師範大學中華文化研究與傳播學科交叉平臺項目

杜桂萍 主編

清代詩人別集叢刊

張晉張謙集校箋

趙逵夫 校箋

人民文学出版社

圖書在版編目（CIP）數據

張晉張謙集校箋/杜桂萍主編；趙逵夫校箋. —北京：人民文學出版社，2021
（清代詩人別集叢刊）
ISBN 978-7-02-015974-1

Ⅰ. ①張… Ⅱ. ①杜… ②趙… Ⅲ. ①古典詩歌—詩集—中國—清代 Ⅳ. ①I222.749

中國版本圖書館 CIP 數據核字(2019)第 297136 號

責任編輯　高宏洲
裝幀設計　黃雲香
責任印製　任　禕

出版發行　人民文學出版社
社　　址　北京市朝内大街 166 號
郵政編碼　100705

印　　刷　三河市中晟雅豪印務有限公司
經　　銷　全國新華書店等

字　　數　340 千字
開　　本　880 毫米×1230 毫米　1/32
印　　張　16.375　插頁 2
印　　數　1—2000
版　　次　2021 年 12 月北京第 1 版
印　　次　2021 年 12 月第 1 次印刷

書　　號　978-7-02-015974-1
定　　價　88.00 圓

甘肅省蘭州圖書館藏乾隆年間刻張晉《戒庵詩草》

戒菴詩草卷之一

臨洮張　晉康侯著
焦獲孫枝蔚豹人評

五古

古詩十三首

風騷久淪替舉世事雌黄轟轟蒼蠅聲而竟溷宮商萬喙爭鳴起天地爲之荒李杜名千古夫豈在文章冥心會真灝有路接混茫羲文致龍馬舜樂下鳳凰二者是吾師竊以

得樹齋詩

臨洮張　謙牧公著
渭北孫枝蔚豹人評
蓉江戚　藩价人訂

塞上詩五首

交河九月天衆草盡彫枯涼風來大漠中夜割肌膚列幕向平沙殺氣肅天隅不聞人語聲但聽馬相呼征人對寒月惆悵立斯須男兒功不就奄忽壯歲徂

清代詩人別集叢刊總序

昔人謂『文以興教，武以宅功』。古時國家以興學崇教爲首務，議禮以定制度，考文以興禮樂，乃有文治彬彬稱盛。於今『文化强國』，亟需傳承弘揚中華優秀傳統文化。古籍整理作爲其中關鍵之一環，具有極爲重要的意義。近三十年來，古籍整理日趨興盛，已經成爲學術研究的時代熱點和文化傳承的日常内容。各類型的整理工作可圈可點，各維度的文獻整合則又增添了別樣的景觀。新世紀以來，明清文獻整理和研究異軍突起，引人注目，如今已成爲古籍整理領域的重頭戲。

相比於清代戲曲、小説文獻的整理，清詩文獻的整理工作開始并不算晚，幾乎與清詞文獻的整理同步啓動。可惜的是，儘管有好古敏求之士多次倡導，皆因時機不夠成熟而沒有形成規模和氣候。其中主要的因素，當與清詩數量巨大直接相關。據估算，清人各種著述總約有二十萬種，其中詩文集超過七萬種，存世約四萬種，有作品傳世的詩人約十萬家，有詩文集存世的作家當在萬人以上，詩歌作品近千萬首。庋藏情況尚需進一步調查，大量文獻尚散存於民間，以及相關文獻狀態駁雜不易辨析等，也是很多工作推進困難的重要原因。總之，難以一時彙爲全璧，始終是《全清詩》文獻整理不能全面展開的歷史與現實之惑。

儘管如此，相關的學術準備始終在進行著，且日見規模。譬如，上世紀开始由上海古籍出版社出版的《中國古典文學叢書》、中華書局出版的《中國古典文學基本叢書》（以別集論，前者約收一百二十種,後者約收九十種),都包含了一定數量的清代詩人别集(至二〇一六年,前者共收九種,後者共收四種)。新推出者新意頗多,如陳永正《屈大均詩詞編年輯校》(上海古籍出版社二〇一七年版),而一些修訂重版者則顯爲精進,如俞國林《吕留良詩箋釋》(中華書局二〇一五年初版,二〇一八年再版),皆以不同面相爲清代别集文獻的整理和研究提供了新的理念和視野。其他出版機構也在留意清人别集的整理和研究,如國家圖書館出版社影印出版《清代家集叢刊》(徐雁平、張劍主編)、鳳凰出版社陸續推出《中國近現代稀見史料叢刊》(張劍、徐雁平、彭國忠主編)等。人民文學出版社也在高度關注這一重要領域,先後出版《明清别集叢刊》、《乾嘉詩文名家叢刊》等,集中力量於明清文人别集的整理和研究,實有後來居上之勢。凡此也表明,學界和出版界皆已體現出高度的學術自覺,意識到清代詩文文獻的重要性。尤其是人民文學出版社,已不僅僅著眼於名家之作,對那些於文學史、文學生態結構中發生重要影響或特殊作用的文人及其文獻遺存也予以關注,這既符合文獻整理的基本原則,又有利於彰顯文學研究的開放性視角,進行多面向的學術路徑的拓展。

正是在這樣的學術語境中,由我擔任首席專家的國家社科基金重大招標項目《清代詩人别集叢刊》於二〇一四年獲批,有計劃的系統性的清代詩人别集整理工作得以展開。相關成果陸續成編,彙爲《清代詩人别集叢刊》,以奉獻給學界。

我們并沒有選擇原書影印的整理方式,而是奉行『深度整理』的基本原則。以影印方式整理,固然可以使研究者得窺作品之原貌,也有利於及時呈現和保護一些珍稀古籍版本,如上海古籍出版社出版的《清代詩文集彙編》、國家圖書館出版社出版的《清代詩文集珍本叢刊》等,都具有重要的學術價值。

不過，點校、注釋、輯佚等整理方式無疑更能體現出古籍整理的學術深度。事實上，隨著文化語境的改變和學術研究的深入，文獻整理的功能也在不斷拓展，不僅應提供基礎性的文獻閱讀，還應具有學術研究的諸多要素，即在學術史的視野中呈現文獻生成的複雜過程和創作主體的生命形態，而這正是《清代詩人别集叢刊》選擇『深度整理』方式的理念和前提。

『深度整理』指向和强調『整理即研究』的古籍整理思想與學術精神。以窮盡文獻爲原則，以服務於學術研究爲目的，於整理過程中注入更明確、豐富且具有問題意識的科研内涵，使古籍整理進一步參與當代學術發展。也就是説，在一般性整理的基礎上，借助於多種方法的綜合運用，爬梳文獻，考證辨析，去僞存真，推敲叩問，完成既收羅完備、編排合理，又在借鑒以往成果基礎上推進已有研究、表達最具前沿性的科研創獲的詩人别集整理本。這既是古籍整理基本要義的延伸和拓展，也符合與時俱進的學術發展訴求，應是整理工作之旨歸所在。

如是，《清代詩人别集叢刊》突出了以下幾個方面的整理工作。

一、前言。『前言』的撰寫，不泛泛介紹作者生平和創作的一般狀況，而注重於文獻、文學、文化等視角，對著者生平進行考述，對著述版本源流加以梳理，對别集的文學價值、影響進行具有文學史意義的判斷。『前言』應是一篇具有較强學理性、權威性和前沿性的導讀佳作。

二、版本。别集刊刻與存世情況往往因人而異，或版本複雜，或傳本稀少。『必先定其底本之是非，而後可斷其立説之是非。』（段玉裁《與諸同志書論校書之難》）本叢刊堅持廣備衆本，謹慎比對，選出最佳的工作底本和主要校本，力爭使新的整理本成爲清詩研究的新善本和定本，爲學界放心使用。

三、輯佚。清代文獻去今未遠，除大量别集、總集外，清人手稿、手札、書畫題跋等近年時有發現，散存於方志、家譜的各類佚文亦在不斷披露中。故以求全爲目的，盡力輯佚，期成完帙，并合理編纂。務使每一種整理本成爲該詩人别集的全本，這也是提升整理本學術含量的重要舉措。

四、附録。附録豐富與否是新整理本學術含量高低的重要標志，實爲另一種形式的研究。如年譜簡編以及從族譜方志、碑傳志銘、評論雜記中勾稽出的相關研究資料等，對全景式展現詩人生命歷程、深入探究詩人乃至其時代的文學創作十分必要。有時文獻繁雜，需精心淘擇和判斷，强化『編纂』意識，避免文獻堆積，充分體現深度整理的學術含量。

古籍文本生成於歷史，負載了豐富的歷史文化信息。對於整理者而言，不僅應使古籍文本能夠被有效閲讀，還應借助閲讀活動等促其進入公共和現實視域，成爲當下文化結構的有機組成部分。也就是説，整理活動本身應始終處於在場的文化狀態，立足於學術史，并直面其所處之研究領域的一些難點、疑點和熱點問題，進而通過整理過程中的辨析、考論解決文學演進中的某一方面或幾個方面的問題，形成專題性研究，這是深度整理應達成的重要目的。所以，整理活動其實是一個思維創新的過程，指向的是知識和觀念整合的結果。考訂史實，發現文本之間的各種意義和多層面内涵，使之成爲當代人可閲讀的文學文本，并參與歷史與現實文化建設，其實也是在回答我們進入歷史的方式。

總之，以窮盡文獻、審慎校勘爲路徑，以堅實、充分的文獻史實研究爲基礎，通過對文獻的慎用和智用，借助歷史的、邏輯的思路甚至心靈的啓迪，系統、全面地收集、篩選史料，勾連、啓動其内在聯繫，從而將古籍整理與史實探析深度結合，强化了整理性學術著作的研究内涵，是一種真正包含了主體自由性的學術實踐活動。這種由專門研究完善古籍整理、由古籍整理深化專門研究的深度整理方式，對整理者的研究意識和整理本的學術含量都提出了更高的要求，不僅標示了整理觀念和方法上的更新，更是當代學術發展的必然訴求。我們願努力嘗試之，并推出一系列具有較高水準和重要學術意義的整理成果。

杜桂萍　二〇一八年十二月十六日

總目錄

前言

張晉（一六二九—一六五九），字康侯，號戒庵，明清之際臨洮府狄道縣人，是清初西北很有才華的年輕詩人。張謙（一六四一—一六八〇？），字牧公，張晉的四弟，曾隨張晉至丹徒，與江南的不少詩人有所交往，也留下了一些反映清初社會狀況的詩作。

張晉的作品既反映了明末的社會動亂和廣大知識分子思想轉變的過程，也反映了勞動人民的痛苦。清初統治階級採取了一系列的强硬政策和收買人心的手段，一步步鞏固政權，張晉後來也通過科舉考試出任丹徒縣令，但詩人對統治階級的劣政和官場腐敗行爲仍然有所揭露與抨擊。其詩風格豪放，激情澎湃，多感人之作。張晉今存作品雖經清中葉甘肅詩人吳鎮删選、重編〔一〕，但仍可從中看出作者一直關心國計民生的思想情懷。

《四庫全書總目·集部存目》著録《張康侯詩草》十一卷，云：

國朝張晉撰。晉字康侯，狄道人，順治壬辰進士。官丹徒縣知縣。其詩頗學李白，兼及李賀之體。第一卷爲《黍谷吟》，第二卷爲《秋舫一嘯》，第三卷爲《薊門篇》，第四卷爲《勞勞篇》，第五

〔一〕吳鎮（一七二一—一七九七），狄道人，字信辰，一字士安，號松崖，別號松花道人。歷任山東陵縣知縣、湖北興國知州、湖南沅州府知府。晚年主講蘭州蘭山書院，有《松花庵全集》十二卷。

卷爲《石芝山房草》，第六卷、七卷爲《雍草》，第八卷爲《税雲草》，而以詩餘附焉，第九卷爲《律陶》，集陶詩爲五言律也，第十卷爲《集杜》，第十一卷爲《集唐》，亦皆五言律。據後跋云：尚有七律集句，未經編入云。

商務印書館編的《中國人名大辭典》和譚正璧編的《中國文學家大辭典》關於張晉生平、作品的介紹，基本上全照《四庫全書總目提要》。張維屏《國朝詩人徵略二編》、徐世昌《晚晴簃詩匯》提到其生平均甚簡，且均闕生卒年。《中國文學家大辭典》多一條附注：『約西元一六六六年前後在世。』但經我考證，一六六六年張晉已去世七年了。張晉因其罣誤入江南科場案，在案人員被順治皇帝全部定爲欽犯，故整個清代極少有人關注到他，且整個二十世紀中期以前無一篇論文言及。所以關於張晉的生平、家世、交游、作品的流傳情況等的介紹與研究，除個別書中提到外，幾成空白。

張晉生當明清易代之際，是清代西北的傑出詩人，又和當時西北及江南很多詩壇名家有所交往，其詩作對當時一些重要的歷史事件和社會狀況有所反映，應該予以重視。故在三十多年前所編校《張康侯詩草》的基礎上，并其弟張謙之作重加校箋，奉獻給讀者。

一、張晉的生平

（一）家世與生卒年

張晉出生於狄道（今甘肅省臨洮縣）書香之家。其父張行敏，字公孺，號大陸，明天啓辛酉（一六二一）舉人。曾任觀城（治今山東莘縣西南觀城鎮）令，甫三月以兵亂挂冠歸。聞甲申之亂，不食而死。康熙《臨洮府志》載，張行敏『年十三游泮，聰慧萬倫，淹貫六經百子』，『每嚴冬必捐家資煮粥施捨於市，郡人感頌之』。張行敏博學能詩，藏書甚富。孫枝蔚《張戒庵詩集序》云：『康侯尊公先生初仕爲茂宰，著詩甚富。』張晉《避賊十歌》云：『書廚書廚皆典要，千軸萬簽付荒草。我寢食此已十春，一旦委棄不忍道。』在《戊戌初度八歌》中說：『我父愛我如掌珠，手摘桐花飼鳳雛。』可見張晉的家庭，特別是他父親對他有著明顯的影響。

張晉家中書房名『石芝山房』，其《臘十二家慈帨辰西望賦此》云：『冬盡無書憶石芝。』又其詩有一卷名《石芝山房草》。張晉『博學能詩』，不但熟悉文史，而且通樂理。《晚晴簃詩匯》云：『戒庵旁通音律，有《琵琶十七變》，世猶傳其譜。』還懂醫藥，著有《醫經》一卷。《戒庵詩草》卷五有懷念其妻眉仙而聯綴藥名作成的七律四首，語言清新明暢，對仗工整，也無意中流露出他熟悉藥物的情況。

舅晏御賜，字心睍，博學多才，著有《夢夢軒詩草》一卷。另一舅潘光祖，字義繩，號海虞，天啓甲子解元，聯捷中進士，曾任吏、户二部郎中，歷山西參議道，執法不撓而深恤民情。著有《易鑰》、《四書秘》、《四書九丹》、《介園集》、《血孤集》、《舊孤集》等。

在張晉稍前或同時，狄道能詩能文之士不少。如袁養浩、孫宜纘、姚之瑆、劉惠聲、张宗明等。

張晉受狄道文士風氣習染，嗜讀詩書，食寢於書房之中，故早慧而博學。他在《戒庵詩草跋》中說：『十四歲知聲律，今一紀矣。筆墨率然，軼於亂，軼於醉，篋存古近詩千七百餘首。』可見他在創作上起步是很早的。

乾隆《狄道州志》卷九云：

張晉，字康侯，觀城令行敏子。少聰穎，讀書一過不忘。舉順治辛卯鄉試，聯捷南宮。晉博學能詩，與焦穫孫枝蔚、蓉江戚藩相友善。初授刑部觀政。明年出宰丹徒……三載，惠洽民孚。辛酉充鄉試同考官，得張京江玉書，即所縣試童子第一人者也。會主司以賄敗，晉亦罣誤。死時年三十一。

這裏記載其參加鄉試的時間爲辛卯年，即順治八年（一六五一）。又云「聯捷南宮」，會試在鄉試之次年春天，是則中進士在順治九年，即壬辰年。據《明清進士題名碑錄》，狄道張晉順治壬辰榜錄取第三甲第一八八名。

乾隆二十八年刻印的《狄道州志》云：「辛酉充鄉試同考官。」順治九年之後第一個辛酉年爲一六八一年。如以張晉中進士時爲二十四歲，至一六八一年已五十多歲，與其所記載「死時年三十一」的説法相抵牾。光緒年間重修《丹徒縣志》卷二十一《職官表》：「縣令：張晉，陝西狄道人（狄道清初屬陝西省），壬辰進士，十二年任。」此指順治十二年。由張晉之詩可知，他中進士後有一段時間是在京城等待補闕。看來是順治十一年（一六五四）被授刑部觀政，十二年被任爲丹徒令（清丹徒即今江蘇鎮江）。十二年秋由京城直接赴丹徒〔二〕，任職理事是十二年冬。十四年秋被任命爲鄉試同考官。順治

〔二〕 從其《舟行口號十首》等詩看，他是沿運河南下的，從通州上船，到天津，過瀲陰、務關、泊頭、臨清，之後詩作沒有具體反映。應是到揚州，至鎮江。這是當時最便捷的一條路徑。

十四年爲丁酉年，則《州志》『辛酉』爲『丁酉』之誤。

張晉七古《戊戌初度八歌》除首尾二首外，依次寫對父、母、弟、妻、友、子的懷念。其念母一首云：『齋素爲兒乞繡佛，不願官高願壽長。豈意禍從天上來，嚙指出血心痛傷。』懷妻一首云：『封侯夫壻今得罪，不如扊扅舊時貧。』懷友一首云：『霖雨未遂鱗甲損，未免爲魚笑爲龍。』由這些詩句可以看出這一組詩是作於獄中的，由詩題及第一首可知是作於他生日的一天，時在戊戌年（順治十五年，一六五八）。《戒庵詩草》卷二之末三題皆獄中所作，《戊戌初度八歌》後爲《七夕篇》、《九日醉歌》。《七夕篇》亦作於戊戌年七月。《九日醉歌》中云：『風雨蕭蕭木葉墮，一年已向愁中過。每逢令節更潸然，檐外寒山秋影破。』知作於順治十五年重陽節，看來張晉的生日很可能在前半年（七夕以前），而得禍下獄更在戊戌年的生日之前。

何以見得張晉下獄是在丁酉年年底？由其《臘十二家慈帨辰西望賦此》知其母生日在臘月十二。孫枝蔚《溉堂前集》卷七有《壽張康侯母晏太夫人》三首。《溉堂前集》是按體分類，每一類又編年的，紀年干支注於此年第一首詩之題下。《壽張康侯母晏太夫人》列在丁酉年（《戒庵詩草》卷五附其第三首，即題爲《丁酉壽張康侯母太夫人》）。詩中説『夫子在天爲日月，郎君繞膝作星辰』（上句指張晉父親已去世，下句指晉兄弟），又説『晚歲紅梅繞署香，蘭交萬里滿華堂』，可見丁酉年臘月張晉尚在署衙，大宴賓客，爲其母慶壽。至年底牽連下獄。因爲七古《九日醉歌》中説『風雨蕭蕭木葉墮，一年已向愁中過』，該篇與《戊戌初度八歌》俱作於順治十五年，則入獄在前一年即順治十四年（丁酉）年底甚明。

《溉堂前集》五言律詩（卷四至卷六）己亥年第一題寫正月十四日雪後觀燈，二、三、四題爲贈答詩，第五題曰《新居》，第六題就是《輓康侯》二首，第七題爲《仍題新居之堂曰溉堂》，第八題中還寫到『春日』、『春花』、『雪後』、『春覺』。從孫枝蔚《輓康侯》二首的作時看，張晉是死在己亥年之正月的後半月或二月的。據《清實錄·世祖實錄》卷一二一載，順治帝對江南科場案定罪是在順治十五年十一月，已過秋決之期。刑部還有些手續辦理。因清初爲拉攏文人，順治帝對科場案的處理極嚴，多過其實，故不待己亥秋決之期於當年春即施行。

孫枝蔚輓詩的第一首云：

獄中詩更好，讀罷斷人腸。猿哭聞中夜，鵑啼在異鄉。何曾明罪迹，能不悔詞場？江上慈親老，終朝淚萬行。

從詩的第一句、第五句及末二句看，張晉的死是冤枉的。

《戊戌初度八歌》之第一首云：

屋上蒼天如蓋圓，日暖月寒三十年。男兒落地懸弧矢，虹霓吐氣照山川。一旦乖違觸世網，萬里驊騮步不前！

作者自言他戊戌年是三十歲，那麽，他當生在己巳年，即崇禎二年（一六二九）。

戊戌年三十歲，則己亥年死時三十一歲，可見乾隆《狄道州志》『死時年三十一』的記載是正確的，而關於任鄉試同考官年代的記載是錯誤的。《晚晴簃詩匯》卷二十六《詩話》云：『旋令丹徒，充鄉試同考，坐吏議，年甫逾三十遽卒。』言卒時剛過三十，也與我們的考證相合。

（二）生活的幾個主要階段與著述

張晉自言：『予詩皆十四歲以及二十以上之作。』（孫枝蔚《張戒庵詩集序》引）今所見《戒庵詩草》卷二《避賊十歌》自注：『明末時作。』考其事，作於順治三年，時晉年二十歲。因南明小朝廷尚在，故意如此含糊作注。又卷六《蘇幕遮·苦雪》自注：『十六歲作。』《望江南·元日》自注：『十八歲作。』其他均未注作時，大約都是二十歲以後的作品。十四歲時作品未收入，自然因爲内容較單薄或技巧不够純熟，而十五至十八歲之間作品收入甚少，當是一則技巧上畢竟未至爐火純青之程度；二則因爲那段時間正當明亡前後，作品反清思想過於明顯，大約在吳鎮重編之時大多被删去。已收入集中的一首詩、兩首詞都是表現較爲含蓄的，但也不難看出作者當時的思想情緒。其《蘇幕遮》云：

> 日遲遲，風杳杳，曉步寒林，雪壓竹枝倒。舉目江山不是了，一望濛濛，此恨誰知道？臥時多，行時少，若要出頭，直待東皇到。羞殺春園花與草，忍耐著他，惟有青松好。

此詞作於十六歲時，正當一六四四年清人入關之時。上闋以『雪壓竹枝倒』喻清人南犯，明朝滅亡。『江山不是了』以白雪覆蓋大地説江山易主；『此恨誰知道』也是借冬寒使一切生物處於飢寒交迫而言亡國之痛。下闋『盼東皇』是説日出而冰雪化，實則以『東皇』喻明朝政府。清人入關後福王（朱由崧）、唐王（朱聿鍵）等先後在東南一帶稱帝，『盼東皇』實際上表現了對尚存於東南的南明政權的希望。《望江南》一首作於元日，用『望江南』這個詞牌，亦有所取義。詞云：『臺上誰人占日色？宮中何處頌《椒花》？江南望眼斜。』其意與《蘇幕遮》『盼東皇』相同。由這兩首詞可以知道，張晉在十五至十九歲之間不是無詩，不過多不便公之於世罷了。孫枝蔚《張戒庵詩集序》云：『康侯少年具壯志，所至能使塞上諸將揖爲上客；　間馳馬，輒一日能二三百里。』然而西北一帶與清軍直接交鋒少，但由於明末的殘酷剝削和壓迫，農民起義卻風起雲涌。大約就因爲這個原因，張晉終於未去塞上。

清人入關以後，有的明朝武官投清以後同滿族貴族一樣大肆掠奪，爲文職做地方官者也同明末時一樣貪贓枉法，張晉對此極其鄙視。他詞中『羞殺春園花與草，忍耐著他，惟有青松好』數句，正表現了當時的思想態度。順治八年（一六五一），張晉參加了鄉試。張晉思想的這個轉變，一方面同清統治者在建國後民族政策上有所轉變、社會逐漸趨於安定、人民生活生產得以恢復有關，另一方面也反映了封建社會知識分子對統治階級的依附性，你要想爲社會幹一些事，就得加入到這個體系中來。不過，由於從小所受教育和他父親的死，張晉對清朝統治者在感情上始終是排斥的（這從他的詩中可以看出，從他同明遺民孫枝蔚等人的深厚感情這一點也可以看出），所以孫枝蔚含蓄地說他是『爲養而仕』（《溉堂前集》卷七《壽張康侯母晏太夫人》序）。

張晉是清代甘肅第一個進士，也是清代臨洮唯一的進士。他參加鄉試在順治八年辛卯，《狄道州志》卷四《選舉》作七年辛卯；　中進士在順治九年壬辰，《狄道州志》卷四作八年壬辰，干支是而年代誤。

張晉去長安參加鄉試、赴京會試及候選中，開擴了眼界，加深了對社會的認識，寫了一些深刻反映現實的作品。如被孫枝蔚、劉沅水評爲『詩史』、『古今第一大文字』的《四災異詞》就成於這一階段。

清代著名詩人宋琬曾贈張晉詩二首：

才子半爲吏，如君方少年。一時驚彩筆，百里聽朱弦。雨雪關山道，音書鴻雁天。梅花春信好，寄我《上陵》篇。

葭菼露蒼蒼，弓刀客子裝。秦風餘《駟驖》，漢使重星郎。掣電徠天馬，彈琴下鳳凰。定蒙宣室問，災異説維桑。〔二〕

詩中『一時驚彩筆』寫京師中對張晉詩的反映；『雨雪關山道』至『寄我《上陵》篇』寫他們之間書信、詩作的來往；『秦風餘《駟驖》』、『掣電徠天馬』就張晉『縱横凌厲，出入《風》、《騷》』的詩風而言；『百里聽朱弦』、『彈琴下鳳凰』則贊其音樂方面的才能。末尾『宣室問』以賈誼爲喻，表明了對這個少年才子的推崇；『災異説維桑』，又説張晉如被召見，則將陳述家鄉的災異，反映百姓的困苦。從這兩首詩可以看出當時一些負有盛名的詩人是怎樣看待張晉的。

張晉在京師所結識的詩人，成就突出的還有施閏章、曹爾堪、魏象樞、魏裔介四人。《戒庵詩草》卷五有《贈施尚白比部》、《贈曹太史顧庵》、《答曹子顧韵》等，詩中表現了他們相互之間的瞭解和傾慕；《戒庵詩草》與《寒松堂集》中都有《送聶輯五侍御案秦》，反映出他們的交往與一起作詩的情況。魏象樞有給張晉題父節母壽册的詩二首。張晉與其他詩人也有親密的交往。如其《招素公》（素公，金德純字）云：『素公爾來，我爲爾歌臨高臺……』，詩友唱和、舉酒狂歌的情景已躍然紙上。張晉被授丹徒令離京後，同在京城所結識前輩同輩詩人仍有詩來往。如《戒庵詩草》卷四的《通灣舟次寄環極、石生二先生》及《螢火和魏環極先生韵》，是離京後寫給魏象樞、魏裔介的。卷二《寄顧西巘》序中説：『旦

〔二〕據《晚晴簃詩匯》卷二十六。

發三里，接《鵝城詩》，馬上嘯呼，行人以爲顛狂。嗟呼，知己云難，而得復失之，乃猶幸其失復得之也……作一歌，寄西巘。』詩人同顧如華的深厚感情及他對這種感情的珍惜之情也均於此可見。

張晉在京時二十五六歲，而以詩驚衆，聲名大震。『諸公爭爲擊節驚歎』、『賓客填門，揮毫立就』（卷四孫枝蔚評語），這從卷四、卷五的大量贈詩即可看出。今集中可見的贈詩、答詩共八十五題，均能因人、因地有所鼓勵和規勸，無阿諛奉承之語，而流露出作者對人民生活的深切關懷。這些詩掃除了陳詞濫調，與明代七子之末流凡贈詩均成『敘爵里姓氏之書』的老套大不相同。

《狄道州志》載張晉『初授刑部觀政，明年初宰丹徒』，又乾隆《鎮江府志》載張晉爲順治十二年任丹徒令。張晉至丹徒以後，『乃漸不欲有其詩名』。當時有人説，這是因爲曾有人忠告張晉『詩人多不嫻吏治，且易取人忌』，晉『雅善其言』。而據張晉自己説，是恐將來悔其少作。從情理上來看，應主要由於前一個原因；張晉所説，不過是表面上的原因。他在京時爲什麽不怕將來悔其少作，而到丹徒後忽然又恐將來悔其少作呢？他生長在北方，以二十七八的年齡至江南之地爲縣令，人生地疏，政務也未必嫻熟，自然公事繁冗，無暇勞神於詩詞餘事。作爲一個曾以詩揚名於京師的青年文人，在作詩與吏治二者不得兼顧的情況下『不願有其詩名』而一心忙於政務，具體地反映了他關心國計民生的思想。

張晉在丹徒『詢疾苦、勸農桑、興學校、裁火耗，罷不急之務。三載，惠洽民孚』（《狄道州志》卷九）。故鎮江府知府張來鳳對他十分看重，『相倚如左右手』（《鎮江府志》卷三十四）。農桑之外，他更重視教育。他以太倉朱臣爲儒學訓導，『月會課諸生，具酒饌論文，評題無不得當。學廟將傾圮……張晉上督學使者鳩工修築』（同上）。丹徒名士、順治四年進士張九徵撰《重修丹徒儒學碑記》云：

丹徒在郡城中，其學與郡學相望屬。以地勢高廣，風雨剝蝕，聖宫賢廡，悉就廢弛。臨洮張君來領是邑，喟然興嘆，爲請之督學張公。張公率先倡助，集紳士謀焉……張君以家學成進士，有才名。下車逾月，百廢俱舉。退食之暇，力學不倦。士民皆以興學誦其功。〔二〕

可見政績之一斑。

另外，張晉與孫枝蔚、李楷等聯絡西北旅居丹徒、揚州的遺民詩人，組織了一個丁酉社。在久經戰亂之後，來調解人們的情緒和社會氣氛。

張晉在丹徒時縣試童子第一人張玉書，即後來《康熙字典》的主編，後官至文華殿大學士兼户部尚書，爲清代名臣之一。

張晉因江南鄉試案被下獄，《郎潛紀聞》卷十二云：『最可畏者，尤莫如十四年丁酉順天、江南兩省科場大獄……江南則江寧書肆刊《万金記》傳奇，不知出誰手，傳聞禁中，以「方」除一點、「錢」去二戈指兩主考姓。世祖大怒，命將主考侍講遂安方猷，檢討仁和錢開宗，房考李上林、商顯仁、葉楚槐、錢文燦、周霖、張晉、朱蒞、李祥光、田俊民、李大升、龔勳、郝維訓、朱建寅、王國禎、盧鑄鼎（一作錢昇）、雷震生俱駢戮於市。厥後衡文獲咎者尚難枚舉，聖諭煌煌，從未比附輕典……順治丁酉科，命南北中式者在瀛臺覆試，題即爲「瀛臺賦」。是時，每舉人一名，命護軍二員持刀夾兩旁，與試者咸慄慄危懼。常

〔二〕見《丹徒縣志》卷五十六。

熟陳溯潢亦在列，其父貢生式嘗作《燕都賦》，溯潢夙誦習，因點綴成篇。欽定第一。』《狄道州志》言因主司受賄而被罣誤，是正確的。但張晉在獄中所作《梅花十五首》之八云：

到底真心難盡吐，至今傲骨未曾低。祇緣世外貪山水，誤被人間亂品題。莫笑岩阿皆捷徑，羞隨桃李浪成蹊。

似其得禍與詩名或詩作亦有些關係。又《戊戌初度八歌》之四云：

一聞新起文章獄，黄金無色玉無聲。讀書致禍今如此，悔不南畝偕春耕。

詩中説到『文章獄』及『讀書致禍』，亦反映了這個情況。可能彈劾方猷、錢開宗者也盡力牽連，找了些别的名目趁機陷害張晉等人。

張晉在丹徒結識的西北詩友中，關係最密切的是孫枝蔚。他贈張晉及張謙之詩甚多。張謙歸臨洮後，他在給郭德懷（字廣文，臨洮人）的信中還表示了對張謙的關心與稱贊（見《溉堂文集》卷三）。從張晉居家讀書、應試和在京城、任丹徒令這幾個階段上學習、創作、交游、政績等方面的情況可以看出，他關心社會現實，關心國家和人民，也具有創作的才華。這是他在短促的一生中能寫出一些足以傳世的作品的重要原因。

（三）家庭與死後的情況

張晉生前詩名大噪而身後寂寞，與他的一生過於短促有關，但還有兩個原因：一是他被列入欽犯而殞命的，當時人避諱而不再提起他，有關他的詩文多被删除；二是他死後家中立即陷於貧困，使他的詩的刻印、傳抄在地方小範圍中的流布都受到影響。

先看他的家庭情況。他父親張行敏在一六四六年去世（作於明末的《避賊十歌》云『血口淋淋哭我父，前年新葬東郊土』）。母親晏氏，丁酉年五十歲（《溉堂前集》卷七），張晉死時她五十二歲。

張晉有一兄，早死。張晉排行爲二。《戊戌初度八歌》其六云：『癡兒今年已十五，我兄之子我所乳。』看來其兄死後兄之子由晉收養。《戒庵詩草》卷一有一組詩，題爲《小玉》、《元玉》、《環玉》，作於不同時期，從内容看是贈給子姪的，元玉應即兄子〔二〕。張晉在不能與親人會面并且慮及將來的情況下祇想到這個孩子，自己親生的孩子都尚幼，卻一個也不曾提到，這也可以看出張晉的品行道德。

張晉有兩個弟弟（《避賊十歌》：『兩弟兩弟癡何求』），其一名咸。五律《寄三弟咸》云：『三弟他鄉別，平安已到家。暮雲分雁影，春雨殢棠花。果竹宜常看，車裘莫浪誇。高堂今念我，爾好伴鋤瓜。』從這首詩看，這個弟弟大約在家務農，主持家務。張謙排行第四。

張晉在赴丹徒任途中作五律《舟中新月》云：『飄零思弟妹。』則還有一妹，但其他情況不知。

據《張戒庵詩集序》，張晉到丹徒的次年，一些師友即敦促他編刻自己的詩集，但《張牧公得樹齋詩集序》云：『及禍難稍平，牧公由江南侍太夫人過維揚，僦一椽暫憩息其下，予乃得與牧公再一相見，恍惚若夢中人，且驚且涕。未及坐，遽問：「令兄康侯遺稿何在？」牧公曰：「幸禍不及此耳。」』似

〔二〕《戒庵詩草》卷一《元玉》：『天地命髮齒，幸爲男子身。百年良易邁，胡爲甘沉淪？雅度既沖秀，進而問古人。水有珠璀璨，山有玉嶙峋。慎重此天寶，奕世以爲珍。』與《小玉》、《環玉》所言相比較，可以看出元玉是不愛學習的。此與《戊戌初度八歌》所説『不學詩書學弓箭，意中猶笑若翁腐』、『才與不才已焉哉』相合。

刻本被抄没而手稿幸存。

關於張晉的著作，《四庫全書總目》著録《張康侯詩草》十一卷，據跋云尚有七律集句未經編入（原文見前）。《狄道州志》卷十四著録：

> 《黍谷吟》、《薊門篇》、《歲寒詩集》、《秋舫一嘯》、《勞勞篇》、《雍草》、《律陶》一卷、《集杜》一卷、《醫經》一卷、《琵琶十七變》一出： 張晉著。

與《四庫全書總目》相比，少《石芝山房草》、《税雲草》、詞及《集唐》，而多《歲寒詩集》。看來這是比《四庫全書總目》所著録更早些的本子。《四庫全書總目》所據本子爲陝西巡撫所采進，也應祇流傳在秦隴一帶。

我家原有《戒庵詩草》刻本，五十年代初與其他書一并毁棄。一九八一年得到《戒庵詩草》一册，按體分卷，共六卷，前有孫枝蔚序，每卷卷目之下并列兩行字：『臨洮張晉康侯著』、『焦穫孫枝蔚豹人評』。無《黍谷吟》等名目。獄中所作《九日醉歌》、《梅花十五首》也在其中，看來此爲後來稍作變動的覆刻本。

張晉死後其詩名逐漸消失的主要原因是他是獲罪下獄而死的。《溉堂文集》收入爲張謙詩集所作序而未收《張戒庵詩集序》； 康熙年間先後兩部《狄道縣志》之《文苑傳》均未列張晉（後一部中列有張謙）； 《寒松堂集》中魏象樞給張晉題父節母壽册之詩，題上祇作『張進士』而未提其名。張晉之得禍雖因主考受賄而被牽連，但總是朝廷所定欽犯，當年一些同年、詩友避嫌疑而不再提起他，是可以理解的。至乾隆年間，因爲時過境遷，張晉纔在《狄道州志·文苑傳》中被列爲清代第一人，《四庫全書總目》也著録了他的詩集。

二、張晉詩的思想内容

張晉詩題材廣泛，思想深刻，感情激蕩，攖搖人心；帶有浪漫的風格，又與當時的社會息息相關。這些作品對於我們瞭解明清之際的社會狀況及當時知識分子的思想情緒，都是有意義的。

（一）關心社會現實、同情人民疾苦

從張晉出生直至其二十二歲，西北的農民義軍反抗活動不斷。張晉不是像很多封建文人、官僚子弟的一味痛斥『匪賊』及其所造成的社會混亂，而在不少作品中反映了人民的疾苦與統治階級對勞動人民的沉重剝削和壓迫，表現了他對人民的深切同情和救民於水火的心情。

首先，張晉詩中對當時人民所經受的天災人禍有廣泛而深刻的反映。就在張晉中進士的那年八月，甘肅隴南一帶發大水，造成嚴重的自然災害。次年（一六五三）六月臨洮遭雹災，冰雹『小者如鷄卵，大者如人頭』。一六五四年六月臨洮、鞏昌、平凉、慶陽大地震，傾倒城垣、樓垛、堤壩多處，因廬舍、墻壁坍塌死亡軍民三萬一千餘人。一六五五年五月又是『黑霜飛秦川』。這四件災害衹有地震一事在《清史稿》中有記載，其他三事史書都未提及。詩人就這四件事寫成了四首五言古詩，總題爲《四災異詞》，描繪出四幅淒慘哀痛的圖畫。詩中不僅寫出了災害的嚴重程度，特别可貴的是反映了在人民受到毁滅性大災難的情況下官府的態度。如《紀震》一首，在寫了『平原出峻嶺，絶巘入深溪。齒髮五萬

人，同日如肉泥』那樣可怕的情景之後，寫一個偶然活下來的老人，四個兒子都被壓死，自己也病體難支。然而，縣官還據丁册向他催要四個男丁服役。詩的末尾説，老百姓幸存者既無完整的房屋，又失去了生活資料，而當官的人卻『新酒泛玻璃』，照樣過著花天酒地的生活。其《紀水》一首中寫道：『夢中波濤涌，勢來誰能當？浮屍如敗葉，東流至咸陽。孤村斷鷄犬，惟聞雁聲長。』官吏們的態度呢？『有司難坐視，循例報災傷……勘驗動經年，姦吏索酒漿。死者既汩没，生者復周章。』官吏們不過例行公事罷了，因而光勘驗災情動不動就拖一年時間。這還不説，他們還往往給人民在天災之上加上人禍。他們杯中盛的不是酒漿，而是災民的鮮血！

張晉的有些詩把勞動人民的貧窮與官僚地主階級的豪華對比起來寫。如《古詩十三首》之十三、《燕京竹枝辭》之三、五、六等，寫出雖然當時廣大人民『終日無飽飯』，有些人卻仍然是『下箸厭粱肉』。有的詩突出地表現了貧困不堪的人民在沉重的賦税下難以生活的苦況。例如《烏夜啼》：

三更月落風滿野，城上啼烏聲啞啞。敗雲禿木延秋門，冷氣射天裂霜瓦。老女繰絲不成斤，坐無飽飯出無裙。終夜不眠長嘆息，鄰舍官人總未聞。

這裏寫的還不是農民，而是城鎮中市民的狀況。詩中的『老女』，可以使人想到元稹《織婦詞》中『東家白頭雙女兒，爲解挑紋嫁不得』的句子。這個老女一無吃，二無穿，在寒冷的夜晚繰絲至半夜，因爲『不成斤』而嘆息不眠。但是，繰够了一斤又能滿足哪一方面的需要呢？從『鄰舍官人總未聞』一句看，吃穿尚在其次，首先是完納賦税。李自成起義軍推翻明王朝後，農民剛剛獲得『不納糧』的權利，希望在極端貧困、極端疲弊的情況下稍得喘息的機會。但清人一入關，又開始征『地畝錢糧』，地主階級也加緊對農民的剝削。當時一些農村的正常生産尚未恢復，這些地方的人民根本無力支持種種額外的負擔。

張晉的詩從各個角度反映廣大人民的生活與苦難，表現出詩人對一些現實問題的深刻思考。這在清代詩人中，是比較突出的。

其次，張晉的詩也寫出了一些地方由於農民的破産和統治階級對人民的不斷壓榨形成的社會危機。張晉不衹注意到農民的生活狀況，還注意到農民的生産條件，他對勞動人民特别是廣大農民的同情不僅是出於惻隱之心，更主要的是基於深刻的理性認識。《古詩十三首》之十二寫一個老農驅牛上山，衹見滿目荒穢，『不解耕何處』。然而，『門前催租人，下馬氣如虎。攜來杻械物，多於鎛犁數』。清初的幾年，由於戰爭、災荒的原因，農民常常舉家逃亡，失去一切，終於形成『蒼生鎛畚窮』的狀況。準備對付農民的刑具其數量超過了農民的生産工具，同春秋齊景公時的『踊貴而屨賤』一樣，形成了歷史的反常。

由各方面來説，張晉不希望社會動亂，更痛恨官逼民反。他認爲執政者應該很好地解決人民的生活問題，使人民安居樂業。所以，他對於統治階級調動部隊鎮壓農民軍，含蓄地表示了否定的態度。《秋望八首》之六云：

三巴自古稱天府，近日朝廷方用兵。白帝城邊惟草色，錦官樓外有鵑聲。秋殘鹽井烟仍斷，天老花溪水不生。悵望青燐悲征伐，茫茫何處問君平？

順治八年（一六五一），大順政權的一支餘部在與南明小朝廷決裂後由李來亨率領，進入川鄂地區，在巴東的群山中立營。他們『截長江，邀抄清官吏歸帑及遠商』、『間四出剽殺』〔一〕。這支義軍同夔東十三家義軍聯合起來，堅持鬭爭，直至康熙三年（一六六四）。考張晉《秋望八首》作於在京時及由京城去丹徒的路上，當在順治十二年（一六五五）秋。張晉没有去過四川，有關四川清軍的軍事活動及對人民加重負擔而造成的農業、手工業破産的狀況，當是聽説。由於他對人民的深切同情，他把這些嚴重後果的責任歸在清統治者身上，而没有歸在農民起義軍身上。詩中説的『君平』指嚴遵（字君平），東漢蜀地人，卜筮於成都。『茫茫何處問君平』表現了詩人對一些地方人民處於水深火熱之中、太平之期難卜的憂慮。我們把這一首同《古詩十三首》之十二聯係起來就可以知道，詩人是把農民的生活生産同整個社會的安定聯係起來考慮的。經過幾十年的動亂，整個社會需要休養生息。張晉在詩中表現的思想感情與當時人民的願望是相一致的。

再次，張晉詩中注意到最高統治者及層層官吏在減輕人民苦難與緩和社會尖鋭矛盾方面的責任，他希望官吏們同最高統治者都能冷静地考慮這個問題。他爲受任命的同年、朋友贈詩，今可查的有四十四首（大部分在卷四，少量在卷五），多無歡慶、恭賀之意，也非傾訴朋友情誼或預祝仕途順利，貫穿在這些作品中的總的一個意思是：作爲一個地方長官，就應以拯救蒼黎爲己任。詩中多對被贈人任所的災情或荒涼殘破的景象有具體的描繪。如《吳雲表令完縣》一首：

完縣彈丸地，君行正可憐。哀鴻沙外月，衰草雨中天。千畝餘秋水，孤村斷暮烟。流離今更

〔一〕　王夫之《永曆實録》卷十五《李來亨傳》。

甚，何以計生全？

這似乎是有意掃朋友的興，開朋友的玩笑。其實，詩人的意思是：不要把任職看得太輕鬆，要醫治百姓的瘡痍，應做的事情還很多，擔子是很重的。他在有的贈詩中說：『知有憂民意，甘霖處處分。』有的贈詩中說：『行春耽勝概，正好問瘡痍。』都是以救民相勉。有時對於對方以志同道合相許，表現出一個封建社會正直知識分子寬闊坦蕩的胸懷。如《楊藥眉令東明》：

歲歲黃河決，東明在水中。漆園秋漲白，雲嶺晚霞紅。赤縣舟車苦，蒼生鏄畚窮。君才饒利濟，何以賦哀鴻？

詩中悲情與慘景交融，包含著哀傷、同情、希望、勉勵等種種感情，讀之令人愴然。對於得了肥缺的朋友，張晉在贈詩中則多正面告誡，希望他們不要勒索百姓以自逞風流。如有一首中說：『未可耽佳麗，蒼生正苦辛！』有一首中更直截了當地說：『君當慎所求！』

張晉自己不過得了一個小小的縣令之職，卻抱著拯天下於溺的想法，并在同仁中以此相號召，這對三百六十餘年前出身於仕宦之家、在仕途上又一帆風順的青年官員來說，是十分難得的。

張晉的這種憂民的感情在其獨坐抒懷、登高覽勝及車途舟次所作詩中，都有流露。『滿目蕭條憂不細，早爲拯救賴諸公』、『燈昏不寐三更盡，關塞寥寥有雁聲』、『消愁賴有葡萄酒，災異頻仍莫上樓』，這類詩句，在其詩中屢見。最突出的表現是他把皇帝給一部分統治階級成員的恩典同人民普遍遭受著的苦難作直接地對照。七律《賜宴》寫皇帝在芙蓉闕下給新任命的官員賜宴，末四句云：

天地無窮留竹帛，君臣有慶鼓笙簧。歸來醉飽銜恩處，南北災荒慮正長。

『天地無窮留竹帛』表面上是説：這種盛世之事可載之於史，傳之不朽。但看末一句就知道：詩人更關心的還是天下老百姓的生存狀況。七律《早朝》末二句説：『不用《椒花》頻獻頌，萬方水旱聖躬勞。』雖然寫的是九天閶闔、萬國衣冠的盛事，用的是莊嚴典雅的七律體，但其中也不無憂民之意。

張晉也寫了一些反映農村淳樸風俗的作品，如《迎神曲》、《豐年歌》、《春鳩鳴》，還有《燕京竹枝辭六首》、《舟行口號十首》中的大部分作品。這些作品反映了一些農村生産力得到恢復後的狀況，表現出一種輕鬆喜悦的情調，所體現的思想同上面所講各類是一致的。

總的説來，張晉是一個具有堅定的民本思想、確實關心人民疾苦的詩人。孫枝蔚在《紀水》一首夾評中評曰：『詩史。』又説：『此等詩次山、香山不能措筆，千古惟有一老杜耳。』雖稍有溢美之意，但也道出了張晉詩歌在内容和思想方面的特點：從真實地反映當時的社會現實、社會的主要矛盾方面來説，確實與杜詩有共同之處。『此際何人能感慨，少陵哀怨正無窮』（《長安十首》之四），他自己也這樣認爲。

（二）對明朝的懷念，與對清朝統治者的接受

《戒庵詩草》中有些作品表現了詩人對於明朝的懷念，還有些則對統治階級的荒淫與奢侈進行了揭露。這兩方面都反映了作者對滿清統治者的態度，所以放在一起來談。

張晉對滿清的態度，可分前後兩個階段，大體上以順治八年（一六五一）他參加鄉試爲界。但在此前有一個逐漸轉變的過程。

明亡前後，張晉對滿清是痛恨的。雖然明末政治腐敗已極，但在一般漢族知識分子看來，無論如

何比在『金』的統治下要好。張晉作於一六四六年的《望江南·元日》一詞云：

等閑的、又過了元嘉。恨把功名淹草木，羞將歲月混風沙，屠蘇莫浪誇。　舊時事，回首總堪嗟。臺上誰人占日色？宮中何處頌《椒花》？江南望眼斜。

《晉書·列女傳》載：劉臻之妻陳氏曾於正月初一向宮中獻《椒花頌》，後世因而用此指對宮中的新年祝詞。這首詞中說當此元旦之時不知皇帝流落何處，自己衹有眼望著東南方，表示思念之情。『宮中』自然指南明弘光小朝廷（弘光小朝廷在此年五月纔滅亡）。同時，一六四五年魯王朱以海被擁立於紹興，唐王朱聿鍵即位於福州，亦皆在江南。可見當時張晉心目中的君是南明皇帝，而不是滿清最高統治者。『臺上誰人占日色』的『誰人』指滿清而言，因爲李自成軍隊在前一年即已失敗，據傳李自成已死。詞的上闋表明詩人不會在滿清統治下謀取功名。作於一六四四年的《蘇幕遮·苦雪》中說：『羞殺春園花與草，忍耐著他，惟有青松好。』『春園花草』顯然是指紛紛降清的明朝官員，『青松』是比喻有氣節的人。所以這首詞中的『雪』是指滿清。詞中又說：『若要出頭，直待東皇到。』『東皇』在這裏是暗喻在這一年稱帝南京的弘光帝。又《登來青樓》一首云：

故國今何在？雲天自杳冥。登樓時一望，不忍見山青。烟色迷疏牖，嵐光照小屏。南鄰松樹好，洗眼看亭亭。

詩中傷嘆故國破亡，而贊揚『南鄰』的松樹，其中也不無寓意。『不忍見山青』的『青』字，或者也借爲『清』，言不忍看大片山河屬於清。

張晉參加鄉試之時雖然還有一個桂王永曆帝，但他的小朝廷同弘光、魯王、唐王小朝廷一樣，被幾個壞人把持政權，内部爭權奪利，由這個小朝廷來收復中原，已絕無可能。隨著滿清統治者在政策上的一些轉變和社會逐漸趨於穩定，張晉對清朝的態度也有了轉變。張晉在順治八年參加鄉試，説明他認可了滿清的統治，并且願意參與在滿清統治下治理國家的活動。

張晉在思想轉變之後，對於明王朝仍是懷念的。他寫道：『興亡國事梨花見，來去春風燕子知。錦繡川原一灑淚，夢中愁向萬年枝。』（《長安十首》之九）但是，明末政治的腐敗他也是清楚的。他希望新的統治者能汲取前朝滅亡的教訓，不要一味地驕奢淫逸，不顧人民死活。《古詩十三首》之五細緻描繪了一個新貴飲食的珍奇，鋪設的豪華，姬妾的秀美，歌舞的輕妙。接著由『墻外飢兒哭』一句引出了同時生活在另一境況中的人。這生活在兩個世界的人，事實上是屬於兩個朝代的豪貴，衹是一個隨著前朝的滅亡失去了酒綠燈紅，甘脆輕軟，一個則正在志得意滿之時。作者用『豈知』二字，既含蓄又明顯地指出了前者對後者的借鑒意義。張晉有的詩也表示了對淪落在社會底層的明代貴族、仕宦人家子女的同情，其中自然包含著對明朝的懷念感情，但主要是反映了明清之際改朝換代的鬭爭、長期的戰亂所造成的社會悲劇。以上所揭示這些思想的核心是對人民生活的關心，體現了他憂民、憂天下的思想。

與對明朝的懷念及對人民生活的關心相聯係，張晉詩中對清朝統治階級的驕奢淫逸亦有揭露。如《秋望八首》之四所寫，殷殷簫鼓，彩鷁爭飛，兩岸是年輕女子拉纜。『岸上細人心力盡，可憐安穩鄧黄頭』，專供最高統治者玩樂的人因爲得寵而富貴尊榮，無所事事（鄧通以棹船爲黄頭郎，後官至上大夫，漢文帝曾賜蜀地嚴道銅山得自鑄錢。見《漢書·佞幸傳》），卻用一些體弱力薄的女子拉縴。《開河記》説隋煬帝游揚州時取民間女子年十五六歲者五百人，謂之『殿脚女』。每船用彩纜十條，由『殿脚女』及嫩羊相間而行牽之。張晉詩中描繪的場面，與當年隋煬帝的做法正同。可見滿清統治者也毫不例外地在建國之始便顯示出封建統治階級殘忍淫奢的本性。

張晉早期作品雖然被大量删削，今存集子中所餘不多，而且也都很含蓄隱晦，但由這不多的幾首詩詞作品仍然可以看出張晉前一階段的作品同杜濬、吴嘉紀、申涵光、屈大均等人的詩作一樣，對清初政治有所批判，體現出一定的反清情緒。順治八年之後的作品，同以上諸詩人一樣仍然具有豐富的現實内容，反映了人民的痛苦、社會的矛盾和對於清統治者的不滿情緒，但較明顯的反清情緒已不復有。在後一階段的作品中表現得最突出的思想是：怎樣使老百姓脱離苦難的境況。根據張晉思想轉變的過程及他的總的思想作風來看，他與錢謙益等在清軍南下之時立即投降，此後卻顯出一副鬱鬱的情態以沽名的『名士』是不同的。像錢謙益，他的降清與後來的乞歸林泉，同他在福王小朝廷時『懼得罪，上書誦士英（姦臣馬士英）功』、『力薦閹黨阮大鋮等』（《清史稿·文苑一》）的做法一樣，是一種投機，不是以國家和廣大老百姓的利益爲轉移的。

對人民的關心與同情貫穿了張晉創作的始終。他對清朝的態度的轉變以及後來對清統治階級的諷刺揭露，都主要出於這樣的思想傾向。張晉對於明王朝雖有懷念之情，但是，由於民本和憂民的思想在頭腦中占主導地位，他的這種感情并不十分的强烈和固執。

（二）張晉詩歌創作所反映出的文學觀念

與張晉的生活道路、政治理想相一致，他關於詩歌的一些見解，也表現出了相當的進步意義。《戒庵詩草》卷一第一首云：

風騷久淪替，舉世事雌黄。轟轟蒼蠅聲，而竟溷宮商。萬喙爭鳴起，天地爲之荒。李杜名千古，夫豈在文章！冥心會真灝，有路接混茫。羲文致龍馬，舜樂下鳳凰。二者是吾師，寤寐以相將。（《古詩十三首》其一）

此詩申斥丟開《國風》、《楚辭》優良傳統的詩歌爲轟轟蒼蠅之聲。很明顯，這是針對明末李攀龍、王世貞等所謂『後七子』及以鍾惺、譚元春爲代表的竟陵派説的。李夢陽等鼓吹『文必秦漢，詩必盛唐』，是針對臺閣體將詩文創作推向格式化的死胡同而發的，在當時有其明顯的針對性，是有進步意義的。王世貞、李攀龍等人發展了『前七子』創作思想上的消極方面，造成一種模仿、剽竊的詩風，稱霸文壇數十年，流毒甚廣。鍾、譚一派繼而鼓吹表現『幽情單緒』、『孤行靜寄』，將詩歌引向脱離現實的更爲狹窄的道路。張晉慨嘆『風騷久淪替』，『風騷』的傳統是什麽？就是反映現實生活。由此就可以看出張晉的創作主張。他在五律《送劉潤生守亳州》之第一首中説：『近來江上旱，或有監門篇？』這與白居易的『文章合爲時而著，歌詩合爲事而作』的觀點是相同的。他認爲一個作家是否能寫出足以傳世的作品，不在於單純追求形式的美，重要的是是否反映了社會現實，和體現了作家怎樣的思想感情。

上引張晉詩中説的『真灝』即浩氣，浩然之氣，也即正大剛直之氣。『混茫』見《莊子・繕性》：『古之人在混茫之中，與一世而得澹漠焉。』成玄英疏：『當是混茫之時，淳樸之世……』《繕性》中指無知無識的樸民社會，張晉藉以指廣大勞動群衆的下層社會。『冥心會真灝，有路接混茫』，上句説自己在思想上要保持正氣，下句説在詩歌的内容上要與人民相聯係。詩的末四句用『羲文』、『舜樂』爲喻説明自己要寫作真正能够感天動地的作品，不作與社會漠不相關的無病呻吟。『羲文』二句與卷五《河上作》『狂吟欲近深潭曲，驚起蒼龍可奈何』喻意相同。又卷一《宋廣平古迹》云：

> 相公方正人，而有《梅花賦》。乃知情至者，始能見真素。

他是很注重作家在作品中體現真實的思想感情這一點的。

明中葉唐順之、茅坤、歸有光標榜唐宋，主張『直寫胷臆』、『得其物之情而肆於心』，反對七子的『決裂以爲體，餖飣以爲詞』，卻將詩文創作引向書寫瑣細事物，祇表現個人情懷的方向。至於袁宗道的『學問説』，袁宏道的『性靈説』，李贄的『童心説』等，在衝擊擬古主義、打破封建專制思想的禁錮方面起了一定的作用，在當時是有其進步意義的。但是他們都弄錯了文藝的源頭，忽視了文藝的社會作用，創作思想仍未能回到正確的道路上來，至竟陵派則又引向一條更爲狹窄的小道。近三百年間詩壇上標榜門户，此起彼伏，遞爲攻擊，正如張晉所説：『萬喙爭鳴起，天地爲之荒。』直到明末清初，纔由顧炎武、黄宗羲開始掃除陰霾，宣導『文須有益於天下』[一]，主張爲文要有關乎家國的思想感情。黄宗羲説：『凡情之至者，其文未有不至者也。』[二]顧炎武説：『孔子之删述六經，即伊尹、太公救民於水火之心，而今注蟲魚、命草木者，皆不足以語此也。故曰：「載之空言，不如見諸行事。」』[三]張晉在詩

[一]《日知録集釋》卷十九《文須有益于天下》。

[二]《明文案序》上。

[三]《亭林文集》卷四《與人書三》。

歌創作方面的觀點，正與這種思想是一致的。至康熙年間，比張晉略後的王士禛又極力鼓吹『神韵説』，竟成詩壇盟主，因而詩歌理論與創作又轉向脱離現實的形式主義方向。這種種的演化雖與世變相關，但由此也可以看出在清代詩歌創作方面張晉主張的可貴。

三、張晉詩的藝術特色

（一）風格的多樣性與基本特征

清代初年京口劉湘（字沅水）爲《張戒庵詩集》所寫跋中説：

康侯詩，沉酣經籍，出入風騷，麗而則，典而要。驟而讀之，若風檣陣馬之凌厲，而蜃樓海市之奇詭也；徐而按之，步必叶和鸞，聲必中律吕……夫康侯，秦人也，洪河太華之氣，礴磅鬱積。則其詩包孕陶鑄，固宜生而有之。

關于張晉詩的風格，宋琬、孫枝蔚、李楷等人的贈詩、序及評語中也都有些精闢的議論，而劉湘這段話最爲簡煉、明確，而且觸及張晉詩風格形成的根源問題。《四庫全書總目》之《張康侯詩草》一條曰：『其詩頗學李白，兼及李賀之體。』從風格的大體類型方面説，這個説法反映了一定的事實，但就對張晉詩的風格及其形成過程的概括而言，則尚欠深入。張晉之詩奇麗豪放，氣勢宏偉，似有難以抑制的情感，説不盡的話語，如高崖懸泉，噴涌飛揚，落地成珠，造成雲霞壯觀；又由於生當明清易代之際，戰亂頻仍，民生凋敝，故在雄豪之中又帶有蕭涼之氣。從這點來説，同李白、李賀之詩的風格及所反映的創作方法是有些相近，但是，張晉詩所表現出的這些特色是否僅僅是學習了太白、長吉的結果？張晉在創作上是否祇是以這兩位姓李的『詩仙』、『詩鬼』爲楷模？則又當認真思考。這不僅關係到對張晉詩歌成就的評價，也關係到對於清初詩壇風氣轉變的認識和對於秦隴詩歌藝術傳統的探索與總結。

從張晉的學習和愛好方面來説，他有《律陶》一卷，集陶詩爲五律，自序曾言是『愛陶、敬陶』之故；有《集杜》一卷，又有《琵琶十七變》，集杜詩爲琵琶曲辭，長二百七十多句。還有《集唐》及《七律集句》，但并無專門集李的卷帙。由這些來看，張晉并非祇學二李。他少年時沉酣經籍，涉獵前代名家，而特別熟讀杜詩，創作上著重反映現實生活及抒發真實情感，在這個基礎上逐漸趨于成熟，形成了自己的特色。就張晉的整個創作而言，雖有粗疏的毛病，卻無東施效顰之態。前面所引劉沅水《跋》語中的那段話，抛開了復古主義比附尋根的方法，從張晉本身來加以評説，而且能從西北的地域環境方面去尋根溯源，雖未必確切全面，但就認識方法上言之，卻并不差。

任何一個較成熟的作家，就其整個創作來説，風格不可能是單一的，但必然有著某種獨特的風貌。張晉也是一樣。我們很難用簡單的幾條把他的全部作品的風格囊括無餘，他的有些詩往往表現出另一風貌，宛如出自另一人之手。但是，這不等於説他的作品沒有基本的特徵，沒有自己的面目和性格。就前面所引《四庫全書總目》的評語而言，雖失之簡單比附，但也反映了一定的事實。還有些當時的詩人和後來的學者也談過一些看法。這些對於我們把握張晉詩歌的主要風格，都有一定的借鑒作用。

（二）激情奔放，氣勢磅礴

讀張晉詩，詩人的喜、怒、愛、憎、怨、思、憂等等，都得到自然地、真實地流露，如飛湍落瀑，百轉千迴，皆隨地形而變化曲折，無人工造作之迹。這在他的各體詩中都可看出，而以古體表現得最爲突出，這當然反映了詩人對於各種詩體的駕馭能力。因爲近體律絶的字數、句數、平仄、押韵、對仗等對作者的表達有所限制，難以盡情地發揮，而古體在辭藻句式等方面可以使情感之變化自由揮灑。

關於張晉詩奔放雄豪的風格，從下面幾個方面可以看出：

首先，不少詩表現出一種激烈、衝動的感情，似大河奔涌、落瀑飛湍，欲衝紙面溢出。如開卷第一組詩《古詩十三首》第一首説：『風騷久淪替，舉世事雌黄。轟轟蒼蠅聲，而竟溷宫商。萬喙爭鳴起，天地爲之荒。』對明代末年活剝古人、邯鄲學步的詩風加以掃蕩，表現出一種完全不能容忍頽風腐氣的情感，要再祭《詩》、《騷》，重招詩魂。第二首、第三首、第四首中，對於當時官場的黑暗，世態的炎涼，不僅是悲嘆，簡直是表示了極大的憤慨。請看第四首：

世人薄古道，結交須黄金。下馬一握手，天地變晴陰。王孫垂青綬，公子耀華簪。巢許豈無後？世世居山林。傷哉管鮑死，至今無同心……

這種對人心不古的感嘆，對世無知音的哀傷，透露了詩人對社會現實的失望，而不是對某一個人、某一件事、某一個地方的批評。他説：『愛惜此雙耳，祇可聽春禽』，認爲聽那些虚僞的奉承，無關痛癢的同情之詞和麻木不仁的推諉，簡直是玷污雙耳。詩人對情感的表現是脱口而出，合盤托出當時的情緒、思想，并無遮掩和改頭换面的加工，它同當時一些詩人鼓吹的升平盛世是不相一致的。《避賊十歌》以及在獄中所作《戊戌初度八歌》、《九日醉歌》也突出地表現了這一點。如《七夕篇》是獄中思念妻子之作，詩中寫他仰視明河，知道已經是『金風冷入鵲橋秋』，想到『世上悠悠兒女心，簾前瓜果競穿針。輕羅小扇螢光細，獨立含情情正深』。那些呆兒呆女爲了乞巧，當著銀河寒燈，練習刺繡，竟至忘其飢飽。詩人因而感嘆到：

> 我思此事真茫然，天孫未必巧於天。若使天孫能賜巧，胡爲阻隔動經年？或者巧爲天所忌，遂使相思常兩地。

因而發出『巧拙兩端將安趨』的疑問。可以説這是張康侯的『天問』。這首詩從創作的過程而言，是由七夕想到民間女子的乞巧，由民間女子乞巧聯繫到官場的剛直與巧僞，從而想到自身的遭遇。就詩人情緒的産生而言，是無故而禍從天降、身陷囹圄、夫妻隔離，推想到整個社會。在現實中似乎天不是『助巧』，而是『忌巧』、『恨巧』、『摧殘巧』，作者不僅畏懼人世的險惡，甚至震懾於世道的助紂爲虐，落井下石。前面所舉《古詩十三首》寫於授職以前，《七夕篇》寫於獄中。他領略了人生的三昧，看透了朝政官場的險惡，所以情感的閘門一旦打開，便難以抑制。

其次，張晉從小受到儒家思想的薰陶，積極的入世思想和憂民、民本觀念在頭腦中占據主導地位，與厭惡官場、嚮往山林的思想形成矛盾，這兩種互相對立的思想時時激蕩而在詩人頭腦中産生了不息的波瀾。如《古詩十三首》其三，既對人世間的相互攀比爭利表示鄙視，説：『胡爲日役役，石火爭後先？』末尾又説：『玄鶴有時下，終當凌紫烟。』其七既嚮往『駿馬風飄忽，長劍雪陸離。出門路萬里，吐氣如虹霓』，以追隨劉秀建立殊勳的鄧禹和出使西域平撫五十餘國的班超爲楷模，卻又説『我若取斗印，還當訪安期』。實際上，他所謂『訪安期』、『陟蓬島』、『居山林』都是表現了對於社會一些不良現象的憤慨。上面所舉那些矛盾的、相互抵牾的話不是反映著詩人頭腦的混亂，而是反映著他心中所鬱積的怨憤情緒的激烈。《七夕立秋諸同年會徐園大雨二首》可以説是明白直率地表示了他的真實思想：

急雨驅殘暑，微雲轉夕陰。風如循吏傳，水比故人心。慷慨憑天地，淒涼見古今。生平吾道拙，不學夜穿針。

暑退輕烟外，涼生細雨中。高寒蟬抱木，辛苦鵲隨風。四海今多難，千秋此數公。幸留心膽在，灑酒向丹楓。

第一首説雖然世態炎涼，但自己保持純真，不願蠅營狗苟。第二首説天下多難，民如倒懸，因而，尚要留存肝膽，既無意於隱退田園，也決不隨波逐流。這兩首的意思是正面寫出，故可作爲這一類詩的注脚。

再次，張晉的詩，除個別詠物小詩之外，無論是抒情還是寫景，紀行還是贈答，吊古憑今還是感嘆時事，大都表現出開闊的胷懷、邈遠的詩思、宏大的氣魄。雖然不同詩中所體現的程度有所不同，然而這種精神氣度總如一個高大的身影，存於篇章之上。如五律《望華岳四首》，其第一首當中二聯云：『精靈天一柱，孤峻帝三公。日月開西夏，雲烟破太空。』第四首當中二聯云：『先來謁白帝，相與問青天。萬古河如帶，三秋藕似船。』都是對仗工穩，而氣勢雄渾。讀之可知其人非苦吟之輩，不因格律儷句限制之多，而拘促呆板，失去性情。他的幾首憑弔之作，都寫得深宏高遠，氣充四宇。五律《伏羲廟》、《堯廟》、《舜廟》、《禹廟》、《二程先生祠》、《岳武穆王廟》等，莫不如此。

總之，充滿激情，大氣磅礴，乃是張晉詩較明顯的特色。關於這一點，此前已有所評論。如孫枝蔚評《贈程太史幼洪》一首曰：『氣格雄渾，一空纖靡之習。』評《贈白太史蕊淵》一首曰：『明麗清雄，思、理、意、境，俱在天際。』評《贈曹太史顧庵》曰：『逸思豪情，邈然千載以上。』評《送韓文起》一首曰：『極闊大，此主勢與聲而不主詞者也。』其他如宋琬所謂『秦風餘《駟驖》』、『掣電徠天馬』，劉湘《跋》所謂『如風檣陣馬之凌厲』，楊芳燦《跋》所謂『天才橫逸，不可一世；寄思無端，忽仙忽鬼，殆古所云詩豪』，徐世昌《晚晴簃詩匯》所謂『縱橫凌厲，出入《風》、《騷》』，都是就張晉詩的這一風格而言的。

（三）蒼涼蕭瑟，深深的憂鬱之情

張晉的詩字裏行間表現出詩人憂時憫亂的思想情緒，時代的陰影總是籠罩著他的創作。這在《戒庵詩草》六卷的大部分作品及集杜中都體現了出來，而在七古、五律、七律及長篇琴曲辭《琵琶十七變》中體現得最爲突出。

張晉的獄中諸作淒惻哀惋，蕩氣回腸，那是自然的。但是，這些鐵窗哀蟬之聲，并非全是痛苦的哭泣和無望的悲嘆，它們在淒婉之中，仍然透出壯氣，顯出英雄歌哭的格調。七古《戊戌初度八歌》、《九日醉歌》等皆是如此。七律《梅花十五首》以咏梅爲題，是詩人心靈的寫照。詩中寫到『嚴霜』、『凍裂』、『寒影』、『寂寞』、『酸辛』、『歲暮』，説到『寒威栗冽凍難開』、『眼底繁華一洗空』，自是悲涼已極。但同時，其中也强調了孤標幽香、傲骨未降。『自是無蹤來雪後，何曾有意托墻東』、『歲月多情留末路，風霜刻意煉奇才』，這些詩句都是蒼涼蕭瑟中帶有壯氣的。其第三首云：

莫將憔悴論西窗，冷面猶然帶熱腔。漫向風前吹玉笛，且來月下酌銀缸。磨殘歲序顏如故，歷盡冰霜氣未降。聞到嶺南消息好，春光何日渡寒江！

第十一首云：

皎皎都無半點塵，霜凌雪虐轉精神。祇知守我當初臘，豈肯爭他末後春。獨向靜中留太素，忽從枯處發天真。漫言桃李多顏色，萬紫千紅總未倫。

因爲有冰凌雪虐，才有梅花的不凡品性，如果不是開在霜雪風寒中，則與衆花何異？因而，嚴冬既造成了梅花的艱難，也反襯出了它的剛强壯烈。張晉的這些詩在情調上是蕭瑟悲壯的，更多地反映了詩人自己的情懷。

在張晉的另外一些作品，如紀游、懷古、贈答、抒懷之作當中，雖然表面所寫爲挾酒冶游、登高覽勝、緬懷前賢，或者祝賀朋友、鼓勵同年，而其中往往深含隱憂，通過詩人內心的鏡子，反映出了時代的陰影。我們說張晉之詩蒼涼蕭瑟，淒愴動人，是主要根據這一方面的表現來說的。

七律《長安十首》和《秋望八首》，分别是詩人第二次赴京候選和啓程赴丹徒任時之作，集中地表現了詩人悲涼蕭瑟的風格。如《秋望八首》之五：

胡盧河上散啼鴉，向晚蕭森路更斜。何處鐘聲催暮雨，誰家燈影動虛沙？一帆秋色天如水，兩岸楓林葉似花。此際正憐飄泊意，鄰舟多事弄琵琶。

『啼鴉』、『暮雨』和向晚雨中的鐘聲、沙汀上晃動的漁燈、秋水中的孤帆，造成了一種清冷、淒涼的意境，詩人用鄰舟的琵琶聲，更反襯了心中的悲苦。若孤立來看，它反映了詩人孤寂冷落的心情。但是，如果聯係其他幾首讀之，就知這首詩所寫景致同杜甫《登高》中『無邊落木蕭蕭下』一樣，是詩人深層意識不自覺地表現，或者說，是當時社會的投影或寫照。孫枝蔚評此詩曰『蕭疏蒼涼，渺然無際』，這是極恰當的。這八字還可以移來説明張晉當時的心境。不少地方尚未恢復農業生産，久經戰亂的人民的貧困生活等等，詩人在旅途中對這些有了更多的瞭解。其第四首，所寫便是朝廷當權太監彩鷁簫鼓，彩檣映日，岸上弱女拉縴的事，第六首寫的是朝廷用兵三巴，造成『白帝城邊惟草色，錦官樓外有鵑聲。秋殘鹽井烟仍斷，天老花溪水不生』的狀況。那麽，《秋望八首》第五首的情調也就不僅僅是旅途孤寂的體現。第八首表現得更爲清楚：

露冷風高夜氣清，長天極目一含情。中山地闊雲垂野，上谷秋深月滿城。每向搗衣勞北望，還因吹笛想南征。燈昏不寐三更盡，關塞寥寥有雁聲。

詩人坐於昏燈之下，聽到雁聲，想起流離的百姓，又想到百姓苦難與南北戰爭的關係。那麽，霜、風、夜氣、低垂的雲、月下的城池、搗衣聲、笛聲，在詩人眼中、耳中，怎能不帶著淒涼氣氛，怎能不引起詩人的無窮感慨？孫枝蔚評此詩：『極淒涼之調，夜靜聞箏有此哀況。』雖未指明詩人蕭索心境何以産生，卻也體會到了詩人當時的心境究竟如何。《長安十首》是他赴京候選時的作品。按一般人來説，二十三歲中舉，二十四歲中進士，二十五六歲入京候選，正可逞才恃氣，游山玩水、吟風弄月，會覺得山爲我綠，鳥爲我啼，甚至目空一切。但張晉的這些詩中，卻籠罩著一層陰影，一切樓臺亭閣、山水花樹俱在淒風落日與哀哀征鴻聲中。如第十首：

逐處笳聲有戰場，惟餘山色鬱蒼蒼。朝元閣上鐘初斷，興慶池邊柳半黄。春入灞陵風雨細，天高秦嶺雁鴻長。近來水旱增蕭索，愁聽樵歌下夕陽。

古都的春色是美麗的，應與古來很多騷人墨客所吟咏者無異，然而，在這樣的美景中卻似乎聽到戰場笳聲。這似有似無、似遠似近的胡笳之聲，讓人覺得，雖江山如舊，風景卻迥異了，已完全不是古人所見。加上當夕陽西下之時，遠處傳來樵夫悠長的山歌聲，那聲音如泣如訴，傾吐著天災人禍帶來的淒慘苦怨，詩人聞之，則腸斷心裂，不復見飛檐琉瓦，細柳明池，惟見滿目瘡痍矣。詩中未指明山河易姓這點，衹用『水旱增蕭索』與『戰場』幾字點出，但那淒涼的情緒，卻叫讀者想到很多。應該指出，當時的西安是不可能聽到戰場的笳聲的。它不過是詩人心中所想，或者說，是由於心中所想而產生的一種幻覺。他爲什麽總由金殿傳臚、蘭臺走馬，而想到逐鹿戰場、水旱蕭索？這就是詩人的思想、心境的問題了。其他如『此際何人能感慨，少陵哀怨正無窮』（之四），『消愁賴有葡萄酒，災異頻仍莫上樓』（之八）等，均在尋幽覽勝、追思往古之中，流露出憂時感亂之情。山川非不秀美，殿閣非不壯麗，前代陳迹非不能啓思古之幽情，然而由詩人內心這面鏡子反映出來，則一切無不蒙上陰沉暗淡之色。

很多贈答之詩，亦帶有此種情調。如卷四《泊頭遇王定一》一首：

猶然聞戰伐，對酒奈君何？天氣淒涼甚，人心感慨多。疏花披古岸，冷月照秋河。今夜思歸夢，因風入薜蘿。

詩中所寫，同樣主要是一番自然景象，但天氣是『淒清』的，花是『疏花』，岸是『古岸』，月是『冷月』，河是『秋河』。這景物的色調，便與樽前花下、紅袖玉杯、岸幘披襟高談闊論者大異。其他如《舟中新月》、《通灣舟次寄環極石生二先生》、《送聶輯五侍御按秦》等，也都表現了詩人的憂時感亂、憐惜百姓的情感。

孫枝蔚曾評張晉之詩『高在不用議論，全以蒼涼矯健勝人』（卷一《銅雀臺》評），又說『蒼涼蕭瑟，惻惻動人，覺玉川怪、長吉險，到此猶未極至』（卷二《烏夜啼》評），都可以説是道著了張晉詩歌的一個方面特色。孫枝蔚又説：『先生忽而望仙，忽而飲酒，忽而憂時憫亂，其胷中確有一段欲説出説不出處。』這所謂『欲説出説不出處』，便是對於老百姓痛苦生活的憂慮，對於正常生産、生活全面恢復的迫切希望和他傾心於從政的心情，同他厭惡官場這種思想之間的矛盾。他不認爲已經四海安寧、百姓樂業，而是『戰亂頻仍』，一些地方老百姓仍在水深火熱之中。因而，孫枝蔚這段評論可以説接觸到了張晉詩蒼涼悲壯這個風格産生的根源。

（四）張晉詩歌風格形成的歷史根源與社會基礎

關於張晉詩悲壯豪放風格的形成，前人評論中已有過解釋，如本文開頭所引劉湘《跋》語、孫枝蔚評語所言，都是講得有道理的。綜合考慮，我認爲應從三個方面去看：

第一，同所處時代有關。張晉生於明清易代之際，明代後期詩壇上乞靈古人、雕蟲篆刻、絺章繪句的風氣，在嚴酷的現實中肅殺以盡，東林黨、復社的餘風尚在。清建國不久，正處於一步步走向鞏固的過程中，但這當中也仍然存在很多問題，很多地方老百姓仍處在災難之中。很多關心國家命運、關心廣大人民生活的知識分子既仍然爲晚明的官宦專權、大興黨獄、政治極端腐敗造成故國滅亡感到痛心，也對清人入關強迫百姓剃髮易服并因之殺害大量平民百姓憤慨難平，張晉作爲一個具有深刻民本思想、憂民觀念的人，其創作思想不可能不受其影響。所以，張晉之詩尤其十八九歲以後之作都能關注現實、關注社會，也表現出關於社會的切身之痛。這由《古詩十三首》、《四災異詞》、《避賦十歌》等組詩即可看出。中進士之後作品中也有對當時官場腐敗表示不滿的詩句，如七古《秋圍篇》：『我願天上駟星絕，我願地下大宛滅。好馬不從渥洼來，或者爭戰少休歇！』表現出對於長期戰爭的厭惡與痛恨；七古《勸君酒》：『寶車文馬憑他行，我自無錢買印綬』；《莊門東有古松六株……》：『我生最耐霜雪寒，願與高松作主道』表現出不同流合污的精神。由於他的經歷和他創作上的主導思想，他的詩是真實地抒發了個人的情懷的。其中雖也表現了思想上的某些矛盾鬭爭、苦悶憂慮，但就其主要方面説，仍然是悲憤、同情和慷慨激昂。他的詩就其風格、氣韵、個性而言，是反映了當時時代的特徵，帶著當時社會的氣息的。

第二，西北雄豪悲壯詩歌傳統的續承和豪俠粗獷性格的體現。劉湘《跋》語説：

夫康侯，秦人也，洪河太華之氣，磅礴鬱積。則其詩之包孕陶鑄，固宜生而有之。

華岳、黄河的高拔雄奔是造成西北人民强悍直爽、胷襟開闊禀性的自然環境上的原因之一。宋琬《送張康侯進士赴選》之二喻張晉之詩是『秦風餘《駟驖》』，也是與西北雄强尚武的精神聯係起來。孫枝蔚《張戒庵詩集序》云：

獨是康侯生長臨洮，其地以鞍馬爲弓冶箕裘。康侯少年具壯志，所至能使塞上諸將軍揖爲上客；間馳馬，輒一日能二三百里。然則，即『七步』、『八叉』之吟，亦豪士之餘耳。

張晉《避賊十歌》之六亦云：

老劍古紫霜雪鋒，腰下閃閃青芙蓉。回身舞罷星文裂，深山魑魅不能凶。亂來隨我無他物，死生與爾誓相從。

即在參加會試前後，仍因爲看到官場的黑暗，還嚮往這樣的生活——

駿馬風飄忽，長劍雪陸離。出門路萬里，吐氣如虹霓。戰場聞金鼓，寒雲鎖大旗。臂挽十石弓，生擒反側兒。

這是《古詩十三首》之七中的一部分。由這些來看，張晉確實有著典型的西北人的氣質。他不是一個苦吟的詩人，也不以成詩人爲理想，因而他的詩少受束縛，少蹈前人舊路，而能把自己的哀樂喜怒淋漓盡致地化爲詩句，并在其詞語、音韻、章法之中體現出自己的性格。

與此相關聯的是西北詩歌傳統的影響。東漢趙壹以來早期詩人作家不説，即如明代李夢陽（號空同子），爲官不避權勢，甚至犯顔直諫，一生幾次入獄，而剛直之氣不減。他在『三楊』臺閣體獨霸文壇的情況下，倡言『文必秦漢，詩必盛唐』，雖長遠來看有一定局限性，但在當時來説，摧枯拉朽，功勞甚巨，非有極大魄力不能爲之。《明詩別裁集》評曰：『七言古雄渾悲壯，縱横變化；七言近體開合動蕩，不拘故方。』與李夢陽同時的胡纘宗（號鳥鼠山人），爲政省徭役、興水利、通商旅，彈劾權勢，吏民稱慶，而因姦人告訐，牽連而身陷『詩案』之獄。『其詩激昂悲壯，類近秦聲。無嫵媚之態，是其所長；多粗厲之音，是其所短。』〔二〕稍遲的趙時春（號浚谷）十八歲中進士，一生三起三落，前兩次都因上疏而有違聖意。其詩慷慨奔放，具有『秦風』的特色。朝邑李楷給張晉《戒庵詩草》作的序中説：

秦之詩，空同而外，浚谷揚鑣於平涼，德涵振衣於武功，渼陂張武於鄠杜，五泉樹幟於馮翊，槐野接響於棫林，太青集成於西極。其他著作之家，不能具述。祋祤之喬，渭上之南，左馮之馬，蒲

〔二〕《四庫全書總目·集部·別集類存目三》。

城之李，朝阪之王，焦穫之來，其著者矣。

清初臨洮府屬陝西省，故所舉明代秦地名家，除李夢陽、趙時春之外，武功的康海（字德涵）、鄠縣之王九思（號渼陂）、朝邑之韓邦靖（號五泉）、華州之王維禎（號槐野）、旬邑之文翔鳳（號太清），以及喬世寧、南師仲、馬汝驥、李應策、王學謨、來復，都是今之陝西人。屬今甘肅之作家如狄道張萬紀（字舜卿，號兑溪），嘉靖二十六年（一五四七）進士，爲户部給事中，忠勇剛直，不畏權姦，多次彈劾嚴嵩，爲楊繼盛辯白沉冤，貶爲安徽廬州知府，後被免官歸里。存《超然山人集》，多慷慨之音。如七律《超然臺有懷椒山年兄》中句：『抗疏客來龍閣念，傳經人去鳳臺空。』『遲佇新祠生百感，孤臣無地學冥鴻。』楊繼盛先因彈劾大將軍仇鸞被貶爲狄道典史，仇鸞敗後得起用，又因彈劾嚴嵩被下獄受酷刑而死。詩人將個人遭遇同楊繼盛的經歷聯繫起來，表現出對國家政治的深切關心。又如楊恩（字用卿，號鳳池），萬曆十年（一五八二）進士，官至户部主事，厭官場之應酬，借足疾而歸里，有《農談樂府》等。其《拾菜歌》云：

朝攜一筐出，暮攜一筐歸。十指欲流血，且濟眼前急。官倉豈無粟，粒粒藏珠璣。一粒不出倉，倉中群鼠肥。

其中《納糧户》等同樣表現出對人民的同情和對官場黑暗的不滿。

上所舉秦隴之地詩人大都體現出嫉惡如仇、剛直不阿和關心民生疾苦的思想作風。其詩風也多雄豪悲壯，有振振秦聲之氣。張晉出仕以後的詩友有西北詩人郝璧（仲趙）、孫枝蔚（豹人）、李楷（叔則）、謝天錦（漢襄）、白乃貞（廉叔）、楊端本（函東）、東蔭商（雲雛）、雷士俊（伯籲）、韓詩（聖秋）、張恂

（稚恭）、杜恒燦（蒼舒）等，亦大體皆直抒胷臆、不事雕鑿，以雄豪矯健著稱。這一切都給張晉這棵西北詩苑的幼苗不斷提供了特殊的養料。

第三，飽讀詩書，胷懷大志，詩歌多存本色。張晉在十四歲已有詩成帙，二十餘歲即以詩得盛名於京師。少年時血氣方剛，思想上束縛少，感覺敏鋭，少於世故而多棱角。孫枝蔚評其《蟹》一首云：

> 小中見大，而悲壯蕭涼，自露英雄之氣。

劉泉《序》云：

> 乃今得康侯先生而歎爲真才子，讀其詩文，衹覺其靈光異彩晶晶奕奕之於目光離合間，不自知其所至者，才之所至也。

又云：

> 以先生之思以才靈，學以才化，識以才通，語以才妙，直奉先生之詩於六君子者而七之已矣。

李楷《序》亦云：

> 夫狄道之詩，成於夙慧。

一般説來，年紀小則社會閲歷少，因而認識能力較差，作品反映社會的廣度與深度皆具有較大局限性。但由於張晉生於明清易代、社會動亂、民族矛盾和階級矛盾交錯且極端尖鋭化的時代，這些閲歷使他在思想上成熟更早，非所謂太平盛世志得意滿於花前月下、丹墀蘭臺的宿儒詩伯所能比。因此，張晉之詩既充分地體現了作者的主體意識，又避免了空疏單調，在當時社會的影響下，表現出雄豪悲壯的特色。

四、張謙的生平與創作

（一）張謙的生平與卒年

張謙（一六四一—一六八〇？），字牧公，爲張晉之弟。《戒庵詩草》卷五之末附張謙《春日諸名士邀飲板橋》一詩，刻詩者於題下注：『郡人拔貢張謙，字牧公，康侯弟也。』乾隆五十四年（一七八九），甘肅詩人吳鎮主持，以『狄道後學』的名義公梓二人詩集，請楊芳燦加以校訂。吳鎮在《與袁簡齋先生書》中說：

狄道先輩有張康侯、牧公及前安定縣令許鐵堂者，皆真正詩人也。

吳鎮《我憶臨洮好》之七說『二張珠玉在』，即指張晉、張謙二人的詩稿留存後世。民國初年徐世昌所編《晚晴簃詩匯》中，清代甘肅詩人收入三十人，臨洮的張晉、張謙弟兄皆在其中。

張謙也是十多歲就以詩出名。康熙《狄道新志》載：

張謙，字牧公，膺壬子拔貢。自幼能詩，年甫十四即有詩成帙，爲孫豹人所欣賞。後著作數千首，悉爲士林膾炙人口。有遺稿藏於家。

清初詩人鄧漢儀（一六一七—一六八九，江南泰州人）品次清初名人之詩，編《天下名家詩觀》四集，因江南丁酉科場案過去不久，故集中未論及張晉之詩。其《初集》中云：

每與豹人言秦地多才，然後來之秀咄咄逼人者，必首推牧公，此固汗血之駒，不日千里者也。

也可見張謙詩影響之大。

張晉出任丹徒縣令之後，張謙侍母同至丹徒，時年十五。他少年英才，得到很多人的器重，有機會同南方詩人及由西北流寓江南的文士相結識。張晉死後，張謙曾侍母帶家小至揚州，依張晉的摯友著名詩人孫枝蔚居處，枝蔚爲他們二人的詩集都作過序。

譚正璧編的《中國文學家大辭典》中對張謙的生平與創作有所介紹，衹是十分簡略。今就張謙的生平、交游與創作情況加以考索。

乾隆《狄道州志》卷九記載：

（張謙）初至兄署，即以能詩聞，時紳士以謙年少未之信也。會春日諸名士邀飲板橋，請爲詩，謙即口占二絶云……衆乃服。

張謙及其母晏氏、張晉之夫人及孩子當是在順治十二年（一六五五）冬到丹徒的。

張謙在康熙《狄道新志》、乾隆《狄道州志》中都有小傳，但其中均未提及生卒年。按孫枝蔚《溉堂前集》卷五有五律《張牧公見過溉堂》，後四句云：

畏禍憐今日，安貧勸野翁。莫愁歸路黑，明月滿城中。

詩在《溉堂前集》中排在辛丑年（一六六一），即張晉去世的第三年。由這一點可以確定，這首詩寫在張晉死後張謙欲歸故里而訪孫枝蔚時。孫枝蔚《張牧公得樹齋詩序》云：

未幾，牧公又過江去，相別輒復年餘。蓋牧公今年纔二十一歲……

難後張謙第二次見孫枝蔚時二十一歲，時在張晉去世之第二年，則張謙應生於辛巳年（崇禎十四年，一六四一）。按這個推算，張謙的父親張行敏死時張謙才五六歲。張晉《避賊十歌》説到兩弟是『少者父死不能哭』，與此情況相合。

張謙爲壬子拔貢，壬子即康熙十一年（一六七二），并赴京一次。又張謙有送胡鼎文守臨清各體詩十一首。胡被任爲臨清太守在康熙十三年（一六七四），可見張謙當時精神尚好。則此後至少有數年方去世。而康熙二十七年（一六八八）修《狄道新志》云『有遺稿藏於家』，則其時已故。由此推斷，其卒應在康熙二十七年前後的幾年中，年約四十多歲。

（二）張晉死後張謙在江南的經歷與交游

張晉出事後，數年間家産籍没。此後其家即陷入貧困之中。孫枝蔚《張牧公得樹齋詩序》中説：

> 牧公方在弱冠，即流離江湖間……欲歸不得。垂白老母，日夜泣於堂上。牧公奔走東西，負米爲亟。

當時丹徒就剩母親、張晉妻、張謙及幾個孩子，三弟在臨洮家中。有七年時間，全家數口人主要靠張謙教授生徒之資養活。戚藩《張牧公詩集弁言》言張謙當時生活狀況：

> 思曼善談玄，絶口不言利，有則悉散之。或竟夕乏食，門人爲治具，亦不面謝。昔日康侯居官似之。

看來當時張謙是設帳授徒或爲富人家作家庭教師。

《得樹齋詩》有《歲暮感懷三首》，中云：『家從前歲破，身較往年閑。』中又有『歸夢三千里，行年二十齡』之句，爲寫詩時之感嘆。則家産籍没之時，張謙十九歲。又《與方十乘作》云：『相逢多難後，寢迹共幽居。家破三年久，身全萬死餘。』《醉歌行爲范陽張孟寬作》云：『胡爲來往大江間，五年奔走空僕僕。』『今年饑走淮南道，其時天氣秋將老。』他這樣單衣空腹四處奔波，大約有時是爲了謀館，或求人資助。

從孫枝蔚爲張謙詩集作的序可以知道，張謙在其兄死後家境相當艱難的情況下仍努力讀書。他兼通文史，大概也與其兄一樣，兼習醫藥濟世之學。一次他與孫枝蔚暢談古今以來成敗得失，鄰居老生熄燈竊聽，驚爲聞所未聞。由此可看出他的才學。他爲人仗義輕財，性情豁達，其五律《出郭與謝漢襄作》中云：『有生當亂世，爲樂及閑身。』又《醉歌行爲范陽張孟寬作》云：

> 與子相逢破寺中，對酒長歌聲浩浩……今與子年同少壯，中懷磊落屹相向。丈夫凍餓寧足愁，相期齊出青雲上。來年我有五陵游（按此指打算攜家返秦），安得與子馬并頭？相攜登華岳之高峯，俯大河之長流。此時意氣凌滄洲，吁嗟人世徒啾啾。

雖貧窮而志意不折，磊落倜儻，意氣洋洋。

張謙同當時流寓丹徒、揚州一帶的西北文人和當地名士多相往來，而與孫枝蔚最爲密切。《溉堂前集》、《溉堂續集》中給張謙的和有關張謙的詩就有十四首。李楷、戚藩、謝天錦（漢襄）、季公琦（希韓）、何絜（雍南）、張天符、宗適、李三奇、程世英（千一）等人也有詩相贈，這些詩表現了對張謙的同情和安慰，反映了他們一起作詩飲酒的情況。如《溉堂前集》卷五有五律《春日過牧公飲寓園》一首，中云：『把酒逢遲日，論文立小橋。』『徑須成爛醉，兼使客愁消。』卷六有五律《春盡日偶同程奕山過南鄰迮旦庵留飲適張牧公亦至》二首，其一後四句云：

話舊音容好，爭新紙筆馳。不須愁後會，且暫慰相思。

這兩首詩同上一首一樣作於壬寅年（一六六二）春。其二中『誰知阮籍窮』一句高度概括地指出了張謙體會到人生道路十分艱難的事實。而『作客弟兄同』則體現了孫與張這兩個忘年交之間的深情厚誼。

蘭陵張天符七律《九日牧公寓齋步頻陽吴海若韵》，中云：『九秋尚記三峯約，一醉空逃十日禪。』宗適五律《杪秋同可三、華階昆季過牧公寓齋留飲》：

平生思益友，今日幸登龍。落筆詩才敏，傳杯酒興濃。花香含曉霧，草色淡秋容。況是重陽近，相期第一峯。〔二〕

可見其相與作詩論文之歡與情誼之深。宗適又有《喜牧公自京口至》將張謙之風采比作西晉時好談玄理而又反對強詞奪理，每一言出令人『絕倒』的名士衛玠，將張謙的詩才比作魏晉間博學多才的詩人、辭賦家張華。由此可以看出江南士人對張謙的推崇。

與張謙有交往的南方詩人可考者還有孫默。乾隆《江都縣志》卷二十六《人物·寓賢》：『孫默，字無言，休寧人。客居於揚，工爲詩，有孟浩然風致。默敦篤交游，四方士經淮南者必訪造其廬，相與流連不忍舍，風雅聲氣不介而乎。家貧欲歸黄山，舊隱騷壇之以詩文送者滿篋盈幀，亦盛事也。』張謙有《促孫無言歸黄山》。『舊隱騷壇』中，張謙亦在其間。

〔二〕張天符、宗適詩據乾隆年修《狄道州志·藝文》。

張謙歸臨洮之時，丹徒詩人何絜（音義同『潔』）有七律《喜晤張牧公時即送別西津》云：

> 昆弟才名闕洛聞，傷心鴻雁忽離群。十年舊事悲黃犬，一卷新詩對白雲。渭北夢歸還念友，江南花發暫逢君。不堪賦別丹楓下，握手西津黯落曛。

表現出極深厚的感情與對他們兄弟的深切同情。

《得樹齋詩》中，也有給這些朋友的詩。如五古《吳希聲席上賦別季二希韓》、《贈吳賓賢》、《重過溉堂贈孫豹人》，五律《答任八見寄》、《淮南舟次簡張翼生》、《贈朱愚庵》、《出郭與謝漢襄作》、《贈喬二石坡》，七律《送孟寬與其弟季彪北征》等。張謙同這些人的來往，自然對提高創作水準和在困難中始終保持高尚的情操產生了積極的作用。

（三）張謙返回狄道後的情況

張謙在十七歲以前或靠三哥（在狄道時），或靠二哥（在丹徒時），從未擔過生活的擔子。張晉死後的六七年中，艱難困苦備嘗之。他一直打算要返回老家狄道。如孫枝蔚作於壬寅年（康熙元年，一六六二）春的《同張牧公過季希韓寓齋留飲即席作》云：『腐儒慚看劍，歸客勸扶犁。』下注『牧公將歸秦中』。同年還有《贈別張牧公三首》，其一云：

> 作客相寬賴酒卮，把君新句淚交頤。廣陵閑續《蕪城賦》，春日苦吟《棠棣》詩。拔劍出門年正少，馱書歸里馬難騎。

可見此次張謙是告別了朋友，決心起程的，但結果未能成行。其原因自然在經濟拮据。這樣年復一年，直至康熙五年（一六六六）年春才離開丹徒。當時孫枝蔚等也有詩相贈。《溉堂續集》卷一有五律

《張牧公特渡江別余歸里》二首作於丙午年（康熙五年），其一後四句云：『野老誰相念？新詩大可傳。名山須努力，游俠勿徒然。』同卷七絕《雍南、千一邀飲西郊酒家送牧公歸臨洮》四首，其二云：『送春時節送人歸。』其四云：

江深不及主人情，山好强如塞上行。無數枝間求友鳥，何曾中有勸歸聲！

首句表現出自己同張謙情誼之深。『山好强如塞上行』是挽留的話。

李三奇有《冬日送牧公還隴西》，感情真摯，并且反映出了張謙在南方的影響。詩云：

此別何時會，人生類轉蓬。關河兩地隔，風雨寸心通。客路寒山外，離情濁酒中。貧交重義氣，不忍各西東。

張謙回臨洮之後，孫枝蔚因思念而作《春日懷友》：

載酒朝朝過溉堂，堂前明月照飛楊。自騎白馬臨洮去，江南江北問小張。

末注：『張牧公謙。』

康熙五年張謙攜全家由江蘇返回甘肅。因家産被籍没，回狄道後的情況可想而知；所了願者，不過是可以將老母親及自己的骸骨埋在故鄉罷了。等待他的仍然是貧困。而且，由於失去了江南那些經常相見的詩友，心情抑鬱，更增加了淒涼孤寂之感。

張謙回到狄道後，知縣胡鼎文對其應有很多幫助。現存張謙詩集中有四組十一首送胡鼎文臨清赴任之詩，以『父師』相稱，可見其感戴之心。康熙《狄道新志》載：『張謙，字牧公，膺壬子拔貢。』也就因此赴京進國子監，大概也就只是取得一個名份，因當時拔貢之類肄业後也不一定任命什麼職務。

張謙回鄉之後，以行醫爲業。他是一個天資絶縱、心志高廣的人物，有才不見用，大志難伸，則他的死恐怕主要由於家庭變故造成的困境與心情上的孤寂苦悶。

（四）關於張謙的創作

康熙《狄道新志》言其『年甫十四即有詩成帙』、『後著作數千首』，因爲時間相距甚近，其中關於張謙所作詩的數量及存留的情況，應完全可靠。乾隆《狄道州志》卷十四《藝文》著録張謙詩集二種：《得樹齋詩集》、《葭露齋詩集》。今所見祇有《得樹齋詩》，幾經搜求，未見《葭露齋詩集》，已散佚的可能性大。《得樹齋詩》應即在《得樹齋詩集》基礎上加以删削，又加進十多首回狄道以後之作。從内容及孫枝蔚、戚藩、季公琦的序可以知道，主要是江南時的作品，那麽，《葭露齋詩集》應爲回臨洮後所寫的詩之彙集。其齋名取《秦風・蒹葭》意，一則反映了詩人當時惆悵的心情，二則説明時在秦地，詩爲秦風。《蒹葭》詩寫『伊人』可望而不可即，則牧公此集當抒發對清明政治和摯友的向往。

詩集經吳鎮重編，肯定是删除了一些鋒芒之作和在他看來已不合時宜之作。而且，同《戒庵詩草》一樣，是完全按體重編，同一體中，也按題材重編，打亂了原詩的順序，如贈胡鼎文之詩十一首，分編在四處。

張謙詩歌創作所接受的文化傳統，包括地域、社會和家庭三個方面，與張晉相同。只是當張謙真正進入社會，能以詩歌反映内心、抒發真實情感之時，家庭狀況已發生了很大的變化。這些并未能影響張謙詩才的發揮與成長，只是豪放之外，又多了一層沉鬱悲涼之氣。其《塞上詩五首》、《春閨曲五首》爲十八歲以前之作，重模擬。此後之作皆多憂時念亂及感念身世之情。如《吳希聲席上賦別季二希韓》中『賤子感行役，對此心苦悲』、『干戈滿天地，生死安可知』，《贈吴賓賢》一首中『誓當歸舊林，飢餓栖窮谷』等，内心之悲苦可見。然而寫國、寫家、寫己往往融爲一體，非僅嘆息抆淚也。

張謙創作大體可分爲四個階段：

第一階段，十四歲之前在臨洮老家之作。基本上處於學習模仿，脱離生活但表現出一種喜悦的情緒。如《塞上詩五首》及《春閨曲五首》和《桃花》、《几》、《徑》等九首詠物五絶。

第二階段爲到丹徒後，至其兄出事前，大體爲順治十三年（一六五六）初至十四年（一六五七）底兩年許。有七古《大堤曲》，五律《平山春望》、《紙鳶》、《鶯》、《燕》、《櫻桃》，七律《江上春思》等。

第三階段爲其兄死後在江南的一段時間。此前兩個階段及此一階段作品總匯爲《得樹齋詩集》。今存《得樹齋詩》是由該集删削編成，并加進部分第四階段之作。

第四階段爲回臨洮之後。這一時期的作品另爲《葭露齋詩集》，但這一集没有流傳下來。吴鎮只在當時所能見到之作中選内容無礙者編入《得樹齋詩》中。《送胡父師守清淵》同題十首，七古《寶劍歌》、《曲陽行贈劉峻老明府》，七律《寄許鐵堂先生》共十三首應爲本在《葭露齋詩集》之作。

孫枝蔚的《張牧公得樹齋詩序》中説：『然以牧公年少負雄才，丈夫何所不可自見，亦復用力於此，更如此其工，吾有摧折之已耳。不惟不能摧折之，且復爲評訂其詩，句必擊節……若其詩，如束晳《補亡》，能使讀者興仁孝之性。五言規摹少陵，已近肉骨。』因其兄張晉爲欽犯死於國法，孫枝蔚著重論其交誼與詩才，内容上措辭含蓄，讓讀者體會之。戚藩之序則較爲直率。其中説：

沉鬱悲涼，多騷怨之音，如聽繁弦急管，或至掩袂歔泣。

論及風格，則曰：

而又能以吳楚之情，寫關山之怨，每一韵成，若萬里飛濤，激射上下，有白帝江陵之勢。及其一泓澄碧，波紋細生，則中泠回瀾，若可朝夕注而左右吸者。

這就指出了張氏兄弟詩歌的共同特點。

五、張晉、張謙詩的傳本與著錄

（一）編印流傳情況

據孫枝蔚《張戒庵詩集序》，張晉至丹徒之次年，即有人敦促他編刻自己的詩集。李楷序則說：『豹人孫子已刻其詩，又爲之次其概略如此。』又乾隆己酉刻本前附有『原刻校訂姓氏』十五人。由『原刻』二字可知孫枝蔚所編張晉詩集當時是刻印了的。然而臨洮人李苞於嘉慶三年（一七九八）編刻的《洮陽詩集·凡例》中說：『康侯僅存寫本。』可見甘肅并無原刻本流傳。孫枝蔚《張牧公得樹齋詩序》云：『及禍難稍平……予乃得與牧公再一相見……遽問：「令兄康侯遺稿何在？」牧公曰：「幸禍不及此耳。」』張晉獲罪，蓋其詩印本、刻板被查抄，故孫枝蔚對其遺稿非常關心。張晉死十年之後，劍門何振集杜作《補十八變》爲《琵琶十七變》之續，以表示對張晉的哀悼，其中說：『嗚呼已十年，故里亦高桐。不意清詩久零落，白蘋愁殺白頭翁。』從『清詩久零落』一句看，丹徒所刻可能被查毀。《戒庵詩草》卷首有清初丹徒名士劉泉（原水）序，自是原刻本序。中云：『其詩文十種，皆未令吾邑時所著。』則可知原刻本包括十種。又今本《戒庵詩草》卷首所附原刻本《戒庵詩目》爲：『《黍谷吟》、《薊門篇》、《秋舫一嘯》、《勞勞篇》、《石芝山房草》、《雍草》、《稅雲草》、《詩餘》、《律陶》、《集杜》、《集唐》、《琵琶十七變》。《史見》（佚），《醫經》（附）。』其中，《琵琶十七變》是張晉在獄中所作，《史見》是歷史著作，《醫經》是醫學著作，都不可能收入《詩草》中。《集唐》在甘肅目前所傳有關張晉詩的各種刻本、抄本中都未見到，可能成於至丹徒之後。那麼《集杜》以上十種，當即此最早刻本的內容。

張晉《跋》言其詩除『軼於亂，軼於醉』，在京時尚『篋存古近詩千七百餘首』。則這個刻本所收數量亦當不少。孫枝蔚所作序題爲《張戒庵詩集序》，則此刻本應名爲《張戒庵詩集》。這是張晉詩的第一個本子。《洮陽詩集・凡例》所言，是作爲第一個刻本依據的寫本（詳後）。大約因爲查抄的原因，流傳於世者很少。

成書於乾隆十二年（一七四七）的《清文獻通考》卷二三四『《張康侯詩草》十一卷』，《四庫全書總目・別集類・存目九》著錄『《張康侯詩草》十一卷』，爲陝西巡撫采進本，提要已見本文開頭。這個本子同前面提到的『原刻』本次序上略有不同，其中說到『有七律集句』的那篇跋，今也不見。這個本子很可能衹是一個抄本，大約是在原刻本的基礎上刪除了一些『違悖忌諱』之作。對『七律集句』有所交待，而《琵琶十七變》未補收其中，也是旁證。《清文獻通考》和《四庫全書總目》所著錄之《張康侯詩草》，是張晉詩的第二個本子。此本今亦不見。

《狄道州志》卷十四《藝文下》關於張晉著作的著錄如下：

《黍谷吟》、《薊門篇》、《歲寒詩集》、《秋舫一嘯》、《勞勞篇》、《雍草》，《律陶》一卷、《集杜》一卷、《醫經》一卷、《琵琶十七變》一出：　張晉著。

與前兩種相比，無《石芝山房草》、《稅雲草》、《詩餘》與《集唐》，而多《歲寒詩集》，又增入《琵琶十七變》。從這兩點推斷，此應是張晉死後其家所藏原始稿本。張晉在臨洮家中的書房名曰『石芝山房』，故《石芝山房草》應是應試以前的作品。《稅雲草》大約也是這個階段的作品。當時張晉尚站在明朝的立場上，不以滿清爲君國，故應試以前這些總題之爲『歲寒詩集』，取他作於一六四四年的《蘇幕遮·苦雪》一詞的意思。《四庫全書總目》說：『第八卷爲《稅雲草》，而以詩餘附焉。』正可見詞原來也同《稅雲草》一起，歸在《歲寒詩集》之中，至孫枝蔚編刻《張戒庵詩集》之時，方將《歲寒詩集》分爲《石芝山房草》、《稅雲草》與《詩餘》，去『歲寒』之名，以防文網。這個本子是抄本無疑，今亦不見。這是張晉詩的第三個本子。

李苞（字元方，乾隆時舉人，歷任陽朔知縣、劍州知府等）所編《洮陽詩集》（嘉慶三年刻），收清初至嘉慶初年臨洮二百四十餘位詩人之作爲十卷，又《洮陽集句》上下兩卷。《詩集》第一卷爲張晉之詩，共一百零一題一百六十首，第二卷收張謙詩四十六首。《集句》亦以張晉的《律陶二十四首》、《集杜二十二首》冠首。該書《凡例》中說：『康侯、牧公兩先生詩，俱依原刻詩稿編入。』《凡例》中既言『康侯僅存寫本』，又言『依據原刻詩稿編入』，則其所據爲張謙帶回狄道之稿本。《洮陽詩集》第一卷選收張晉之詩與今見《戒庵詩草》的次序完全不同。它反映了上面所說的三種本子的次序。因爲這三種本子雖略有差異，但都是按作者的經歷與生平階段來分卷的。

今所見《戒庵詩草》刻本無《黍谷吟》等名目，而按體分爲六卷，獄中所作之《戊戌初度八歌》、《七夕篇》、《九日醉歌》、《梅花十五首》皆附於有關卷之末尾。其扉頁標明『乾隆己酉秋日』、『狄道後學公梓』，計收詩、詞三百六十二首。這個本子是由清狄道詩人吳鎮在乾隆五十四年（一七八九）編刻的。其書末楊芳燦識語中云：『松崖吳公，有意表章之。當去其取快一時而不甚經意者，康侯之真面目出矣。』〔二〕吳鎮有《與袁簡齋先生書》，其中也説：

> 狄道先輩有張康侯、牧公及前安定縣令許鐵堂者，皆真正詩人也。僕爲刻其遺稿，而貴門人楊君蓉裳曾加校訂焉。〔三〕

則當時任伏羌知縣的楊芳燦亦參與校訂。從楊芳燦的跋語中得到證明，吳鎮確是有所删除的。

這個本子的缺憾有二：

一是删去了很多作品。这些作品真實地呈現了明清易代之際的社會現象和一般知識分子的思想狀況，具有很大的認識價值。吳鎮恐犯忌諱而招禍，所删應主要是這類作品。

二是打亂了原來以時段分集、每集以時爲序的編選體例，變爲以體式分卷，每卷又將同題材作品編排在一起，完全打亂了原來的時間次序，加之原作品之後未標明年月，這樣要考求作品的創作背景

〔二〕　見《戒庵詩草識》。楊芳燦（一七五三—一八一五），字蓉裳，一字才叔，江蘇金匱人。工詩文，曾任伏羌縣（今甘谷）令，後入資爲員外郎，居户部，與修《會典》。後主衢杭書院及關中書院，數年，入蜀修《四川通志》。著有《直率齋稿》十二卷、《芙蓉山館詩詞稿》十四卷、《駢體文》八卷。《清史列傳》卷二十七有傳。

〔三〕　《松花庵全集》卷十一《松花庵文稿》。

就困難很大。

吳鎮所編刻這個本子在清代至少印過兩次，并且又有一個覆刻本。總的説來，這都屬張晉詩的第四個本子。

一九三〇年前後隴西王永清從清代學者劉紹攽編的《二南遺音》中録出張晉詩二十餘首，又從當時蘭州所辦《中心報》録出數十首，名之曰《戒庵詩鈔》（抄本），并作序一篇。王氏言：『尚欲再求之臨洮故里有收藏者，如能合而印之以行世，此亦隴上藝林盛事也。』王氏這個本子未刻，這算是張晉詩的第五個傳本。

從《二南遺音》劉紹攽所寫張晉小傳可知，張晉的詩在乾隆年已散佚而『不可得其全』，據王永清的序可知，至民國之時，并吳鎮編刻本也很難見到。《洮陽詩集》是刻印了的，其中收張晉、張謙之詩不少。但從甘肅省圖書館所藏唯一本子、抄本《洮陽詩集》卷首張維寫於『庚辰十二月』（約一九四一年元月）的題記看，這個刻本在二十世紀四十年代也已十分罕見。『兵燹之後，僅餘孤本藏於皋蘭某氏』，張維之弟熙民借來影寫一本，即今甘肅省圖書館所藏。《中心報》所刊張晉詩也是來自抄本。張晉詩之流傳雖然三百年來不絕如縷，而縷之欲絶者亦幾矣。

（二）現存張晉、張謙詩集幾種本子的情況

目前在甘肅所見張晉詩集，有印本三種，其中有兩種屬同一刻本，另一種爲覆刻本。

甘肅省圖書館藏有《戒庵詩草》三種本子（其中兩種不全）。甲爲二册合訂，其第一册封面題簽『戒庵詩草』，下小字雙行爲『序目、卷一、卷二、卷三』。封二字三行：『乾隆己酉秋日』、『戒庵詩草』、

『狄道後學公梓』，中間四字大。乾隆己酉爲乾隆五十四年（一七八九）。第二册除題簽下爲『卷四、卷五、卷六、跋』之外，封一、封二其他全同。第一册在封二之後依次爲孫枝蔚序、劉泉序、李楷序、《戒庵詩目》并附《原刻校訂姓氏》。然後是詩正文。

乙祇存前三卷。其紙質、書頁大小與甲本不同，甲本作爲封二者，此則爲扉頁，而版框、行款、字體全同。看來這是乾隆己酉之重印本。這個本子三篇序的次序是劉、孫、李。第三卷之後有張晉、劉湘、楊芳燦三人之跋。這三篇跋是甲本所没有的。

丙之版式、字體亦與甲本同，亦祇前三卷。刻印之封面已失，存扉頁，序的次序爲孫、李、劉，序後面即接張晉等三人之跋，然後是《戒庵詩目》，下面才是詩正文。

我於一九八一年所購得《戒庵詩草》二册六卷，與甘肅省圖書館所藏三種本子比較，版框、行款格式、提行、字之大小完全相同，而又有以下幾點不同：

一、字體雖大小相同，但筆劃往往不同，而且筆劃較肥。

二、錯字多，而且這些錯字多是因形近致誤。

三、卷四《懷袁義生》詩題下有『諱養浩，狄道人也，明諸生』語，爲原刻本所無。

四、卷五（七律）之後附有張謙的《春日諸名士邀飲板橋》二首，《洮溪暮望》、《寄白石圃訊南郊舊居》，及《送胡父師守清淵》『絶域臨洮地』、『使節發邊城』二首。

由以上四點來看，這個本子是乾隆己酉本的覆刻本。覆刻要儘量保持原字形，力求不損傷原來筆劃，故字體較肥；因爲乾隆年所刻《戒庵詩草》、《得樹齋詩》原版已不存，覆刻時祇刻了《戒庵詩草》，故取乾隆二十八年刻印的《狄道州志・藝文》所收張謙詩六首附於後。

這部覆刻本之原版現藏臨洮縣文化館。一九八五年臨洮縣縣志編纂委員會又據這部刻版重印若干部。序、跋齊全，而將三篇跋誤置卷首。今舉出其錯誤之突出者，以免以訛傳訛：

卷一《古詩十三首》之七評語：『遠過蕭韓萬萬也』，『遠』誤作『達』；之十評語：『并垂遠誠』，『誠』誤作『識』（二字繁體形相近）。

卷二《九日醉歌》：『風雨蕭蕭木葉墮』，『木』誤作『大』。

卷三《金水橋》：『宮花千萬樹』，『宮』誤作『官』。

卷四《伏羲廟》：題上『羲』誤作『義』；《有所思》：『木蘭船』，『船』誤作『舟』（原刻本及抄本皆作『船』）。

卷五《長安十首》之四評語：『此閎侈，彼閑雅也』，誤作『此關係，彼闌雅也』；《菊花》：『我愛秋光如愛春』，『如』誤作『知』；《贈霍魯齋司馬》評語：『末望其汲引』，『末』誤作『未』；《梅花十五首》之七：『西泠』誤作『西冷』（《洮陽詩集》亦誤）；《七夕》評語：『結意』之『結』作『結』。

乾隆己酉本的編刻由吳鎮主持，校勘比較認真；覆刻時以爲有現成的東西，祇須工匠據以摹刻，反而錯誤百出。

一九八三年冬，臨洮鞏發俊（彦斌）先生送來《戒庵詩鈔》、《得樹齋詩草》抄本各一册。抄本《戒庵詩鈔》的行款格式、各行字數與刻本完全一樣，經過對照是據乾隆己酉《戒庵詩草》刻本抄成，『鈔』應作『草』。這個抄本三篇序的次序同於省館丙本，三篇跋在第六卷之後。此《得樹齋詩草》抄本之後依次接張晉之《律陶》、《集杜》（均在總題之下標明『臨洮張晉康侯著，焦穫孫枝蔚豹人評，毗陵戚藩价人訂』）及《琵琶十七變（集杜）》（題下標『臨洮張晉康侯著』）。看來，這是《得樹齋詩草》與張晉三種集句的合集。

至一九八九年初我編校的《張康侯詩草》出版以後，方見到西北師範大學古籍整理研究所路志霄所藏《得樹齋詩》刻本。內容、格式與所見抄本完全相同，封面在『得樹齋詩』下有雙行小字：『戒庵律陶集杜琵琶十七變附』。

後來，據《中國古籍善本書目》、《中國古籍總目》、《清人別集總目》、《清人詩文集總目提要》，查得北京大學圖書館、中國人民大學圖書館、成都杜甫草堂都藏有此書刻本。至本書排校中纔知道天水市圖書館藏有一部《得樹齋詩》的刻本。

又，《西北地方文獻叢書》收有一抄本，書末跋語落款『戊子冬至後學張令瑄讀竟附記』，張令瑄爲張維先生之子，戊子年爲一九四八年。該抄本封面爲『戒庵詩草』四字，序言和跋語位置、次序與省圖藏丙本同。第五卷末除有覆刻本所附之張謙詩外，另有孫枝蔚《丁酉壽張康侯母太夫人》第三首，亦據《狄道州志》。張謙詩首頁大字楷書『得樹齋詩草』，題下雙行『戒庵雜著附』。後依次爲孫枝蔚、戚藩、季公琦序，《狄道州志·張謙傳》。後面是正文，格式與刻本同。以刻本正文中已有之《櫻桃》、《送胡父師守清淵》（五律六首、七絕二首）爲《補遺詩九首》附於楊芳燦跋語之後。張氏所謂『戒庵雜著』即指《律陶》、《集杜》、《琵琶十七變》，編排與刻本大體無異。從一些異文來看，此抄本産生較遲。

《洮陽詩集》雖爲合集，但收張晉、張謙詩數量較大，亦是張晉詩作的一個重要傳本。但目前所見祇一種刻本，其中錯誤很多。如《張康侯詩草》卷一《劉伶墓》「千秋土一抔」，「抔」誤爲「杯」。卷二《嵩岳高》「獨立中天天一柱，天下諸山起敬恭」，「天下」誤作「天上」；「我來杖策問道士，茫茫真氣惟寒鐘」，「杖策」誤作「策杖」。《迎神曲》「吹竽撞鐘紛歌舞」，「竽」誤作「竿」。卷三《玉蕊》「月照唐昌觀，泠泠刻玉寒」，「泠泠」誤作「冷冷」。卷四《西風》「自益客心苦，誰知天氣清」，「清」誤爲「晴」；「寒砧烏坐樹」，「坐」誤爲「作」。《哭友梅先輩三首》之一「精靈何處著，祇合在蓬瀛」，「祇合」誤爲「祇今」（原刻本、覆刻本均作「祇合」）。卷五《秋望八首》之三「玉佩低搖烟未散，朱旗輕拂葉初飄」，「輕拂」誤爲「飄拂」。《梅花十五首》之五「若論澹泊交堪久，爲隔形骸客到稀」，「爲」誤爲「若」；之七「東閣自堪誇宋璟，西泠何處問林逋」，「西泠」誤爲「西冷」等等。所收張謙之詩，其《寶劍歌》一首甚至脱去四句。這些錯誤究竟是因爲編刻時校訂不精，還是傳抄中造成，不得而知，總之問題較多。

《二南遺音》和《晚晴簃詩匯》中也收有一些張晉、張謙之詩，文字與《戒庵詩草》及《洮陽詩集》時有不同，可能是根據了較早的傳本。《洮陽詩集》雖編排次序依據原刻稿，但文字卻完全依照吳鎮所訂正過的《戒庵詩草》。

又，清初鄧漢儀《詩觀》初集亦收有張謙詩數首，并有評語（見《四庫禁毀叢書》），詩皆刻本中已有者。

比較而言，今所見張晉詩的各種傳本，以乾隆己酉刻《戒庵詩草》原刻本最善，而《二南遺音》和《晚晴簃詩匯》的參考價值較大。總的説來，今所能見到的無論刻本還是抄本，別集還是總集、合集，情況都較複雜。這便是我決心編校張晉兄弟詩集的原因。

（三）甘肅文獻中關於張晉、張謙著作之著録

由李九如（晉臣）、王國香（蘭亭）、王烜（竹民）成書於一九一五年的《甘肅文獻録》（寫本，二册，藏甘肅省圖書館）卷下《集部·經總類》載：

《九經解》，狄道張晉著。《十三經辨疑》，狄道張晉著。

後面是一段小傳，基本上照抄乾隆年修《狄道州志》，衹是改『會主司以賄敗，晉亦罣誤，死時年三十一。死後』十八字爲『會卒任所』。這也衹是時過境遷之後爲古人諱而已。『辛酉充鄉試同考官』，『辛酉』系『丁酉』之誤。《狄道州志》誤，此照抄而誤也。

其中提到的《九經解》和《十三經辨疑》，第一次見於著録，但對有關情況無進一步説明。此後地方有關人士所編各種文獻目録及《甘肅通志·藝文》皆著録之。這兩種書不見於此前的各種文獻，也不見於各種張晉詩集抄本（包括家藏抄本）的序跋文字，可能是後來搜求所得習《九經》之筆記和學《十三經》時札記、心得之類。

同書《集部·藝文類》列《勞勞篇》、《黍谷吟》、《歲寒詩集》、《秋舫一嘯》、《雍草》、《律陶一卷》、《琵琶十七變》，并分別注：『狄道張晉著。』與以前各書所著録相較，缺《薊門篇》、《集杜》、《集唐》。但《子部·醫家類》著録：

《醫經》一卷，狄道張晉著；《薊門篇》，狄道張晉著。

《薊門篇》是詩集，從集名看，當是旅於幽燕，逗留北京時所作。在這部書中可能是提供者抄『薊』爲

『劑』，竟變成了醫書。

定西人郭漢儒（傑三）成書於一九四八年的《隴右文獻錄》（二十四卷，目錄一卷，原抄本藏甘肅省圖書館）後出，但記載稍欠翔實。卷十四《張晉傳》完全照抄《狄道州志》，所附列各集名稱，『薊門篇』之『薊』仍誤作『劑』。最令人疑惑的是《目錄下》關於各集存佚情況的説明：

《琵琶十七變》，刻本，今存。《九經解》，今佚。《十三經辨疑》，今佚。《黍谷吟》，今佚。《劑門篇》，今佚。《歲寒詩集》，刻本，今存。《秋舫一嘯》，刻本，今存。《勞勞篇》，刻本，今存。《雍草》，刻本，今存。《律陶》，刻本，今存。《集杜》，刻本，今存。《醫經》，今佚。

照以上記載，張晉詩原編《歲寒詩集》、《秋舫一嘯》、《勞勞篇》、《雍草》和《琵琶十七變》、《律陶》、《集杜》都是分別刻印，并且在四十年代尚且存世。這不太靠得住。『薊門』之『薊』作『劑』，看來也比較草率。關於張晉詩集的記述，恐是臆度而來。該書二〇一二年由甘肅文化出版社出版，上文提到的『今存』、『今佚』、『刻本』等文字均删除之，或是編訂此書的人看到筆者刊出的有關論文後做了處理。

張晉詩第一次刻印，是在丹徒任所。這個本子把原來所編《歲寒詩集》改編爲《石芝山房草》、《税雲草》和《詩餘》。而《隴右文獻錄》云，『《歲寒詩集》刻本』，可見作者并未見到這個本子，祇見到張氏家傳的抄本（即本文第一部分所説第三種傳本），因上面附抄了見於後來編成的本子的『原刻校訂姓氏』，郭氏以爲這個本子是存世的，故雖未親見其書，也在凡見到抄本的集子後注上『刻本，今存』。看他的記載，或爲『刻本，今存』，或爲『今佚』，并無一個是『今存抄本』，或『刻本，今佚』。如果他真正見到《歲寒詩集》、《秋舫一嘯》、《勞勞篇》、《雍草》等的刻本，即使未見到《黍谷吟》、《薊門篇》刻本，也應注爲『刻本，今佚』，或『今存抄本』，因爲這幾部詩集中的作品也選入《張戒庵詩集》（而且兩個集子原編次正好列在前面）。

關於張謙的詩集，康熙《狄道新志》卷九説『著作數千首，悉爲士林膾炙人口，有遺稿藏於家』；《二南遺音》張謙小傳言有『《得樹齋》、《葭露齋詩》』。而乾隆《狄道州志》、道光《蘭州府志》俱祇言『有《得樹齋詩集》』。吴鎮當年所編刻，亦主要依據《得樹齋詩集》，有孫枝蔚、戚藩二人的序，從詩與序的内容看，絶大多數爲在江南時所作。然而其中有關胡鼎文赴清淵太守任十首是到臨洮後之作品。又孫枝蔚《序》言『蓋牧公今年纔二十一歲』，戚藩《弁言》言『今日牧公異鄉況味似之』，季公琦《序》的開頭説：『余偶過豹人溉堂，得牧公近詩一册』，其末又有『牧公行且歸矣』云云，則該集詩成於南方無疑。《葭露齋詩集》應是回狄道後所爲，可能作者生前并未編定，以後就散佚了。但《隴右文獻録》記載：『《得樹齋詩集》，刻本，孫枝蔚有序，今存；《霞露齋詩集》，刻本，戚藩有序，今存。』書名『葭』字誤作『霞』字，一書之序，分屬兩書。上面説過，戚藩的《序》也是寫給成於江南的《得樹齋詩集》的。可見，郭傑三不但未見到《葭露齋詩集》，也未見到《得樹齋詩》的刻本，他所謂『《霞露齋詩集》刻本，有序，今存』，也是出於想當然。

相比之下，王樹濤成書於一九三四年的《甘肅藝文志》（即《甘肅通志·藝文志》原稿）和張維（字維之，號鴻汀）成書於四十年代的《隴右著作録》（稿本，六卷，又《補録》一卷，現藏甘肅省圖書館）比較可靠。《甘肅藝文志》所著録張晉各集，祇『薊』字仍誤爲『劑』，别無差錯。每條書目之後注『張晉著』，對版本、存佚情況也没有以『想當然』來標出。

張維的《隴右著作錄》關於張晉著作完全按《甘肅通志·藝文志》，并增注了各集的序跋（訛誤之處是將詩集和《集杜》的兩篇跋誤標爲『序』）。在張晉各詩集之後有一段按語云：

《清朝通考》：『《張康侯詩草》十一卷，狄道張晉撰。』今所傳康侯先生《戒庵詩集》僅有二册，而目錄其列《黍谷吟》至《琵琶十七變》九種，惟《律陶》、《集杜》、《琵琶十七變》各自爲卷，餘則分詩體類編，且篇幅無多，必非康侯原編。疑被難以後篇什散佚。乾隆時集附剞劂，故合其詩而存其目。今依目錄入，以存其初。康侯足迹經南北，海内或有存其遺文者，未可知也。

其所記述同我瞭解的情況相符，有些推斷，也同上文前兩部分的結論一致。凡所著錄，皆注明所據；雖不一定是第一手材料，但也不失爲實事求是的態度。

從《隴右著作錄》看，作爲張晉同鄉的張鴻汀先生卻并未見過吳鎮重編之前張晉、張謙詩的集子。以後見到這些集子的希望更是渺如雲烟了。但我還是抱著這樣的奢望：有一天能够發現張晉詩的較全的本子。故詳論其傳本與著錄情況如上，以便關心秦隴文獻者明其來龍去脉、存佚虛實，而有所留意焉。

張晉的作品帶有濃厚的浪漫主義色彩，如楊芳燦所評論：『寄思無端，忽仙忽鬼，殆古所云詩豪者耶。』但植根於現實生活，是反映了當時社會的真實面貌的。他的創作思想、創作實踐與他平時的思想作風（特別是在丹徒任職期間注重吏治的表現）是一致的。我們以爲張晉是清代西北詩人中較傑出的一位，張謙多方面受其影響，也是清初甘肅的傑出詩人。

凡例

一、張晉及其弟張謙爲清初狄道（清屬陝西，今屬甘肅）詩人，二人之詩在乾隆年間刊刻時，編者恐犯忌諱而多所删除，今存不多，故合爲一集。爲便於進一步的研究，特輯録有關張晉、張謙及其家庭之資料、當時人的贈答悼念之作，并作《張晉張謙年譜》，作為附録置於書末，以供參考。

一、《戒庵詩草》六卷以甘肅省圖書館所藏兩部爲底本，補足序、跋，校之以覆刻本、鞏彦斌抄本（簡稱『原抄本』）、張令瑄抄本（簡稱『張抄本』）、《二南遺音》、《洮陽詩集》、《狄道州志》及《晚晴簃詩匯》所收之詩。

一、《集句》以原抄本爲底本，校之以逯欽立校注《陶淵明集》、清楊倫《杜詩鏡銓》。因《得樹齋詩》刻本後所附錯誤也不少，爲避免誤解，也將刻本中異文於校記中列出。

一、《得樹齋詩》以天水市圖書館所藏刻本爲底本，以『原抄本』和『張抄本』爲校本，參校《二南遺音》、《洮陽詩集》、《狄道州志》、《晚晴簃詩匯》及《詩觀》所收之詩。

一、正文校點方面，需要説明以下幾點：（一）底本中缺字及模糊不清的文字，據别本及有關資料補出，爲免繁冗，一般都不出校。（二）異體字、俗體字一律改爲今之繁體正字，不出校。（三）明顯的錯字徑加改正，不出校。（四）避諱之字，全部改回。如玄因避玄燁名諱而改書『元』者，今悉改回。此類一般亦不出校。（五）底本是，他本誤者，一般不出校。個別字意思難辨恐有以覆刻本或抄本改原刻之錯而以爲是者，校記中略加辨析。（六）有一定參考價值之異文，出校記列於該詩之末，以供參考。

一、《集句》中有些句子或與原作詩句稍有不符，或不見於原詩，應主要由傳抄造成，也會有因作者誤記或爲適合己意稍作改動者。均不加改動，而在校記中加以説明。凡明顯係傳抄或刻印之誤者，徑依陶淵明或杜甫原句改正。

一、孫枝蔚等人評語中引前人詩句屬誤記或傳抄之誤者，亦徑加改正，不出校記。

一、吳鎮編《戒庵詩草》打亂了原詩的次序，時代完全錯亂，對讀者瞭解原詩的思想内容不利。今盡可能根據詩的内容、詩中提供的信息、作者的生平經歷及有關事件對各詩的作時、作地加以考求。有的詩牽扯到具體人物、地名、景物或事件，爲便於閱讀，亦於『箋』中加以説明或考論。

一、爲使讀者閱讀連貫，體味詩意，將孫枝蔚等人夾評皆移於每首詩後，而於原評語處標［一］、［二］、［三］等，與評語相應。篇末評加『總評』以别之。鄧漢儀評張謙詩標『鄧評』，以爲區别。

一、《得樹齋詩》於三篇序之後附《狄道州志》中《張謙傳》（文字有脱誤），今據《狄道州志》録之於《附録一》；詩集之末有《附諸公贈答詩》，附孫枝蔚詩八首，張天符一首，宗适二首，李三奇一首，又孫枝蔚《春日懷友》二首，宋琬《送張康侯進士赴選》二首，今并移《附録二》。

目録

戒庵詩草卷之三　絕句

戒庵詩草卷之四　五律

戒庵詩草卷之五　七律

戒庵詩草卷之六　詩餘

集　句（張晉）

集句卷一　律陶

集句卷二　集杜

輯佚

得樹齋詩（張謙）

附 錄

戒庵詩草

張晉

戒庵詩草

張戒庵詩集序

孫枝蔚

康侯成進士後，蓋嘗以詩得盛名於京師矣。及筮仕令丹徒，丹徒固顔謝風流、殷許輝映之地也，而康侯乃漸不欲有其詩名，予聞而竊異之。或爲予言其故，康侯雅服善，有忠告之者曰：『詩人多不嫻吏治，且易取人忌。即夙所爲詩，願且勿傳也。』故康侯信之也。及予聞康侯之自言，則又不然。曰：『楊子雲晚年不嘗悔其少作乎？高達夫不嘗五十始爲詩乎？今予詩皆十四歲以及二十以上之作，他日者恐不免於究自悔也。』蓋其謙遜不遑又如此。

然予與康侯皆秦人，而東南諸君子頗多觀樂采風如吳季子者，能審聲而知秦爲周之舊；又數年來，詩人多宗尚空同，而吾秦之久游於南者，如李叔則、東雲雛、雷伯籲、韓聖秋、張稚恭諸子，一時旗鼓相當，皆能不辱空同之鄉。吳越間頗嚮往之，則因所已見者思所未見者。既而聞康侯京師之名，無不以陳拾遺待之矣。則謂予曰：『獨奈何不得見其碎胡琴之作乎？康侯非子之友與？天下，一鄉之推也。鄉有寶而自私之，人將謂子何？』予卒無以應也。乃於其爲令之二年，力勸之出其集授之梓。會其師宋今礎先生亦至，因共强之。夫謂詩易取人忌，可也；謂詩與吏治遠，不可也。《三百篇》中，大半皆公卿之所爲也。古者學必安詩，『《宵雅》肄三，官其始也。』稱詩諭志，賦詩徵才，往往而是。其詩温厚則知其政慈良，其詩潔淨則知其政清廉。今康侯親民之政，亦既人習之矣，顧其由來安可忘耶？即謂詩必老而後工，此尤非矣。夫詩第論才耳，豈論年乎？昔張率年十六作詩二千，虞訥見而詆之；更爲詩托之沈約，訥便向之嗟稱無字不善，康侯豈慮此耶？獨是康侯生長臨洮，其地以鞍馬爲弓冶箕裘。康侯少年具壯志，所至能使塞上諸將軍揖爲上客；間馳馬，輒一日能二三百里。然則，即『七步』、『八叉』之吟，亦豪士之餘耳。

今其詩乃自漢魏六朝以及三唐無體不備，無法不純，何也？此足異也。夫儒林文苑，類多秦士。康侯尊公先生初仕爲茂宰，著詩甚富。而康侯學與仕今皆不忝義方，此尤足傳也。若此集中所詣之美善，則予既受康侯知己命而字字評騭之矣，茲不具論也。

三原同學弟孫枝蔚撰，并書於京口之藥師庵中。

序

李　楷

秦之詩，狄道康侯，涇陽稚恭，稱『二張』。狄道則歸本於觀城君。觀城之詩吾未見，以其子知其父，非觀城之教不及此。善則稱父，禮也。夫秦，固周京也。周公之詩，詩之鼻祖也。稱述文考，以溯及於太王、公劉、后稷，詩必本諸其先，義蓋如此。漢魏之間，曹氏父子尚已。先之者，唯有枚氏父子；至於唐，濟美者多矣，然亦不可多得於天下。甚矣，家庭之詩傳，文人之絕軌也。

秦之詩，空同而外，浚谷揚鑣於平涼，德涵振衣於武功，渼陂張武於鄠杜，五泉樹幟於馮翊，槐野接嚮於棫林，太青集成於西極。其他著作之家，不能具述。祋祤之喬，渭上之南，左馮之馬，蒲城之李，朝阪之王，焦穫之來，其著者矣。與余後先同時者，延安之劉，華下之東，三原之韓、温、雷、孫諸子。今以少年特起者，狄道之張耳。夫狄道之詩，成於夙慧，予欲以絳州王勃匹之。子安以年少得名，其先人文中子河汾教授，不仕於時；康侯俊才，而觀城抱節死忠，庶幾同揆矣。

狄道爲臨洮首地，有大人見焉。長城之創，亦始於此。康侯試書判爲第一，其舅潘文部，余同年也，亦第一。以詩卜其福澤，亦詩人中之『大人』、『長城』也。余謂狄道有康侯，即慶陽之獻吉，後人或無異辭。蓋少年而造詣已至於此，他日未可量矣。豹人孫子已刻其詩，又爲之次其概略如此。夫狄道之詩人，將進而爲天下之詩人，余秦何得而私之！

河濱李楷撰。

序

劉　泉

才之在天地間，星辰之氣，河岳之英，聖君賢相之志氣，詩書載籍之精神，不能一日不散見於世。或散之不能聚，聚之不能厚，一者造物之奇秘不輕宣，一者宇宙之力脆不能集。意數百年間，始有一人焉示現而鼓舞其間。故古今來文人多而才士少，自莊周後僅得宋玉、兩司馬、江淹、李白、蘇軾六人，他如扶風、昌黎、少陵、永叔，文章聖矣，猶不得以才子稱。魏晉之才，無若仲宣諸子，子建尚謂其不能絕迹飛騫，自致千里。即子建八斗，亦寧遂與六君子按轡而驅？故班之奇逸，或遜腐遷；李之豪放，或逾老杜。屈，宋師也，宋之驚才絶豔，《招魂》、《九辯》，似過靈均；洵，軾父也，至所謂文章之樂，曲折如意，雖明允或無以過子瞻。蓋作者抒情發藻，靈光異采，常晶晶奕奕，不自知其所至；且能使讀之者行吟坐誦，靈光異采，亦晶晶奕奕不復知其至。其神妙如是也。乃今得康侯先生而歎爲真才子，讀其詩文，祇覺其靈光異采，晶晶奕奕於目光離合間，不自知其所至者，才之所至也。余小子狂僻爲性，磨蠍爲命，不能隨世，世亦棄余小子，而余小子於《詩三百篇》獨好誦《七月》、《東山》、《蒹葭》、《大東》數章，於文好子長、子瞻，賦好宋玉、相如、江淹，詩則李太白，其餘多所不讀，而獨於先生詩寢之、食之，以先生之思以才靈，學以才化，識以才通，語以才妙，直奉先生之詩於六君子者而七之已矣。

先生之才，發爲詩文，敷爲政事，冠冕天下，而種花吾邑，其詩文十種皆未令吾邑時所著。或曰：令非詩官也，亦鮮詩料。夫東帶所謁，望塵所拜，低頭忍辱所與應酬，皆傖父也，何處得談詩？然古人以令隱者詩多顯。勾漏之丹砂，天台之藥，豐城之劍，鄴之舄，秋浦、河陽之花與月，大庾、羅浮之梅，彭澤之五株柳，得一足以韵詩心，況乎荀香、龐酒、單父琴，韵事更傳千古乎？且先生之治吾邑也，垣無肅鴻，野無驚猶，城無張狐，社無伏鼠。即以清興所到，放鶴於三山杳靄中，咏歌不輟，雖烽燧鼙鼓之際，一一皆先生詩料，作令亦何不可作詩乎？《含神霧》有曰：『詩者，天地之心，君德之祖，百福之宗，萬物之户也。』而《春秋説題辭》亦言：『在事爲詩，未發爲謀。』彼風雅之關係如此，而不知者止以爲斗酒百篇，供騷人飲客揮酒跳踉之用而已，宜乎以令爲非詩官也。

嗟乎，才子之難也，幾千百年有宋玉、兩司馬、江淹、李白、蘇軾六人，幾千百年復有康侯先生，知更幾千百年復有如先生者出哉！
潤州門人劉泉原水頓首拜撰。

戒庵詩鈔序

王永清

前清順治中，狄道張康侯晉、牧公謙兄弟以詩名江南北。康侯，順治九年進士，官丹徒知縣，丁酉爲鄉試同考，得張京江相國玉書，會主司以賄敗，康侯亦罣誤冤死，年止三十有二。家被抄，以是詩文皆散佚。嘗於獄中集杜作《琵琶十七變》，抑揚頓挫，感動人心，知者無不憐其才而悲其遇也。其弟牧公，清才天授，二十以前即刻有《得樹齋詩》，孫豹人、戚价人爲之序，擬其兄弟如汝南之德璉、休璉，吳郡之士衡、士龍。又以康侯早罹慘禍，比之華亭鶴唳、《廣陵散》絕。嗚呼，是可哀已！

牧公詩，如《與方十乘作》云：『家破三年久，身全萬死餘。尚看天地意，莫廢父兄書。』《寄吳楚卿》云：『故國經多難，衰親受贈金。』《江上雜感》云：『吾兄曾養母，有弟共稱觴。』『塔自銜烟立，人誰乘月游？』『時危人避地，春老成思家。』《晉陵逢方十五弟》云：『淹留驚歲改，飄轉怨春濃。』『同當多難後，羨爾有庭闈。』《歲暮感懷》云：『家從前歲破，身較往年閑。』『高堂垂素髮，啼眼送年歸。』坐接孤兒拜，悲看老萊衣。雁行驚失序，花萼罷同輝。歲歲逢除夕，天涯獨掩扉。』皆規步少陵，已近骨肉。與康侯之才情跌宕、忽仙忽鬼者，又各擅奇競秀，與山川爭勝。無怪豹人等之傾倒不置也。

劉紹攽《二南遺音》僅錄康侯詩二十餘篇、牧公詩數篇，言其集已散佚，蓋在乾隆時已不可得其全矣。季公琦《得樹齋詩序》謂康侯有《史見》一書，『上自戰國，迄於元明，皆論斷精嚴』，今亦未見。頃見蘭垣有《中心報》，登康侯詩數十首，云得之抄本，又多近體，爲《二南遺音》所未收。喜珠光劍氣之猶散在人間也，比而存之，并識所見於其弟《得樹齋詩》者如此。尚欲再求之臨洮故里，如有收藏者，能合而印之以行世，此亦隴上藝林盛事也。《得樹齋詩集》現歸之漳縣韓君相五。

己卯春日王海帆敘於晚紅蘿室。

〔箋〕王永清《戒庵詩鈔序》見於鞏發俊所提供《戒庵詩鈔》抄本。王永清（一八八八—一九四四），字海帆，隴西人，有經學、史學著作多種和《梧桐百尺樓詩集》、《踏踏集》、《北堂集》、《河聲集》、《盾鼻集》、《飲水集》及《雙鯉堂文集》。此序所署己卯爲一九三九年。

戒庵詩草卷之一　五古

古詩十三首

其一

風騷久淪替，舉世事雌黄。轟轟蒼蠅聲，而竟溷宫商。萬喙爭鳴起，天地爲之荒。李杜名千古，夫豈在文章！冥心會真灝，有路接混茫。羲文致龍馬，舜樂下鳳凰。二者是吾師，寤寐以相將。

總評

青蓮得此同志。

其二

長安無所愛，所愛玉壺清。十千沽一石，乃復同友生。秋風窗外竹，春雨樹邊鶯。陶然盡浮拍，而得見性情。孰爲天下士，孰爲海内名！此中天地別，坦腹有誰爭？

總評

此等詩全首看佳，逐句看亦佳。入《十九首》中，復何能辨！

其三

日月既盈昃，陵谷亦變遷。人生天地内，誰能至百年？運會良有適，所當任自然。胡爲日役役，石火爭後先？麝以香而斃，膏以明而煎。勿言負奇特，奇特多不堅。抱樸復含醇，豈爲俗累牽？玄鶴有時下，終當凌紫烟。

總評

味古矣，又純是道氣。可見古來無不得道騷人。

其四

世人薄古道，結交須黄金。下馬一握手，天地變晴陰。王孫垂青綬，公子耀華簪。巢許豈無後？世世居山林。傷哉鮑管死，至今無同心。我少逢時意，胡不歸遙岑！好花且弄笛，明月復彈琴。愛惜此雙耳，衹可聽春禽。

總評
讀此覺東野『家家朱門開，得見不可入』志氣太卑。

其五

長安開甲第，日日宴嘉賓。車馬門前列，絲竹堂上陳。金盤薦甘脆，寶案羅奇珍。瓊杯葡萄香，氍毹夜夜春。大婦花燦爛，小婦玉嶙峋。歌舞無前代，天然掌上身。墻外飢兒哭，公子反生嗔。豈知行乞者，昔亦錦繡人！

總評
現前指點，詩中禪悟。或疑此首太露，不知不如此不足淡人爭逐之心。

其六

西山爽氣佳，四圍青不絕。拄笏望遙深，其中信高潔。老僧臥白雲，不問玄黃血。石磬一聲寒，寂寂無可說。我欲往從之，嗅冰復嚼雪。竹月與梅風，聊以遂吾拙。誰能昧性靈，而去附炎熱。

總評

夢醒黄粱，百情淡盡，方有此省悟。

其七

才名動天下，終被俗人欺。當世重雄武，胡不擲毛錐。駿馬風飄忽，長劍雪陸離。出門路萬里，吐氣如虹霓。戰場聞金鼓，寒雲鎖大旗。臂挽十石弓，生擒反側兒。鄧禹束杖策，班超西出師。功勛非不貴，進退未知時。我若取斗印，還當訪安期。

總評

此君家子房所以遠過蕭、韓萬萬也。

其八

皇天胡不惠，三歲水爲災。神皋數千里，極目盡蒿萊。我行歷燕趙，饑民如蟻來。幼或扶其老，母或攜其孩。哭聲上青旻，天色慘不開。吁嗟此蒼生，流離實可哀。安得神仙術，令彼登春臺？

總評

少陵有『安得廣厦千萬間，大庇天下寒士俱歡顔』，識者謂其詩中宰相，讀此末二句，異日經綸六合，俱可想見。

其九

筵上如雲女，修眉螺黛長。雙眸如秋水，舉動生輝光。我問女誰氏，女淚濕衣裳。云是良家子，而家在南康。父爲二千石，兄爲大職方。夫壻美少年，春水兩鴛鴦。新婚未十日，干戈起倉皇。馬上抱琵琶，鸞鏡竟分張。所恨不能死，今爲倚門娼。語罷腸斷絶，我心哀且傷。天地降喪亂，割裂非一鄉。珠宮與蘭殿，三千紅玉香，今亦委塵土，何況此參商。收淚有所思：飄零剩劍霜，安得豪男兒，慨然典鷫鸘，千金贖文姬，庶以慰中郎。

總評

『天地降喪亂』一段似慰之也，愈令人無鼻可酸。衹此一首，勝讀《胡笳十八拍》矣。

其十

高位豈不貴？所貴常能保。盛名豈不尚？所尚靜能考。朱門啼暮鴉，甲第生秋草。金谷如錦繡，石崇竟未老。世人若不悟，衹愛黄金好。何不從赤松，飄然陟蓬島？

總評

可與青蓮『黄犬空嘆息，綠珠成釁仇』等語并垂遠誡。

其十一

霜寒鷹眼明，郊原事馳逐。將軍獵秋山，不問黍與穀。帳下美人歌，田中野老哭。鐘鼎夜夜香，有餘亦不足。所以李廣功，竟少封侯福。

總評

喻及果報，勝《諫獵文》百倍。人固有未可與之言理者也。

其十二

野老一吞聲，此生何太苦！驅牛上山去，不解耕何處。門前催租人，下馬氣如虎。擕來杻械物，多於鎛犁數。四顧無長策，含愁賣田鼓。長天四五月，何以保子婦？哀哉田中人，不如太倉鼠！

總評

乃可以爲人臣，乃可以居民上。今之有司鮮知稼穡艱難者，吾欲以此詩進之。宛轉悲淚，痛深剝膚。此之謂民之父母。

其十三

灼灼園中花，蕭蕭窗外竹。皎皎雲間月，翳翳河邊木。盈盈樓上女，的的顔如玉。十三能彈箏，十四能擊筑；十五學笙簧，十六翻諸曲。自矜能傾城，錦繡坐華屋。公子夜留賓，千喚始能出。一聲《水調歌》，吳綾幾千束。吁嗟老農苦，終日無飽腹。安能如此輩，下箸厭粱肉！

總評

先生至性道氣，久懷出世之想，特以君親之報未盡，故一時不能脱離耳。試讀《古詩十三首》，非再來人，能道隻字乎？昭明選潘、陸中有此一首沉著痛快者否？東坡駁之，良是。

箋

該組詩作成於順治十一年（一六五四），時詩人二十六歲。其二、其五均以『長安』開篇，其八言『三歲水爲災』可證。他去三原參加鄉試及赴京會試前後，秦隴一帶災害連年。順治九年八月，隴南一帶大水，造成嚴重的自然災害。次年六月臨洮遭雹災，冰雹『小者如鷄卵，大者如人頭』。十一年六月臨洮、鞏昌、天水、平涼、慶陽地震，傾倒城垣、樓垛、堤壩多處，因廬舍、墻壁坍塌死亡軍民三萬一千餘人。這些災害及沿途見聞引發了詩人對人生的思索，加深了他對社會的認識，作了這一組深刻地反映現實和思索人生的作品。其八又言『我行歷燕趙』，顯然是在參加會試之後。從其六『西山爽氣佳，四圍青不絶』等句看，所寫爲京城景象，應作於在京時。而從其七『功勛非不貴，進退未知時』及『我若取斗印』云云看，也是未任職時之作。

望仙謠二首

其一

紅日抱扶桑，海氣龍吞吐。蓬萊第一峯，乃爲天地主。金母吹玉笙，木公擊花鼓。所談無始前，岸然笑盤古。偓佺與安期，嬉戲出玄圃。雲車駕鳳凰，雲游紫虚府。曲蓋水爲緣，飛幢霞作縷。倏忽周太空，十洲杳如釜。遐哉此混茫，無樂亦無苦。若不逐帝驂，誰知虞周腐？

總評

先生忽而望仙，忽而飲酒，忽而憂時憫亂，其胷中確有一段欲説出説不出處。奇懷至性，不讓古人。

其二

琳宫日月明，玉局雲霞變。行行十二樓，乃近寥陽殿。紫虬臥中門，玄鶴出别院。瑶階千樹桃，其色正如茜。丹房曉半開，初見虚皇面。長跪前致辭，而求天福善。賜我熊鬚冠，重以鶴尾扇。親承金簡書，語語俱天撰。嗟哉秦漢君，乃好事修煉。阿房生春草，長楊飛秋燕。豈若芙蓉城，歲歲瓊花宴！

總評

古雅中能作麗語，故由才勝。

箋

詩作於明崇禎十六年（一六四三）前後，詩人十五歲上下。詩人十四歲「知聲律」，以能詩稱。自此年之詩始存，故此二首爲康侯所存創作時代最早之詩。

率然

游子思故鄉，雲天空回首。何以慰寂寥，所賴同心友。此友真肝膈，愛我忘其醜。風雪閉門坐，歡然共杯酒。發言無忌諱，衹求開笑口。一時不相見，如失左右手。長安十丈塵，誰樂日奔走。苟無若而人，豈能爲客久。榮華何足貴，古道矢相守。肯保歲寒心，何用金如斗。願爲霜後松，勿爲風中柳。他日謝浮名，同訪雲中叟。

總評

質得妙，直得妙。漢古之蘇、李也。

箋

作於順治十一年（一六五四）冬，候選在京。詩中言「游子思故鄉」，顯然離家較久。又曰「長安十丈塵，誰樂日奔走』，顯然爲候選之時。『風雪閉門坐，歡然共杯酒』，應在冬季。

舟具六首有序

舟所需者，少一物不可，一物不善不可，古之人知其理也。因作《舟具》詩於滄州道中。

檣

若非有紀綱，胡能適中正？尚賴此維持，四方惟所命。居重而善馭，慎勿失其柄。殷勤謝篙師，告我以爲政。

總評

比皮、陸《漁具詩》便大。

帆

君子不先人，巽出乃可繼。然而吾道行，誰能去其勢？羽翼所當求，惟正始克濟。中心默念之：登舟如涉世。

總評

君子不先人，可以續『招招舟子，人涉卬否』之章矣。

櫓

得時易施行，貴乎善其後。輕重苟非宜，流失不可救。大人處亨利，有權慎左右。致遠無所泥，長年問操守。

舵

茫茫何所從？得其要則善。若不滯於物，達人知通變。順逆爭毫髮，轉移有先見。宰輔讓三老，時乎能隨便。

總評

思濟時之才也。當與老杜《上水遣懷》詩并看。杜詩云：『篙工密逞巧，氣若酣杯酒。歌謳互激越，回斡明受授。善知應觸類，各藉穎脱手。古來經濟才，何事獨罕有。』蓋嘆舟人操舟尚有妙手，而整頓乾坤獨未見妙手也。方惟深《行舟詩》云：『自是世間無妙手，古來何事不由人？』『宰輔讓三老』意之暗合古人者。

楫

前路非不長，所恃能扶進。一手豁而通，導之從其浚。無忘汲引功，安然達乎順。直哉鼓枻人，可以托賢俊。

總評

范文正公《淮上遇風》詩云：『一棹危於葉，旁觀欲損神。他年在平地，無忽險中人。』貴不易交之謂也。今康侯乃以薦賢爲任也。

戙

進而不能退，猶賴繫於此。物必得所歸，敬之安汝止。坎艮有天常，其中會深理。處順貴知時，虚心拜舟子。

總評

急流勇退之意也。嚴滄浪《咏北風》云：『夜來雨雪北風顛，吹得波濤欲暗天。世上如今少知己，煩君牢繫釣魚船。』古人咏漁舟詩往往多關進退之旨，康侯庶幾不失其遺意。

箋

此組詩當作於順治十二年（一六五五）秋詩人赴任途中，時年二十七歲。《序》言作於滄州道中。滄州即今河北省滄州市，運河所經。則當時詩人是沿運河乘舟而行。《檣》云：『居重而善馭，慎勿失其柄。殷勤謝篙師，告我以爲政。』《楫》云：『前路非不長，所恃能扶進。』『無忘汲引功，安然達乎順。』表現出詩人感到任職之責任重大，一定堅持善政，不容失誤，如駕舟之師，順利而行。同時，對於曾經引導提攜他的人也深懷感激。

別岳世兄蒲玉

人生當貴盛，惟德可延之。所以李相國，諄諄戒諸兒。裘馬雖蹁躚，古道不在茲。勗哉少年名，有爲須及時。勿謂後日長，白髮能讓誰？

總評

古人詩。

箋

詩作於順治十年（一六五三）詩人赴京候選之前。

岳蒲玉，應是岳峻極之子。岳峻極，字于天，順治七年（一六五〇）起任洮州推官。張晉之科舉仕途得其扶持，故稱之爲老師（見書末《重修儒廟學宮碑記》），稱其子爲『世兄』。蓋岳蒲玉未中進士，張晉將赴京候選，故多安慰之詞。

小玉

虎子毛未斑，氣已吞全牛。鳳雛羽未舒，目欲覽九州。本源所得厚，又須勵其修。念哉此明德，勿貽我以羞。與爾嬉戲別，期爾乃千秋。

箋

小玉當爲張晉子，由詩中『勿貽我以羞』可知。由『與爾嬉戲別』句看，爲順治十年（一六五三）赴京候選臨行前所作。

元玉

天地命髮齒，幸爲男子身。百年良易邁，胡爲甘沉淪。雅度既沖秀，進而問古人。水有珠璀璨，山有玉嶙峋。慎重此天寶，奕世以爲珍。

箋

元玉，應爲詩人姪子。兄早逝，遺孤由康侯撫養。元玉者，下輩中最先生者也。多爲勉勵之詞少告誡語也可知。由『百年良易邁，胡爲甘沉淪』看，大約因其父早逝，缺乏嚴教，學習不够刻苦。同《小玉》一首，當作於順治十年（一六五三）五六月間。

環玉

甘脆能汩性，濃華能損神。不見古君子，素淡奉其身。人生自有福，豈必曳朱輪。從來大受者，多出于賤貧。世德正久長，其無忘析薪。

箋

環玉當爲張晉次子。語多告誡，同於《小玉》。然作《小玉》、《元玉》之時，環玉尚幼或尚無。由『人生自有福，豈必曳朱輪。從來大受者，多出於賤貧』看，在獄中所作。名以贈環玉，實亦告二子也。因前無給環玉之詩，故題作『環玉』。

懷高陟雲

憶君啜墨時，玄龍繡春蘚。弱腕出神靈，寸雲參差染。思之不可見，鵝籠貴金輦。但發寄來書，如展《黄庭》卷。

憶君坐雨時，冥然無一話。古寺槐葉聲，剔燈破窗下。思之不可見，天際秋雲瀉。但聽檐溜長，如睡榴花夜。

憶君情癡時，花氈美人坐。贈他金條脱，可與衹一個。思之不可見，宛如翠鈿破。但望柳絲垂，如看蕭郎臥。

憶君撚須時，偏與我相遇。唾壺擊不休，夢中已得句。思之不可見，東望春鴻羽。但披贈我詩，如共星床趣。

憶君善病時，羅縠涼風透。手約帶圍寬，聽徹蓮花漏。思之不可見，眉亦學君皺。但望黃花開，如看高人瘦。

憶君春酣時，短衣不掩摺。壺觴發嘯歌，勉進一蕉葉。思之不可見，捉筆賦蝴蝶。但遇麯車香，如接乞酒帖。

總評

詩體既新，詞亦相稱。

箋

很可能作於順治十一年（一六五四）後半年在京候選時。

高嶙，字陟雲，寶雞紅崖人，順治八年（一六五一）張晉在三原參加鄉試中所結識。高嶙幾次鄉試均未中，至順治十七年（一六六〇）纔以歲貢任命爲浙江慶元縣知縣。嘉慶《慶元縣志》卷八《官師志》：『高嶙，寶雞人。練達勤敏，動應機宜，公餘賦詩臨池，有李北海風。建城隍廟、尚書坊，濬泮池，治行多可觀焉。』本書卷四有《華山下遇高陟雲》。

黃帝鑄鼎原

百物能害人，不敢窺神器。萬年日月光，變怪服靈智。下馬拜高原，感慨向天地。如何去古遙，白晝多魑魅？

箋

當作於順治八年（一六五一）赴三原參加鄉試之後歸途中。

黄帝鑄鼎原，位於今陝西西安附近。清顧祖禹《讀史方輿紀要》卷五十三『富平縣』載：『荆山，縣西南十里懷德故城北。《禹貢》「荆、岐既旅」，又曰「導岍及岐，至於荆山」，所謂北條山之荆山也。《帝王世紀》：「黄帝采首山銅，鑄鼎荆山下。」又云：「禹鑄鼎於荆山，下有荆渠。」』

老子説經臺

日月照荒臺，青牛竟不見。函關草樹秋，風來送餘善。仙李何時盤〔一〕？神龍逐處變。留得五千言，令尹受天撰。

箋

當作於順治八年（一六五一）赴三原參加鄉試途中。

老子説經臺在今陝西省西安市周至縣東南樓觀鎮樓觀山，又名樓觀臺。《元和郡縣志》卷二『盩厔縣』：『樓觀，在縣東南三十七里，本周康王大夫尹喜宅也。穆王爲召幽逸之人，置爲道院……其地舊有尹先生樓，因名樓觀。』《讀史方輿紀要》卷五十三『盩厔縣』載：『老子陵，縣東三十里。一名石樓山，又名樓觀山。舊有尹先生草樓，即關令尹故宅。秦始皇於樓南立老子廟，晉元康中重葺，蒔木萬株，連亘七里。《水經注》：「就水東北經大陵，世謂之老子陵。」是也。』

校記

〔一〕『盤』，覆刻本、張抄本俱作『蟠』。

朱仙鎮

黄霧鎖龍旗，霜冷鐵衣重。書生偶一言，天已絶炎宋。不待下金牌，心膽無所用。淒涼艮岳秋，柳樹年年種。

總評

具此識力，方可讀史。

箋

順治九年（一六五二）詩人赴京會試後歸來途中所作。

朱仙鎮，在今河南省開封市祥符區。據傳南宋紹興十年（一一四〇），岳飛在此大破金兵，朝廷一日十二道金牌將其召回（鄧廣銘認爲『不論岳飛本人或其基本部隊，是全都不曾到過朱仙鎮的』，見《文史》第八輯之《〈鄂王行實編年〉中所記朱仙鎮之捷及有關岳飛奉詔班師諸事考辨》）。明清時與景德、佛山、漢口合稱四大名鎮。

銅雀臺

漳水白雲飛，鄴城黃葉下。立馬望高臺，啼鳥聲啞啞。西陵烟樹寒，穗帳胡爲者？可憐風雨中，樵子拾殘瓦。

總評

高在不用議論，全以蒼涼矯健勝人。

箋

順治九年（一六五二）詩人赴京會試後歸來途中所作，時當秋季，由『鄴城黃葉下』之句可知。

銅雀臺，鄴都三臺之一，東漢建安十五年（二一〇）曹操修築，在今河北邯鄲市臨漳縣鄴鎮北，古鄴城北城西北隅。《讀史方輿紀要》卷四十九《河南·彰德府·臨漳縣·三臺》：『在故鄴城內西北隅。因城爲基，巍然若山，漢建安十五年曹公所築。中曰銅雀，南曰金虎，北曰冰井……周主入鄴，詔毀三臺宮殿。大象二年楊堅焚燒鄴都，樓臺盡毀，唯土阜存焉。』又引李善語：『銅雀園西有三臺：中央銅雀臺，高十丈，有屋一百一間，亦曰中臺。』

蘇長公雪浪石

髯仙千古人，所以留其石。不然何重輕，奔走中山客。烟寒玉馬鬃，草没銅駝脊。天子有遺物〔一〕，讓此銀濤碧。

箋

當作於順治九年（一六五二）秋由京城返臨洮路過洛陽時。由『烟寒玉馬鬃，草没銅駝脊』二句可知。

蘇軾有《雪浪石》七古一首、七律一首，爲《次韵滕大夫》三首之二。其七古云：『太行西來萬馬屯，勢與岱岳爭雄尊。飛狐上黨天下脊，半掩落日先黄昏。削成山東二百郡，氣壓代北三家村。千峯右捲矗牙帳，崩崖鑿斷開土門。揭來城下作飛石，一炮驚落天驕魂。承平百年烽燧冷，此物僵臥枯榆根。畫師爭摹雪浪勢，天工不見雷斧痕。離堆四面繞江水，坐無蜀士誰與論？老翁兒戲作飛雨，把酒坐看珠跳盆。此身自幻孰非夢，故國山水聊心存。』其七律云：『我頃三章乞越州，欲尋萬壑看交流。且憑造物開山骨，已見天吳出浪頭。履道鑿池雖可致，玉川捲地若爲收。洛陽泉石今誰主？莫學癡人李與牛。』蘇軾與其弟蘇轍皆以詩名與學問稱，故後人或稱蘇軾爲『蘇長公』。

校記

〔一〕『天子有遺物』，《二南遺音》卷一作『汴宮多寶鼎』。

劉伶墓

酒能齊死生，荷鍤亦多事。千秋土一抔，苔蘚碑陰字。我有梨花春，爲君三酹地。麯米有精靈，應羡人間世。

箋

順治九年（一六五二）詩人赴京會試歸來途中所作。

劉伶墓，歷來有多處，根據詩人行蹤，當以河北、江蘇之劉伶墓爲有可能。河北有二：其一在大名府魏縣武强鎮（在今河北魏縣），正德《大名府志》卷九《古迹志》之『陵墓』載：『（魏）劉伶墓，在武强鎮北三里。』其二在保定府安肅縣（今河北保定徐水縣）。明萬曆《保定府志》卷四《古迹志》載：『劉伶墓，在縣西張華村，墓塚高壯若青丘，然相傳爲魏劉伯倫墓。』今江蘇淮安市東北七里亦有劉伶墓。清同治《重修山陽縣志》卷十九《古迹》載：『劉伶墓在劉伶臺後，見劉伶臺下。』『杜康橋、劉伶臺皆在治東北（《山陽志》遺云）。按《晉書》，伶，沛國人，名列竹林。生卒皆不聞在淮，不知此地何緣有墓與祠。意竹林諸子蹤迹多在河内山陽，後人因縣名偶同，慕醉鄉之風，因而援致之也。至伶與康，時地迥異，而配食一堂，殆即以酒作之合與？唐許渾《淮陰阻風》詩已有「劉伶臺下稻花晚」之句，其由來久矣！』

張車騎井

秋風古范陽，雙劍芙蓉冷。不見虬鬚人，指點路旁井。下馬照寒泉，飛動長矛影。一竇水中天，將軍心耿耿。

箋

順治九年（一六五二）詩人赴京會試歸來途中所作。

張車騎，即三國時蜀漢車騎將軍張飛（？—二二一），涿郡（今河北涿州）人。以勇猛稱。張車騎井，即張飛古井，在今涿州城西南約五公里處忠義店村張飛廟内。清于敏中《日下舊聞考》卷一百二十九載：『原桃莊在州西北一里，張桓侯舊里也(《涿州志》)。』并按云：『州西舊有桃莊，已没入河水中，高處尚傳爲桃莊遺址云。桓侯舊里在州西南十里忠義店，有專祠在官路東。距廟數武有石碣二：一曰桓侯故里，一曰桓侯故井。』民國《涿縣志》第一編《地志》載：『張桓侯故里，縣西南里許桃莊，爲漢張桓侯故里，今廢。又説，今忠義店桓侯所遺古井附近即桃園結義舊址。』范陽，魏黄初七年(二二六)改涿郡置范陽郡。

宋廣平古迹

相公方正人，而有《梅花賦》。乃知情至者，始能見真素。殘雪一天寒，斷鴻千嶺暮。迴立想高風，短笛開樵路。

箋

順治十年(一六五三)張晉赴京謁選途中至廣平(今河北廣平縣)所作。

宋廣平，宋璟，唐邢州南和(今河北南和縣)人，調露進士。爲人剛毅，史稱『姚崇善應變，以成天下之務；宋璟善守文，以持天下之正』，與姚崇同爲開元名相，封廣平郡公。

四災異詞 有序

秦之不造，四年四災，而災實甚。晉，秦人也，目擊而傷之。蜀漢用兵，甘涼修備，惟秦是賴，而秦且滋困。天象難知，所知者，流離之狀耳。議賑議蠲，日惟胥吏之擾，而適益其困。有心當世者，何以處此也？作是四詞而望之。

紀水

壬辰建申月，[一]大水比懷襄。秦隴數百里，秋色天茫茫。[二]清渭失故岸，欲濟無舟航。傍河田萬頃，變爲魚龍鄉。居民五十家，[三]乃竟罹其殃。年饑猶可備，盜賊猶可防。夢中波濤涌，勢來誰能當？[四]浮尸如敗葉，[五]東流至咸陽。孤村斷鷄犬，惟聞雁聲長。有司難坐視，[六]循例報災傷。[七]美意豈不貴，閶闔天一方。勘驗動經年，姦吏索酒漿。[八]死者既汩没，生者復周章。不如不上達，反得完官倉。[九]哀哉此流離，誰肯告君王？

夾評

[一]杜法。
[二]句難寫。
[三]詩史。
[四]形容得出。
[五]奇。
[六]恢諧得妙。

［七］劉沅水云：『循例』二字畫出庸人心肺，然災傷未始不由此二字釀成之。

［八］劉沅水云：千古一轍。

［九］抵得一篇極痛切奏疏。

總評

此等詩次山、香山不能措筆，千古惟有一老杜耳，當杜詩讀亦可，當漢文讀亦可。

紀雹

癸巳建午月，雨雹古熙州。［一］小者如鷄卵，大者如人頭。［二］狂風助其勢，移時乃未休。牛羊將下山，一半死林丘。青青十丈松，宛如披髮囚。板屋照天破，仰見碧漢秋。［三］出門看麥浪，糜爛飽泥鰍。野老坐田間，吞聲無淚流。番僧既入貢，東兵又大蒐。往來苦供應，所恃有西疇。上天復不惠，身命等蜉蝣。我思聖人出，政教亦已周。伏陰與愆陽，胡爲此虔劉？帝心不可測，還須勵其修。敬天而勤民，所願達冕旒。

夾評

［一］劉沅水云：舉地名見古原康阜處也。

［二］劉沅水云：如此形容怕人。句亦蒼兀。

［三］極真，極奇！

總評　天地間欲遂其生者，其大莫過於動植。『牛羊死林丘』，則動者之災類是矣；『青青十丈松，宛如披髮囚』，則植者之災類是矣。人生欲遂其生，莫過於居食，『板屋照天破』，已無居矣；『麥浪糜泥鰍』，又無食矣。然而野老所吞聲者，猶不爲自居自食慮，而爲往來無供應慮。如此形容，何等章法！由物及人，由災望治，淺深次第，不失黍米。真古今第一大文字也。劉沅水評。

紀震

甲午建未月，地軸折於西。千秋成紀區，不可復端倪。〔一〕太歲驅怒龍，掀騰變高低。平原出峻嶺，絕巘入深溪。齒髮五萬人，同時如肉泥。〔二〕父或抱其子，夫或攜其妻。泉下魂魄聚，不約而已齊。〔三〕青天鵂鶹叫，白日豺虎啼。頹檐坐病叟，秋風扶短藜。云有四男兒，骸骨委荒溪。縣官閲丁册，猶然吏催提。〔四〕朝廷下德音，有司愚蒼黎。念此常嘆息，立馬不聞鷄。瘡痍非一處，破屋雨淒淒。可憐司牧者，新酒泛玻璃！

夾評

〔一〕此語如何到得。

〔二〕奇。

〔三〕奇。

［四］常事，不足異。

總評

字字古，字字真，字字痛心，血與筆墨結而爲一矣。劉沅水評。

紀霜

乙未建巳月，黑霜飛秦川。異哉赤帝令，青女奪其權。上帝有肅殺，毋乃怒而遷？賤臣不在獄？孝子不在田？［一］豐山九銅鐘，鳴之是何年？駟星尚未見，玄象真茫然。《魯史》書草隕，《周易》兆冰堅。自古紀時令，無如此地偏。麥秀雉方乳，倏忽黃落天。感召誠難問，荒殘實可憐。沔漢亘千里，南與巴蜀連。朝廷方用兵，輸挽苦不前。［二］乃復此異災，墟裏斷炊烟。吁嗟蒼生苦，誰繪監門篇？但使蒙實惠，豈在日議蠲！

夾評

［一］妙想。

［二］每每插入兵餉，生斯世者，亦可哀矣。

箋

此組詩當作於順治十二年（一六五五）前半年詩人在京候選之時。康侯中進士之順治九年（一六五二）八月，甘肅隴南大水。次年六月臨洮遭雹災。順治十一年（一六五四）六月臨洮、鞏昌、平涼、慶陽大地震。十二年五月又霜災。詳見《古詩十三首》箋。這四件災害衹有地震一事在《清史稿》中有記載，其他三事史書都未提及。詩人就這四件事寫成了四首五言古體，總題爲《四災異詞》，描繪出四幅淒慘哀痛的圖畫。

乞農書

雨晴山氣佳，鳥啼春寂寂。山中四時花，便是野人曆。將酒乞農書，得之如九錫。行過愚樸村，見者若親戚。各出白梨酒，邀我盡滴瀝。欲去不相揖，怪人説感激。嘆息古初風，市井何處覓？歸去晚蕭蕭，麥秋涼半壁。

總評

從儲、王門庭入者，全以意勝。

箋

順治八年（一六五一）前後作於臨洮，時當秋季。唐儲光羲、王維多寫山水田園農家之作。

夏夜山房

暮夜動疏鐘，蟬潔唱高木。真氣到石房，急出女蘿屋。古月護寒花，香雲曳淡竹。愛涼豈能歸，借向紅階宿。隔窗聞山妻，商量新酒熟。預謀一壺醉，忍負此林谷。幽闃見道心，始知眼非肉。城中亦有友，此樂今竟獨。好夜自千門，如我爲不辱。

箋

詩成於順治十年（一六五三）前後的一個夏天。順治九年張晉中進士，此爲中進士以後在臨洮所作。從『城中亦有友』句可知在狄道家中；從『隔窗聞山妻』知爲婚後之作且非婚後不久（不稱『新婦』而曰『山妻』）；『蟬潔唱高木』等句表現出歡樂自負之意，由此可知爲中進士以後所作。時社會狀況亦漸趨安定，故無憂患情調。『山房』即石芝山房，詩中『真氣到石房』之句已説明。據《四庫全書總目·集部存目》，張晉原編《張康侯詩草》以時間與内容爲序編爲八卷，第五卷爲《石芝山房草》，可知爲張晉在狄道家中房室之名。

梅雨

梅雨雉將雛，涼爽好初夏。出門餉鄰翁，小憩蔭桑柘。南風吹口開，麥豆老實話。陰晴天道公，星河問米價。指向松門去，各當莳新稼。待看五十日，花鼓報秋社。

箋

由『梅雨』和所寫『花鼓報秋社』風俗看，當作於到丹徒之次年初夏，即順治十三年（一六五六）四月，在丹徒任上。梅雨唯初夏時江淮地區有之，『花鼓報秋社』之風俗亦南方所有，西北無之。

有所見

出門揖青翠，好山如好客。愛山有主人，山青去不得。待月酒三壺，留雲花一尺。以此爲東道，用勸高寒色。

總評

此等聰明詩，絶類東坡，乃遠石公。

箋

作於順治十三年（一六五六）冬。詩中言『高寒色』，明爲冬季。『愛山有主人』、『以此爲東道』等，全爲一縣之長的語氣。

見漁者歸

涼風菱菰灘，日没寒澹夕。飛鴻抹遠山，望迷水天碧。舉頭見漁翁，釣歸蓑猶濕。攜我坐柳陰，出魚有一尺。言『當就水烹，兩樸無爭席。莫嫌滋味薄，淡爲性所適。盡有鐘鼎香，愁苦嗟來食。而我當亂離，微生寄水澤。保其免溝壑，隨處福可惜』。此言非迂闊，最慎爲物役。去去勿復留，月白河邊石。

總評

康侯少年淡於世味，於此可見。

箋

當作於順治十三年（一六五六）前後，在丹徒任上。漁者，蓑衣，皆南方所見。

金谷

黄金千萬斤，不能買一日。［一］雲鎖百花梁，和燕同時失。至今梓澤春，何異北邙夕？徒博如玉人，斷魂樓幾尺？

夾評

［一］妙絕！既知奴輩利吾財，乃不能早散於奴輩，何也？

總評

五言古不從漢魏著脚，不能高出千古。先生刻意此道，如平子之於渾天，左思之於《三都》，寢食其中，所以至妙。四言句短而調未舒，七言文繁而聲易雜，折繁簡之衷，居文質之要，莫尚於五古。必冲淡自然如《十九首》、陶、鮑諸家，方爲足貴。若阮籍《咏懷》、子昂《感遇》，猶未盡諧人意也。先生力抵浮靡，高者直逼漢魏，次亦不失爲少陵，蓋本乎性情，止乎義理，仙風道骨，具於夙根，所以他人不可及。

箋

本詩似二十歲左右在臨洮時讀書有感之作，不似中舉、中進士之後密切聯繫現實之情形。

金谷，即金谷園，又名梓澤，遺址在今河南孟津縣東南鳳凰臺前，晉太康中石崇建。石崇性奢，曾與王愷鬭富。金谷園中美女如雲，石崇最寵愛歌女綠珠，爲其專修『綠珠樓』。他政治上失勢後，趙王倫手下將領孫秀垂涎綠珠美色，多次索要無果。孫秀與趙王倫商議後，强行索要綠珠。綠珠被逼無奈，墜樓而死。《水經注》卷十六《穀水》：『穀水又東，左會金谷水，水出太白原，東南流歷金谷，謂之金谷水，東南流逕晉衛尉卿石崇之故居。石季倫《金谷詩集敘》曰：「余以元康七年，從太僕出爲征虜將軍，有別廬在河南界金谷澗中，有清泉、茂樹，眾果、竹柏、藥草蔽翳。」』

戒庵詩草卷之二　七古

將進酒二首

其一

黄金爲闥玉爲房，氍毹半展春夜長。華燈閃爍琉璃光，麟脯鳳醢破鼻香〔一〕。美人如花雙明璫〔二〕，抱琴挾瑟出蘭堂。出蘭堂，勸君酒，海上仙人駕鶴來，起舞爲君千萬壽。

校記

〔一〕『破』，《二南遺音》卷一作『撲』。

〔二〕『人』，《二南遺音》卷一作『女』。

其二

輝輝明月揚素波，平湖如鏡有芰荷。涼風吹岸鷗鷺多〔一〕，船上美人白紵歌。玉壺滿引金叵羅，酒清不飲奈秋何！奈秋何，勸君醉，百年三萬六千觴，願君久視同天地！

總評

筆有仙氣。

箋

詩爲順治五年（一六四八）前後所作，時詩人二十歲上下。參加鄉試之前除寫災荒兵亂之外，接觸社會不廣，故多此類與具體事件無關的抒發豪情之作。

將進酒，漢樂府名。宋郭茂倩《樂府詩集》卷十六《鼓吹曲辭一·漢鐃歌》題解曰：『古辭，《古今樂録》曰「漢鼓吹鐃歌十八曲，字多訛誤。一曰《朱鷺》，二曰《思悲翁》……九曰《將進酒》，十曰《君馬黄》」。』同卷載《將進酒》，題解曰：『古詞曰：「將進酒，乘大白。」大略以飲酒放歌爲言。宋何承天《將進酒》篇曰：「將進酒，慶三朝。備繁禮，薦嘉肴。」則言朝會進酒，且以濡首荒志爲戒。若梁昭明太子云「洛陽輕薄子」，但敘游樂飲酒而已。』

校記

〔一〕『鷗鷺』，《二南遺音》作『鷺鷗』。

宛轉歌二首

其一

天將夕，鳥散花飛塘水碧。錦衾繡枕擁紅香，春愁如許誰憐惜！歌宛轉，宛轉思無窮，願爲鳳與凰，飲啄竹梧中。

其二

天將曉，月没星稀鴻聲渺。碧紗窗外鷄初鳴，夢中路遠行不了。歌宛轉，宛轉意難忘，願爲松與柏，山上共風霜。

總評

末二句鐵心傲骨，可想先生之品。

箋

詩作於順治五年（一六四八）前後。時在臨洮，參《將進酒二首》。

宛轉歌，古樂府名。宋郭茂倩《樂府詩集》卷六十《琴曲歌辭四》載劉妙容《宛轉歌二首》。其題解云：『一曰《神女宛轉歌》。』下引《續齊諧記》敍晉王敬伯少好學，善鼓琴。年十八，仕於東宫，爲衛佐。休假還鄉，過吴，維舟中渚。登亭望月，乃倚琴而歌。俄聞户外有嗟賞聲，見一女子，謂敬伯曰：『女郎悦君之琴，願共撫之。』敬伯許焉。既而女郎至，姿質婉麗，從以二少女。女郎乃撫琴揮弦，復鼓琴而歌《遲風》，因嘆息久之。乃命大婢酌酒，小婢彈箜篌，作《宛轉歌》。雙方互贈禮物而别。敬伯船至虎牢戍，方知女郎爲吴令劉惠明之愛女劉妙容。其詞有云：『歌宛轉，宛轉凄以哀。願爲星與漢，光影共徘徊。』『歌宛轉，宛轉情復悲。願爲烟與霧，氛氲對容姿。』

同長卿畫松

秋窗夜半鐵鈴響，孤鶴盤空山氣爽。忽聽秦時風雨聲，使我茫然寄遠想。蒼雲如織當檐垂，古鬣吹香寒入眉。潑墨染來誰能爾，髯長公曰「弟所爲」。

總評

才厚力大，縱筆所之，無所不可。

箋

同長卿，無考，應爲水墨畫家。詩末曰「髯長公」。卷五有《雨夜飲月蘿精舍，同張法文、同長卿、姚德佩》、《燈下偶成爲同長卿壽》。

烏夜啼

三更月落風滿野，城上啼烏聲啞啞。敗雲禿木延秋門，冷氣射天裂霜瓦。老女繅絲不成斤，坐無飽飯出無裙。終夜不眠長嘆息，鄰舍官人總未聞。

總評

蒼涼蕭瑟，惻惻動人，覺玉川怪、長吉險，到此猶未極至。

箋

作於順治五年（一六四八）前後，時在臨洮。

烏夜啼，樂府詩題。最初作者有兩説：一説爲劉義慶所作。《樂府詩集》卷四十七《清商曲辭四》之《西曲歌上》題解引《古今樂錄》云：『西曲歌有《石城樂》、《烏夜啼》、《莫愁樂》……按西曲歌出於荆、郢、樊、鄧之間，而其聲節送和與吳歌亦異，故□（疑爲「依」字）其方俗而謂之西曲云。』《烏夜啼八曲》題解引《唐書・樂志》云：『《烏夜啼》者，宋臨川王義慶所作也。元嘉十七年，徙彭城王義康於豫章。義慶時爲江州，至鎮，相見而哭。文帝聞而怪之，徵還，慶大懼，伎妾夜聞烏夜啼聲，扣齋閤云：「明日應有赦。」其年更爲南兗州刺史，因此作歌。』又引《教坊記》文字，開頭情節大體同，而言義康、義慶相見而哭等事，『怒，皆囚之』。後因會稽公主説情，遂宥之，『衡陽家人扣二王所因院曰：「昨夜烏夜啼，官當有赦。」少頃使至，二王得釋。故有此曲。按史書稱臨川王義康爲江州，而云衡阳王義季，傳之誤也。』《樂府詩集》卷六十《琴曲歌辭四》之《烏夜啼引》題解引李勉《琴説》曰：『《烏夜啼》者，何晏之女所造也。初，晏繫獄，有二烏止於舍上。女曰：「烏有喜聲，父必免。」遂撰此操。』此另一説。民間歌曲之起，往往形成於衆人，以上傳説也祇是反映成於晉南北朝之時而已。

蟹

八月秋高稻正香，金風盡入蟹中黃。水國故人知我癖，寄來百臍甲有霜。英雄失勢難回顧，惟酒能消壯士怒。高歌一曲慰精靈，可憐烟雨田横墓。

總評

小中見大，而悲壯蕭涼，自露英雄之氣。

箋

應作於順治十四年（一六五七）科場案發作之初。在江南已鬧起，而尚未傳入朝廷，張晉爲之擔心、憂慮，因有此作。

梅花帳

魂逐春風夜不歸，燈前孤影玉周圍。花衾繡枕寒香起，隱隱一雙蝴蝶飛。樓頭鐵笛從三弄，雪蕊冰柯吹不動。銀鈎如月挂黄昏，有人正入羅浮夢。

總評

騷心逸韵，澗草溪香，生其筆端。

箋

該詩作於順治十二年（一六五五）春。「雪蕊冰柯」云云，則時在京城也。念妻而作。

醉書吉太丘戰袍上

七尺寒鐵吉長公，一生羞與俗子同。眼如秋水氣如虹，袖中古紫閃青銅。書生破賊大江東，十萬骷髏雨濛濛。猩袍血染杏花紅，佩印將軍如秋蟲。歸來謁帝明光宮，親見名字屏當中。[一]世人不解識英雄，爭餅攫梨如兒童。我願長公斂精鋒，丈夫爲蛇復爲龍。我亦能挽十石弓，當與長公乘長風。嗟乎長公善變通，山海之寇正無窮。

夾評

[一]好形容。

總評

化長吉之怪險，出以空同之慷慨，居然傑篇。

箋

該詩作於順治十年（一六五三）在京候選時，意氣奮發，顯英雄襟懷。吉允迪之赴京也不會太遲。詩中言『歸來謁帝明光宮』，則在京城時所遇而題甚明。

吉允迪，字太丘，陝西漢中府洋縣人，順治六年（一六四九）進士，三甲第一百一十一名，七年授信豐（今在江西）縣令。雍正《陝西通志·人物五》有傳，言其『夙嫻兵略』。道光《信豐縣志續編》卷九載：『順治八年，粵寇竊發，邑令吉允迪奉南贛撫劉武元檄徵一爵（黃一爵），督軍一爵出奇制勝，擒賊首三、搗巢二、招撫一……』當時臨洮府屬陝西省，二人同籍。從詩的内容看，此番相見是在吉允迪因戰功進京時。

五烈井 寧晉孝廉，張義公家

冬十一月戎馬來，黑雲壓天天不開。角聲吹破廮陶城，陰風夜嘯秋魂哀。吾宗烈士星辰氣，睢陽之孫果而毅。青衫罵賊吐虹霓，頭顱能敵王侯貴。閨中笄髢亦可憐，姑攜其婦投清泉。一門五烈古所少，河岳在地日在天。鵑啼殘月荒山冷，血寒留得長松影。丈夫七尺無肺肝，豈可輕率過此井！

總評

紀事硬質，老杜家法。

箋

該詩作於順治九年（一六五二）詩人赴京會試歸家途中。民國《寧晉縣志》卷一《封域志》之『古迹』載：『五洌泉，在學宫前。初名五香井，石記名五洌泉。明季乱時張氏一門就義於此。』同書卷八《人物志下》之『烈婦』又載：『王氏，東南汪張連格妻，與媳江氏，并女大姐、三姐、十姐聞賊至，恐被辱，同時投井死，與五洌泉張氏媲美。』張連格妻、媳、女自殺在崇禎十一年（一六三八）冬。寧晉縣，即今河北省寧晉縣。五烈井，即五洌泉。

明末，清人入關前後時常擾邊，燒殺搶掠，淫人妻女。每聞寇至，恐受凌辱而自殺之婦女甚夥，乃至全家姑婦閨女同時自殺。詩中引用唐安史之亂中著名將領張巡『睢陽之戰』，也曲折表達了對滿清統治者入關南進中强攻亂殺的憤慨。

古墨歌答程翼蒼太史

蒼雲墜地堅如石，化爲蟠龍起雙脊。有人好事收入金泥壺，夜飛紫電蜿蜒長千尺。世人眼無日月光，辨之者誰程翼蒼。云是秦時五松之精氣，凝結不散而成寶焰燭文昌。碧瞳何幸得相見，攜之竟入靈光殿。天煤發彩五色霞，星辰象落紅絲硯。古壁寒螺不自私，分我一丸黑麟脂。磨水先飲數斛之淋漓，喉香腸潤而成長短詩。嗟嗟此物真罕有，當乞天帝封爲玄玄叟。男兒不朽一葛囊，安用黄金千斤珠三斗。

總評

大似劉青田手筆。

箋

詩作於順治十一年（一六五四）前後，在京城候選或任刑部觀政時。

程翼蒼，名邑，字幼洪，又字翼蒼，江寧人，張晉同年進士，三甲第三十三名，選爲翰林院庶吉士。散館考試優良，授翰林院職，故稱『太史』。張晉詩題作『古墨歌答程翼蒼太史』，則程本有詩贈張晉。張晉又有七律《贈程太史幼洪》。

題周夫人壽卷夫人爲進士楊端本母

闕門楊子氣如虹，今年謁帝明光宫。殿前獻策聖人喜，馬蹄逐處杏花紅。印綬累累無心取，胡爲伏闕上疏感重瞳。疏云『臣母亦白髮，臣母不與他人之母同。臣之失父在髫年，母也深秋晝荻、半夜丸熊，代父代師，教臣作孝忠。臣有今日母歡喜，然而嚙指之私恒相通。臣願馳歸一慰門閭之遠望，臣報皇帝之日正無窮』。

一封入奏天顏動，楊子拜辭中禁、揖別上公。新袍如雲紛燦爛，出門登車聲隆隆。炎天流火不知暑，到家八月起秋風。[一]玉露垂天星挂樹，高堂清爽飄梧桐。考鐘伐鼓聚賓客，母也褕衣坐當中。酒瀉玄丘之素蛆，饌烹瀛海之黄熊。氍毹半展歌聲細，楊子默然俯首而復思若翁。嗟嗟昆侖在西、蓬萊在東，神仙之事誠虛空。今者稱觴皆吾儒，何必荒唐問鴻濛。楊子之才天下士，况復襟懷落落、氣度冲冲，他日不難熙載而亮工。吾願楊子藻其德，保此令名有始終，勿以身貴顯而遂忘初服，厥修無忝福斯崇。嗟嗟楊子明且聰，顯親不在區區之遭逢。功名在天道在我，母也樂之，長如在華嵩。

夾評

[一]卻閑得妙。

總評

作樸實文字，定有細潤處，得古大家用法之妙。雄質有奇氣。

箋

作於順治十二年（一六五五）前半年在京城時。

楊端本，字函東，一字樹滋，潼關人。康熙《潼關衛志》卷之中載：『楊端本，順治甲午鄉試，乙未進士，任臨淄知縣。』楊端本中進士比張晉遲三年，又未到南方去過，則其結交，當是在順治十二年楊端本赴京會試或順治八年、九年的鄉試、會試中，以後有聯繫。楊端本中進士後爲母過壽，張晉以詩賀之。

明月歌樂府題四首

春

梨花如雪柳如絲，新雨初霽月遲遲，黃鶯睍睆囀高枝。拂玉案，酌金卮，爲君一奏《白苧辭》。

夏

荷花如綺芡如錢，彩雲零落月娟娟，波心雙鷺顔色鮮。拍象板，按朱弦，爲君一奏《采菱船》。

秋

桂花如粟菊如金，秋水滿塘月沉沉，寒蟬抱木發高音。沽素酒，彈清琴，爲君一奏《白頭吟》。

冬

梅花如玉荔如丹，飛雪積素月團團，歸鴻嘹嚦度雲端。陳綺席，奉雕盤，爲君一奏《萬年歡》。

總評

康侯純學青蓮，故於短篇尤爲玲瓏便捷。

箋

詩當作於順治五年（一六四八）前後。更早之作標有時間，而鄉試之後無此類泛泛寫景之作。

《樂府詩集》卷六十《琴曲歌辭四》收閻朝隱《明月歌》：「梅花雪白柳葉黃，雲霧四起月蒼蒼。箭水泠泠漏刻長。揮玉指，拂羅裳，爲君一奏楚明光。」

白衷葵年伯舉孫年伯爲太史蕊淵之父

春雲如織籠青嶂，靈鵲聲高簾未上。玉局風清碧柳垂，金鑾日暖紅桃放。袍笏出朝魚笋香，有翁挾策坐中堂。仙人骨力疑爲鐵，國老鬚眉竟似霜。捧來銀餅宜牙齒，長跪牽衣顔色喜。拄杖花階眼正明，但云「吾兒報天子」。後庭又復氣充閭，燦燦松枝玉不如。翁也向天還一笑：「長成讀我舊時書！」

總評

絕熟題運以秀色逸致，便自可賞。

箋

作於順治十一年（一六五四）前後在京城時。

白乃貞，字廉叔，號蕊淵，陝西清澗人，張晉同年進士，三甲第二百零六名。殿試選爲庶吉士，即留京城。張晉之以詩賀其父得孫，應在順治十一年前後在京城候選或任刑部觀政時。在當時白乃貞與張晉既是同年，又係同鄉，故多交往。本書卷五有《贈白太史蕊淵》。

秋圉篇

官奴繡帶響秋鈴，驅馬如雲讀《馬經》。馬性不愛錦鞍韉，祇愛水肥與草青。[一]花鬃竹耳泥没骭，日落中原旗鼓亂。陣上角聲天不開，萬里封疆有血汗。歸來驕嘶官廐中，芻豆羞與駑駘同。[二]豈知帳裏飲酒人，不説馬好祇説弓。[三]陰山雪片如掌大，箭瘡凍死沙邊臥。飛燐夜夜皮毛寒，自古誰能葬一個。將軍有印卒有糧，老馬惟有舊時繮。[四]駿骨換金從來少，玉鞭絨轡爲誰忙？我願天上駟星絕，我願地下大宛滅，好馬不從渥洼來，或者爭戰少休歇！[五]

夾評

[一]一意。

〔二〕又一意。

〔三〕又一意。

〔四〕又一意。

〔五〕又一意。

總評

一篇意思層出無數，前段重論功也，結處戒黷武也，義與仁備矣。康侯徒一詩人耶？故知善學老杜者，先不可少『自比稷與契』五字。

箋

詩成於順治六年（一六四九）前後。由『日落中原』、『陰山雪片』等語可知非當時之寫實，衹是因多年不斷之戰亂引起對戰爭的反對、控訴。由讀史書與古詩之寫戰爭者引起。作於鄉試之前也。

嵩山高

嵩岳高高帝所封，太室少室終古峯。上有荒荒之白日，下有落落之青松。獨立中天天一柱，天下諸山起敬恭。曾説神人騎赤鳳，復傳仙吏駕黃龍。我來杖策問道士，茫茫真氣惟寒鐘。坐向雪亭秋未霽，貝多樹下西風細。琪花飛盡鶴雙歸，玉檢金書千萬世。

總評

詩亦有真氣，結處味無窮。使人頓生悟性。

箋

詩作於順治九年（一六五二）春中進士後其秋由京城返臨洮或十年（一六五三）赴京謁選途中。時已中進士，祗在候選，故有心情漫游嵩山。由『我來杖策問道士』一句可知。

嵩山，又名嵩高山。《讀史方輿紀要》卷四十六：『嵩高即嵩山，在河南府登封縣北十里，五岳之中岳也……一名太室山……《漢書》：「武帝禮祭中岳太室，置奉邑名曰嵩高。」其西爲少室山。戴延之《述征記》：「少室高與太室相埒，相去十七里，嵩其總名也。」』

弁青

弁青十五如花蕊，一雙瞳人剪秋水。華燈照影玉嶙峋，前身認是周小史。囊書匣劍總含情，得愛不分心自明。合歡樹下吹簫坐，黃衫短摺夜無聲。左右相宜心細細，天慧飄然神仙衛。年年桃李領春風，但保顏色即保勢。銀瓶壓酒金叵羅，爲爾感慨且高歌。韓嫣秦宮皆寂寞，婉孌少年可奈何！

總評

抵讀一篇子書，深心者當自得之。杜杜若評。

箋

當作於順治九年（一六五二）由京城返臨洮或順治十年（一六五三）赴京謁選時。時詩人已中進士，祗在候選，不似前次赴京會考之思想上多有壓力，故一路賦詩較多，且歡娱、自信、豪放之氣溢於言表。

招素公

素公爾來！我爲爾歌《臨高臺》。臺上日月如丸走，臺下江河如帶回。春烟秋樹年年在，古之英雄安在哉？素公爾來！葡萄美酒白玉杯。靜夜吹簫看雁過，晴天擊鼓報花開。人生百歲良易邁，扶杖老子前嬰孩。素公爾來！爲爾殷勤酌酒罍。素公不來我不歌，對酒不歌奈情何〔一〕！

總評

想見逸情翩翩。立格之妙，在集中遂又一體。

箋

詩應作於順治十一年（一六五四）前後，時在京城。

素公，金德純之字。金德純，漢軍正紅旗人，著有《旗軍志》，清初文人中頗有聲譽。《清史稿》卷四八四有傳。

校記

〔一〕『情』，張抄本作『卿』。

中山伎

中山美酒可消愁，繫馬門前柳樹秋。月色高懸花外院，鴻聲細入水邊樓。月色鴻聲天耿耿，美人窈窕寒梅影。夜深翡翠一釵橫，天靜鴛鴦雙帶冷。鴛鴦翡翠正堪憐，燈下氍毹開綺筵。趙瑟鼓來《松柏引》，秦筝彈出《鳳凰篇》。秦筝趙瑟聲初斷，舞袖臨風能變亂。垂手從容已婉揚，回身宛轉仍璀璨。從容宛轉動輝光，年少何人典鷫鸘？玉罌清浮竹葉露，銀瓶滿貯桂花香。玉罌銀瓶君所慣，殷勤把袂流青盼。素書好托水中魚，紅字須憑天上雁。相思魚雁正含情，星斗垂垂鷄一聲。樂不可窮生悵望，驊騮明日范陽城。

總評

秀色不減何大復。

箋

詩作於順治九年（一六五二）秋由京城返臨洮或順治十年（一六五三）七八月間赴京謁選時。

中山，今河北定州。定州爲古中山國所在，地名歷代沿用，至明代方止。張晉進京來往經此地。

洞庭秋

洞庭黄葉亂高秋，古竹啼雲雲亦愁。桂棹蘭楫沙棠舟，遠望美人湖水悠。石上風吹菖蒲香，帝子雙騎白鳳凰。花琴素鼓舞巫娘，遺我舊佩不能忘。

箋

詩中化用《楚辭・九歌・湘君》「桂棹兮蘭枻」、「遺余佩兮醴浦」等詩句及意境。此詩可能作於七古《寄顧西巘》之前，其序云：「抵廣平之夜，夢讀《騷》之《九歌》。」爲回憶之作，此則當時所寫，即順治十年（一六五三）七八月間赴京謁選途中駐廣平而作，時交初秋。《楚辭・九歌》、《九章》中多寫及洞庭風光，也多寫及秋景，如「裊裊兮秋風，洞庭波兮木葉下」（《湘夫人》）、「欸秋冬之緒風」、「悲秋風之動容兮」（《抽思》）等。詩人讀《楚辭》興發而作。

李夫人招魂歌

春病臥愁愁入髓，情柔不斷紅薇水。劉郎問病來桂宫，側面羞見花顏窮。梅殿東頭鬼夜哭，泉下香骨冷不肉。瓊冠道士拜星壇，陰風黯黯搖琅玕。環聲宫女辯何似，響者一環鐫敕字。海上尋藥長壽難，悔鑄仙人承露盤。

總評

數首學長吉神肖。

箋

當作於順治十年（一六五三）七八月間赴京謁選過西安時，小有停留，游覽漢唐古迹舊景，大騁詩才，并借以抒情。順治八年鄉試後之作以寫景點爲主，會試赴京之後以借以發揮爲主。

李夫人，西漢中山（治今河北定州）人。本爲歌妓，因兄延年受知於武帝，故入宮。甚得武帝寵幸，早卒，武帝葬以后禮，圖畫其形貌於甘泉宮，親自爲賦傷悼之。承露盤，司馬貞《史記索隱》載：「《三輔故事》曰：『建章宮承露盤高三十丈，大七圍，以銅爲之。上有仙人掌承露，和玉屑飲之。』」李賀《李夫人》詩曰：『紫皇宮殿重重開，夫人飛入瓊瑤臺。綠香繡帳何時歇，青雲無光宮水咽。翩聯桂花墜秋月，孤鸞驚啼商絲發。紅壁闌珊懸珮璫，歌臺小妓遥相望。玉蟾滴水雞人唱，露華蘭葉參差光。』

趙昭儀春浴行

紅霧夜滴初蓮汗，香盤掬月没素腕。柔玉屏風隱水仙，石花廣袖吹疊亂。珠寒急濺鸞靴濕，低頭笑掠雲鬟澀。側身羞拭龍涎巾，倩月扶之月無力。姊來文縠燒豆蔻，海螺重染雙蛾皺。呵玉劉郎怕犯風，手抹鳳衫慰輕瘦。

總評

『姊來』，飛燕來也。作『起來』者，誤。

箋

當作於順治九年（一六五二）由京城返臨洮或順治十年（一六五三）六月赴京候選路過西安時。參《李夫人招魂歌》箋。

趙昭儀（？—前七），即趙合德，趙飛燕妹。東漢成帝妃，其女兒趙飛燕入宮受寵，遂薦合德亦入宮。兩人俱立爲婕妤，專寵後宮，飛燕立爲皇后，她被立爲昭儀，居昭陽宫，深受成帝寵愛。

銅駝淚

洛陽市上袍笏春，貧家女兒看天神。文馬如飛毛汗濕，哭死街中燈火人。碧簫紅鼓三更醉，花氈夜夜美人睡。黄草烟冷不曾愁，秋風吹落銅駝淚。

總評

『荒宫隊殿，不足爲其悲。』此能有之。

箋

作於順治九年（一六五二）會試後或順治十年（一六五三）七八月間赴京候選至洛陽游覽漢晉古迹而作。西晉索靖有遠識，知天下將亂，指洛陽宫門外銅駝説：『會見汝在荆棘中耳。』後多以『銅駝荆棘』或『銅駝』指變亂後的殘敗景象。

瑤華樂

八龍日媒走行樂，去問瓊樓長命藥。生來最苦在人間，雲幢星蓋上龜山。芝田半夜老鸞叫，送酒祇求阿母笑。斫桂燒金煮赤麟，口汲天漿丹氣春〔一〕。壺中火丸大如豆，有他不愁人不壽。[一]鳳瑟鶴笙勸早歸，仙淚滴濕海霞衣。萬里驊騮恨草草，剛別昆侖顏色老。[二]紫殿紅房日日開，天子如何不再來〔二〕！

夾評

〔一〕此上寫癡狀，真堪絕倒。

〔二〕喚醒癡人。

總評

其妙全在諧。或謂奇思絕似昌谷，予謂逸爽之句，終是青蓮一路也。

箋

當爲順治十年（一六五三）七八月間赴京候選途經西安作。

李賀《瑤華樂》：『穆天子，走龍媒。八轡冬瓏逐天迴，五精掃地凝雲開。高門左右日月環，四方錯鏤棱層殷。舞霞垂尾長盤珊，江澄海淨神母顏。施紅點翠照虞泉，曳雲拖玉下崑山。列旆如松，張蓋如輪。金風殿秋，清明發春。八鑾十乘，轟如雲屯。瓊鍾瑤席甘露文，玄霜絳雪何足云。薰梅染柳將贈君，鉛華之水洗君骨，與君相對作真質。』可與對讀。

校記

〔一〕『汲』，《二南遺音》卷一作『吸』。

〔二〕『天子』，《二南遺音》卷一作『穆滿』。

海東船

神仙一生藥裏活，〔一〕怪底祖龍求如渴〔一〕。十二樓船指海東〔二〕，蒼茫萬里凌空闊〔三〕。海上三山更五城，日月不落晝夜明。桑花紅樹天地老，豈信人間有死生。童男童女憑誰使，紅鸞難寄芝泥字。蓬萊得去不得來，想是徐福猶在世〔四〕。六國英雄大可羞，神仙那可犯仇讎。驪泉狐兔漆燈滅，好將靈藥到沙丘。海上人回墓下跪：『小臣遲命謝死罪。仙人致意有金函，陛下萬歲萬萬歲〔五〕！』

夾評

〔一〕此句便當不得，毒甚！

總評

直戲騎虎人如小兒矣。

箋

順治十年（一六五三）七八月間赴京候選過咸陽作。《史記·秦始皇本紀》載：秦王趙政立爲皇帝以後「齊人徐市等上書，言海中有三神山，名曰蓬萊、方丈、瀛洲，仙人居之。請得齋戒，與童男女求之。於是遣徐市發童男女數千人，入海求仙人。」三十二年（前二一五）又載：「因使韓終、侯公、石生求仙人不死之藥。」

校記

〔一〕「求如渴」，《二南遺音》卷一作「忙求藥」。

〔二〕「指海東」，《二南遺音》卷一作「海東頭」。

〔三〕「蒼茫萬里凌空闊」，《二南遺音》卷一作「祖龍謀國第一著」。

〔四〕「猶在世」，《二南遺音》卷一作「未曾死」。

〔五〕「陛下萬歲萬萬歲」，《二南遺音》卷一作「祖龍萬世萬萬歲」。

茂陵秋

明堂東，桂之府。布花壇，飛香雨。紛闐闐，打神鼓。雙烏青，揖王母。藥氣來，入門户。麟髓燒，解鸞組。羞雲丸，飲天乳。安香歌，陵花舞。紅盤光，嚼赤琥。丹在壺，惟所取。海日東，尋龍虎。不上天，劉郎苦。珠房寒，誰爲主？照魚燈，茂陵土。

總評

三詩皆以嬉笑得之，司馬遷之筆，東方朔之舌，詩中兼而有之。其譎諫之一流乎？

此係三言，以無類可附，故編於此。（按：此行原刻字大，非孫枝蔚評語，當係重編者附言）

箋

順治九年（一六五二）中進士以後其秋由京城返臨洮過茂陵游覽漢武帝墓而作。

茂陵，漢武帝陵墓，在今陝西咸陽興平市。北宋宋敏求《長安縣志》卷第十四載：『漢武帝茂陵，在縣東北十七里。武帝建元二年置茂陵邑，後元二年葬。』并注：『師古曰「本槐里縣之茂鄉，故曰茂陵」。』

迎神曲〔一〕

桃花吹風杏花雨，山口春入古廟宇〔二〕。〔一〕石爐突突香烟舉，吹竽撞鐘紛歌舞〔三〕。巫娘婆娑唱神來，土壁龍蛇眼欲開。〔二〕紙錢燒紅飛蝶灰，精靈和樂不能回。〔三〕初祝螟蟲化爲水，大家再祝旱魃死〔四〕。殷勤拜跪三祝已，田熟牛肥疾病止。獻神羊，酬神酒，送神神歸神保佑。白馬金袍神康壽，年年與我好麥豆！

夾評

〔一〕二句長吉不能及，其惟摩詰乎？

〔二〕如畫。

〔三〕妙。

總評

詞極古，得《良耜》、《載芟》之遺。

箋

順治十年（一六五三）春，在臨洮看鄉人迎神乞雨而作。末句言『年年與我好麥豆』，麥豆即西北一帶主要農作物，與篇首『桃花吹風杏花雨』景象一致。

校記

〔一〕《二南遺音》卷一作『賽神曲』。

〔二〕『宇』，《二南遺音》作『裹』。

〔三〕『吹竽撞鐘紛歌舞』，《二南遺音》卷一作『伐鼓撞鐘神歡喜』。

〔四〕『魃』，《二南遺音》卷一作『鬼』。

豐年歌

登高望雲雲欲起，雲起山頭黄瀰瀰。老人占驗説豐年：『今年不愁吃麥米。』南壟齊唱打春牛，坡口雪融土似油。命取犁鋤須及早，好風好雨上田疇。

總評

質樸歸於雅鍊。置張籍集中，定不能辨。

箋

順治十年（一六五三）春，在臨洮見鄉人占驗當年莊稼之豐欠，因而作此詩。

春鳩鳴

春鳩鳴，春草生。草生路上王孫愁，草生田間農人憂。我願春鳩莫喚草，一春衹喚風雨好！

總評

短篇意思無窮。

箋

順治十年（一六五三）春，在臨洮有感而作。

勸君酒

勸君酒，爲君壽，日月如丸東西走。紫玉杯，黄金斗，春氍夜笑小紅口。寶車文馬憑他行，我自無錢買印綬。公子唱同心，美人舞垂手。香瑟烟箏水瀏瀏，好遣鬼愁離左右。

箋

順治十一年（一六五四）謁選在京城作。『我自無錢買印綬』表現詩人的處世態度。

莊門東有古松六株，爲鄰人劉家樹，與我久有情，不可無詞，乃望而賦此

愛松愛松説松樹，便有六株當門户。日日出門望見松，龍吼蒼茫迷烟霧。日落風寒吹古香，濤聲灝灝入山房。取琴卻置六松下，松弄琴弦山水凉。青松莫教人易老，長留我在説松好。我生最耐霜雪寒，願與高松作主道。但喜眼中時見松，何必松在我園中。松兮與我周旋久，不知得見松老否？

總評

通首有奇趣。

箋

順治十一年（一六五四）候選到京城之後作。『我生最耐霜雪寒，願與高松作主道』，言意志堅强，不因候選遷延而氣餒也。『松兮與我周旋久，不知得見松老否？』是詩人對何時得委任離此暫住之地心中無數，又有怨懟，然説得輕鬆詼諧，不露痕迹。

避賊十歌明末時作

其一

險崖半夜亂山黑，高天星月無顏色。野狐銜人奪深窟，左纏蒺藜右叢棘。丈夫可憐太跼蹐，家園咫尺望不得。嗚呼一歌兮歌聲愁，唧唧山蟲滿耳秋。

其二

血口淋淋哭我父，前年新葬東郊土。陰寒泉下濕衣裳，魂招不來旌旗處。有兒逃難臥窮谷，何時始得上墳墓。嗚呼二歌兮歌難成，孝烏向我正哀鳴。

其三

有母有母素康强，倏忽驚憂白髮長。扶入獾穴絕烟火，五日忍餓飲蕨漿。骨酸肉瘦夜呻吟，我心痛之不可當。嗚呼三歌兮歌聲起，旁人爲我塞兩耳。

總評

詩到絶古處祇是一『真』。此直可與李空同爭席之作也。

其四

書廚書廚皆典要，千軸萬簽付荒草。我寢食此已十春，一旦委棄不忍道。男兒苦欲待時清，祇恐時清年不少。嗚呼四歌兮歌聲長，我歌豈敢忘先王。

總評

父母之後便説到此書生情事，可笑！可憐！

其五

高人高人父之執，長騎白駒甘遺逸。我欽隱德矢追隨，朝夕稟仰先民則。那堪相失向青山，生死無人傳消息。嗚呼五歌兮歌聲闌，聲聲黃鳥啼春殘。

總評

親師之際，言之感人。

其六

老劍古紫霜雪鋒，腰下閃閃青芙蓉。回身舞罷星文裂，深山魑魅不能凶。亂來隨我無他物，死生與爾誓相從。嗚呼六歌兮歌聲壯，僮僕勸我少惆悵。

總評

忽作壯語，妙！

其七

兩弟兩弟癡何求，解拾橡栗充乾餱。小者父死不能哭，大者賊來未知愁。左攜右提入荒山，吁嗟爾輩徒悠悠。嗚呼七歌兮歌聲苦，兩弟笑我淚如雨。

總評

情事逼真到嗔不得處實是苦，故曰『歌聲苦』也。妙，妙！

其八

敗木之屋照天破，短籬無門誰能鎖？夜黑有人叫虎來，陰風滿山吹腥火。嗟嗟虎來猶自可，莫使人來將害我。嗚呼八歌兮歌偏低，惟恐聲出墻東西。

總評

大奇大奇！使人望而欲走。

其九

天高地厚秋復春，何不容我草草身。夜坐黄蒿惡雨濕，啾啾冤鬼哭飛燐。骷髏向人如拱揖，此時胡爲不傷神？嗚呼九歌兮歌轉塞，可憐瘦面如土色。

其十

蒼天生我既殊眾，胡爲不逢堯與舜。自我解事亂至今，車書何日復朝貢？側身遥望帝王州，不覺傷心成一慟。嗚呼十歌兮歌已終，山崩川竭恨無窮。

總評

讀此十歌，覺李本寧變杜爲六歌，畢竟遭際不同之故。

箋

詩中云：『血口淋淋哭我父，前年新葬東郊土。』作者父親卒於丙戌年（順治三年），可見避兵當在順治五年（一六四八）四月。當時東鄉人號闖塌天者，趁駐甘州回族降清軍官以抗清爲名殺死甘肅巡撫等而起事攻占臨洮府，亂軍殺掠。詩作於此時。詩人同時所作尚有《避兵尋洞》、《烏夜啼》等。自注言『明末時作』，因魯王朱以海在紹興所建南明小朝廷尚在。

寄顧西巘

抵廣平之夜，夢讀《騷》之《九歌》，旦發三里，接《鵝城詩》。馬上嘯呼，行人以爲顛狂。嗟乎，知己云難，而得復失之，乃猶幸其失復得之也。既思之，使同里閈，又未必遠懷如是矣。作一歌，寄西巘。

湘靈入夢斷未續，青鬟撲霜氣森肅。有人投我《鵝城詩》，馬上秋風抱寒玉。掀髯吹鐵老雲開，殘雁一聲破霧哀。飄然身到古澤國，蘭芷之香面面來。文章有胎五湖水，冰雪聰明梨花美。金魚紫綬徒爾爲，見此高寒應羞死。我欲伐鼓叫天門，此人胡不撐昆侖。七尺仍折道旁腰，遂令後世笑乾坤。詩乎詩乎吾讀汝，眉目既張手復舉。觀者不知我何爲，祇疑我與鬼神語。生平無恨恨一時，高燈閃閃照虬枝。出門長揖未相問，何不早言有此詩？心欲回車車已上，楓葉千山寄惆悵。若能報我夜光珠，訪我海岱門東巷。

總評

胷有奇趣，卻賴妙筆能傳。

箋

應作於七古《洞庭秋》（見前）之後。

顧如華，字西巘，湖廣漢陽府漢川縣人。順治六年（一六四九）進士，三甲第二百一十二名。嘉慶《湖北通志檢存稿》載如華初任廣平；乾隆《兩浙鹽法志》載其於康熙二年（一六六三）任兩浙巡鹽御史，并載當時鹽稅嚴重拖欠，如華潔身垂範，革除陋規，囊槖蕭然，左右憂之，答曰：『麻菇、線香，古人所戒，況院長多廉明君子，豈以饋遺有無爲厚薄哉！』序言『抵廣平之夜』云云，是言赴京謁選途中事也，則此詩爲順治十年（一六五三）赴京候選途中再贈之詩。

鵓城各地有多處，此處即指廣平。嘉靖《廣平府志》卷八《古迹志》：『葛蘗城，在肥鄉縣境東，俗名葛鵓城，趙武靈王夫人所築，一名夫人城。』又：『（金）廣平王世鑑先塋墓碑，在廣平縣。祭酒崔咏撰銘曰：「……其柢太原之系，奕業西華，轉徙鵓城，始安厥家。猗嗟，廣平風土沃……」』民國《大名縣志·舊序》載康熙十九年知縣李尚斌重修自序曰：『……有關於政治也，由來尚矣。顧魏僻處，天雄之西與廣平之鵓城（在肥鄉縣）、乾侯（故城在成安縣東南）壤相接……』

戊戌初度八歌

其一

屋上蒼天如蓋圓，日暖月寒三十年。男兒落地懸弧矢，虹霓吐氣照山川。一旦乖違觸世網，萬里驊騮步不前。嗚呼一歌兮歌聲起，雙眸淚涌如秋水。

其二

我父愛我如掌珠，手摘桐花飼鳳雛。毛羽未成忽背影，苦雨酸風啼孝烏。夜深魂魄夢中來，撫我髮膚猶號呼。嗚呼二歌兮歌聲苦，何時酒澆墳上土。

其三

有母有母髮如霜，年年此日坐中堂。齋素爲兒乞繡佛，不願官高願壽長。豈意禍從天上來，嚙指出血心痛傷。嗚呼三歌兮歌聲變，手線春暉不忍見。

其四

吾弟聰明過乃兄，紫荆花下坐吹笙。一聞新起文章獄，黄金無色玉無聲。讀書致禍今如此，悔不南畝偕春耕。嗚呼四歌兮歌聲哀，脊令相向過天來。

其五

糟糠之婦縞綦巾，堂上頗能娱老親。小婦慧秀彈琴瑟，大婦恭敬修蘩蘋。封侯夫壻今得罪，不如扊扅舊時貧。嗚呼五歌兮歌聲塞，鴛鴦雙帶黯無色。

其六

癡兒今年已十五，我兄之子我所乳。不學詩書學弓箭，意中猶笑若翁腐。才與不才已焉哉，老牛舐犢心獨苦。嗚呼六歌兮歌聲長，何時攜汝歸故鄉？

其七

良友交結如青松，少小出入矢相從。一朝容易別深山，高天萬里望寒峯。霖雨未遂鱗甲損，未免爲魚笑爲龍。嗚呼七歌兮歌聲低，樹頭黄鳥背人啼。

其八

青天高高黄地厚，日月如丸東西走。太倉一粒是此身，胡爲紛紛論好醜？世法豈能榮辱人，千秋萬歲一杯酒。嗚呼八歌兮歌聲闌，欲學神仙跨紫鸞。

箋

該組詩爲順治十五年（一六五八）前半年生日的一天在江南獄中所作。有意學杜《乾元中寓居同谷縣作歌七首》。

七夕篇

天上明河如水流，金風冷入鵲橋秋。年年今夕知何夕？銀漢無聲渡女牛。一年一度雙星喜，歡娱未極愁仍起。不獨人間有别離，良會之難總如此。世上悠悠兒女心，簾前瓜果競穿針。輕羅小扇螢光細，獨立含情情正深。相傳爲乞天孫巧，五色新絲憐指爪。半臂紅綃玉釧寒，癡兒呆女忘饑飽。我思此事真茫然，天孫未必巧於天。若使天孫能賜巧，胡爲阻隔動經年？或者巧爲天所忌，遂使相思常兩地。不見無知田舍翁，夜夜茅檐夫婦醉。我思此事甚踟躕，我獨胡爲陷泥塗？巧拙兩端將安趨，青天回首白雲孤。仰望明河眼模糊，還當守拙保妻孥。

箋

此詩爲順治十五年（一六五八）七月初七在江南獄中所作。

九日醉歌

風雨蕭蕭木葉墮，一年已向愁中過。每逢令節更潸然，檐外寒山秋影破。今日黃花逼眼新，歸鴻應笑未歸人。高砧搗月勞秦女，殘角吹霜動楚臣。月冷霜清天似水，白雲西望三千里。烏啼啞啞古城西，蛩響淒淒荒砌裏。兄弟登高憶故鄉，羈魂遠逐雁成行。挂冠獨愧陶元亮，賣藥深慚費長房。此際阿誰能戲馬，臺邊湛露傳杯斝。美人比玉翠烟中，勝友如雲紅樹下。齒牙尚在舊牢騷，明鏡何須嘆二毛。濁酒顛狂仍落帽，新詩痛快且題糕。遷流大化如飛絮，一秋常抱千秋慮。去年此日共何人，明年此日知何處？同心攜手莫相忘，雖賦悲秋意不傷。好把茱萸簪短髮，明朝還醉小重陽。

總評

戒庵七古，奇麗處似長吉，而豪放處又似青蓮。總之以杜爲骨，而神明變化之。故無一篇不精妙。無論長篇短篇，其中丘壑最多，大與貌學韓、蘇一滚直下者不同。

箋

由詩中『一年已向愁中過』一句看，此詩作於順治十五年（一六五八）重陽節，由詩中『檐外寒山秋影破』、『今日黄花逼眼新』、『高砧搗月』、『月冷霜清』、『兄弟登高』、『一秋常抱千秋慮』、『好把茱萸簪短髮，明朝還醉小重陽』、『雖賦悲秋意不傷』等可知。

戒庵詩草卷之三　絕句

五絕

憶芝園三首

其一

家近首陽山，春容從未改。兒拳嫩碧香，雨過知誰採？

其二

寒玉戛浮烟，數竿青不了。今年新筍生，過墻枝多少？

總評

妙，妙！

其三

春雨漲梨花，前溪向北瀉。入門灌晚菘，好待歸人者。

總評

此首更爲神到之作。

箋

詩人在臨洮家中書房名『石芝山房』，芝園爲家中花園。詩應作於順治十二年（一六五五）春。由詩題『憶芝園』及詩中『春容』、『春雨』等可知作於候選之第二年春。

渡渭思親

源從鳥鼠來，去家剛百里。欲寄思親淚，恨無倒流水。

總評

五言絕『打起黃鶯兒』爲第一首，取其二十字一氣到底也。試讀康侯此作，有斷續痕否？

箋

順治十年（一六五三）詩人赴京謁選途中所作。順治九年赴京會試時詩人心思全在能否考中上，老母心思亦全在是否考中上，考完不久即可回。此次雖已考中，然不知幾時得以任命，離家無期，心緒複雜，故有思親之作。《水經注》卷十七載：『渭水出隴西首陽縣渭谷亭鳥鼠山。』隴西首陽縣，治所在今甘肅定西渭源縣。

早耕

殘星照扶犁，將曉山烟重。此時紗幮人，正作梨花夢。

總評

憫苦樂之不均也。前輩《蠶婦吟》：『子規啼徹四更時，起視蠶稠怕葉稀。不信樓頭楊柳月，玉人歌舞未曾歸。』梅聖俞《聞丐》詩云：『忽聞貧者乞聲哀，風雨更深去復來。多少豪家方夜飲，貪歡未許暫停杯。』二詩正與此同意，合讀之，令人勃然興憂愛之心也。

箋

順治十年（一六五三）赴京路途中作。

長安門

粉堞鶯聲曉，朱甍柳色黃。五更車馬亂，殘月笑人忙。

箋

當作於順治九年（一六五二）會試之後，閑暇游覽京城名勝而作。

琉璃廠

傳說開三殿，秋風不待人。如今殘瓦角，字蝕舊庚辰。

總評

言簡而意無窮，此五絕所以可貴也。

箋

順治九年（一六五二）會試之後作於京城。

帝王廟

風雨春蘋好，松杉夜鶴宜。諸天相續入，黄霧鎖龍旗。

箋

順治九年（一六五二）會試之後作於京城。

金水橋

日近雙龍闕，雲開五鳳樓。宮花千萬樹，掩映舊螭頭。

箋

順治九年（一六五二）會試之後作於京城。

自君之出矣

其一

自君之出矣，不復繡鴛鴦。思君如蓮子，心苦坐空房。

其二

自君之出矣，不復上高樓。思君如華燭，夜夜淚痕流。

箋

順治九年（一六五二）會試之後作於京城。因思家而懸想其妻之思己而作，構思頗似《詩經·陟岵》。『自君之出矣』爲樂府舊題。《樂府詩集》卷六十九《雜曲歌辭九》之《自君之出矣》題解曰：『漢徐幹有《室思詩》五章，其第三章曰：「自君之出矣，明鏡暗不治。思君如流水，無有窮已時。」《自君之出矣》蓋起於此。齊虞羲亦謂之《思君去時行》。』

白兔

素影流雲疾，靈胎剖月寒。秋來添玉彩，搗藥正霜殘。

總評

落想俱超。

箋

以下咏物之詩十七首，一部分應作於與外界少有聯繫、年紀尚輕之時。無天災匪患則悠閑讀書，閑時賦詩以顯才華，從容而作。由《黃鸝》一首之『菊徑』、『秋塘』等詞語看，應作於臨洮家中。云『何時身跨汝，飛上武昌樓』，亦可看出爲未中舉、未中進士時之作。則成於順治三年（一六四六）前後。《紅魚》、《玄鹿》、《黃鶴》當作於順治二、三年間，在米喇印、丁國棟之亂以前。

紅魚

細鱗堆錦繡，長鬛散雲霞。龍門燒尾後，春浪泛桃花。

箋

作於順治二、三年間。參《白兔》箋。

玄鹿

黑水春蘋密，玄丘野韭香。神仙朝洗墨，借爾伴蒼涼。

總評

康侯兼擅作賦之才，故宜長於此題。

箋

順治二、三年間作。參《白兔》箋。

黄鶴

菊徑梳寒雨，金塘唳晚秋。何時身跨汝，飛上武昌樓。

總評

此與下數首，都須看其韵致。

箋

順治二、三年間作。參《白兔》箋。

茉莉

弱縷穿香玉，雲鬟燭照明。夜窗酒醒後，聽得墜釵聲。

箋

順治十二年（一六五五）秋作於丹徒任上。茉莉花生長江南，花期從盛夏至深秋。以下十幾首大抵作於江南。

丁香

細葉翻雲綠，繁花綴粟黃。秋來徒結恨，香是可憐香。

總評

可憐香比可憐宵、可憐人，更淒豔欲絕，具見深情。

箋

約作於順治十二年（一六五五）秋。『秋來徒結恨』一句證成於秋季。

素馨

香魂穿月去，的的半枝春。晚向雕欄過，長門鎖玉人。

箋

順治十三年（一六五六）秋季作。素馨花，秋季七至九月開花。本生於石灰岩地帶，多用於觀賞。時詩人之家眷已接至丹徒，故詩中多借花以寫夫妻之情，表現分別一年多中思念之情。參七絕《相思曲》、《寄情》、《開緘》和七律《梅花十五首》。

荼蘼

紅白都能變，香來爾許時。風前頻記憶，鏡小未勻脂。

箋

約作於順治十三年（一六五六）夏。荼蘼在盛夏開花，生於江南一帶。參《素馨》箋。

含笑

冰骨香肌好，盈盈一水春。疏簾風月在，不解笑何人。

總評

妙絕古今。

箋

約作於順治十三年（一六五六）夏。參《素馨》箋。含笑梅，又名山節子、白蘭花，原産於廣東和福建，後多見於長江流域、江南一帶，花期在農曆二至四月。

水仙

影低春月下，香散晚風前。小小凌波襪，何人賦洛川？

箋

約作於順治十四年（一六五七）春。水仙花期在春季。參《素馨》箋。

合歡

草木牽情甚，春來夜夜思。美人如不信，看取樹交枝。

總評

思致絶巧，寫物之情態如見。

箋

約作於順治十四年（一六五七）夏。合歡花，又名絨花樹、馬纓花，夏季開花。參《素馨》箋。

辛夷

一叢新木筆，江上最先開。搦管東風裏〔一〕，春愁寫不來。

箋

約作於順治十四年（一六五七）。辛夷，又名白玉蘭、玉蘭花，原産於長江流域，後擴散至中原和西北的陝西、甘肅一帶。從『江上最先開』一句看，亦作於在丹徒時。

校記

〔一〕『搦』，《二南遺音》卷一作『握』。

芙蓉

相思不可解，紅蕚自成雙。記得相尋處，秋風濯錦江。

箋

當作于順治十四年（一六五七）夏。參《素馨》箋。

玉蕊

月照唐昌觀，泠泠刻玉寒。香風吹斷處，雙鶴下瑤壇。

箋

順治十四年夏（一六五七）作。玉蕊，多生於福建、江蘇等天熱之地，花期由初夏至秋末。參《素馨》箋。

海棠

捲簾不厭早，燒燭豈嫌遲。最愛輕紅暈，楊妃睡起時。

箋

順治十四年（一六五七）春夏之時作。海棠分布於山東、江蘇、江西、浙江、湖北及兩廣之地，今已漫延至陝甘一帶。當時應主要生長於長江流域。參《素馨》箋。

刺桐

豔豔垂嬌萼，微微散異香。愛他顏色好，花下理殘妝。

總評

祇覺好。

箋

順治十四年（一六五七）初冬之作。刺桐多産於江蘇、福建、兩廣之地，花期在冬春之間。參《素馨》箋。

山茶

小院寒初退，天然深淺紅。徐熙雖解畫，不可畫春風。

總評

詩可畫出。

箋

順治十四年（一六五七）初冬之作。山茶花期從先一年農曆九月至下年四月。參《素馨》箋。

七絕

燕京竹枝詞六首

其一

東風暗入柳條柔，十里青樓匝御溝。公子不知何處醉，但於門外認花騮。

總評

風流不可當。

其二

陌上女兒花一窩，紅圍翠擁意婆娑。春宵約伴看燈去，夫壻相逢可奈何！

總評

詼諧美刺，衹在淺淡中寫出。

其三

彩燕絲鷄色色新，五陵豪貴綺羅春。癡兒嬌女無生事，笑看門前乞食人。

總評

古人《竹枝辭》亦《三百》遺意者，以其多記時事風俗也。似此，則得之矣。

其四

城柝聲高月上初，香風還引碧油車。三更簫鼓花前醉，不信揚雄夜校書。

總評

出口皆仙，當是胷懷紫鳳。

其五

蜀錦吳綾雪照明，新來花樣入春城。江南少婦機頭月，不及美人歌一聲。

總評

言外多少感嘆。

其六

春風入市競豪奢，如許金錢買一花。說與農人梅柳貴，從前應悔種桑麻。

總評

一字一惆悵。

箋

順治九年（一六五二）在京城有所見而作。如其五寫歌伎：『江南少婦機頭月，不及美人歌一聲。』其六寫買花：『說與農人梅柳貴，從前應悔種桑麻。』其六開頭『春風入市』云云，也說明春闈甫至京城所見、隨口而吟。但也表現出對於城市中一些官僚、巨商家庭的無度揮霍，造成身價奇高的藝人與農民長年勞動而一貧如洗的不正常現象的驚異。

竹枝，樂府舊題。《樂府詩集》卷八十一《近代曲辭》之《竹枝》題解曰：『《竹枝》本出於巴渝。唐貞元中，劉禹錫在沅湘，以俚歌鄙陋，乃依騷人《九歌》作《竹枝》新辭九章，教里中兒歌之，由是盛於貞元、元和之間。禹錫曰：「竹枝，巴歈也。巴兒聯歌，吹短笛、擊鼓以赴節。歌者揚袂睢舞，其音協黄鍾羽。末如吳聲，含思宛轉，有淇濮之豔焉。」』

舟行口號十首

其一

天津渡口酒如泉，紫蟹黄魚不論錢。醉臥孤舟看月上，角聲吹散滿城烟。

總評

全以神氣行。

其二

秋風發發自西來，霜滿輕帆曉未開。起向天津高處望，黄雲白草雁聲哀。

總評

當其發聲，如高漸離擊筑和歌時也。

其三

家家煮海傍鹽津，八月新鹺爛似銀。竈户不知官長貴，生來拜跪見商人。

其四

太史河邊天似水，麻姑城外月如霜。歸鴻初斷秋風起，不信行人不望鄉。

總評

風格絕高，竟是太白敵手。

其五

帆影中分夕照微，一聲短笛出漁磯。鄰舟少婦當窗坐，笑看鴛鴦貼水飛。

總評

未免有情，誰能堪此！

其六

網魚莫網水中鯉，羅鳥莫羅天上鴻。我有素書答親舊，借他得便一相通。

總評

古意出以新調，復自感人。

其七

幾樹殘楊挂酒旗，停橈正是月明時。當壚燕趙輕盈女，笑向官人唱《竹枝》。

其八

白蘋風冷入秋河，兩岸鴻聲散榜歌。齊唱江南《楊柳》曲，天涯客子意如何？

其九

但聽前頭簫鼓聲，小船自讓大船行。獨有江南船任意，新從瘴海告添兵。

總評

詩史。

其十

月明秋岸十三夜，鷄唱霜天第一聲。客夢初醒燈未盡，輕舟已過木頭城。

箋

順治十二年（一六五五）秋，詩人選丹徒知縣。此組詩爲赴任途中所作。

瓶中桃花

分得輕紅第一枝，春風春雨點胭脂。樽前記得曾相見，夜半美人微醉時。

總評

想君曾吞仙家赤玉琯耶？不然，人間何得此調。

箋

作於順治十二年（一六五五）秋選爲丹徒令之時，在寓居處尚未行也。『分得輕紅第一枝』頗爲興奮，一掃此前之憂愁牢騷。

歌者娟兒故良家子，行歌道舊，泣下潸潸，予亦愴然，慰之以此

隋柳秦花故國情，瞥聞出谷一聲鶯。新愁莫向尊前説，近日官人半似卿。

總評

此語不讓唐人。

箋

由『隋柳秦花故國情』看，作於西安；由序中『行歌道舊』云云看，所寫歌者是鄉試中至長安所識，此爲敘舊，則此詩作於順治十年（一六五三）赴京謁選路過西安時。

秋興

其一

雲滿林丘水滿塘，小園獨步愛秋光。西風似比東風好，吹得花開晚更香。

總評

『衹緣今日人心別，未必秋香一夜衰』，較此劣矣。

其二

蘆雨蘋風雁未回，柴門無事晚慵開。忽然聽得兒童笑，説是鄰翁送酒來。

其三

松生雲氣竹生烟，歌斷桐花月外天。句好知爲神助我，烹鷄釃酒祭青蓮。

總評

張籍嗜杜，至於燼爲丸日吞之，而詩果大進。句到好時，真有神助也。今云『烹鷄釃酒祭青蓮』，豈不勝賈島自祭耶？

箋

當成於秋闈甫中之後。由其一『小園獨步愛秋光』、其二『柴門無事晚慵開』等句可知作於臨洮；由其三『句好知爲神助我，烹鷄釃酒祭青蓮』及其二『西風似比東風好，吹得花開晚更香』、其二『忽然聽得兒童笑，説是鄰翁送酒來』等句可知爲喜慶之作。然而思想尚不甚開闊，非中進士之後之作，則當成於順治八年（一六五一）秋，時張晉二十三歲。

孟津

長河萬頃棹高低，水色連天一望迷。八百諸侯名已没，舟人祇解説夷齊。

總評

風人之遺。

箋

作於順治九年（一六五二）由京城返回臨洮途中。

孟津，又名盟津、富平津、武濟、陶河，古黄河津渡。《史記·周本紀》：武王九年，『東觀兵，至於盟津……諸侯不期而會盟津者八百諸侯』。夷齊，伯夷、叔齊，商末孤竹君二子。武王興兵伐紂，二人叩馬而諫。武王克商之後，天下宗周，而伯夷、叔齊恥食周粟，逃隱於首陽山，餓死。爲古代抱節守志之典範。詩人處易代之際，說夷齊，有深意存焉。

相思曲

其一

春愁半夜對銀釭，梅竹吹風打繡窗。何處欺人簫鼓唱，家家家裏唱成雙。

總評

字字嫵媚。

其二

素雪飄飄北雁飛，傷心塞上寄寒衣。如何辛苦經多歲，歲歲歲闌人不歸？

其三

無端風雨逼愁新，綠草紅花二月春。窗外杜鵑啼血口，聲聲聲似勸歸人。

其四

半掩花幃秋恨深，香寒玉冷夜陰陰。誰知細雨階頭滴，滴滴滴愁愁上心。

總評

用『空階滴不入，滴入愁人耳』一首意，卻一新。

箋

《相思曲》四首應作於順治十二年（一六五五）初秋以前。張晉於順治十一年（一六五四）第二次赴京謁選，年底任命爲刑部觀政，實習政事。至十二年（一六五五）秋方任爲丹徒縣令、去江南。其五律《通灣舟次寄環極、石生二先生》『烟入秋河澹』一句可證，時當秋季。此詩四首第一首寫春時，第二首寫冬時，第三首又寫春時，第四首又寫秋時，則應是寫順治十一年春、冬，十二年之春、秋。無論是四次還是一次寫成，包含有詩人的回憶，最後之成應在順治十二年（一六五五）初秋。表現出詩人深厚的夫妻感情。

寄情

棠梨花發一鶯啼，樓上吹簫望眼低。昨夜無端風雨驟，美人隔在草橋西。

總評

温然可愛。

箋

應作於順治十二年（一六五五）春。參《相思曲》箋。由『棠梨花發一鶯啼』可知作於春季。

開緘

半幅相思雁過樓，不言多病不言愁。秋雲薄紙春蠶字，秖報塘中花并頭。

總評

真香豔。

箋

作於順治十二年（一六五五）秋收到其妻書信時，大體當在七八月間。因九十月間張晉即赴丹徒任，一到任即安排接其母、妻及其弟張謙與孩子到任所，則其妻不會寄書於他。又詩中言『秋雲薄紙』云云，則詩當作於秋季得選爲丹徒令之後、起行之前。

憶別

橋邊折柳雁行斜，記得回頭看荻花。郎去不愁歸不早，祇愁歸路過盧家。

總評

數首新麗，直奪温、李之席，即犯綺語不顧也。曹子顧評。

箋

作於順治十二年（一六五五）秋。參《開緘》箋。

惜春

留春酒與惜春詩，莫到花殘鶯老時。三月江南寒食路，斷魂惟有美人知。

總評

香山得意之作。

箋

作於順治十三年（一六五六）三月，時在丹徒。詩中言『三月江南』可知。時家眷已至丹徒，由末句『斷魂惟有美人知』可知。

白居易有五律《清明日觀妓舞聽客詩》、《惜春贈李尹》等寫惜春之意者。

無題二首

其一

合歡枝上月初高，夜夜行雲入夢勞。但使能憐霍小玉，花中號爾九方皋。

總評

石心亦動。

其二

花難言語竹難香，世上誰人無短長。但取一聲《何滿子》，鳳凰不讓野鴛鴦。〔一〕

夾評

〔一〕按『鳳凰』似取之於阿房意。

總評

絕句截律之半，即古歌謠之遺也。妙處在雋遠婉宕。先生以古氣爲新聲，每於題之内外搖曳無盡，而曲曲幽幽，百爾所思，使聽者生情，不知所謂。夫唐之七絕，太白、龍標，古今推爲獨步，然取其詩，無可深解也。即若王之渙『一片孤城萬仞山』，亦何意義可解？而讀者稱絕千古，以其韵在言外耳。先生七言絕奇情異韵，俱在言外，所以必傳。

箋

順治十四年（一六五七）冬，江南已有就科場事造勢并延及同考官諸人者。張晉以忠於職守自信，以霍小玉之忠誠之心自喻，望有識其正直忠誠者爲之開脱，如相馬之九方皋。其二言忠於軍國之事，而難以自表（『花難言語竹難香』），如欲加罪，何患無辭。唐張祜《宮詞二首》之一云：『故國三千里，深宮二十年。一聲《何滿子》，雙淚落君前。』白居易《聽歌六絕句·何滿子》：『世傳滿子是人名，臨就刑時曲始成。一曲四詞歌八疊，從頭便是斷腸聲。』其序云：『開元中，滄州有歌者何滿子，臨刑，進此曲以贖死，上竟不免。』又元稹《何滿子歌》：『何滿能歌能宛轉，天寶年中世稱罕。嬰刑繫在囹圄間，水調哀音歌憤懣。梨園弟子奏玄宗，一唱承恩羈網緩。便將《何滿》爲曲名，御譜親題樂府纂。』看來在當時有關何滿子的結局的傳説已有不同。但不論怎樣，都表現了詩人希望君王能明察其事實，脱之於囹圄。詩應作於順治十四年初冬。

白梅子

梅子雨留酸，冰霜濺齒寒。香浮雲母案，色照水晶盤。玉露垂天乳，瓊柯挂月丸。相如愁病渴，朱鳥莫摧殘。

總評

眼前物一經題咏，便成佳境。

箋

作於順治十二年（一六五五）初冬，赴丹徒路途或至丹徒之初。初嘗梅子，因而有詩。

人日

七日最靈辰，登高攜所親。鏤金初作勝，剪彩復爲人。車馬鶯花麗，壺觴風雨新。落梅妝就否？還看大堤春。

總評

高秀靈動，與古人相匹。

箋

順治十三年（一六五六）正月作於丹徒。

人日，農曆正月初七。宗懍《荆楚歲時記》載：『正月七日爲人日。以七種菜爲羹；剪彩爲人，或鏤金箔爲人，以貼屏風，亦戴之頭鬢；又造華勝以相遺；登高賦詩。』隋杜公瞻按：『董勛曰：「人勝者，或剪彩或鏤金箔爲之，帖於屏風上，或戴之，像人入新年，形容改，從新也。」華勝起於晉代，見賈充《李夫人典戒》，云：「像瑞圖金勝之形，又取像西王母。」』

望華岳四首

其一

禮拜青霄近，高寒意已通。［一］精靈天一柱，孤峻帝三公。［二］日月開西夏，雲烟破太空。遥遥真灝在，待我叩鴻濛。

夾評

［一］前一層莫作鍾、譚詩看。

［二］是破萬卷後句法。

其二

舊夢頻來往，分明此地看。帝心秋更爽，仙掌夜仍寒。絳節雲中馭，瑤笙月下壇。［一］前身今始悟，天際識青鸞。

夾評

［一］恰好語。

總評

此首善用養局之法。

其三

金天削四面，擁出秀芙蓉。雨失蒼龍嶺，秋來玉女峯。［一］陰晴靈氣變，今古素心從。長望通群帝，明年許杖筇。

夾評

〔一〕『失』字、『來』字能使萬象歸於一致也。

其四

不待完婚嫁〔一〕，思登五岳巔。先來謁白帝〔二〕，相與問青天。萬古河如帶，三秋藕似船。〔一〕奧靈如有意，爲我淨雲烟。

夾評

〔一〕對儷之精、用古之妙如此，真讀書人。

箋

該組詩當作於順治九年（一六五二）詩人赴京會試過華陰時。因華山在三原縣以東，非鄉試時所作。其一『待我叩鴻濛』，分明參加會試口吻。其二曰『舊夢頻來往，分明此地看』，則本詩非憑空想象之作，與順治七年以前之作不同。時張晉二十四歲，已完婚無疑。本詩其四言『不待完婚嫁，思登五岳巔』，謂早有登臨之意，喻心存大志。亦取古文士以入仕爲『嫁於帝王家』之義。故孫豹人評曰『用古之妙如此』。元代無名氏雜劇《馬陵道》楔子云：『學成文武藝，貨於帝王家。』意思相同。其一之『遙遙真灝在，待我叩鴻濛』，其三之『長望通群帝，明年許杖笻』等充滿豪氣，又有所希望，則作於中舉之後，會試之前無疑。

華岳，即西岳華山，又稱太華山，在今陝西省華陰市南十里。

校記

〔一〕「完」，《二南遺音》卷一作「畢」。

〔二〕「謁」，《國朝詩人徵略》二編卷一引作「朝」。

黄河

萬古此衣帶，源從天上來。星槎人遠矣，龍馬事奇哉。岸闊秋帆小，風高晚笛哀。中流舟楫穩，還憶濟川才。

總評

極有氣勢，極有根據，亦如黄河之一瀉千里，而根源昆侖也。

箋

應作於順治六年（一六四九）前後。大約在成丁禮之後游蘭州而有此作。與七律《過故肅邸》大體同時。

登來青樓

故國今何在？雲天自杳冥。登樓時一望，不忍見山青。烟色迷疏牖，嵐光照小屏。南鄰松樹好，洗眼看亭亭。

總評

領聯能不對，便古。

箋

當作於順治三年（一六四六）前後。

來青樓，乾隆《江南通志》卷三十一《輿地志》載：『來青樓、攬輝樓在福泉縣青龍江上，俱元都水監任仁發延賞之所。楊維禎詩云「大江如龍入海口，青山似鳳來雲間」。』福泉縣，清雍正二年（一七二四）析青浦縣北境置，屬松江府。治所在唐行鎮（今上海市青浦縣）。乾隆八年廢。元沈禧《風入松・題來青樓》詞：『畫樓高出子城灣，捲幔見南山。堆有疊翠排天際，似蛾眉、巧綰雲鬟。風月四時長占，星辰午夜宜攀。　蓬萊仙闕有無間，望處隔塵寰。何當養就升天翼，恣翱翔、飛去飛還。縱目真窮寥廓，置身如履孱顏。』樓在南方，張晉當時未能至，任丹徒令之後雖稍近，亦未能登。曰『登來青樓』者，迷俗人之眼，以爲登樓寫景，實借此名目以抒發對南明小朝廷之關心。首句『故國今何在』一句已點出其主旨所在。故國者，明也。『南鄰松樹好』語意雙關：表面是寫樓旁之松，實寫南明王朝之士人有節氣者。

避兵尋洞

天地何寥闊？此身無所之。偷尋岩洞去，祇有水雲知。崖上鹿千歲，林中花四時。山靈如念我，會許拾仙芝。

箋

作於順治五年（一六四八）東鄉人闖塌天攻占臨洮城之時。參卷二《避賊十歌》箋。

漫興

芳樹日初斜，風高掩絳紗。歌殘三島月，睡破一簾花。雲似飛仙國，松猶處士家。自憐春色好，不欲向人誇。

箋

作於順治十二年（一六五五）前半年任刑部觀政時。參七古《莊門東有古松六株，爲鄰人劉家樹，與我久有情，不可無詞，乃望而賦此》。彼言『久有情』，可見非家鄉鄰家之自小有情，此祇言已久在此而見之。是張晉候選久住之處松樹也。本詩言『松猶處士家』，亦正寫於其處也。

春日

雖是聽啼鵑，芳菲勝去年。雨晴花富貴，竹淨月嬋娟。曲水縈寒玉，春星點暮天。風光留我好，莫比醉逃禪。

箋

應作於順治十二年(一六五五)春。似得聞有關選任壬辰進士之消息,故有『雖是聽啼鵑,芳菲勝去年』之句。蓋張晉於順治十一年(一六五四)至京,因路途遙遠,隔年未能回家,故先一年臘月有七律《臘十二家慈帨辰西望賦此》之作。

榮華

榮華吾所薄,惟有返柴荆。千里塞雲淡,半山秋月明。功名如水色,鄉里聽鴻聲。今夜青燈好,相思隴樹情。

箋

作於順治十二年(一六五五)七八月間在京城之時。當時尚未得任命消息,灰心而有此詩。『半山秋月明』知在秋季。

乾壕早發

誰奪吾高臥,行行未曙天。山明銜夜火,樹密鎖秋烟。一馬西風裏,雙鴻北斗邊。夢餘生遠念,松菊應淒然[一]。

箋

作於順治十年（一六五三）夏秋之間赴京謁選途中。『樹密鎖秋烟』一句指出時已入秋，而張晉之第一次赴京是在春季。且詩也非寫順治九年由京中返家，因爲由詩之首二句『誰奪吾高臥，行行未曙天』看，對早起有非心所願的意思，而如是回家將見慈母，則不會有抱怨、無奈之語。

乾壕，在今河南省陝縣東南乾壕鎮。《元豐九域志》卷三：『陝州陝縣有乾壕鎮。』

校記

〔一〕『松菊應淒然』，覆刻本同，抄本『松菊』作『窗菊』。

渭南道中

清渭無窮盡，高天逐望低。沙堤千樹柳，茅屋一聲鷄。行國心仍苦，還家夢未迷。水邊雙白鳥，笑我日東西。

箋

順治九年（一六五二）春，詩人赴京會試途中作，由『行國心仍苦』一句可知。清代渭南縣，治所在今陝西省渭南市東南四里，當西安市東北處渭水南岸。

華山下遇高陟雲

積思經歲苦，既見兩情深。細雨談新夢，高風望遠音。長河秋浩浩，名岳晚陰陰。離別應相念，青天萬里心。

箋

順治九年（一六五二）詩人赴京會試至陝西華陰所作。高陟雲參卷一《懷高陟雲》。此次進京會試途中二人相遇。

華州廣文閆見我

生平求古道，畢竟有斯人。且喜三峯近，何知一水貧。新書秋課子，薄禄晚留賓。珍重青氈好，年年槐市春。

箋

順治九年（一六五二）詩人赴京會試，至陝西有先一年鄉試中所認識朋友見訪作此。看來廣文閆鄉試未第，以授童生爲糊口計，又款待詩人，可見仰慕之情。

華州，治所在今陝西華縣，在渭南以東、華山以西，正當詩人赴京途中。

萱花

縈露碧磚濕，傍風朱檻斜。何如益母草，偏向宜男花。紅破纏頭錦，黄封繫臂紗。北堂春上壽，持此照流霞。

箋

當是順治九年（一六五二）會試後思親所作。詩中『碧磚』、『朱檻』皆京都景象。《詩經·伯兮》：『焉得萱草？言樹之背。』毛《傳》：『背，北堂也。』原詩意謂欲種萱草於北堂之前。北堂，古爲母親所居處，後爲母親或母親居處的代稱。

閿鄉道中

漸覺鄉音異，因知天路長。山河留景色，風雪逼年光。伊洛鴻聲近，崤函樹葉黄。飄零歸未得，吾道任蒼蒼。

總評

『風雪逼年光』，老甚！詩遂以此句當傳。

箋

順治十年（一六五三）詩人赴京謁選途中所作，由首二句可知。

閿鄉縣，隋開皇十六年（五九六）置，屬陝州，治今河南靈寶市西北。清屬陝州直隸州，一九二七年直屬河南省，一九五四年并入靈寶縣。當河南、山西、陝西之間。

伏羲廟

開闢皇初遠，神靈獨在茲。人文今鼻祖，道妙此心師〔一〕。雪影河圖見，松風燧火知。千秋長望處，天地古何時。

總評

讀此，覺史家之煩，不如詩家之簡。

箋

順治八年（一六五一）詩人赴三原參加鄉試，經秦州（今天水）而作。

伏羲廟，在今天水市秦州區。順治《秦州志·儀制志》載：『嘉靖壬午，御史陳講創廟州中。』嘉靖壬午即嘉靖元年（一五二二）。明康海有《重修伏羲廟碑記》、胡纘宗有《太昊廟樂記》并記其創建之事。

校記

〔一〕《二南遺音》卷一、《國朝詩人徵略》二編卷一『人文』作『斯文』，『道妙』作『吾道』。

堯廟

階前蓂葉秀，瞻望得遙深。雲日開天表，河山見帝心〔一〕。茅茨秋不剪，蟋蟀夜能吟〔二〕。終古乾坤在〔三〕，茫茫何處尋？

總評

『蟋蟀』用《唐風》，更巧妙。

箋

應爲順治九年（一六五二）中進士後返家途中路過游覽堯廟而作。

成化《山西通志》卷五之『祠廟』載：『堯帝廟有七：一在平陽府城外汾水西，晉元康中建於汾水東，唐顯慶間移於城南五里，國朝本府歲祀，王統未重修，後建丹朱廟，旁建光澤宫；一在清源縣東三十里堯城都，元至正八年建，國朝洪武二十八年修；其在浮山縣南王里曰南堯廟，崇寧三年重修；東北二十里北張里曰北堯廟，元至元二十五年重修；一在洪洞縣南二十五里羊獬里街北，元至正十四年建；一在沁州東三十里堯山上；一在長子縣西南十五里潛山頂，元至元十六年建，國朝成化四年修。』詩人所游訪的應是平陽府（治所在臨汾縣，今山西臨汾市）城南之堯廟。其一，建廟最早，代有修葺，且爲官方歲祠之廟；其二，今臨汾市堯都區堯廟鎮伊村西南尚存明萬曆間所立『帝堯茅茨土階』碑，土階相傳爲堯所居茅屋之基址，詩中『茅茨秋不剪』或爲實錄。

《詩經·唐風》中有《蟋蟀》一詩，中云：『今我不樂，日月其除。』其上句言當歲暮（除，去也）。孫枝蔚評言『蟋蟀夜能吟』用《唐風・蟋蟀》意，爲暗藏明亡（『日』、『月』二字成『明』）而心不樂之意。此借題發揮，然亦極隱晦。

校記

〔一〕『河山』，《二南遺音》卷一、《國朝詩人徵略》二編卷一作『山河』。

〔二〕『夜』，《二南遺音》卷一作『暮』。

〔三〕『在』，《二南遺音》卷一作『大』。

舜廟

文明蒲坂地，下馬拜寒丘。汭水烟雲古，鳴條草樹秋。風高疑鼓瑟，日霽想垂旒。靈鳳今何在？淒涼念九州。

總評

意思透亮。

箋

應爲順治九年（一六五二）中進士之後其秋由京城回臨洮時順路觀覽舜廟而作。

舜廟有多處，張晉所言爲蒲州舜廟，在今山西省永濟市，由詩中『蒲坂』、『汭水』可知。《史記》卷一『舜飭下二女於嬀汭』，《正義》張守節按引《地記》云：『河東郡青山東山中有二泉，下南流者嬀水，北流者汭水。二水異源，合流出谷，西注河。嬀水北曰汭也。』又云：『河東縣二里，故蒲坂城，舜所都也。城中有舜廟，城外有舜宅及二妃壇。』四部叢刊景宋本《重修廣韻》卷一『十一模』：『蒲：……亦州名，舜所都蒲坂，秦爲河東郡，後魏爲雍州，又改爲秦州，周改爲蒲州，因蒲坂以爲名。』成化《山西通志》卷二載：『在蒲州東南一百里，相傳即舜耕處。上有舜廟，山下二泉名媯、汭，東西相距二里，南流者爲媯，北流者爲汭，合流入黄河。即釐降二女處。』

禹廟

禹廟荒城外，秋風冷畫旗。山川開鬼斧〔一〕，樺橇紀神碑〔二〕。黑玉書難問，黄龍舟已移。河聲咽不斷，惟有羽淵知。

總評

『黑玉』、『黄龍』，對儷精工。

箋

當作於順治六年（一六四九）前後，在其父喪禮之後漫游河州、蘭州之時。

全國禹廟有多處。張晉所寫爲甘肅積石山縣大河家鄉的禹王廟，其地在炳靈寺以西，靠近青海黄河邊上。詩中『荒城外』、『山川開鬼斧』、『河聲咽不斷』等句可證。《尚書·禹貢》：『導河積石，至於龍門。』相傳大禹在積石關用巨斧劈開石崖，疏浚黄河。張晉當二十歲以後游蘭州，又至積石關、禹王廟等處尋古攬勝。其七律《送滑豹山司李》云『積石天高殘雪照』，説明應到過積石山一帶。積石關内有『禹王石』、『禹王支鍋石』及禹王廟遺迹。元代寧國路總管府推官楊載有詩云：『禹功疏鑿過憂勤，海内山川自此分。』明御史范霖七律《題積石》云：『黄河滚滚自西來，此地曾經禹鑿開。峭壁排空高礙月，洪濤逐石怒掃雷。』明監察御史沈越同題七律云：『大禹疏河由積石，皇明設險辟崇山。』張晉訪此廟，當在順治六年前後，時年二十一歲上下。

校記

〔一〕『山川開鬼斧』，《二南遺音》卷一、《國朝詩人徵略》二編卷一作『衣裳垂古壁』。

〔二〕『神碑』，《二南遺音》卷一作『豐碑』。

二程先生祠

吾道誰能續？先生見本根〔一〕。高天兄弟在〔二〕，殘雪古今存。伊闕松風正，洛城花氣温。千秋人仰望，俎豆一乾坤。

總評

恰似全不用故事，句句渾化。

箋

應爲順治九年（一六五二）中進士之後其秋由京城返家途中過洛陽拜謁二程祠所作。

二程祠，在今河南省洛陽市嵩縣田湖鎮程村，主祠北宋著名學者程顥（字伯淳，世稱明道先生）、程頤（字正叔，世稱伊川先生）兄弟。曾同學於周敦頤。程顥嘗稱『天理』是『自家體貼出來的』，爲哲學最高範疇，是自然界和社會的最高原則，於倫理上則體現爲封建的『三綱五常』。在認識天理的方法步驟上，頗强調内心静養。程頤與兄顥思想學説基本一致，在認識天理的步驟上，頗强調由外界格物，以達到致知的目的。世稱程顥爲『大程』，程頤爲『小程』，合稱『二程』；稱其學術爲『洛學』。有《二程全書》行世。

校記

〔一〕『根』，《二南遺音》卷一作『心』。

〔二〕『高天』，《二南遺音》卷一作『泮宮』。

邵先生祠

堯夫一韋布，千古有荒祠。梅影天心見，鵑聲國事知。聰明秋衍數，安樂晚吟詩。想像風流在，雲山多所思。

總評

咏宋賢，絶無宋氣。

箋

順治九年（一六五二）中進士之後其秋由京城返家途中順路拜謁邵雍祠而作。

邵先生祠，在今河南省洛陽市洛陽橋南龍門大道東側安樂窩村西，主祠北宋著名學者邵雍。邵雍，字堯夫，北宋河南府（今河南洛陽）人。他據《易傳》，參以道教思想，建立神秘的先天象數學。以爲萬物皆由『太極』演化而成，『太極』永恆不變；而萬事萬物則依其虛構的《先天圖》，循環不已。卒謚康節。著有《皇極經世》、《伊川擊壤集》等。

洛城

萬古東都地，淒涼可奈何？緱山秋月澹，伊闕暮雲多。金谷湮花路，華林散玉珂。西風獨立處，烟雨上銅駝。

箋

順治九年（一六五二）中進士之後秋天回鄉過洛陽作。由『西風獨立處，烟雨上銅駝』兩句可以看出是在秋天，則由京返臨洮時所作。

洛城，今河南洛陽。緱山，《讀史方輿紀要》卷四十八《河南府》之『郾師縣』載：『緱氏山，在縣南四十里。一名覆釜堆，相傳周靈王太子晉升仙之所。』伊闕，同上卷之『洛陽縣』：『闕塞山，在府西南三十里，亦曰龍門山，亦曰伊闕山，一名闕口山，一名鍾山，又爲龍門龕。《志》云：山之東曰香山，西曰龍門，大禹疏以通水，兩山對峙，石壁峭立，望之若闕，伊水歷其門。』金谷，見卷一《金谷》箋。華林，同上載：『華林園，在故洛城內東北隅。與宮城相接，有東西二門，魏文帝所起。』銅駝，見卷二《銅駝淚》箋。

岳武穆王廟二首〔一〕

其一

靈爽投壺地，西風憶築壇。陣雲猶北指，廟樹自南盤。日月金牌盡，山河玉匣寒。獄成心不怨，天意厭回鑾。

總評

頷聯語經百煉而出，末句猶見忠厚之旨。

其二

高天吾一望〔二〕，千古哭英雄。鐵馬平川黑，花旗野渡紅。中原悲落日，南國怨秋風。不到黃龍府，淒涼古汴宮。

總評

極有力量，說來極自然。

箋

詩人所咏岳武穆廟當在河南開封府朱仙鎮（今河南開封），赴京會試來去可路過。當作於順治九年（一六五二）秋天由京返家之時。『西風憶築壇』稍露此中消息。

明萬曆《開封府志》卷十五『祠祀』載：『岳武穆王廟，在府城南朱仙鎮。成化二十一年布政使吳節、知府張岫建，正德四年修，侍郎何孟春記。』

校記

〔一〕《二南遺音》卷一先選其一，題《岳忠武王廟》；卷一之末《補遺》增選其二，題《岳忠武廟其二》。

〔二〕『吾一望』，《二南遺音》卷一作『一悵望』。

椒山先生祠二首

其一

員外祠堂在，鵑啼春草香〔一〕。千秋人正色，半夜劍生光。逐客秦川月，孤臣燕市霜。古今逢比意，天地總淒涼。

總評

亦自勁。

其二

青天儼正笏〔二〕，至死感重瞳。星斗龍樓暗，雲烟馬市空。松邊懸皓月，鳥外散悲風。悵望荒城下，秋來見白虹。

總評

都於虛處運用得妙。

箋

作於順治九年（一六五二）前後。

臨洮有楊椒山祠。楊繼盛，字仲芳，號椒山，直隸容城（今河北省容城縣北河照村）人。嘉靖二十六年（一五四七）進士，初任南京吏部主事，後官兵部員外郎。因上疏彈劾仇鸞開馬市之議，被貶爲狄道（今臨洮）典史。其後被起用爲諸城知縣，遷南京户部主事、刑部員外郎，調兵部武選司員外郎。嘉靖三十二年（一五五三），上疏力劾嚴嵩『五姦十大罪』，遭誣陷下獄。在獄中備經拷打，於嘉靖三十四年（一五五五）遇害，年四十。有《楊忠愍文集》。楊繼盛曾被貶狄道典史，故臨洮建祠祀之。詩中『逐客』、『孤臣』本此。

校記

〔一〕『啼』，乾隆年間修《狄道州志》卷十四作『聲』。

〔二〕『儼』，《狄道州志》作『嚴』。

馬嵬

漁陽鼓摻撾，催落海棠花。驚起纔香襪，歸來已暮笳。馬頭空洗粉，驛後竟裁紗。愁絕辭恩處，年年啼亂鴉。

總評

全用事，絕無堆積。

箋

順治九年（一六五二）詩人赴京會試其秋歸來途中所作。

馬嵬坡，在今陝西興平西，相傳晉人馬嵬在此築城而得名。唐安史之亂，玄宗自長安逃奔成都，楊貴妃縊死於此。

圃事

春雨如油好，閑階一夜青。和風抽菜甲，新水課園丁。欲寫乞花帖，先翻鋤草經。自甘老圃事，誰笑匏瓜星。

箋

順治五年（一六四八）前後作於臨洮家中。

明妃曲

誰忍議和親，琵琶動地塵。可憐青塚月，猶帶紫宮春。天遠鴻離別，霜寒花苦辛。畫師不必罪，自恨懶求人。

總評

設景慘淡，用意淵永，是此題高手。

箋

順治五年（一六四八）前後作於臨洮家中。

明妃，即王嬙，字昭君，晉人避司馬昭諱，改稱明君，後人又稱明妃，漢元帝宮人。據《西京雜記》等書記載，王嬙於竟寧元年（前三三）入匈奴和親，戎服乘馬，懷抱琵琶出塞。卒，葬匈奴。今内蒙古呼和浩特南有昭君墓，世稱青冢。畫師，指毛延壽，漢元帝宮人既多，不得常見，使延壽等圖宮人形貌，按圖召幸。昭君因未賂延壽，遂不得見。和親臨行召見，昭君貌爲後宮第一。元帝窮按其事，毛延壽等畫工皆棄市。

古意

美女雖無鏡，紅顔心自知。簪花春照水，繡鳳夜分絲。半豔桃開處，雙飛燕過時。含愁不敢怨，人説好媒遲。

總評

卻古。

箋

順治五年（一六四八）作於臨洮。似爲其新婚之妻而作。張晉之父張行敏死於順治三年（一六四六），父母死三年未過不能行婚嫁（三年含逝之當年在内），則張晉之成婚應在順治五年，時甫二十歲。

大風

向夕寒風起，入冬衰草黄。關河雲氣淡，天地雁聲長。經濟爐存火，飄零劍有霜。一杯驅冷去，誰復問飛揚。

總評

老句逼杜。

箋

詩中言『飄零劍有霜』，當爲順治十年（一六五三）秋，入冬頗感寂寥所作。

秦女捲衣裳

阿房春草香，宫女捲衣裳。心小開簾寂，愁深約帶長。花籠蕤玉枕，月淡郁金床。雖有衾裯怨，終能在未央。

總評

此方是古意，與豔體不同。

箋

當爲順治十二年（一六五五）前半年任刑部觀政時之作。

『秦女捲衣裳』，樂府舊題。《樂府詩集》卷七十三《雜曲歌辭》之《秦王捲衣》題解云：『《樂府解題》曰：「《秦王捲衣》，言咸陽春景及宫闕之美。秦王捲衣，以贈所歡也。」唐李白有《秦女捲衣》。』後載李白《秦女捲衣》：『天子居未央，妾侍捲衣裳。顧無紫宫寵，敢拂黄金床。水至亦不去，熊來尚可當。微身奉日月，飄若螢火光。願君采葑菲，無以下體妨。』此借宫女以自喻未得君王重用也。由末二句『雖有衾裯怨，終能在未央』二句看，當時爲刑部觀政，而無實職。喻極恰切而含蓄。

宫怨

輦入昭陽殿，笙高長信宫。君恩隨夜月，妾命領秋風。[一]顔色飛花外，心情啼鳥中。沉沉更漏永，孤影伴燈紅。

夾評

[一]此題正難得此新秀之句。

箋

當作於順治十二年（一六五五）夏秋之間。末二句『沉沉更漏永，孤影伴燈紅』，與《秦女捲衣裳》之意同。

御溝柳

縈織絲絲恨，天街青欲迷。浪摇初月淡，枝鎖舊烟低。苑馬當風繫，宫鶯傍夜啼。飄零游子意，魂斷禁門西。

總評

真深於言情，使讀之者低徊不能已。

箋

當作於順治十一年（一六五四）後半年在京候選時。

望西山

欄干忍一憑，空翠斷猶升。遠照明殘水，寒雲淡古藤。四圍青不了，萬疊杳何曾。惟有高峯月，秋來慰舊僧。

總評

三、四工，結語遠。

箋

作於順治十二年（一六五五）秋在京任刑部觀政期間。張晉是順治十一年初秋至京的，無期而待，心頗煩之，故曰『惟有高峯月，秋來慰舊僧』。題目作『望西山』，首句『欄干忍一憑』，無聊無奈之情可見。

故侯宅

朱門無定主，烟草一酸辛。燕子非王謝，桃花失漢秦。好風牽犬地，新雨種瓜人。不及農家屋，年年自在春。

總評

工歡娱之詞者，或不工悲感，如吾康侯，可謂兼才矣。擬《帝京》則四子，擬《蕪城》則六朝也。

箋

作於順治十二年（一六五五）春。聯繫上《宫怨》、《御溝柳》、《望西山》等篇看，應作於在京城時。「桃花」云云，當在春季。應爲赴京謁選第二年春天所作。

報國寺

勝地開金刹，諸天近翠峯。月高秋在塔，雲冷晚留松。往事存題碣，前朝剩賜鐘。一聲烟外鶴，落盡舊芙蓉。

總評

所謂詩之不可移易者。

箋

作於順治十二年（一六五五）初秋刑部觀政任上。『月高秋在塔』，已見其季節。報國寺爲京城著名景點。『前朝剩賜鐘』及『一聲烟外鶴，落盡舊芙蓉』之句，已同《登來青樓》大異其趣。與五古《宛轉歌》『願爲松與柏，山上共風霜』、七古《避賊十歌》之『我歌豈敢忘先王』儼然兩世之作。

寄孺登、友梅二先輩

二仲疏人事，耽玄共一亭。花園深寺静，禾秀故山青。歲月消棋局，乾坤任酒經。秋來應笑我，冷落舊漁汀。

總評

後四語似率，卻自不率，恰與『二先輩』三字有得。

箋

作於順治十二年（一六五五）初秋。不久即被任命爲丹徒縣令，此在授職之前。由詩内容看，寄詩二位皆爲臨洮長輩，平日多以下棋飲酒消遣。其後又有五律《哭友梅先輩三首》，其第三首言『人皆瞻道氣，天竟妒才名』，是友梅讀書有才而科場不利。其好書法，由詩中有『老筆將傳世』之句可知。

寄三弟咸〔一〕

三弟他鄉別，平安已到家。暮雲分雁影，春雨殢棠花。果竹宜常看，車裘莫浪誇。高堂今念我，爾好伴鋤瓜。

總評

五六，是作兄老成語。

箋

由首句看二人分別於外地，由第四句看時當春季。應作於順治九年（一六五二）春夏之時。詩人赴京會試，其弟張咸送一程，大約至秦州（天水）與所約定同行之人相會後，其弟相別返家。春試之後，在京寫信并附此詩寄家中。三、四句寫兄弟分手，由於思念而十分傷感。殢，困極也。棠花，棠棣之花，喻兄弟情誼。張晉有五律《華山下遇高陟雲》即寫其與同年中舉朋友相會之作。

校記

〔一〕詩題及首句『三』刻本、抄本俱作『二』，蓋刻印時因書寫或刊刻造成訛誤，後之覆刻本、抄本隨之誤。今正。張咸在張晉兄弟中排行第三。

病

爲客渾無了，愁吟向短檠。緣貧能省事，因病悟辭名。瘦照梨花影，癡聞燕子聲。祇求頻作夢，或見舊山晴。

總評

好結法。

箋

當作於順治十二年（一六五五）暮春，在京候選之時。『梨花影』、『燕子聲』均暮春聲色之象。由末二句可知，時在京城也。張晉只有順治十二年是春天在京。

賣花二首

其一

羯鼓穿春巷，催紅逐處忙。一聲高破夢，百豔早分妝。燕曝晴檐氣，蜂游晚市香。紗窗存眼色，癡絕似東墻。

總評

香奩一種之極清者。

其二

三月啼鶯歇，朱門早不扃。好春從入檜，名豔故當壚。兒女爭腰鼓，金銀輸膽瓶。繁花真過眼，誰解問冬青。

總評

結一語，於鶯蝶叢中忽作杜鵑聲矣！富貴人聽之，有不發面赤者否？

箋

作於順治十二年（一六五五）春。由『繁花真過眼，誰解問冬青』句可知詩人在京已經一冬，仍在等待中，即在任命爲刑部觀政未任知縣之前。『朱門』、『名豔』等詞寫京城景象甚明。

賦美人手

其一

玉纖籠不見，或復畫新眉。鸜鵒春分豆，鴛鴦夜染絲。盤香掬月處，簾靜捲花時。撥盡琵琶曲，還來舞柘枝。

總評

三四，巧思。

其二

窗鏡初調粉，墻陰笑拍肩。捧心顰不語，掠鬢影相憐。玉斝行春酒，銀箏挑夜弦。海棠花下坐，約伴挽秋千。

總評

起法極穩，卻絕無纖態。

箋

『還來舞柘枝』非一般城鎮尋樂所能見，此京城景象也。當作於順治十二年（一六五五）春夏之交。已任刑部觀政，無大憂，無事時散步各處，因有所見興起而作也。海棠花開於春夏之間，詩中又有『玉斝行春酒』之句，亦可證明。

送劉潤生守亳州二首

其一

才子苦爲吏，如君殊不然。筆酣春帶雨，香冷夜朝天。水映鬚眉古，山歸情性偏。近來江上旱，或有監門篇？

總評

近體難於起結，先生能超然獨出。

其二

風物南州貴，君行迴自如。正憐著謝屐，又喜奉潘輿。山水存公案，烟花領薦書。政成饒筆墨，萬一托江魚。

總評

用虛之妙如是。

箋

當作於順治十年（一六五三）秋。

劉澤溥，字潤生，陝西華州（今渭南華州區）人，張晉同年進士，三甲第十七名，故任命爲知州。康熙《續華州志》卷四《人物列傳》：『劉澤溥，壬辰進士，仕爲亳州知州。』光緒《亳州志》稱其『在任實心任事，仁風惠政，吏民懷之』。會試之後被選爲庶吉士者當年進翰林院，其餘尚需經過候選、補選，故須等待。劉澤溥在三甲中名列前茅，被任命當在順治十年，詩亦當作於順治十年。

贈党世美同籍

二月好東風，春明宴巨公。新袍千樹外，快馬萬花中。日射金泥澹，雲蒸玉蕊紅。君才工射策，水旱上重瞳。

總評

三四，高韵霞騫。

箋

順治九年（一六五二）秋至十二年（一六五五）秋，同年、朋友被選爲庶吉士或任命爲守令、縣令時，多有贈詩。此詩應作於順治十一年前後。清初臨洮府及以東之地皆歸陝西，党世美當爲今陝西或甘肅東部某地人，無考。此下數十首除注明成於何時者，大體皆順治十二年與張晉同年任爲縣令者。

贈李坦石同籍

雲高燕子飛，新霽弄晴暉。春豔桃花馬，天香柳汁衣。榜懸金一簇，車擁玉雙圍。知有芙蓉鏡，長吟入紫薇。

總評

『春豔』、『天香』，使事之妙，如彈丸脱手。

箋

李時燦，字坦石，江都縣丞。乾隆《江都縣志》卷七：『李時燦，寶雞人，舉人，十一年任。』《二南遺音》錄其詩。時臨洮府歸陝西省，故稱同籍。詩應成於順治十一年（一六五四）。

章無黨令永寧

見說東都好，幽偏更永寧。寒梅千嶺白，古竹萬園青。夜月當熊耳，秋風度雁翎。近來戎馬後，康濟看新硎。

總評

當從森秀處，看其氣力深厚。

箋

詩應成於順治十二年秋（一六五五）。

章平事，浙江諸暨人。乾隆《諸暨縣志》：『章平事（公舉事實），字大修，號無黨，壬辰成進士……選除得河南永寧令。』其殿試爲三甲第三百一十二名，應與張晉同時獲得任命。章平事任永寧（今河南洛寧）縣令，扼制豪強，扶濟平民，因此而受誣去官。後被按察使查清復官，章以養老爲由卻之，不復爲官。

尹麟塢令和平

萬里和平縣，行行鶯正啼。楊梅寬舊稅，鸚鵡助新題。龍嶂烟雲合，鱷潮風浪低〔一〕。送君無別語，祇是忌燃犀。

總評

颯颯唐音，一洗纖響。

箋

尹惟日，字冬如，號麟塢，張晉同年進士。光緒《惠州府志》卷二十《職官表》之『和平縣知縣』：『尹惟日，湖廣茶陵人，進士，十二年任。』則本詩應作於順治十二年。尹惟日文武兼能，軍事才能卓越，任和平縣令期間，因其地靠近九連山

（因其東面九座山相連而得名），山上常有匪盜，尹惟日曾單騎入賊營招降。

校記

〔一〕『潮』，張抄本作『湖』。

常二河令梓潼

吾輩折腰苦，矧當蜀道難。蠶叢人萬里，劍閣路千盤。峽險猿聲急，山高雁影寒。升沉何足問，珍重進賢冠。

總評

八句詩，有萬丈光焰。

箋

常大忠，雍正《四川通志》載：『常大忠，字二河，山西交城人，順治壬辰進士，知梓潼縣。』殿試爲三甲第二百四十三名，任職亦應在順治十二年（一六五五）。則本詩作於順治十二年。在任期間『招撫流移，墾闢荒蕪，以循良著』。順治十六年（一六五九）改任安徽安慶府潛山縣令。因戰亂之後民間田畝之籍無存，『非丈量不得其平，乃親行規田』，『晚則栖於蕭寺，不（取）半菽勺水於民也』。又著《切論》以明禮儀。後升任保定府同知，病中聞完縣有大災，以囊中二百金出以賑濟，三日後辭世，難以歸葬，衆人贈送得以成行。

余魯山令都昌

昔年五柳地，印綬頗宜君。石壁秋銜月，香爐晚挂雲。擁車花氣發，當案雁聲聞。知有憂民意，甘霖處處分。

總評

一氣奔注。

箋

余崛起，字岩士，號魯山，湖廣孝感人，張晉同年進士。康熙《孝感縣志》卷十五《選舉》：『余崛起，字岩士，都昌縣知縣。』同治《都昌縣志》載其順治十二年（一六五五）任都昌縣令，并有『釐姦剔弊，民俗丕變』之記載。詩亦作於順治十二年。

郭筠山令陽山〔一〕

番禺雖萬里，恣爾看羅浮。花塢千峯月，珠江一岸秋。丁香移別院，蒟醬入官舟。卻慮蠻山瘴，君當慎所求。

總評

結另出一意，翛然自遠。

箋

郭升，字木生，河南歸德人，貢生。筠山爲另一表字或號。道光《廣東通志》載郭升「順治九年隨師克復陽山，遂知縣事。時寇盜四出，驕兵悍卒環集境内，徵餉之檄絡繹旁午，居民十無二三。升招撫遺黎，安戢外寇，調護守兵，區畫糧餉，咸得其宜。復捐俸修葺城垣、衙署、學宮、營汛，無廢不舉」，應是任命在順治九年（一六五二）前半年，兩人相識於京城。詩亦作於此時。

校記

〔一〕「郭」，底本作「鄒」，爲「郭」字之誤。今據方志改。張晉詩生前刻本被抄沒，至乾隆年間才出現抄本，今所見者爲乾隆五十四年吳鎮刪改本。期間傳寫摹刻不能無誤。順治《陽山縣志》載順治八年至十三年任縣令者爲：屠洪基、郭升、牛聯斗、徐日升。并載郭升「順治九年十一月任」，時間相符。

戴孟全令龍門

七十方爲令，何堪又海南。白頭遠種樹，青眼尚分蠶。藤簟秋仍熟，離支晚正甘。但留牙齒在，何必問朝簪。

總評

自七子教倡，凡贈送篇章，輒成一敘爵里姓氏之書，稍更首尾，觸處可移。竟陵起而矯之，如入鳥道、探鼠穴。不知此道日用尋常，至正至當，即有至奇至妙者在，安得如先生此篇，懸之國門，共爲表準也。當世風雅有人，決不河漢吾語。

箋

戴應昌，字士全，號孟全，江南休寧（今安徽休寧）人，張晉同年進士。據道光《廣東通志》卷二百五十七，於順治十一年（一六五四）知龍門縣。詩作於順治十一年（一六五四）。道光《廣東通志》卷二百五十七載戴應昌宰龍門縣，『年已八十矣。政尚寬簡，勸民息訟。喜文士，訓誨不倦。莅任三年，士民相愛』。道光《重修安徽通志》稱其『在任三載，牧蕃，畝闢，俗和，行興。去之日，士民號泣遮留，至今感德』。

程澹庵令安陽

雖有折腰苦，名區古蕩陰。魯山晴岸幘，漳水夜彈琴。車蓋憑來往，風烟任淺深。西河遺教在，應見古人心。

總評

贈送有古心，知先生非泛交也。

箋

程一璧，號澹庵，景陵（今湖北天門）人。乾隆《天門縣志》卷十五《卓行》：『程一璧，字文琰，順治壬辰進士，授安陽令。』民國《安陽縣志》卷三《職官表》：『程一璧，景陵人，進士，十二年任。』則爲張晉同年，又同一年得任命，詩亦作於順治十二年（一六五五）。

王檗叟令元氏

鶴氅人如玉，鵝經字比金。家聲既出衆，治譜應從心。正氣星辰劍，高風山水琴。還登無極頂，呼吸一爲霖。

總評

起句人知用意，而不能如此奇特。

箋

王坤，字檗叟，江西金谿人，張晉同年進士，三甲第一百七十名。據乾隆《元氏縣志·官師表》，王坤『順治十年任，後考選吏部』。則此詩作於順治十年（一六五三）。

光緒《撫州府志》卷五十五：『王坤，字檗叟，金溪人，順治九年進士。授直隸元氏知縣，性嚴介，不避權勢。升户部主事，督理淮安鈔關，通商惠民。進本部員外，升刑部湖廣司郎中，讞獄稱平。給假葬親，遂不出。』

吳雲表令完縣

完縣彈丸地，君行正可憐。哀鴻沙外月，衰草雨中天。千畝餘秋水，孤村斷暮烟。流離今更甚，何以計生全？

總評

煉句煉意俱高，『衰草』句令人心骨俱冷。

箋

吳龍章，字雲表，江南宜興（今江蘇宜興）人，張晉同年進士。康熙《常州府志》卷十七《選舉》：『吳龍章，完縣知縣，行取主事。』據光緒《保定府志》卷六，順治十一年（一六五四）任保定府完縣縣令。則詩作於順治十一年。

趙健翮令巨鹿

廣阿幽僻甚，君性正如如。夜引一雙鶴，晴看半部書。廚香秋剝芡，庭寂晚懸魚。暇日仍懷古，侯芭有舊居。

總評

三四五六，曾令伯敬見否？阿平若在，當復絕倒。

箋

趙鶚薦，字健翮，陝西涇陽人，張晉同年進士。據光緒《巨鹿縣志》卷八《職官》，趙鶚薦於順治十一年（一六五四）任巨鹿縣令。則詩作於順治十一年。

伯敬，明末詩文評家鍾惺之字。其詩歌理論反對擬古，所作《詩歸序》言：『作詩者之意興，慮無不代求其高。』主張詩人應抒寫『性靈』，言『真詩者，精神所爲也』。阿平絶倒，見《晉書·衛玠傳》及《王澄傳》，衛玠好言玄理，阿平即王澄，王澄每聞衛玠之言，輒歎息絶倒。

許希陶令邯鄲

邯鄲臨大道，君去雉將雛。仙夢果真幻，才人今有無。萬花春水豔，一雁晚雲孤。聞產玄精石，何當寄酒徒。

總評

三四，巧不累雅。

箋

許侃，字清甫，希陶當爲其號，福建仙游（今隸屬福建莆田）人。張晉同年進士，三甲第一百五十三名。本詩應作於順治十二年秋。康熙《仙游縣志》卷十一《選舉》：『許侃，字清甫，功建里人，壬辰進士。』乾隆《邯鄲縣志》卷六：『許侃，福建仙游縣人，以憂去，後補茂名縣。』乾隆《福建通志》卷四十一《選舉》亦載：『順治九年壬辰鄒忠倚榜：仙游縣許侃，邯鄲知縣。』乾隆《仙游縣志》卷三十六載：『九年第進士，授邯鄲知縣。課士恤民，大有賢聲。縣罹水災，輕徭賦、簡刑獄，與之休息，民飢而不病。文廟傾頹三百餘年，捐俸四百金修理，士民爲之立石。』『玄精石』見《本草綱目》。

楊藥眉令東明

歲歲黃河決，東明在水中。滚園秋漲白，雲嶺晚霞紅。赤縣舟車苦，蒼生鎛畚窮。君才饒利濟，何以賦哀鴻？

總評

贈送寓規勉，古人之情。

箋

楊素蘊，字筠湄，號退庵，陝西宜君人，張晉同年進士。乾隆《東明縣志》載其於順治十年（一六五三）任東明縣令。詩亦作於此年。『藥眉』即『筠湄』。楊素蘊亢直敢言，曾因疏劾吳三桂坐降調。《晚晴簃詩匯·詩話》云：『筠湄初令東明，招撫流亡，在縣三年，增至萬餘户。舉卓異入爲御史……累擢至專圻，自安徽移湖北，值年饑，疏請蠲賑，時已病亟，乞休，吏議責以不親勘災，坐奪職。蓋不知其實病，未幾，即下世。』

孫岫霞令蕭山

雁池風色好，漁浦月輪新。名勝千秋地，昂藏七尺身。花明雲嶺秀，水暖鑒湖春。未可耽佳麗，蒼生正苦辛。

箋

孫岫霞爲孫昌猷，康熙《蕭山縣志·職官志》：『孫昌猷，安化人，十三年由舉人。』安化地處湘中偏北，今屬益陽地區。大約是順治十二年（一六五五）秋受命，然後由京返家，省親或接親眷，次年初方到任。張晉是由水路直接到丹徒，省去長時間旱路跋涉，故十二年到任，親眷是由其弟張謙（或還有其他人）護送直接由臨洮至丹徒。蕭山在今浙江北部。由京城至湘中，再至浙北，道路遙遠，因故拖延也有可能。由篇題看，也不是順治十三年（一六五六）赴任路過丹徒所贈，則詩應作於十二年秋。順治十三年張晉已不在京城，無由寫此類詩。

吴吉先令輝縣

來往朝歌路，河山入眼奇。雲高共伯國，花滿邵公祠。隔水通蓮棹，沿堤唱《竹枝》。行春耽勝概，正好問瘡痍。

箋

吴家禎，字吉先。道光《輝縣志》卷二：『吴家禎，福建福清人，貢士，順治十三年任。』光緒《輝縣志》卷二同，唯『禎』作『正』。輝縣在今河南省北部，情形同《孫岫霞令蕭山》，詩應作於順治十三年（一六五六）秋。

劉兩玉令聞喜

聞喜河東地，從來號雅淳。桐鄉一水碧，董澤萬花春。宰相裴中立，神仙郭景純。風流今尚在，君可問居人。

箋

劉珏，字兩玉。康熙《潛江縣志》卷十三：『劉珏，順治十二年考身言書判二等，引見授聞喜知縣。』卷十八：『珏中年艱於嗣，順治甲午以歲貢士應身言書判試，得上等，謁選京師。』家鄉縣志，且時間相去不遠，言爲貢士，是。乾隆《聞喜縣志》卷三《職官》：『劉珏，湖廣潛江人，進士，順治十二年任。』則記載有誤，進士題名錄亦無此人。此詩作於順治十二年（一六五五）。

張元萼令武昌

羨爾初爲吏，即登黃鶴樓。花明千樹豔，月冷半湖秋。覽勝芙蓉嶺，懷人鸚鵡洲。若詢前代事，陶侃尚風流。

箋

張春枝，字元萼，江蘇泰興人，貢生。光緒《武昌縣志》卷十一《職官》：『張春枝，順治十二年任。』詩作於順治十二年（一六五五）。

姚聲玉令長樂

七閩山水地，長樂在其中。雨細榕柯翠，風高荔實紅。夜船防海寇，秋畝問蠻童。知有新詩穩，爲予托雁鴻。

箋

姚琅，字聲玉，號書岑，浙江石門（今浙江桐鄉市西南崇福鎮）人，貢生。康熙《安慶府志》載其於順治九年（一六五二）任長樂知縣。詩作於順治九年。

毛槐眉令海鹽

去去東南望，扁舟到海鹽。心清雲在案，眼闊月當簾。秋岸湖光淡，晴城山影尖。君家能脱穎，名實自相兼。

箋

毛一駿，字槐眉，竟陵（今湖北天門）人，舉人。光緒《海鹽縣志》載其於順治十二年（一六五五）任知縣，則詩作於這一年。

沈次雪令錢塘

湖山絕勝處，君去好彈琴。夜月開龍井，秋風度虎林。朝廷急輸挽，賓客喜登臨。四應才仍大，暇時還一吟。

箋

沈虬，字次雪，一字雙庭，號繭村，震澤縣（一九一三年并入吴江縣）人，貢生。據康熙《錢塘縣志》，沈虬順治十三年（一六五六）任錢塘知縣。詩亦作於本年。

黎道存令南昌

鄱陽一水闊，秋盡好揚舲。雁度滕王閣，花園徐稚亭。湖平魚齒齒，野盡稻青青〔一〕。祇有逢迎苦，其如正發硎。

箋

黎士毅，字道存，福建長汀人，貢生。乾隆《汀州府志》卷十八載『順治乙未……乃分進士、舉、貢三途，試以身言書判，士毅試第一人，即日除江西南昌令』。卷三十：『邑爲水陸交衝，舊糧溢額，民苦輸將，士毅力爲請命，竟得題蠲。山寇彭某以僞劄煽惑村民，士毅督兵剿滅，渠魁授首。』順治乙未即順治十二年（一六五五），詩作於本年。

校記

〔一〕『盡』，覆刻本作『好』。

開有兄令棗强

有美稱吾族，如君又絕倫。眸寒星燦爛，骨秀玉嶙峋。搖筆當恒岳，攜琴上棘津。茲行真小試，早晚畫麒麟。

箋

張先基，字開有，張晉同年進士，三甲第一百九十三名。乾隆《棗强縣志》卷四《職官志》：『張先基，十二年任，湖廣廣濟，進士。』清廣濟即今湖北武穴市。乾隆《廣濟縣志》載其爲『順治己丑進士』有誤。詩作於順治十二年（一六五五）。乾隆《棗强縣志》卷四《職官志》載其在任期間，軍隊過棗強，有邑民趙姓者毆死旗丁而逃。主將要治罪張先基，趙氏從二百里外奔回自首曰：『殺旗丁者，我也，奈何畏罪而奪一邑之慈母！』又『留心文教，精於書法，凡執經問業者，多所成立』。

九如兄令邢臺

仲氏垂新綬，吾宗未寂寥。家傳金鑒重，地接石門遙。夜雨邢侯廟，秋風豫讓橋。懷予看雁影，江海路迢迢。

箋

詩中言『仲氏垂新綬，吾宗未寂寥』，言九如亦姓張也。光緒《邢臺縣志》卷四《職官》順治朝第一任縣令：『張可舉，關東人，貢生。』第二任姓米，順治四年（一六四七）進士。第三任姓金。則此張晉贈者爲張可舉無疑。古之文人言『九如』均指《詩經·小雅·天保》一詩中『如山如阜，如岡如陵。如川之方至，以莫不增……如月之恒，如日之升。如南山之壽，不騫不崩。如松柏之茂，無不爾或承』，『可舉』之義與之相合，則『九如』爲張可舉之表字。詩當作於順治十年（一六五三）至十二年（一六五五）間。

摘句 未全錄者十四首

廬山雲氣薄，早渚雁聲長。（《黃仲輿令星子》）

箋

黃秉坤，字仲輿，湖北安陸人，張晉同年進士。乾隆《鍾祥縣志》卷九《制科》：『順治九年壬辰鄒忠倚榜：黃秉坤，星子知縣。』同治《星子縣志》卷八《职官》：『黃秉坤，安陸，進士。』方志未載何年任職，《星子縣志》卷三《建制志》有載知縣黃秉坤於順治十二年（一六五五）重修公署大堂。黃秉坤爲三甲第三百名，則亦應順治十二年得任命，戰亂中縣衙破壞，到任即修公署大堂。詩作於順治十二年。

暮雨花仍秀，秋風雉不驚。（《葉懷蓼令滿城》）

箋

葉獻論，字日卿，號懷蓼，福建省南安高田人，張晉同年進士，三甲第二百零九名。光緒《保定府志》載其順治十一年（一六五四）任保定府滿城縣縣令。任滿城令時，葉獻論能根據當地風土人情引導百姓興利除弊，井然有序而百姓服帖。後因激直取忤，歸隱於凌雲山鄉。诗作于顺治十一年。

百花籠小郭，雙雉出新田。（《易西澤令崇德》）

箋

易象兑，字西澤，揚州海門（今通州市）人。康熙《太平府志》、《繁昌縣志》俱載其爲壬辰進士，選崇德知縣。則爲張晉同年，三甲第二百九十四名，應與張晉同一年任命，詩作於順治十二年（一六五五）。各方志其表字有作『甫澤』、『雨澤』者。

霅溪秋月淡，震澤暮雲孤。（《韓龍皋令烏程》）

箋

韓禹甸，字奕卿，號龍皋，拔貢。乾隆《烏程縣志》卷五《名宦》：『韓禹甸，字奕卿，北通州人。順治十二年知烏程，痛革漕糧積弊。時頻興大獄，婦女幼稚多繫獄者，禹甸對之輒流涕。前令劉璽虧空萬餘金，爲開除補劑劉始得歸，而禹甸絕無德色。時太守張繼孔清靜定一，甚得民和，與禹甸同事一載，人稱張老佛、韓菩薩，卒以籍没案内事，議降調住湖二年。』北通州即今北京市通州區。詩作於順治十二年（一六五五）。

擁車花燦爛，立馬雁參差。（《范震生令藁城》）

箋

范乃蕃，字震生，山東黄縣（今龍口市）人，張晉同年進士。康熙《藁城縣志》卷九：『范乃蕃，山東進士。順治十一年爲縣令，潔己奉公，養民教士，俱以實心行實政。察民間疾苦，百法救濟之。隆禮學校，勤於考課，約會命題，分別鼓勵。丁酉、己亥間登乙榜者四，登甲榜者二，一時文運稱盛，至今猶思范公之教也。』。詩作於順治十一年（一六五四）。

竹高秋結屋，魚嫩晚歸厨。（《趙闇然令黄陂》）

箋

光緒《嘉興府志》卷五九：『赵璜，字道闇，號闇然，有《兒鈔集》。』《浙江通志》、《平湖縣志》多載其事，爲浙江平湖人，言其詩『逼近少陵』。

金魚秋潑潑，朱橘晚穠穠。（《謝黄輔令崇仁》）

箋

謝胤璜，字黄輔。康熙《增修崇仁縣志》：『謝胤璜，蒲圻人，（順治）乙未任。』并載其曾修文廟，去任後邑人樹去思碑。蒲圻即湖北赤壁。詩作於順治十二年（一六五五）。

月小鴻聲細，天高海氣黃。（《方備水令嘉善》）

箋

方舟，字備水。光緒《重修嘉善縣志》卷十四《官師志》：『十二年：方舟，字備水，湖廣拔貢，因酷論劾。』詩作於順治十二年（一六五五）。

高寒仙掌路，清白玉壺冰。（《陸見南令益都》）

箋

陸騰鳳，字見南，陝西西安人，張晉同年進士，三甲第三百一十一名。康熙《益都縣志》漫漶，無法辨認。咸豐《青州府志》卷十一《職官表七》自陸騰鳳始有任職時間：『益都知縣：陸騰鳳，陝西進士，順治八年任。』有誤，當爲順治十二年（一六五五）任，詩亦作於順治十二年。康熙《益都縣志·封建》載陸騰鳳『性執持，有操守，政多仁恕。去之日，百姓數千人流連祖送，至於罷市』。

九河存故道，五壘見遺風。（《胡鬱倉令靜海》）

箋

胡啓睿，字愚也，號鬱倉，江南海州（今江蘇連雲港）人。康熙《靜海縣志》卷一胡啓睿列清代知縣第六位，無任職年月；光緒《靜海縣志》記爲明天啓四年（一六二四）任，民國縣志因之；康熙《靜海縣志》成於康熙十二年（一六七三），距順治朝至多二十幾年時間，故應可靠。又嘉慶《海州直隸州志》之『歲貢下』：『胡啓睿，順治五年，靜海知縣。』按該志書體例，順治五年（一六四八）爲胡啓睿成爲歲貢之年。這一年他衹是取得入國子監資格，由此推斷胡啓睿、胡鬱倉爲同一人。

胡啓睿康熙四年（一六六五）曾任衡州府知府。康熙《靜海縣志》卷一《官師志》載其『立社課士，剔蠹釐姦。舊有遞馬私派銀二千餘兩，公至申詳上臺革之，士民感戴，有德政碑記』，《藝文》錄其《起社序》。嘉慶《海州直隸州志》卷二十《藝文》有《胡啓睿復東海序》（《愚野集》），又錄：『《愚野集》，海州胡啓睿撰。』

瀛海沙仍白，虞丘草復黃。（《翁先葉令任丘》）

箋

翁年奕，字先葉，浙江餘姚人。乾隆《任丘縣志》載翁年奕任職時間與籍貫等：『（順治）十二年，翁年奕，餘姚，貢士。平易近人，清操自礪，振文風以曲成多士，清徭役以加惠群黎。』詩亦作於順治十二年。

霜冷芙蓉劍，雲輕翡翠裘。（《吳擎侯守通州》）

箋

吳柱，康熙《通州志》卷七《官紀志》：『師佐，河南人，壬辰進士，十年任，升蘇州府同知。吳柱，遼東人，十四年任，升潞安兵備道。』《通州志》記吳柱任職時間恐有誤，應爲『十二年任，十四年升潞安兵備道』。吳擎侯當爲吳柱。柱者，擎也。字與名之意相關。此通州爲北通州，詩應作於順治十二年。

秋河團紫蟹，老圃綴香梨。（《王慈許令交河》）

箋

王基昌，字畠一，號長公，一號慈許，河南上蔡人，明天啓辛酉科（一六二一）舉人，順治十二年（一六五五）任直隸交河縣縣令。（康熙《上蔡縣志》）詩亦作於順治十二年。

秋高雲夢澤，天淨洞庭山。（《余元濟令安陸》）

箋

余藥生，字去疾，號元濟，順治十二年（一六五五）任安陸縣知縣。道光《安陸縣志》：『余藥生，字去疾，浙江臨清選貢，十五年任。』『五』爲『二』之誤，順治十五年張晉不僅已不在京中，且已因科場案牽連於先一年年底入獄，不可能給人贈詩。故此詩應作於順治十二年。民國《臨清縣志》：『余藥生，字去疾，日能讀寸書……由明經爲安陸令，多惠政。會上官索資，出墨八錠以獻，上官不懌，遂挂冠而歸，人欽其有靖節之風。』

總評

右贈諸令凡四十餘首，蓋吾友得名於京師，而諸公爭爲擊節驚歎者也。賓客填門，揮毫立就，雖温飛卿八叉何以加是！乃復用事精確，不可移易，敏而且工，庶幾無忝矣。因附識之，後必有人補入詩話也。

箋

此應是吳鎮編《戒庵詩草》時所删摘。删全詩而存警句，所删可能是吳鎮認爲有忌諱或乏新意者。但更多的是連詩題也沒有存下來，這從哪個方面來說都是很大的缺憾。

潞陰阻風

長河風不斷，澎湃失安流。水立魚龍怒，天高雁鶩愁。角聲吹更轉，燈影動還留。多少平生事，茫茫寄一舟。

總評

敘景敘情，章法分明。

箋

順治十二年（一六五五）秋張晉選丹徒知縣，由京城直接赴任。先至通州，乘舟沿運河至天津，然後南行。行至潞陰時作此詩。後有《秋望務關舟中別雷六吉》，作於仲秋之望（十五日），則啓程應在八月十三四日。潞陰縣，遼置，治所在今北京市以東通州區東南潞縣鎮。元升爲潞州。明洪武年降爲潞縣，屬通州。清順治十六年（一六五九）廢，并入通州。

通灣舟次寄環極、石生二先生

烟入秋河澹，虚舟任此身。堤高千樹密，水淨一帆新。雲氣何寥闊，鴻聲正苦辛。艱難心不展，天上望星辰。

總評

結方及之，卻自雅構。

箋

順治十二年（一六五五），詩人選丹徒知縣，行至通灣作。

通灣，清代通州水灣。《元史·地理志》言，『通州，取漕運通濟之義，有豐備、通濟、太倉以供京師』。通灣爲碼頭處。張晉甫離京師，寫詩以寄京城所結識二位詩壇名家。魏象樞、魏裔介是張晉前輩，在當時詩壇有『二魏』之稱。張晉在順治十年（一六五三）赴京候選時結識。

魏象樞，字環極，一字環溪，號昆林，山西蔚州人，順治三年（一六四六）進士。張晉在京時魏象樞任吏部給事中。魏象樞被史家譽爲『清初直臣之冠』，清初吏治頗受其影響。『歸田後書數千卷外，無長物』（《清詩別裁集》卷二）。其詩直抒胸臆，不假雕鑿。乾隆帝曾言：『言官奏事當如魏象樞奏疏。』魏象樞有題張晉父節母壽册的詩二首，張晉有五律《螢火和魏環極先生韵》。

魏裔介，字石生，號貞庵，直隸柏鄉人，順治三年進士。魏裔介爲人沉默寡言，而在朝素稱敢言，以風節稱。所陳奏多關國家大事。鄧漢儀謂其詩『傲岸蒼渾，足救靡曼之習』。張晉在京時魏裔介先後任吏部給事中、兵部給事中。雍正年間入賢良祠，乾隆初年追謚『文毅』，賜御製碑文表其墓。

有所思

嘆息別離者，儂今亦別離。三秋鴻過處，半夜雨來時。轉燭藏紅豆，停箏勸玉卮。木蘭船上望，一水足相思。

箋

順治十二年（一六五五）秋赴丹徒路上思其妻而作。曰『三秋』者，蓋指孟仲季三秋。赴丹徒由水路，故多言及舟船。

秋望務關舟中别雷六吉

不意舟中月，逢君又盡歡。簫聲催雁近，燈影照魚寒。天淨垂星斗，人親見肺肝。别離慷慨意，雙劍倚雲看。

總評

結處方歸到『别』字，得法。

箋

順治十二年（一六五五）中秋詩人赴丹徒任至務關所作。秋望，八月十五日。清代河道管理，總督下設道，道下設廳。務關即管理運河的務關廳，在武清縣（今天津武清區）。

雷學謙，字六吉，號來石，陝西郃陽人。順治十二年進士，贈桂林府推官，康熙元年（一六六二）考選廣西道監察御史。乾隆《郃陽縣志》有傳。張晉與之應是在順治八年（一六五一）鄉試中已認識。

臨清倉部郭石公

賦税清淵會，秋風稻正黄。大河通地軸，玄象耿天倉。遠岸千聲雁，寒城萬樹棠。使君車蓋出，童叟説汾陽。

總評

三、四，可傳。

箋

順治十二年（一六五五）赴丹徒任，至臨清，與同年進士郭礎相見作本詩。郭礎赴任時張晉是否有贈詩，已不可考。

臨清，臨清關，清初爲臨清州，即今山東臨清市，在今山東省東部靠近河北的運河邊上。大運河爲中國古代交通動脉，臨清爲運河樞紐。明清時期臨清倉爲運河沿岸最大之糧倉。張晉去丹徒赴任時，郭礎正在臨清倉任上。

郭礎，字石公，江都人，官至順德府知府。光緒七年《增修甘泉縣志》載郭礎『授户部主事，監臨清倉、榷蕪湖税，俱有聲』。出任順德府知府，『修學宫、備祭器，時與諸生課文藝焉』。順德府東北大陸澤每年夏天氾濫，郭礎先擴其支流牛尾河三百餘丈，又逐漸疏濬其他各口，遂不復有水患，化害爲利，灌溉良田數萬頃，周边各邑皆賴之。

彭與民守臨清

萬古清淵地，蒼生正可憐。逢迎當此路，輸挽異前年〔一〕。細雨高低樹，長河遠近船。艱難吾不慮，經術有彭宣。

總評

立言無不正大。

箋

作於順治十一年（一六五四）前後。

彭新，字與民，鎮江人，舉人。乾隆《鎮江府志》卷三十《鄉貢》：『彭新，字于民（即與民），遵琦子，中十五年壬午科，臨清知州。』各方志未載其何年任臨清知州，從本詩看，當在順治十一年前後。康熙《臨清州志》載其『以憂恚歿於官』。

校記

〔一〕『異』，覆刻本作『與』，當是形近而誤。

天津留别朱雪沽

夕烟寒澹過，與爾望高天。楓葉秋歸岸，鐘聲月在船。玉盤圍紫蟹，金燭剪紅蓮。斟酌今宵醉，西風影自憐。

總評

頸聯新豔可喜。

箋

順治十二年（一六五五）秋詩人赴丹徒任，行至天津乘船時所作。

朱承命，字雪沽，直隸天津衛人。己丑（順治六年，一六四九）進士，該年任上猶縣，十二年任定海縣。後任山東鄒縣、南新蔡縣、浙江鎮海縣知縣，雲南安寧州知州、户部員外郎。爲官以安民爲務，頗有政績，猶好興文教。光緒《重修天津府志》載其『幼嗜學，嘗端午食角黍，誤醮墨汁以爲飴也』。康熙《上猶縣志》『朱承命，字雪沽，天津衛人，由己丑進士，於順治六年任。以忤去，後補浙江定海縣』。康熙《續定海縣志》：『朱承命，天津衛人，己丑進士，順治十二年任，賢劳十二載，以詿誤被劾。』張晉順治十二年在天津與朱承命相見，則是朱賦閑在家等待任命之時，在任定海縣之前。

泊頭遇王定一

猶然聞戰伐，對酒奈君何。天氣淒涼甚，人心感慨多。疏花披古岸，冷月照秋河。今夜思歸夢，因風入薜蘿。

總評

非老於法者，不能爲此直幹之作。

箋

作於順治十二年（一六五五）秋赴丹徒途中。

泊頭，清泊頭鎮，在河北省南部，當滄州西南，南運河邊上。《讀史方輿紀要》卷一三『交河縣』：『泊頭鎮，縣東五十里，衛河南岸。商賈湊集，築城於此，管河別駕駐焉。有泊頭鎮巡司，并置新橋驛，俗名泊頭驛。』即今泊頭市。

王廷機，字定一，陝西岐山人，順治初年進士。歷任丹陽知縣、秀水知縣、南通州知州等職。王廷機爲官節儉平恕，遇事明敏，吏民安之。

答趙爾和

南翮勞予望，如何羽未舒。青天存短劍，白髮冷長裾〔一〕。世寶連城璧，家傳半部書。才高需命達，且復溷樵漁。

箋

當作於順治十二年（一六五五）前半年在京任刑部觀政時。

趙爾和，當是詩人在順治九年（一六五二）會試所識朋友。由詩中『南翮勞予望』一句看詩人在京，而趙爾和已回南方。由第二句和末二句看，當是趙爾和乙未會試又未中，并有詩寄張晉，張晉因作此詩以慰之。

校記

〔一〕『裾』，覆刻本改作『琚』，誤。裾爲上衣之前後襟。古官宦文士所著衣之襟、袖均長，故曰『長裾』。琚爲佩玉，無長琚之說。

寄張宗明先生

危時貧自好，幽事老相宜。短杖春尋寺，殘書晚課兒。新田黃早陌，古竹淡疏籬。我夢前溪月，浮名漸欲辭。

總評

『貧』、『老』二字作主，卻說得好看如此。

箋

此詩當作於順治十二年（一六五五）前半年在京候選之時。已滯留很長時間尚未得消息，故有『我夢前溪月，浮名漸欲辭』之句。由詩中所寫看，張宗明應爲在臨洮之師長輩。

懷袁義生

以我風塵苦，懷君烟水幽。酒香春滿瓮，山霽晚當樓。畝外新禾秀，門前老樹秋。爽然非一事，可憶歸時儔。

總評

此等詩又類王摩詰。

箋

同《寄張宗明先生》，成於順治十二年（一六五五）前半年。『以我風塵苦』即言其在外日久。袁養浩，字義生，明諸生，狄道人。《甘肅文獻總目·集部》作『袁正義』。乾隆十五年《狄道州志》卷九《袁養浩傳》作字『正義』，傳末注『縣志』，是據康熙《狄道州志》，時間相近，不會有誤。此名、字俱出《孟子》，言養浩然之氣，義自生也。是則字義生，亦作『正義』。袁養浩亦爲張晉之同鄉師長。

河上

步屧向汀洲，殘山望眼收。雲歸藏晚堞，柳斷出晴樓。古寺藤烟夕，荒灘蓼水秋。平沙看歸雁，落日更生愁。

總評

『柳斷出晴樓』一句，可以吟到日西矣，然卻非苦吟人可得。

箋

同於《答趙爾和》、《寄張宗明先生》、《懷袁義生》，作於順治十二年（一六五五）前半年，由『落日更生愁』一句可知。孤身在外無聊，游於河上也。

蓮池晚霽

灩瀲碧千頃，天圍花氣周。酒香湖外市，笛遠柳邊樓。新霽紅霞晚，涼風白苧秋。菱船歸浣女，輕唱過西洲。

總評

詩亦如出水芙蓉也。

箋

應作於順治十三年(一六五六)前後,在丹徒。『涼風白苧秋』、『菱船歸浣女』均南方景象。

西風

西風潛入夜,畢竟是秋聲。自益客心苦,誰知天氣清。寒砧烏坐樹,遠柝月辭城。雲色無多異,空餘分外情。

總評

『寒砧』二語能細。

箋

成於順治十二年(一六五五)秋末,至丹徒不久。『自益客心苦,誰知天氣清』是言眷屬尚未至,而心情尚好。『雲色無多異』,言雖至異鄉,然風土人情無多異也。此亦因丹徒之富庶、吏民之和善知禮儀而言。

舟中新月

扣枻迎新月，秋光散晚晴。雲高鴻次序，水淨樹分明。天地青燐滿，江湖白髮生。飄零思弟妹，萬里一含情。

總評

雅煉似杜工部『清宵』、『對月』諸作。

箋

順治十二年（一六五五）秋赴丹徒任途中作。由在舟中又『飄零思弟妹』句可知。杜甫七律《恨别》云：『思家步月清宵立，憶弟看雲白日眠。』又有《一百五日夜對月》，爲思家之作。

長望

長望天無際，飄然舴艋舟。榜歌喧泛泛，帆影淨悠悠。岸冷飛黄葉，烟輕下白鷗。中流擊楫意，不忍復淹留〔一〕。

總評

中四句下字之妙，何等工夫。

箋

順治十二年（一六五五）秋赴丹徒任途中作。

校記

〔一〕『不忍』，張抄本作『不意』。

漁火

水色含漁火，微茫照遠汀。輝輝當夜月，點點比秋螢。岫斷烟仍接，天低樹不青。有懷吟未穩，上岸數殘星。

總評

後四句能不粘漁火，是其家數大處。

箋

順治十二年（一六五五）秋赴丹徒任途中作。由『有懷吟未穩，上岸數殘星』二句可知爲水路長行，偶爾登岸也。

鄰舟

畫舫停秋岸，姍姍出玉人。捲簾雙照影，吹笛半藏身。[一]萍葉心難問，桃根意不親。可憐追范蠡，徒羨五湖春。

夾評

[一]畫意。

總評

其六朝之遺乎！成熟工麗，大類楊升庵筆意。

箋

順治十二年(一六五五)秋赴丹徒任途中作。

七夕立秋諸同年會徐園大雨二首

其一

急雨驅殘暑，微雲轉夕陰。風如循吏傳，水比故人心。[一]慷慨憑天地，淒涼見古今。[二]生平吾道拙，不學夜穿針。

夾評

［一］晚唐佳句。

［二］宴會場中難得此語。

其二

暑退輕烟外，涼生細雨中。高寒蟬抱木，辛苦鵲隨風。［一］四海今多難，千秋此數公。［二］幸留心膽在，灑酒向丹楓。

夾評

［一］體物入妙。

［二］似李滄溟語，卻非學滄溟而後得者。

總評

宴會題本不大緊要，乃具見懷抱不小，故可傳。

箋

順治十一年（一六五四）七夕立秋，詩人在京師與諸同年會徐園作，『生平吾道拙，不學夜穿針』，是言不願爲求職之事做蠅營狗苟之事。

寄郝惟三

天地何寥闊，無由見所親。秋鴻雲外信，夜雨夢中人。文水棠千樹，方山月半輪。懷予詩句穩，早晚到江濱。

總評

懷友詩最難作，以有唐人諸名手在前也。此衹在景中説情，最妙。

箋

作於在丹徒之時，當在順治十三年（一六五六）前後，由『懷予詩句穩，早晚到江濱』二句可知。郝惟三，從本詩語氣看，應爲臨洮之年齡相當而仰慕張晉者。當初并不認識，故曰『無由見所親』。臨洮府幾縣，不至人人皆識，且年齡相近，由詩題直呼其名即可看出。

哭友梅先輩三首

其一

笙鶴催歸早，仙仙一羽輕。樽猶餘酒氣，院已罷棋聲。[一]竹死仍君子，鶯殘自友生。精靈何處著，衹合在蓬瀛。

夾評

[一]讀此二句，想見其人。

其二

去去知餘恨，天倫事未周。堂空萱草暮，階冷棣花秋。[一]賦鵩人千古，眠牛土一丘。如君亦不壽，誰復恃前修。

夾評

[一]四句不忍多讀。

其三

往事惟餘夢，鵑聲月二更。人皆瞻道氣，天竟妒才名。老筆將傳世，新田欲課耕。[一]萬緣都未了，一了是無生。

夾評

[一]老句。

箋

作於順治十三年（一六五六）二月或十四年（一六五七）之二月，時在丹徒。參同卷此前《寄孺登、友梅二先輩》箋。其二云『天倫事未周』、『堂空萱草暮』，看來逝者離世時老母尚在世，故詩中特爲惋惜。

春寒

寒雲殢小溪，樹樹鎖烟低。二月春將半，孤村鶯未啼。[一]花牽新水細，山背夕陽迷。莫恨湖光冷，東風自不齊。

夾評

[一]已到極自然處。

箋

作於順治十三年（一六五六）二月或十四年（一六五七）之二月，時在丹徒。

螢火和魏環極先生韵

宵涼人不寐，看爾度疏簾。處晦能全照，經秋故避炎。花明風愛引，草密露愁沾。達者通靈悟，安心飛與潛。

總評

此賦比興俱全之作。頷聯深老，頸聯新細，竟能不愧少陵矣。

劉昭禹云：五言律如四十個賢人，著一個屠沽兒不得。覓句如掘得玉合子，有底必有蓋。知此，可與讀先生五言律詩矣。

律如音律、法律，其體最板，而五言律尤緊急，不如七言律多兩字，反覺寬舒易轉，爲之實難。先生起結、頂腰、轉換、承接，都有法則，而一氣渾成，神隨氣到，不但句工語工而已。先生寧止當代一人也哉！劉沅水。

箋

魏環極，見《通灣舟次寄環極、石生二先生》箋。詩當作於順治十二年（一六五五）在京時。

戒庵詩草卷之五　七律

秋望八首

其一

孤蹤無定逐飄蓬，況復清宵思不窮。客裏閑情殷薜荔，河邊秋色淨梧桐。寒蛩泣斷荒城月，敗葉吹殘遠岸風。滿目蕭條憂不細，早爲拯救賴諸公。

總評

忽及經濟，令人心折，正不徒如王鑒流漣於彫候，宋玉悲愴於蕭晨也。劉沅水評。

其二

家世崆峒山下居，每因風雨念吾廬。魚龍水落霜來後，鳥鼠秋高月上初。慈母手中千里線，故人雲外數行書。經年未忍西南望，知道青松久笑予。

總評

既深研煉之力，復宏識誦之功，方能有此。

其三

仙掌分明近碧霄，銅龍想像立中朝。彩雲曉入芙蓉闕，皓月秋懸烏鵲橋。玉佩低搖烟未散，朱旗輕拂葉初飄。故人天上鳴珂好，不信江湖正寂寥。

總評

七句爲一段，衹末句方歸『江湖』。浣花衣鉢在是矣。

其四

殷殷簫鼓泛清流，彩鷁爭飛總未休。氣象偏歸中執法，聲名獨借大長秋。牙檣映日鯨鯢避，錦纜牽風燕雀愁。岸上細人心力盡，可憐安穩鄧黄頭。

總評

以『總未休』三字領起一篇之意，下面六句，字字動人心目矣。可補野史。

其五

胡盧河上散啼鴉，向晚蕭森路更斜。何處鐘聲催暮雨，誰家燈影動虛沙？一帆秋色天如水，兩岸楓林葉似花。此際正憐飄泊意，鄰舟多事弄琵琶。

總評

蕭疏蒼涼，渺然無際。

其六

三巴自古稱天府，近日朝廷方用兵。白帝城邊惟草色，錦官樓外有鵑聲。秋殘鹽井烟仍斷，天老花溪水不生。悵望青燐悲征伐，茫茫何處問君平？

總評

老氣橫九州，此詩有之。

其七

蕭蕭落木下寒丘，薄暮仍爲汗漫游。天縱江淹工作賦，人憐王粲怯登樓。龍鳴雙劍心空烈，雁掠孤帆影亦秋。別有淒涼誰可解，少年何事喜封侯？

總評

腹聯一句壯，一句悲，遂自成格。

其八

露冷風高夜氣清，長天極目一含情。中山地闊雲垂野，上谷秋深月滿城。每向擣衣勞北望，還因吹笛想南征。燈昏不寐三更盡，關塞寥寥有雁聲。

總評

極淒涼之調。靜夜聞箏，有此哀況。

箋

《秋望八首》陸續而成，非成於一時一地。其二曰：『經年未忍西南望，知道青松久笑予。』就其方位可知尚在北京，且在到京後第二年。其五曰『胡盧河上』云云，應在狄道至秦州路途中。其七曰『蕭蕭落木下寒丘』，又曰『雁掠孤帆影亦秋』，足見作於南下途中。又其三有『故人天上鳴珂好，不信江湖正寂寥』，其六有『三巴自古稱天府，近日朝廷方用兵』。按齊祖望《（康熙）巴東縣志》卷三云：順治『五年，譚毅、譚弘、余天海等不時出没巴東，殺掠無□□（爲抄本，該頁每行末兩字無法辨認）。是歲十月，王光興及其弟□□所部駐南坪縣（縣履地名）。□□暴酷，多虐民，光興屢戒之，乃止。光興招集難民，約束軍旅，大江以南，賴以稍寧。□何昌病死。十三年，光興以官兵漸逼，遁入施州衛，去之日秋毫無犯，康熙三年乃降。』與此前及當時背景相合。最終成于順治十二年（一六五五）秋，當起程赴丹徒之初。

長安十首〔一〕

其一

不惜青錢載濁醪，登城四望見神皋。項劉天地鴻門斷，韋杜文章雁塔高。明月千秋懸壁壘，春風一夜長蓬蒿。少年何事偏淒楚，鏡裏朝來有二毛。

總評

劉沅水云：高涼深秀，審情、審氣、審聲、審調，無一不合。

其二

勝日尋芳郭外行，絲絲楊柳隱倉庚。新豐樹密雲初散，太白天高雪未晴。上苑官軍春試劍，高樓少婦夜彈箏。誰憐游子飄零意，最厭堤邊唱《渭城》。

總評

無限感慨，出以温麗，遂據盛唐上座。

其三

長安想象舊風流，十二欄干望不休。水入藍橋人似玉，天開榆社土如油。花前擊鼓明皇苑，月下吹簫仙史樓。往代繁華惟草樹，淒涼自古帝王州。

總評

『望不休』三字領起下四句，何等法力！『花前擊鼓』二句，直説得風流。

箋

藍橋，在陝西省藍田縣東南藍溪上。相傳其地有仙窟，爲唐代裴航遇仙女雲英處。（見唐裴鉶《傳奇·裴航》）宋周邦彦《浪淘沙慢》：『飛散後，風流人阻，藍橋約，悵恨路隔。』

其四

西京佳麗入東風，策馬青郊二月中。韋曲天高雙燕媚，渼陂水暖萬花紅。春晴草色迷周道，夜靜鐘聲出漢宮。此際何人能感慨，少陵哀怨正無窮。

總評

首句『入』字與『絲管』、『江風』各別，此閎侈，彼閑雅也。極豔麗，説得極悲感，乃更難到。

其五

郭外晴烟一半開，有人攜酒上靈臺。春風無恙桃花在，寒食多情燕子來。槐市經年珂影散，棘門中夜柝聲哀。獨憐終古青天好，迥立前櫓憶漢才。

總評

祇是這幾個鳥獸草木字樣，用得日新月異。

其六

王孫去後草萋萋，未忍青郊散馬蹄。八水烟花春樹外，諸陵風雨古城西。猗蘭殿廢垂楊鎖，太液池荒怪鳥啼〔二〕。惟有終南山色在，晴樓一望暮天低。

總評

鏗金戛玉，繡虎雕龍，康侯諸律足以當之矣。

其七

清明天氣絮紛紛，獨倚危樓向夕曛。太乙山頭惟積雪，長平坂上盡寒雲。花殘駱谷鶯聲出，水淨樊川樹色分。見説城南鼙鼓動，淒然還憶漢將軍。

總評

律詩祇貴用實字，鍾、譚詩全壞在虚字上。

其八

客裏真成汗漫游，晴堤任意五驊騮。且從紫閣看新月，難向青門問故侯。苑外花明通夕照，河邊柳細接春流。消愁賴有葡萄酒，災異頻仍莫上樓〔三〕。

總評

想見此老胸次之大。

其九

茂陵城外馬遲遲，極目高空有所思。千畝晴烟司竹監，半天皓月影娥池〔四〕。興亡國事梨花見，來去春風燕子知。錦繡川原一灑淚，夢中愁向萬年枝。

總評

五、六句法之最省力者，卻自妙。

其十

逐處笳聲有戰場，惟餘山色鬱蒼蒼。朝元閣上鐘初斷，興慶池邊柳半黃。春入灞陵風雨細，天高秦嶺雁鴻長。近來水旱增蕭索，愁聽樵歌下夕陽。

總評

十首深情縹渺，老氣横秋。昔人謂米老書法爲集古帖，余於康侯詩亦復如是。杜杜若評。

箋

此組七律當作於順治十一年（一六五四）詩人赴京候選時路經西安游西安古迹名勝而作。其第八云：『消愁賴有葡萄酒，災異頻仍莫上樓。』其十云：『近來水旱增蕭索，愁聽樵歌下夕陽。』順治八年（一六五一）以後三四年中隴中、隴南一帶自然災害不斷，順治十一年張晉赴京候選過天水時宋琬贈詩中即有『定蒙宣室問，災異説維桑』之句。此詩與宋琬之作應成於同年，似乎受到宋琬這兩句詩的影響。其二『誰憐游子飄零意，最厭堤邊唱《渭城》』、其四『此際何人能感慨，少陵哀怨正無窮』、其九『錦繡川原一灑淚，夢中愁向萬年枝』，也正是待選中企盼、憂愁、哀怨的語氣，則作於順治十一年路過西安時無疑。

校記

〔一〕『長安十首』，《二南遺音》卷一作『長安懷古』。

〔二〕『怪』，《二南遺音》作『高』。

〔三〕『災異』句,《二南遺音》卷一作『料峭春風莫上樓』。
〔四〕『娥』,覆刻本,抄本改作『蛾』,誤。影娥池爲漢代未央宫中池名,見《三輔黄圖·未央宫》。

春日試筆

烟光又是一年新,寂寂林丘莫厭貧。水報漁翁溪上節,梅開處士案頭春。自憐竹葉書雲客,誰薦椒花作頌人。笑向東風還借問,幾時吹我上星辰?

箋

詩當作於順治五年(一六四八)春節。當年張晉進入二十歲。詩云『誰薦椒花作頌人』,則作於正月初一。張晉集中今存作品祇有三首注明時間:七古《避賊十歌》注『明末時作』,《蘇幕遮·苦雪》自注『十六歲作』,《望江南·元日》注明『十八歲作』。則其他均應爲十九歲以後之作。二十歲爲古代男子行冠禮之年,故當年春節有『試筆』之作。頷聯云『處士』、頸聯云『雲客』,猶言隱士,俱未仕之時口吻。詩末言『笑向東風還借問,幾時吹我上星辰』也表現出青年男子成丁之年對前途的思考,與屈原的《橘頌》相近。

河上作

興發臨流足浩歌,晴烟不斷鎖長河。天從一鏡心中出,人向雙虹背上過。酒氣嘘來山勢潤,簫聲翻入浪花多。狂吟欲近深潭曲，驚起蒼龍可奈何？

箋

極有氣勢，而聯繫現實少，應作於鄉試之前、順治六年（一六四九）前後。

鸚鵡

拖翠含丹偷語聽，天長人去鎖朱櫺。閑懷蘅草洲邊賦，暗誦蓮花窗下經。春至恨同湘水碧，秋來憶共隴山青。雕籠便是阿嬌屋，一閉玉顏終歲扃。

總評

用事絕有風致。

箋

應作於鄉試之前，順治六年（一六四九）前後。

黄鶯

其一

名園春木曉陰陰，自入東風啼到今。巧舌囀穿五柳巷，錦衣搖碎萬花林。口含南國相思豆，尾曳西宮買賦金。一一笙簧殊自好，欲從幽谷問知音。

其二

夾院花開曉色新，穿花聲似報芳辰。五更驚破遼西夢，二月啼殘禁裏春。拖翠影翻修竹處，轉丸音送挈柑人。喜遷已得垂楊陌，莫向東風怨苦辛。

箋

讀其二之末二句「喜遷已得垂楊陌，莫向東風怨苦辛」，當作於順治八年（一六五一）中舉後，而非在中進士之後也。

白燕

其一

呢喃曾到舊家無？王謝堂前草半蕪。夜靜縞裳羞月姊，春寒素羽妒花奴。杜陵雪繭沾襟句，漢殿湘簾唾袖圖。故國可憐誰是主，銜愁未了棟雲孤。

總評

五、六，比袁《白燕》何如？

其二

雲海雙來玳瑁梁，輕隨紈扇度疏涼。十三夜月聲敲玉，第四橋春羽拂霜。低語珠簾銀蒜冷，小巢花棟粉泥香。練裙梅落人將瘦，莫要歸飛到上廊。

箋

應作於順治八年（一六五一）到三原參加鄉試後游古都西安時。由『杜陵』、『漢殿』、『故國』等詞可知。元末明初詩人袁凱以《白燕》詩聞名，人稱『袁白燕』。其詩云：『故國飄零事已非，舊時王謝見應稀。月明漢水初無影，雪滿梁園尚未歸。柳絮池塘香入夢，梨花庭院冷侵衣。趙家姊妹多相忌，莫向昭陽殿裏飛。』亦以漢代宮廷之事爲咏。

菊花

我愛秋光如愛春〔一〕，陶籬韓圃最相親。繞階香好休嫌晚，滿院金黄未是貧。甘谷水寒藏壽客，湘江英落憶騷人。待將九日登高近，倩語茱萸作主臣。

箋

當作於順治六年（一六四九）前後，在中舉之前。由前二句可知是在臨洮家中，由『滿院金黄未是貧』看，尚未得功名也。

校記

〔一〕『如』，覆刻本作『知』，應爲形近而誤。

牡丹

香在當時一捻中，實欄曲護豔還濃。仙妝忽發傾城笑，國色遙分照殿紅。嬌暈乍酣春帶雨，醉魂初散夜翻風。如今不説洛陽譜，太白新詞滿六宫。

總評

一結卻新。

箋

二十一歲前後作於臨洮家中。

過故肅邸

直北王宮天與齊，寒烟深鎖大荒西。斜陽塵掩紅櫨閉，古木雲封蒼葉低。帝子渚頭花漠漠，王孫階上草萋萋。可憐歌舞當年地，幾樹殘楊鴉亂啼。

總評

聲價當不減許渾。

箋

順治六年（一六四九）前後作。

明肅莊王朱楧爲朱元璋第十四子，初封漢王，改封肅王，駐甘州（今張掖市）。建文帝元年（一三九九）朱楧請求遷至臨洮府蘭縣（今蘭州市），修建府邸。肅王共傳九世十一王，末代肅王朱識鋐爲李自成起義軍捕殺。肅王府是明代蘭州城的中心建築群，清代先後爲甘肅巡撫署、陝甘總督署，民國時期成爲甘肅督軍府、甘肅省政府，如今爲甘肅省人民政府、蘭州市人民政府駐地。此詩爲詩人二十歲左右游蘭州時所作。

送何二年兄西湖之任

鶴亭龍井足風烟，官到西湖竟是仙。得見好山如看史，若逢名酒勝求緣。收銜待月十三夜，立馬分花第二泉。不可久留徵載石，爲予飽説芡菱天。

箋

作於順治十年（一六五三）秋在京城時。

何祥瑞，字二年，秦州秦安縣（今甘肅秦安）人，貢生。乾隆《直隸秦州新志》卷八《選舉》：『秦安縣貢士：何祥瑞，恩貢，浙江錢塘知縣。』康熙《錢塘縣志》卷九《官師》：『知縣：何祥瑞，十年任。』因係同鄉，故詩題中稱『兄』。

鎮邊樓

不是星槎又不回，高樓一望思悠哉。水聲暗入長河去，山勢遥從積石來。青海勛名荒更遠，白雲城闕鬱難開。獨憐飄泊干戈際，極目中原數舉杯。

總評

雄篇氣壓萬人。

箋

詩爲順治六年(一六四九)前後遠游河州、蘭州、積石所作。

鎮邊樓，即河州城北城樓，匾額曰『鎮邊』，故稱鎮邊樓。自明解縉、馬應龍、劉憲、馮時雍、張鵬、盛汝謙、熊載、李璋、馬紀、吴愷俱有題作《鎮邊樓》之詩，文人學士題咏不絶，使河州鎮邊樓聲名遠播。

竺原寺

其一

丹梯碧磴鬱崚嶒，天外欄干暫一憑。松老定非今世樹，衲寒疑是舊朝僧。泉飛暮閣遥吞磬，花照陰橋半映冰。山色杳茫看不盡，夜深猶對寺門燈。

總評

筆酣墨飽，復能細入。

其二

花外池塘林外樓，夕陽低鎖水西頭。數聲笛遠山光暮，百尺松寒塔影秋。隔雪殘鐘還咽澗，避人老鹿自尋丘。平生第一清心處，對月憑烟説此游。

總評

詩品在劉禹錫伯仲之間。

箋

應作於順治八年（一六五一）秋闈之後。

竺原寺，原在臨洮縣東南的渭源縣，清同治年間有大批亂軍至渭源，同隴中其他幾座佛寺一起被毁。

河州王莊毅公墓

蒿香時節雨紛紛，山水之間藚亦聞。階上多生指佞草，墓頭常起拱京雲。一雙老樹惟餘節，四五殘碑尚有文。欲問殿前擊笏事，荒涼翁仲蘚爲裙。

總評

二、三，警句可誦。

箋

應爲順治六年（一六四九）前後游河州時所作。

乾隆《甘肅通志》卷二十五《陵墓》載：『尚書王竑墓，在河州東萬頃原下。』

王莊毅公即王竑，字公度，河州衛（今甘肅臨夏）人，正統四年（一四三九）進士。明代名臣，剛毅明斷，臨事勇於必爲，不以利害爲取捨。過庭訓《本朝分省人物考》言：『人惟恐其不用，然用之不合即去，其守正不阿，夷險一節，一時論大臣如竑者，蓋無幾矣。』何喬遠《名山藏》言：『竑在官僅僅十餘年，而功澤聲名在天下。』乞歸後，居家二十年。臨終遺言：『我無功德，死後勿乞恩澤。』死後謚『莊毅』。

春愁

曉晴吹雪洗塵埃，樓上輕寒一半開。柳未黄時風欲曳，山將青處雨先催。啼鵑帶恨巴西去，飛燕銜愁海上來。爲問誰家春信早，江南花已繡成堆。

箋

作於順治十三年（一六五六）春，爲詩人到丹徒之第一個春天。『樓上』云云，是江南居處風光。末句更明言『江南花已繡成堆』。

春草

亂山青色照柴門，遠望萋萋欲斷魂。下嶺牛羊一笛暮，繞川風雨半蓑昏。拖烟嫩碧迷桑陌，隔水柔香失杏村。今日馬蹄江上路，可堪人唱《憶王孫》。

箋

『亂山青色』、『下嶺牛羊』，西北景致。『今日馬蹄江上路』等似爲順治八年（一六五一）乘馬赴三原參加鄉試途中作。

早朝

天邊簫鼓奏雲璈，銀燭光寒爛碧桃。斷續鶯聲和玉佩，參差柳色映緋袍。春回鳳闕東風曉，人倚龍樓北斗高。不用《椒花》頻獻頌，萬方水旱聖躬勞。

總評

唐人早朝詩工麗極矣，此亦與之相敵。

箋

順治十二年（一六五五）春任刑部觀政時作。

贈劉安東駕部

秋水芙蓉劍影寒，鬢眉森秀喜彈冠。萬方玉帛新天子，八部風雷古夏官。月上西曹花氣淡，雲高北闕雁聲乾。即今海内兵戈滿，武庫如君應不難。

箋

順治十二年（一六五五）在京任刑部觀政時作。詩人之任刑部觀政，應在順治十一年底。本卷後面所收《贈朱天部山輝》作於正月初一天子賜屠蘇酒之時，則時已任刑部觀政。此詩首句言『秋水』云云，則作於順治十二年之秋。不久詩人也被任命爲丹徒縣令，乘舟南下。

劉瀾，字安東，直隸霸州（今河北霸州）人，順治三年（一六四六）進士，官至陝西固原道。駕部，明初爲兵部諸屬部之一，設郎中、員外郎爲長貳，洪武二十九年（一三九六）改名車駕清吏司。清襲明制。康熙《霸州志》卷八《人物志》：『劉瀾，順治丙戌科，初授河南盧氏縣知縣，遷兵部主事員外郎。』時劉瀾正在刑部任上。

贈施尚白比部

中原天地總如斯，有美宛陵慰我思。［一］春色半分青玉案，秋官獨領白雲司。風清上苑飛花細，月滿西曹過雁遲。方散鳴珂高唱出，敬亭烟水似君詩。

夾評

［一］『宛』讀平聲。

箋

當爲順治十年（一六五三）候選在京時與時任吏部給事中的詩壇名家魏裔介相識，由此又與其他前輩名家施閏章交往所作。比部，明清對刑部司官的通稱，施閏章時爲刑部主事，故稱。

施閏章，字尚白，宣城人，清代著名詩人。順治六年（一六四九）進士，授刑部主事，歷員外郎。其詩能反映人民疾苦。張晉之吏治、詩風皆與之有近似之處。施閏章詩集中今存《送張康侯之京口（時召見賜宴）》七律一首。

贈白太史蕊淵

帝闕雲高接石渠，賜衣五色晃金魚〔一〕。神仙名姓銀花榜，宰相文章玉葉書。東閣月明梅放後，西垣風冷雁來初。黑頭分得蓬池鱠，説與香山恐不如。

總評

明麗清雄，思、理、意、境，俱在天際。

箋

順治九年（一六五二）前半年，朝考選庶吉士公布之後作。詩中言『風冷雁來初』，則在晚春（北京天冷，雁北飛較遲）。

白乃貞，號蕊淵，參見《白衷葵年伯舉孫》箋。白乃貞選庶吉士，授翰林院檢討，故稱『太史』。

校記

〔一〕『晃』，覆刻本作『見』，當是所據印本字迹模糊致誤。

贈程太史幼洪

少小婆娑金馬門，雪眉冰掌據昆侖。雲飛香案分虹影，月上沙堤映水痕。秋爽頻磨烏玉玦，夜涼高坐紫花墩。風華絕代尋常事，伊洛淵源賴爾存。

總評

氣格深雄，一空纖靡之習。即入盛唐集中，恐無以辨。

箋

由『秋爽』、『夜涼』等句看，應作於順治九年（一六五二）初秋，朝考後候選時。程邑，字幼洪。參卷二《古墨歌答程翼蒼太史》箋。

贈楊太史地一

蓮燭歸來夜漏分，花邊靈雀最先聞。玉環舊有三公兆，《玄草》新傳一代文。春入沙堤垂碧柳，人依香案捧紅雲。荒唐祇説神仙好，未必風華得似君。

總評

清老高卓。於此等題見手筆，尤爲大難。

箋

作於順治九年（一六五二）前半年，朝考後在候選時。由『春入沙堤垂碧柳』句可知在晚春。聯繫以下幾首看，是當年春朝廷新任命一部分京官。

楊永寧，字地一，山西聞喜人，張晉同年進士。選庶吉士，授翰林院檢討。乾隆《聞喜縣志》卷七：『楊永寧，字地一，號起齋，聯子。以進士選庶吉士，授弘文院檢討。』後累官至兵部右侍郎。乾隆《聞喜縣志》稱其『爲人内明外恕，遇事不激不隨，有古大臣風』。

贈曹太史顧庵

柳色鶯聲豔上林，梅花賦就重南金。八磚日暖資春睡，一朵雲高助晚吟。外國爭傳菱汁紙，中宮竊聽雪紋琴。看君身入寥陽殿，始信神仙路可尋。

總評

逸思豪情，邈然千載以上。『中宮』句足空今古。

箋

順治九年（一六五二）春末時作，由『柳色鶯聲』、『日暖資春睡』之句可知。

曹爾堪，字子顧，一字顧庵，浙江嘉善人。張晉同年進士，選庶吉士，授翰林院編修，職至侍講學士，後因受到康熙帝的賞識，見嫉於人，被誣下獄削職歸。爾堪淹博强記，多識掌故，故所過山川阨塞，無不指畫形勢。罷官後優游田園，間爲遠游，篇什益富。

贈朱天部山輝

委珮含香倚碧梧，朝天初散賜屠蘇。雲飛北闕開金鏡，雪霽西山照玉壺。夜禱孤青求羽翼，春浮太白醉江湖。公餘還有鑾坡筆，柳月梅風入畫圖。

箋

作於順治十二年（一六五五）正月，時任刑部觀政。古代風俗，正月初一飲屠蘇酒。南朝宗懔《荊楚歲時記》『正月一日……長幼悉正衣冠，以次拜賀……進屠蘇酒』。

朱廷璟，字山輝，陝西富平人，順治六年（一六四九）進士。光緒《富平縣志稿》卷五《人物》載朱廷璟中進士後『授檢討，調工部主事，累遷吏部文選司』。《通典》卷二十三《職官五》：『光宅元年，改吏部爲天官，神龍元年復舊。』則張晉贈詩時朱在吏部任上。

贈侯太史蓮岳

鈴索聲傳歸院遲，朱衣雙引紫簫吹。域中遍誦《麒麟賦》，宮裏爭傳《芍藥詩》。玉署秋高花燦爛，銀臺夜靜月參差。憂時仍作《東山》想，衹許簾前白燕知。

總評

巨麗之筆，必以此秀逸出之方妙。

箋

作於順治九年（一六五二）初秋在京時。『玉署秋高花燦爛』言在翰林院所見美景。

侯于唐，字蓮岳，陝西涇陽人，張晉同年進士，二甲第十五名，當年被選爲庶吉士，後由庶常擢御史。

贈霍魯齋司馬

票姚家世數西秦，況復朝天曳履新。上殿秋寒蒼玉佩，登壇月滿白綸巾。十年出入從雙劍，四海安危繫一身。若爲鼓鼙封薦草，爲言今有請纓人〔一〕。

總評

末望其汲引，卻與唐人習氣不同。

箋

順治十一年（一六五四）秋在京候選時作。『上殿秋寒蒼玉佩』，寫霍達初任司馬之職時，詩亦應成於此時也。

霍達，字魯齋，陝西長安人。崇禎四年（一六三一）進士，乾隆《淄川縣志》卷四載其於崇禎四年任知縣，『機警有幹略，時亂兵破新城，侯晝夜區畫爲城守計，邑人恃以無恐。未幾，以憂去』。并載『順治中，仕至兵部尚書』，兵部尚書別稱大司馬或司馬。因同爲陝西人，詩人亦希望有人在自己候選中能有所推動，故多交往。

校記

〔一〕『爲』，覆刻本作『特』，當是刻印中未看清筆劃致誤。

贈原礪岳司馬〔一〕

曳履從容倚殿松，青青雙劍冷芙蓉。重權自古惟司馬，雅望如今有臥龍。金水月明十五夜，華山秋老第三峯。臨風感慨尋常事，天地無窮在鼎鐘。

箋

順治十一年（一六五四）前後作，由『金水月明』、『華山秋老』可知作於秋季，應在七八月間，因不久張晉等一批進士被任命爲縣令。

原毓宗，字礪岳，陝西蒲城人，崇禎元年（一六二八）進士。清抄本康熙《蒲城志》卷二《科甲》：『崇禎戊辰一人：原毓宗，字礪岳，初任河間縣。』明際官至整飭天津道。入清，授井陘道，終兵部右侍郎轉左加二級。咸豐《武定縣志》稱其『精明果斷，吏不敢欺，升侍郎』。光緒《同州府志》稱其『性醇樸愿謹』。多種地方志收有其文。與霍達一樣，對張晉來說爲同鄉前輩，故得有交往。

校記

〔一〕『岳』，底本作『玉』，據覆刻本及張抄本改。

贈高弗若給諫

紫微星氣接中樞，給事貂蟬地望殊。青瑣雲高槐影細，黄扉夜靜月輪孤。門前已列梁公樹，〔一〕袖裏惟存鄭監圖。近日聲名三殿重，袞衣天子拜真儒。

夾評

〔一〕梁公，狄梁公也。

總評

後四句可目之爲應酬體否？杜杜若評。

箋

順治十一年（一六五四）前後在京候選時作。參《贈原礪岳司馬》箋。

午日同諸公作

榴雨蕉風多所思，天晴燕影正參差。青青蒲入迎涼酒，豔豔花懸繫命絲。採玉竟無湘水賦，賜衣獨有杜陵詩。一官碌碌紅塵裏，卻羨江頭競渡兒。

總評

極新。

箋

順治十二年（一六五五）七八月間任刑部觀政時作，尚未任命而深感閑職之無聊。由『榴雨蕉風』知作於秋季。參《贈原礪岳司馬》箋。

送聶輯五侍御按秦

玉佩朱衣柱史才，鳴騶雙引出蘭臺。雲開華岳道邊立，秋盡黃河天上來。萬里川原霜氣肅，十年兵甲雁聲哀。勞勞封事知難寐，賴有葡萄酒數杯。

總評

康侯力宗七才子，故遇此等題神采自壯。

箋

順治十二年（一六五五）任刑部觀政時作。由『霜氣肅』、『雁聲哀』可知在秋季。

聶玠，字輯五，山西蒲州（今山西永濟）人，崇禎十六年（一六四三）進士。順治年間，授江南南陵縣知縣，順治六年後屢任按御史。乾隆《甘肅通志》卷二十八《皇清文官官制》：『巡按甘肅御史：聶玠，山西蒲州人，順治十二年任。』魏象樞《寒松堂詩集》中亦有同題之詩，可見在京城文人中間他們經常應酬唱和。

賜宴

帝重親民簡惠良，芙蓉闕下宴星郎。仙桃猶帶金盤露，異茗還浮玉碗光。天地無窮留竹帛，君臣有慶鼓笙簧。歸來醉飽銜恩處，南北災荒慮正長。

箋

順治十二年（一六五五）秋，順治皇帝對外轉及新任地方官賜宴，因而成詩，應在中秋節或其後。

大雪懷人

寒色淒清烟水深，沙鴻天末舊知音。閑愁鬢髮成何事，晚對林丘見此心。風入小樓人寂寂，雲搖遠浦樹陰陰。抱琴欲問袁安去，門外蹤迷不可尋。

箋

當爲順治十四年（一六五七）江南鄉試之後地方輿論蜂起之時。詩人希望有袁安一類政治清明之官判清事實，有罪者勿使免，無罪者勿使冤。

袁安，東漢汝陽人，爲官正直。漢明帝之時，受命按驗楚王劉英謀逆案所誅連者，赦出四百餘家。和帝之時，外戚專權，賄賂公行，遂與司空任隗彈劾諸兩千石之權臣，終於貶秩免官四十餘人。

雨中見南邸中同元功、樹庵、道生、見未[一]、伯愿、爾瞻、玉如[二]

蕭蕭風雨共金臺，萬里晴天一舉杯。粵客名隨珠海出，秦人夢向華山來。羅浮月淡春鴻去，鄠杜雲高晚樹開。同是他鄉燒燭看，相期珍重濟川才。

夾評

[一]以上粵人。

[二]以上秦人。

箋

順治十二年(一六五五)秋，獲任知縣時與同年、朋友相聚敘情互勉之作。

賞蓮

盈盈出水影婆娑，染得濂溪道氣多。越女背人晴蕩槳，湘妃拜月晚凌波。碧筒細瀉千壺酒，白苧涼生一曲歌。我欲平分菱芡國，蓉裳未集奈秋何！

箋

順治十三年（一六五六）前後作於丹徒任所。讀首二句及『越女』、『湘妃』等與南方相關故實可知。尾聯又曰『我欲平分菱芡國』，更是明白。

答曹子顧韵

靜寺虚寥似大荒，閑吟惟看舊松篁。欲晴燕子雲歸棟，將夜榴花月照廊。自覺名心渾似蠟，誰知老性竟爲薑。長安車馬何須問，消受高僧竹半床。

箋

作於順治十二年（一六五五）前半年任刑部觀政時。由詩中所寫心境可知。由此詩看，詩人任刑部觀政以後是住在寺中。曹子顧，見本卷《贈曹太史顧庵》箋。

送韓文起

諸陵風雨失樓臺，立馬前山問去來。燕冷偏衝官道過，花低仍傍帝城開。傷心紵縞頻分袂，極目山河一舉杯。不用《陽關》愁遠別，相思賴有隴頭梅。

總評

極闊大。此主勢與聲而不主詞者也。前輩謂論詩不可少巨耳，蓋尚聲之謂也。

箋

當作於順治十二年（一六五五）春夏間。韓文起應爲陝甘老鄉，此由詩之末二句可以看出。應是順治十二年韓入京參加春闈之試而不中，張晉送行時安慰作此。

孫夫子

遠懷倩燕問寒温，悵望青天几杖存。春至無書雲隔樹，夜來有夢雪當門。酒香晚徑惟尋友，飴好閑庭自抱孫。萬里鬚眉分道氣，早歸便可報深恩。

箋

作於順治十二年（一六五五）秋冬之間在丹徒任所。孫夫子應爲孫宜纘，字述之，臨洮人，曾爲固原學正。爲當地著名儒士。

送滑豹山司李

臨洮疆域富烝黎，君去休嫌遠在西。積石天高殘雪照，摩雲地僻晚鶯啼。十年兵甲須調理，萬里烟花待品題。知有防身長劍在，崆峒北望一星低。

箋

作於順治十二年（一六五五）春夏任刑部觀政時。由詩中所寫看，滑豹山得任命爲臨洮縣司理官。司李即司理，主執法、管獄訟刑罰之官。

三月晦日送張碧耦西歸

明日春歸君亦歸，一樽相向各依依。帝城風起桃花落，官道雲輕燕子飛。行國自憐和氏玉，到家還著老萊衣。長堤折柳情難盡，遲爾三年入紫微。

箋

作於順治十二年（一六五五）晚春。『明日春歸君亦歸』和『遲爾三年入紫微』二句可證。當年春闈之後，未得中進士者即歸。張碧耦爲陝甘同鄉，四年前秋闈，三年前京城春闈所識，故作詩送之，給以安慰與鼓勵。『遲爾三年』是『使爾遲三年』之意。時在京都，其『帝城風起』云云可證。

思親

未出門閭已望歸，寸心難得報春暉。天寒孟筍求林遠，水渺姜魚入饌稀。機上三更從月照，山頭千里見雲飛。幾回輾轉萱花夢，事業何如五色衣。

總評

王稚川官京師，母老留鼎州，久不歸侍。嘗閱貴人歌舞，有詩云：『畫堂玉佩縈雲響，不及桃源欸乃歌。』山谷和韵諷之云：『慈母每占烏鵲喜，家人應賦《扊扅歌》。』可謂盡朋友責善之義。山谷至孝，奉母安康君，至爲親滌厠牏、浣中裙，未嘗頃刻不供子職。余聞無瑕者可以戮人，則其告稚川之語未爲過也。老杜送李舟詩非不歸重，而其中亦不能無譏焉。所謂『舟也衣彩衣，告我欲遠適。倚門固有望，斂衽就行役。南登吟《白華》，已見楚山碧。何時太夫人，堂上會親戚』，豈非譏其無方之游耶？孔子云：『父母在，不遠游，游必有方。』則山谷、少陵之詩皆有孔子之意也。今觀康侯《思親》之篇，且不一而足，吾復何間於吾友哉！

箋

順治十一年（一六五四）冬，詩人在京城所作。由『天寒』云云可知作於冬季。

思歸

秋園冷落舊花渠，五尺新松應笑予。行國難忘慈母線，出山偏少故人書。殘雲歸岫心仍遠，涼月當簾夢亦虛。雙雁今年還不到，未知猿鶴近何如？

總評

綺歲所作，即能淡然於功名如此。

箋

作於順治十一年（一六五四）秋或十二年（一六五五）秋在京師時。尾聯言未得家信，故思念故鄉山水。

七夕

初雁新蟬入夜愁，開簾碧漢近人流。天高晴送隔年約，雲淡涼分私語秋。鵲渡漸辭穿線月，螢飛故繞曬書樓。遙知今夕深閨婦，懶向銀河望女牛。

總評

結意遂一新，通首頗能雅潤，繇無俗料故。

箋

由『天高晴送隔年約』一句看，應作於順治十二年（一六五五）七夕。思念其妻而作。張晉在順治十年（一六五三）年底回家，十一年七八月間赴京，年底被任命爲刑部觀政，至第二年秋直接赴丹徒任，故曰『隔年約』。

雨夜飲月蘿精舍，同張法文、同長卿、姚德佩

雲天四望暮烟長，賴有知交似故鄉。雨密暗隨蕉葉細，風高漸逼柳花涼。燈昏客續歸家夢，酒好人分入夜香。祇恐今年秋又近，煩將閨怨賦流黃。

箋

此詩當作於順治十二年（一六五五）夏末，『祇恐今年秋又近』一句可知。已有一年，將至秋而尚未正式任命。刑部觀政爲臨時見習之職，非同外任縣令之比。清代進士外任一般爲縣令。

姚之琞，字德佩，狄道人。陝西同官（今陝西銅川）教諭。張法文、同長卿無考。從詩的内容看，三人都是張晉同鄉。同長卿應與張晉關係較近，在《詩草》中共出現三次，另兩次爲《同長卿畫松》（卷二）、《燈下偶成爲同長卿壽》（本卷）。詩中反映，同長卿多才多藝，且不務功名。

春夜飲伯顧邸中，限燈字

今宵孤影向春燈，學取人憐竟不能。坐嗅寒梅風正急，起看遠雁月初升。深山麋鹿惟高士，古寺藤蘿任老僧。何事年來才識淺，一官乃忍負漁罾。

總評

何人無春夜？何人無飲？難得此佳詩與境會耳。

箋

作於順治十二年（一六五五）春任刑部觀政時。

燈下偶成爲同長卿壽

楚楚風騷似大蘇，留心一半任蓬壺。清琴夜譜神仙曲，名畫晴開海岳圖。晚樹雲高招遠鶴，新秋雨好浴輕凫。如今莫問丹砂訣，但得林丘即藥爐。

總評

善於化腐爲新。

箋

當作於順治十一年（一六五四）七月孟秋之際。卷二有《同長卿畫松》。

晉給諫長眉父母雙壽

玉筭開筵錦繡圍，稱觴仍喜諫書稀。人歸青瑣桃初放，客到黄門燕正飛。雙陸參差春引杖，五花璀璨晚牽衣。木公金母瑶華樂，何似生兒入紫微。

箋

作於順治十二年（一六五五）前半年在京任刑部觀政之時。

晉淑軾，字長眉，號積庵，山西洪洞人。前明壬子舉人，順治三年（一六四六）進士，知中牟縣。雍正《平陽府志》載其因治中牟亂有功「取兵科給事中，尋轉工科」。此詩應作於此時。

臘十二家慈帨辰西望賦此

年年此日酒盈卮，花下斑斕笑大兒。何事浮名人萬里，致令遠望髮千絲。夜來有夢攜江鯉，冬盡無書憶石芝。遥想北堂松色好，應憐游子最干時。

箋

順治十一年（一六五四）臘月十二日作。張晉於順治九年中進士，當年秋應即返家。順治十年春赴京候選，當年年底回家。此兩年中其母生日時俱在家中。而順治十二年底則已至丹徒，不當言「西望」，故可肯定作於十一年年底在京時。因路途遥遠，未能回家，故有此詩。

除夕

明日東風又一年，屠蘇未飲意茫然。思親夢上飛雲嶺，憶弟愁看歸雁天。此際功名雙劍外，今宵懷抱一燈前。正憐遠道增離索，簫鼓聲高更不眠。

箋

順治十一年（一六五四）除夕作。『此際功名雙劍外，今宵懷抱一燈前』，則尚未得任命。

寄心眖舅

一官淹滯動經年，慚愧人家宅相賢。微祿何能榮白髮，浮名先自負青天。風吹古塞鴻催月，雨歇長堤樹著烟。起向西南添望眼，渭陽春色正堪憐。

箋

詩約爲順治十二年（一六五五）正月問候其舅父所作。晏御賜，字心眖，張晉舅父。『起向西南添望眼』，分明詩人在京城時所作。第四句言因求浮名而不能於正月陪老母於膝下，有違孝道。由首句也可看出，在京爲獲任奔波已越一年。

梅花十五首下平韻軫

其一

孤標落落問誰同，眼底繁華一洗空。自是無蹤來雪後，何曾有意托墻東。芳心欲寄騎驢客，春信徒傳放鶴翁。幾度臨風增悵望，羅浮仙境杳難通。

其二

槎枒枝幹類虬龍，香色皆由閑氣鍾。疏淡愛依君子竹，孤高思敵大夫松。名推第一尤兼節，品擅無雙不但容。何日玉堂吹暖律，江南到處話相逢。

其三

莫將憔悴論西窗，冷面猶然帶熱腔。謾向風前吹玉笛，且來月下酌銀釭。磨殘歲序顔如故，歷盡冰霜氣未降。聞到嶺南消息好，春光何日渡寒江。

其四

共羨亭亭出世姿，嚴寒凝結尚遲遲〔一〕。去年有約寧孤我，今日相看卻愧伊。臥雪不妨老岩壑，衝風直欲破藩籬。酸辛歲暮難回首，那得東皇雨露施。

其五

冰裂樵痕草徑微〔二〕，山家從古白爲衣。若論澹泊交堪久，爲隔形骸客到稀。半壑松風清似洗，一鈎蘿月冷相依。當前誰復留真賞，莫向梨花辨是非。

其六

羅羅寒影自清疏，白首終爲覿面初。守我林泉空寂寞，傍誰門户借吹噓。莫嫌時遇偏多阻，且喜風烟已盡除〔三〕。天末故人神獨往，一枝欲寄幾躊躇。

其七

亭亭獨立伴山臞，丘壑心期調亦孤。東閣自堪誇宋璟，西泠何處問林逋。暖烟白晝晴翻玉，細雨黄昏夜弄珠。我欲相從尋舊約，杏園春色不堪圖。

其八

幽香潛發小窗西，無計回春嘆久羈。到底真心難盡吐，至今傲骨未曾低。祇緣世外貪山水，誤被人間亂品題。莫笑岩阿皆捷徑，羞隨桃李浪成蹊。

其九

山之巔也水之涯，松竹聊堪避地偕。冷面難邀青眼顧，孤根常被白雲埋。得魁南國三千黛，奚恨東皇十二牌。落落不堪論往事，好憑玉笛寄新懷。

其十

寒威栗冽凍難開，尚有芳心久不灰。歲月多情留末路，風霜刻意煉奇才。一枝借我栖方穩，萬里思君夢欲來。抱璞經時還自若，春園應許探春回。

其十一

皎皎都無半點塵，霜凌雪虐轉精神。衹知守我當初臘，豈肯爭他末後春。獨向靜中留太素，忽從枯處發天真。漫言桃李多顔色，萬紫千紅總未倫。

其十二

瘦於竹石懶於雲，撲面相逢便不群。對爾飛觴應百遍，容吾刻燭過三分。移來白屋堪爲友，隱去青山焉用文！欲與上林爭品第，掃除鉛粉見東君。

其十三

屈指群芳品獨尊，春風早已謝扳援〔四〕。心期直抵冰霜窟，眼界常空富貴門。索笑何緣邀我對，有懷曾不向人言。漁郎終是塵埃客，衹向桃花問水源。

其十四

江南烟霧正漫漫，瘦骨支離更耐看。未免有情恒獨笑，似曾相識且交歡。廣平賦裏姿如繪，水部詩中秀可餐。卻恐瓊枝高處種，瑤臺冰雪不勝寒。〔一〕

夾評

〔一〕古詩『梅花笑殺人』，似可言笑也。

其十五

結鄰松竹意閑閑，冷面應憐玉笋班。香祖爲徒堪比味，水仙作弟欲羞顔。隴頭何日題詩至，林下今朝載酒還。閱盡芳菲千萬樹，眼中强半倚冰山。

箋

順治十五年（一六五八），詩人在江南獄中作。從其一之『眼底繁華一洗空』、『幾度臨風增悵望，羅浮仙境杳難通』看，當作於入獄之後，後悔欲遁世亦已不能。其四之『酸辛歲暮難回首，那得東皇雨露施』，是寄希望於皇帝的明察與開恩，然亦覺希望不大。其五之『當前誰復留真賞，莫向梨花辨是非』，是言即使當年對自己很賞識的朋友或前輩，也因牽連於欽犯，再無人顧及，自己辨之亦無人聽信。其十四深嘆仕途之艱險。

這一組咏梅花之七律詩全用上平聲韻，由編者題下注『下平韻軼』，還有用下平聲韻所寫，必有年老者曾見之，故有注。且前十五首全爲上平聲韻，亦必有全用下平聲韻之作，估計仍爲十多首。由此亦可見張晉之才華。

校記

〔一〕『寒』，一作『冬』。

〔二〕『冰』，覆刻本作『凍』。

〔三〕『烟』，覆刻本作『塵』。

〔四〕『扳』，覆刻本作『攀』。《楚辭・哀時命》：『往者不可扳援兮，來者不可與期。』是本作『扳』。

藥名詩爲眉仙作

其一

檐前胡燕定新巢，懶向園中採杏膠。插髻紅花春水映，畫眉青黛遠山交。雨餘芍藥將成蕊，風過枇杷漸引梢。恨結丁香從未散，教人何處覓仙茅？

其二

雲母屏虛鎖月殘，閑來半夏倚欄干。炎風萬縷桐皮皺，好雨一番梅子酸。豆蔻薰衣香欲散，菖蒲和酒暈初乾。惱儂不赴從容約，百部新詞未擬看。

其三

暗卜當歸又不歸，新愁懶著郁金衣。池邊露重澤蘭倒，路上風高石燕飛。雲鎖陽臺秋夢斷，月沉香浦遠音稀。牽牛亦有一年會，恩愛何甘草草違〔一〕。

其四

象牙床冷坐書空，百草霜凝橘實紅。滿地黄蜂寒樹外，一天麻雀凍雲中。高松香散輕沾雪，古竹葉翻低礙風。癡憶車前長久約，參差笑殺白頭翁。

總評

遇此等題，正喜其能雅。

作藥名能造語穩貼無異尋常詩，此漁隱之所謂『造微入妙』者也。後二首妙在全用假借字樣，乃於此體更得三昧也。漫叟云：『嘗見近世作藥名詩或未工，要當字則正用，意須假借。如「日側柏陰斜」是也。若「側身直上天門東」、「風月前湖夜」，「湖」、「東」二字即非正用。孔毅夫有詩云：「鄙性嘗山野，尤甘草舍中。鈎簾陰捲柏，障壁坐防風。客上依雲實，流泉架木通。行當歸老矣，已逼白頭翁。」』皆用此法也。

惟康侯得之矣。

七言律李于鱗專取王、李，而鍾、譚盡情删抹，獨取老杜及諸家拗句以爲奇老。總之，皆落一偏之見。夫詩之格律雄渾，定宗于鱗；意調清新，宜法伯敬。予與山期、于一、于皇、伯紫、沅水論詩如此。今復得先生諸律，格高調古，接杜陵韓，能兼鍾、李二家所取之長，而無二家所執之病，誠今日波流中一柱也。

七言律宜兼鍾、李二家所取之美，豹人論之詳矣。昔王元美論七言律：『不難中二聯，難在發端及結局。發端盛唐人無不佳者，結頗有之，然亦無轉入他調及收頓不住之病。篇法有起有束、有放有斂、有喚有應，大抵一開則一合，一揚則一抑，一象則一意，無偏用者。句法有一直下者，有倒插者。倒插最難，惟老杜能之。字法有虛有實，有沉有響。虛響易工，沉實難至。五十六字，如魏明帝凌雲臺材木，銖兩悉配乃可。篇法之妙，有不見句法者；句法之妙，有不見字法者。有俱象而妙者，有俱意而妙者，有俱作高調而妙者，有直下不對偶而妙者，皆興與境詣，神合氣完。』予因此與與治、孝威往往不敢輕論人詩。今康侯先生詩，諸妙畢備，乃大得元美論詩之精髓者，吾無間然矣。劉沅水。

箋

順治十五年（一六五八）正月在獄中思其妻眉仙作。從第三首『暗卜當歸又不歸』一句看，爲其妻作甚明。從末句『恩愛何甘草草違』句可知，當爲詩人在獄中所作。由『牽牛亦有一年會』句可知在入獄後之第二年。由此詩可知其夫妻恩愛甚深。

校記

〔一〕『草草』，覆刻本作『艸莫』。

戒庵詩草卷之六　詩餘

訴衷情

琵琶

抱來明月坐秋檐，素手玉纖纖。檀槽初變，盡教司馬濕青衫。　愁脉脉，病厭厭，半垂簾。風沙古塞，花草深宫，一一難堪。

總評

『風沙』、『花草』八字，便抵白司馬一段歌行。

箋

本詞及以下《醜奴兒·聽箏》當是順治十一年（一六五四）前後在京候選與任刑部觀政時所作。卷三有《歌者娟兒故良家子，行歌道舊，泣下潸潸，予亦愴然，慰之以此》，大體同類之作。

醜奴兒

聽箏

氍毹半展燈雙照，秋水精神。未啓朱脣，落燕飛花可奈春。　十三弦裏聲聲怨，憑是何人？山黛輕顰，説道兒家本在秦。

總評

輕逸婉轉，是詞家本色。

箋

參《訴衷情·琵琶》箋。

清平樂

倩生

簾鈎初挂，雙燕輕輕下。最是春風來得乍，竟逼桃花早嫁。　啼鶯枝上黄昏，傷心靜掩重門。

看看今年又過，疏梨豔杏消魂。

箋

由『最是春風來得乍』及『看看今年又過』句可知作於順治十二年（一六五五）春。

更漏子

念卿

許時愁，多日病，怪是鬙兒不正。花下板，月中簫，春魂倩我招。琉璃燈，琥珀酒，唱道人將分手。一字字，一聲聲，分明是《渭城》。

箋

由『唱道人將分手』句看，當作於順治十二年（一六五五）八九月間。

好事近

小三

的的嫩紅香，可奈一番顛倒。笑把花兒比去，比花兒還好。　　樽前又解弄琵琶，祇是著人惱。更惜春嬌無力，受東風太早。

總評

畫出弱態不堪。

箋

似是新婚爲其妻而作。如此則爲順治七年（一六五〇）之作（張晉結婚於順治六年夏天之後，則此詞祇能作於第二年春）。

阮郎歸

彈箏

高樓簾捲淡烟平，斜陽半嶺明。海棠花下坐彈箏，横波無限情。　雲髻重，苧衫輕，涼風著面迎。荷香榴豔水盈盈，殘鶯又一聲。

浪淘沙

春思

簾外雪將殘，人怯春寒。慵拈針線暗眉攢。繡出鴛鴦雙浴水，把與君看。　愁苦日漫漫，悶倚闌干。月明不照淚痕乾。夜夜誰家簫鼓唱，有福貪歡。

箋

篇中寫到『慵拈針線』等語，則思妻而作也。用《詩經·陟岵》手法，懸想他離家時間其妻聞别處簫鼓之聲思在外夫君而落淚。題曰『春思』，張晉於順治九年之後衹有順治十二年春在京，十年、十一年春皆回臨洮。則本詞作時當在順治十二年（一六五五）春。

點絳脣

春懷

無賴春風，柳絲輕曳黃金縷。峭寒未去，簾外梨花雨。　燕子鶯兒，來得無頭緒。愁如許，憑誰寄語，窗下停針女。

箋

此首寫『窗下停針』，上一首寫『拈針』，可見均爲其妻。又有『愁如許，憑誰寄語』之語，作於離家之時可知。當作於順治十二年（一六五五）春。參《浪淘沙·春思》箋。

卜算子

春歸

春睡起來遲，倚著棠梨樹。碧草茸茸襯茜裙，記得尋釵處。　撲蝶輕輕步，小徑花遮護。滿地落紅掃不開，那是愁來路。

總評

予嘗與李叔則論康侯詞，大約柳耆卿之流亞也。後山謂子瞻如教坊雷大使，其言固太過，然詞中畢竟以《金荃》、《蘭畹》爲上。弇州之語當千古不易也。康侯以才子兼情癡，故於《花間》、《草堂》之語皆妍精嬋妙如此。雖稍爲大雅之累，然自有文人之樂矣。

箋

亦寫其妻。作時當在順治七年（一六五〇）或八年（一六五一）春。參《點絳脣·春懷》箋。

浣溪沙

春閨

疏雨輕風酒一杯，柳扶日影過紅階，去年燕子又飛來。　草號忘憂何處碧？花名解語幾時開？春愁多少盡儂猜。

箋

由『酒一杯』、『去年燕子又飛來』與『春愁』等語看，當是順治十年（一六五三）春赴京候選過西安時爲相識之歌伎之類作。參七絕《歌者娟兒故良家子，行歌道舊，泣下潸潸，予亦愴然，慰之以此》箋。

憶秦娥

別人

人將別，鴛鴦樓上簫聲咽。簫聲咽，柳曳柔絲，一枝須折。　杜鵑催得歸心切，盡有閑愁無處說。無處說，病中花鳥，醉中風雪。

總評

想其聲情，有同鵑啼鶯囀。

箋

創作背景同《浣溪沙·春閨》。彼是見面之作，此是相別之作。

憶王孫

紫雲

桃花如面柳如腰，樓上月明吹玉簫，任著東風香帶飄。可憐宵，夢逐殘雲過小橋。

箋

由末句看，是在京回憶其妻之作。當作於順治十二年（一六五五）春。

浪淘沙

閨情

枕上聽啼鶯，春睡虛驚，低低偷叫小紅英。爲我打他別處去，攪夢難成。　樓外賣花聲，嗔恨不平。如何不去大街行。説是春殘人瘦也，那得心情。

箋

懸想其妻而作。『春殘人瘦也』，是詩人懸想其妻之思己也。當作於順治十二年（一六五五）春。

蘇幕遮 十六歲作

苦雪

日遲遲，風杳杳，曉步寒林，雪壓竹枝倒。舉目江山不是了，一望濛濛，此恨誰知道？

臥時多，行時少，若要出頭，直待東皇到。羞殺春園花與草，忍耐著他，惟有青松好。

總評

此詞在集中又另是一種手筆。可謂慷壯激烈之極也。

箋

詞作於明崇禎十七年（一六四四）易朝換代之際，亡國之痛、復國之望及以氣節自許兼而有之。

望江南十八歲作

元日

等閑的，又過了元嘉。恨把功名淹草木，羞將歲月混風沙，屠蘇莫浪誇。　舊時事，回首總堪嗟。臺上誰人占日色？宮中何處頌《椒花》？江南望眼斜。

箋

順治三年（一六四六）正月初一作。由『宮中何處頌《椒花》？江南望眼斜』二句看，詩人對南明小朝廷寄予了希望。

浣溪沙

夏景二首

其一

雨霽香涼入小樓，晚螢點點射紅榴，畫屏深處看松丘。　半夜人歸桃葉夢，五更風去藕花愁，月明斜照水西頭。

總評

三句即『與君今夜不須睡，明日池塘是夏陰』意也。

其二

悶坐方床試煮茶，夕霞窗外染紅紗，風來貪睡海棠花。　趁水魚兒衝浪斷，銜泥燕子逐風斜，吹簫遠唱是誰家？

總評

令人神怡。

箋

當爲順治六年（一六四九）前後在臨洮家中時作，未必有具體創作動機。同早期之詩作相類，唯詩多豪壯，詞則含蓄婉轉。

跋

張晉

十四歲知聲律，今一紀矣。筆墨率然，軼於亂，軼於醉，篋存古近詩千七百餘首。壬辰客燕，憶所憶而示人，志不忘父師之訓。總爲有心也。

戒庵自識。

跋

劉湘

康侯詩，沉酣經籍，出入風騷，麗而則，典而要。驟而讀之，若風檣陣馬之凌厲，而蜃樓海市之奇詭也；徐而按之，步必叶和鸞，聲必中律呂。如珪璋之有邸，如孚尹之有光，熊熊如也，奕奕如也。夫康侯，秦人也，洪河太華之氣，磅礴鬱積。則其詩之包孕陶鑄，固宜生而有之。今茲爲令，在京口三山、金鼇壺嶺之間。當其射策登朝、揮毫染翰之時，其足迹故未嘗一履其地也，何以東南文物鮮榮清妙之氣，筆端句下已捷得而刺取之？豈非文章之道固與江山靈氣冥通叶應，身之所未至，而神者先告之與？

京口劉湘沅水識。

跋

楊芳燦

康侯先生詩，天才橫逸，不可一世；寄思無端，忽仙忽鬼，殆古所云詩豪者耶？使天假以年，則未見其止也。乃遭連蹇，中道夭閼。悲夫！

松崖吳公，有意表章之。當去其取快一時而不甚經意者，康侯之真面目出矣。

梁溪後學楊芳燦識。

箋

楊芳燦（一七五三—一八一五），字才叔，一字香叔，號蓉裳，江蘇金匱（今無錫）人，乾隆四十二年（一七七七）拔貢生。廷試得知縣，補甘肅伏羌（今甘谷），擢靈州（治今寧夏靈武）。會其弟揆授甘肅布政使，例回避，入資爲户部員外郎，與修《會典》。工詩文，有《蓉裳山館詩稿》十四卷、《直率齋稿》十二卷。由吳鎮《與袁簡齋先生書》中『貴門人楊君蓉裳曾加校訂焉』之語，楊芳燦當是受吳鎮之請而閲訂并跋之。張謙《得樹齋詩草》同。

戒庵詩草跋

张令瑄

張晉，字康侯，臨洮人。父行敏，字公儒，號大陸，明萬曆辛酉舉人。博學而仁惠，每嚴冬嘗煮粥濟人，鄉里敬之。崇禎末官山東觀城知縣，以兵亂辭歸，及聞甲申之變，不食數日以殉國。康侯，清順治九年進士。先任職刑部，外授丹徒知縣。在任三年，勸農桑、興學校、除積弊，縣民惠之。十四年充江南鄉試同考官，張玉書相國即所拔案首也。會順天、江南、山東、山西、河南科場舞弊案起，江南尤甚。坊間有刊《万金記》傳奇（取正、副主考方猷、錢開宗姓各一字），尤西堂侗又著《鈞天樂》傳奇，備述行賄各狀。物議沸騰，滿廷乃興大獄。江南一案則正考官方猷、副考官錢開宗俱處斬，十八房同考官葉楚槐、張晉等俱處絞，妻子家産籍没入官，時順治十五年也。康侯歿後，虧帑一千三百兩，士民悼惜，爲設匭市中募贈，雖婦女亦脱釵珥助之，不日而足，其遺愛如此。

康侯十四歲知音律，詩才雲蒸泉涌，儒雅藴藉。尤於述清初民生疾苦各長篇更爲感人，可爲一代史詩。有清以來，隴右詩人，清初則康侯先生，晚清則李榕石先生景豫，當推之爲大家。榕石半生飄零，放蕩不羈。歿後遺稿散佚無存，僅譚嗣同集中存録數詩。嗣同譽之，謂清朝以來北人南詩者，漁洋而後，允堪嗣響。吾曾譔文紀之。

康侯自云壬辰客京師時存古近詩千七百餘首，據《清朝通考》載，有《康侯詩草》十一卷。今所傳本，僅《戒庵詩草》二册。目録具列《黍谷吟》至《琵琶十七變》十二種，而《律陶》、《集杜》、《琵琶十七變》自爲卷其餘。得詩詞三百六十九首，分詩體類編，蓋吳松崖鎮、李元芳苞、楊芳燦蓉裳諸人合其詩而存其目，非全編也。康侯所著尚有《九經解》、《十三經辨疑》、《醫經》等，家君鴻汀先生修《甘肅新通志》惟列其目書，早散失。康侯遇難時年僅三十一，嘗於獄中作《戊戌初度八歌》，又集杜爲《琵琶十七變》，咏其平生，辭尤婑婉。

康侯弟謙，字牧公，年十四即有詩成帙。隨兄任之丹徒，康侯嘗邀宴諸名士，人或以年少輕牧公，乃即席賦二絕曰：『晴烟遠接瓜洲渡，細雨低連揚子橋。薄暮孤舟下春水，鐘聲閑落大江潮。』『板橋東去是清溪，無數春鶯坐樹啼。欲聽江南楊柳曲，美人遙在杏花西。』由是名大著。康侯歿後，流落江南數年，經友人營助，始得歸。康熙初以拔貢卒，著有《得樹齋詩草》、《葭露齋詩集》。昔嘗擬輯康侯、榕石遺集，而以學識淺謭、文獻無徵，病未能竟此志。二先生足迹遍南北，海内或有存其軼文者，亦未可知也。

康侯舅晏先生心既，名御賜，明末諸生，亦能詩。著有《夢夢軒詩草》一卷，京江張九徵爲之序。而康侯又與關中孫枝蔚、河濱李楷、毗陵戚藩、京口劉泉諸詩人相善，其後并爲評校其詩。牧公之得還隴，亦諸人所助。故附記其師友淵源如此。

戊子冬至後學張令瑄讀竟附記。

（《中國西北文獻叢書》第一六七册）

箋

張令瑄（一九二八—二〇〇三），甘肅臨洮人，張維（鴻汀）之子，曾任甘肅文史研究館館員。著有《秦涼譯經目》、《張鴻汀先生著書提要》、《三隴方志見知錄》、《蘭州歷代大事記》、《蘭州歷代人士著書綜錄》等，多爲抄本。戊子年爲一九四八年。

集句

張晉

集句卷一　律陶

自序

陶可律乎？不可律也。不可律而律之，故不曰『陶律』，而曰『律陶』。律陶無他，愛陶、敬陶，而求陶一笑，必曰：『是子也，有取於我而故盜我也。』律何病於陶哉！

飲酒

觴酌失行次，君當恕罪人。形骸久已化，道路邈何因。風雪送餘運〔一〕，壺漿勞近鄰。酒能祛百慮，益復知爲親。

校記

〔一〕『雪』，刻本作『雲』。原句出自陶淵明《蠟日》，多作『雪』，亦有作『雲』者。然詩寫蠟日，以作『雪』爲是，清陶澍《陶靖節集》作『雪』，今據改。

獨居

盥濯息檐下，屢空常晏如。谷風轉淒薄，夏木獨森疏。故老贈余酒〔一〕，時還讀我書。衰榮無定在，胡事乃躊躇？

校記

〔一〕「余」，底本作「予」。句出陶詩《連雨獨飲》，據改。

秋別

日月依辰至，倏如流電驚。哀蟬無歸響，來雁有餘聲。秉耒歡時務，臨流別友生。相知何必舊，終以翳吾情。

訪友

鬱鬱荒山裏，晨鷄不肯鳴。一毫無復意，千載有餘情。芳菊開林耀，青松夾路生。故人賞我趣，四座列群英。

了無

了無一可悦，形迹滞江山。猛志固常在〔一〕，高操非所攀。隻鷄招近局，斗酒散襟顔。去去當奚道，吾生夢幻間。

校記

〔一〕『固』，原抄本作『故』，據刻本與陶詩《讀山海經》之十改。

課耕

野外罕人事，似爲飢所驅。江山豈不險，歲月共相疏。披褐守長夜，投冠旋舊墟。行行歸故道〔一〕，空嘆將焉如？

校記

〔一〕『行行歸故道』，陶淵明詩中無此句，陶詩中有『行行循歸路』，見《庚子歲五月中從都還阻風於規林二首》之一；又有『行行失故路』，見《飲酒詩二十首》之十七。『行行歸故道』蓋張晉因原詩不合律詩平仄而改作。

避地

嘯傲東軒下，庶無異患干。詩書復何罪，衣食固其端。蕩蕩空中景，榮榮窗下蘭。連林人不覺，風氣亦先寒。

遷化

遷化或夷險，孰云都不營。原生納決履，宋意唱高聲。濁酒聊可恃，寒花徒自榮。我無騰化術，惻惻悲襟盈。

習靜

靡靡秋已夕，亭亭月將圓。濁酒聊可恃〔一〕，弱毫多所宣。詩書塞座外，桃李羅堂前。有客常同止，及晨願烏遷。

校記

〔一〕『可恃』，刻本作『自適』。『濁酒聊可恃』出自陶詩《飲酒》第十九，『濁酒聊自適』出自陶詩《歸園居》第六首。

兩種寫法於篇意皆不相悖，今不改。

耦耕

菽稷隨時藝，遥遥沮溺心。悲風愛靜夜，微雨洗高林。雲鶴有奇翼，神鸞調玉音。敝廬何必廣，貧士世相尋。

獨坐

不言春作苦，白日掩柴扉。衆鳥欣有托，孤雲獨無依。關梁難虧替，風水互乖違。即理愧通識，遥遥萬里輝。

山堂

披草共來往，任真無所先。物新人唯舊，心遠地自偏。皎皎雲間月，依依墟里烟。天高風景澈，閑飲自歡然。

隱士

得知千載外，持此欲何成。衣食當須紀，飢寒飽所更。泠風送餘善〔一〕，夜景湛虚明。竟抱固窮節，不爲好爵縈。

校記

〔一〕『泠風』，底本作『冷風』。蘇軾《和陶田舍始春懷古二首》即引作『冷風』，則抄本亦有所據。但作『冷』不合原詩詩意，在此首集句中，以作『泠』爲長。句出陶詩《癸卯歲始春懷古田舍二首》之一，作『泠』。又謝靈運《却往新安至桐廬口》云：『既及泠風善。』則作『泠』爲是。今改。

田居

雖有荷鋤倦〔一〕，而無車馬喧。逍遥自閑止，惆悵念長餐。素月出東嶺，枯條盈北園。杜門不復出，心在復何言。

校記

〔一〕『雖有荷鋤倦』，陶詩中無之，而有『帶月荷鋤歸』（《歸園田居》之三）。此當涉江淹『雖有倚鋤倦』（《擬陶徵君田居》）而誤。

有感

去去當何極，悠悠迷所留。户庭無塵雜，日月有還周。忽值山河改，固爲兒女憂。誰知榮與辱，惟見古時丘〔一〕。

校記

〔一〕『惟』，刻本作『但』。句出陶詩《擬古九首》之八，作『惟』。

醉述

榮華誠足貴，於我若浮烟。不謂行當久，乃言飲得仙。揮杯勸孤影，放意樂餘年。醒醉還相笑，重觴忽忘天。

靜室

厭厭竟良月，遥遥望白雲。秋蘭氣當馥〔一〕，鳴鳥聲相聞。飲酒不得足，校書亦已勤。人生少至百，三趾顯奇文。

校記

〔一〕『秋蘭氣當馥』，係《問來使》中句，此詩乃晚唐人僞作，誤入《陶淵明集》。湯文清《靖節詩注》云：『此蓋晚唐人因太白《感秋詩》而僞爲之。』陶澍注《靖節先生集》亦引其説。

采菊

采菊東籬下，猿聲閑且哀。稱心固爲好，稟氣寡所諧。中道逢嘉友，良辰入奇懷。素襟不可易，疑我與時乖。

貧士

我實幽居士，終身與世辭。時來苟冥會〔一〕，老至更長飢。井灶有遺處，山川無改時。未知明日事，人道每如兹。

校記

〔一〕『時來』，刻本作『興來』。句出陶詩《始作鎮軍參軍經曲阿作》，作『時來』。

晚酌

向夕長風起，飄飄吹我衣。且當從黃綺，孰敢慕甘肥〔一〕。萬化相尋繹，一觴聊可揮。少無適俗韻，千載不相違。

校記

〔一〕『孰敢』，刻本作『豈敢』。句出陶詩《有會而作》，作『孰敢』。

嘆拙

泛此忘憂物，蕤賓五月中。衛生每苦拙，任道或能通。窮巷隔深轍，平疇交遠風。百年會有役〔一〕，遙謝荷蓧翁。

校記

〔一〕『百年會有役』，陶詩無此句，亦出自江淹《擬陶徵君田居》。

早發

自古嘆行役，飄如陌上塵。所營非近務，憂道不憂貧。賢聖留餘迹，市朝淒舊人。出門萬里客，傾耳聽司晨。

述酒

酒能祛百慮，不久當如何？氣變悟時易，草榮識節和。物新人惟舊，世短意常多。且共歡此飲，提壺挂寒柯。

園林

靜念園林好，實由罕所同。羲農去我久，星紀奄將中。秋菊有佳色，夏雲多奇峯〔一〕。人當解意表，鳥盡廢良弓。

箋

律陶二十四首，應爲在臨洮讀書期間所作。陶淵明之詩是中國古代格律詩形成之前五言詩之傑作，當時詩人并無講平仄格律之概念，至劉宋時沈約等纔有意識地運用聲調的交互來造成詩句的聲音美感，形成句子本身的音樂性。到唐代纔逐漸形成固定格式。張晉是取陶詩中無意中形成的平仄相間的句子，又根據意思和近體詩的格式連綴起來，每一首表現一個主題。這個難度是很大的，陶詩不熟，理解不深、不活，難以做到。由此可以看出張晉在讀漢魏六朝古詩方面所下功夫之大。自其開始準備參加鄉試，便没有閑功夫作此，故可以肯定皆爲二十歲上下之作，也即順治五年（一六四八）前後之作。其中也反映了張晉早年的生活與環境，表現出青年時代的思想情懷。

校記

〔一〕『夏雲多奇峯』，爲顧愷之《神情詩》中句，誤入《陶淵明集》，張晉當時尚未識別。

集句卷二　集杜

自序

子美爲『詩聖』，而所以『聖』者，不在『詩』也。『一飯不忘君』，非所謂『顛沛必於是』乎？子雲之賦，荆公之文，非不美也，而人皆斥之。予集杜詩，豈獨愛其才而已耶？

讀騷

懷古視平蕪，悲涼楚大夫。形容勞宇宙，舟楫復江湖。山鬼迷春竹，危檣逐夜烏。洞庭無過雁，日暮且踟蹰。

客秋

今夕復何夕？他鄉勝故鄉。石泉流暗壁，雲水照方塘。竟日蛟龍喜，清秋草木黄。夢歸歸未得，中道許蒼蒼。

峽中

忽忽峽中睡，蕭蕭夜色凄。鳥栖知故道，虎迹過新蹄。冬熱鴛鴦病，巢傾翡翠低。飄零爲客久，時訪武陵溪。

尋幽

杖藜尋晚巷，隨意坐莓苔。徑石相縈帶，孤雲自往來。遠鷗浮水静，嬌燕入櫓回。天欲今朝雨，郊扉冷未開。

野興

野興每難盡，山林迹未賒。凍泉依細石，秋竹隱疏花。農務村村急，津流脉脉斜。寬心應是酒，得醉即爲家。

漫成

此生隨萬物，倚薄似樵漁。病渴身何去，吟多意有餘。宿陰繁素柰，別浦落紅蕖。傳語桃源客，葵荒欲自鋤。

啜茗

消渴游江漢，春風啜茗時。寒魚依密藻，宿鳥擇深枝。水靜樓陰直，沙暄日色遲。興來猶杖屨，排悶强裁詩。

山行

卓立群峯外，林栖見羽毛。江雲飄素練，汀草亂青袍。一徑野花落，千崖秋氣高。年侵頻悵望，留滯莫辭勞。

小觴

層軒皆面水，隨意葛巾低。鬱鬱星辰劍，陰陰桃李蹊。斗斜人更望，客散鳥還啼〔一〕。醒酒微風入，歸時恐路迷。

校記

〔一〕『客散鳥還啼』，杜甫詩無此句。《課小豎鉏斫舍北果林枝蔓荒穢淨訖移床三首》之三有『客散鳥還來』。此當是張晉據杜甫詩句依情改作。

登樓

落日在簾鈎，行藏獨倚樓。長爲萬里客，永系五湖舟。風送蛟龍雨，山空鳥鼠秋。故林歸未得，宇宙此生浮。

潘園

雨後過畦潤，人扶報夕陽。野雲低渡水，老樹飽經霜。興與烟霞會，風生錦繡香。看君用幽意，丘壑道難忘。

偶成

天地空搔首，風塵豈駐顏。乾坤霾漲海，星月動秋山。猿挂時相學，鷗輕故不還。艱難賤生理，更益鬢毛斑。

小築

畏人成小築，秋興坐氤氳。養拙江湖外，全生麋鹿群。關山同一照，水竹會平分。落盡高天日，愁多任酒醺。

臨洮

年少臨洮子，鄰家問不違。頻驚適小國，復作掩荊扉。山險風烟合，林疏鳥獸稀。天涯喜相見，似有故園歸。

郭外

去郭軒楹敞，詩成覺有神。蛟龍得雲雨，鷹隼出風塵。徑隱千重石，山歸萬古春。他鄉饒夢寐，回首望松筠。

雲臥

雲臥衣裳冷，田翁號鹿皮。美花多映竹，小水細通池。禮樂攻吾短，茶瓜留客遲。向來幽興極〔一〕，不是傲當時。

校記

〔一〕『向來』，刻本作『何來』。句出杜詩《重過何氏五首》之二，作『向來』。

春懷

用拙存吾道，階前每緩行〔一〕。鶯花隨世界，鼓角動江城。落日心猶壯，春風草又生。登臨多物色，長嘯一含情。

校記

〔一〕『緩行』，刻本作『綴行』。句出杜詩《花鴨》，作『緩行』。

漫興

寂寞春山路，孤城麥秀邊。雲溪花淡淡，石瀨月娟娟。野屋流寒水，蓬門啓曙烟。數州消息斷，一擬問高天。

野外

不愛入州府，飄零酒一杯。神交作賦客，地闊望仙臺。宿鳥行猶去，林花落又開。荆扉對麋鹿，坐穩興悠哉。

獨坐

寂寞書齋裏，飛騰暮景斜。艱難思弟妹〔一〕，飄轉混泥沙。野寺隱喬木，疏籬帶晚花。天高雲去盡，悄悄憶京華。

校記

〔一〕『艱難思弟妹』，杜詩中無此句，有可能是張晉改作。杜甫《又示兩兒》有『團圓思弟妹』。又杜詩中有『艱難懷友朋』（《陪章留後惠義寺餞嘉州崔都督赴州》）、『艱難隨老母』（《寄張十二山人彪三十韵》）。也可能是涉此二句而誤記。

岸圃

浩蕩風塵外，應耽野趣長。竹高鳴翡翠，沙暖睡鴛鴦。遲日江山麗，名園花草香〔一〕。賦詩新句穩，陰過酒樽涼。

校記

〔一〕『花草』，刻本作『草木』。句出杜詩《入衡州》，作『花草』。

幽居

晚起家何事？真成浪出游。天寒召伯樹，月靜庾公樓。野潤烟光薄，江喧水氣浮。本無軒冕意，吾道付滄洲。

箋

《集杜》一卷二十二首，均爲五律。從内容看寫自己讀書、游覽、消閑之作，而少有避賊、驚恐及哀愁的情節、情調，題材也較爲單純，應作於其參加鄉試之前，即二十一歲（順治六年）前後。

自識〔一〕

人皆知集詩之難，而不知集詩之妙。集詩之難，難於牽合；而集詩之妙，妙於闘生。予故嘗曰：作詩非有才不能，集詩非有思不能。夫詩思之深於詩才也多矣。初以古人求古人，既以古人鑄古人，直渾融莫間，信有合鍾聚酒之意，此不可對淺人道者。因集而成帙，觀者尚無哂予之得已而不得已哉！

校記

〔一〕『識』，刻本作『跋』。

箋

此爲《律陶》、《集杜》兩部分《集句》之總跋。《琵琶十七變》成於獄中，不在其中。由對陶淵明、杜甫詩的熟悉和《讀騷》等作可以看出張晉創作的主導思想和創作風格形成的一些因素。

集句卷三　琵琶十七變（集杜）

曲引

琵琶入中國，其器絲，其聲北，其氣秋，古人處厄塞率藉以宣抑鬱。王嫱、賀老，今尚可呼之使出也。予遭不造，多所坎坷，嘗三復杜詩，其中悲切痛摯之言與予所歷無異。取其成語，變而化之，合節配音，譜入琵琶，秋風之下，使昆侖彈之，坐客淒涼，予亦泣數行下。蕭瑟善感，若予自嗚其戚惋，不知爲少陵老人之詩也。命之曰《琵琶十七變》。

一起聲

秋風淅淅吹我衣，嘆息人間萬事非。男兒生無所成頭皓白，衣馬不復能輕肥〔一〕。富貴何如草頭露，水鷄銜魚來去飛。蒼天變化誰料得，來歲如今歸未歸。嗚呼壯士多慷慨，明眸皓齒今何在？酒酣拔劍斫地歌莫哀，萬事盡付形骸外。

『秋風』至『未歸』：商調；『嗚呼』至末：羽調。合夷則律。

校記

〔一〕「衣馬」，刻本作「裘馬」。句出杜詩《徒步歸行》，作「衣馬」。

再變

人生萬事無不有，酒酣擊劍蛟龍吼。昔何勇鋭今何愚？步檐倚杖看牛斗。丈人試靜聽，吾醉亦長歌。長歌欲損神，悲風日暮多。男兒性命絕可憐，自斷此生休問天。爺娘妻子走相送，斷腸分手各風烟。生別展轉不相見，中間消息兩茫然。骨肉滿眼身羈孤，封書寄與淚潺湲。泛愛不救溝壑辱，脱帽露頂王公前。肉黄皮皺命如線，春渚日落夢相牽。悲見生涯百憂集，沙上鳧雛傍母眠。回頭卻向秦雲哭，郭外誰家負郭田？當杯對客忍涕淚，百壺那送酒如泉。古來材大難爲用，老翁慎莫怪少年。

「人生」至「斗牛」：徵調；「丈人」至「暮多」：宫調；「男兒」至末：商調。合林鐘律。

三變

老翁慎莫怪少年，此老無聲淚垂血。使我嘆恨傷精魂，雨脚如麻未斷絕。力不能高飛逐走蓬，終日忍飢西復東。頭脂足垢何曾洗，右臂偏枯半耳聾。青眼高歌望吾子，時危兵甲黄塵裏，青鞋布襪從此始。

『老翁』至『斷絶』：角調；『力不』至『耳聾』：宫調；『青眼』至末：徵調。合大吕律。

四變

垢膩脚不襪，暖湯濯我足。其皮割剝甚，疏布纏枯骨。父母養我時，終朝走巫祝。人生貴是男，頗覺聰明入。讀書破萬卷，賞靜憐雲竹。亂離難自救，耽酒須微禄。獻書謁皇帝，盜賊還奔突。扶病垂朱紱，乾坤幾反覆。青紫雖被體，惆悵難再述。豈無濟時策，忘情任榮辱。斯文亦吾病，終悲洛陽獄。君看束縛去，親朋盡一哭。飲啄愧殘生，乳獸待人肉。明明領處分，隱忍用此物。誰能叫帝閽，下衝割坤軸。三步六號叫，何得立突兀。形骸今若是，零落依草木。沉痾聚藥餌，一日兩遣僕。所悲骨髓乾，慘淡豪俠窟。倚門固有望，豆子雨已熟。慰我垂白泣，安得騎鴻鵠。萬里故鄉情，藩籬帶松菊。柴門了生事，未必不爲福。

角調。合姑洗律。

五變

嗚呼五歌兮歌正長，詩成吟咏轉淒涼。形神寂寞甘辛苦，秋風此日灑衣裳。弟妹蕭條各何在，安得送我置汝旁？前飛禿鶖後鴻鵠，青春作伴好還鄉。陰陽一錯亂，皇天照嗟嘆。江湖多風波，莫見容身畔。但使殘年飽吃飯，君莫笑，劉毅從來布衣願。

『嗟呼』至『還鄉』：商調；『陰陽』至末：羽調。合夷則律。

六變

南有龍湫北虎溪，被驅不異犬與鷄。子規夜啼山竹裂，我曹已到肩相齊。白馬將軍若雷電，前者途中一相見。肥肉大酒徒相要，懶回鞭轡成高宴。霹靂魍魎兼狂風，洗魚磨刀魚眼紅。令我夜坐費燈燭，叫怒索飯啼門東。途窮反遭俗眼白，忍能對面爲盜賊。吞聲躑躅涕淚零，天地慘慘無顔色。

『南有』至『相齊』：商調；『白馬』至『高宴』：羽調；『霹靂』至『門東』：宫調；『途窮』至末：角調。合蕤賓律。

七變

悲歌識者知，歌長擊樽破。聲出已復吞，愁窺高鳥過。口雖吟咏心中哀，一生懷抱向誰開？自古聖賢多薄命，亦知窮愁安在哉！昨日晚晴今日黑，白狐跳梁黄狐立。高視乾坤又可愁，殘花爛漫開何益！晚來幽獨恐傷神，莫厭傷多酒入脣。麟角鳳嘴世莫識，啾啾唧唧爲何人！

『悲歌』至『鳥過』：羽調；『口雖』至『在哉』：商調；『昨日』至『何益』：角調；『晚來』至末：商

調。合姑洗律。

八變

大麥乾枯小麥黄，有時顛倒著衣裳。三步回頭五步坐，金谷銅駝非故鄉。前有毒蛇後猛虎，黄泥野岸天鷄舞。山頭落日半輪明，鈎陳蒼蒼風玄武〔一〕。君不見黄鵠高於五尺童，胡爲見羈虞羅中？

『大麥』至『故鄉』：商調；『前有』至『玄武』：徵調；『君不見』至末：宫調。合夾鐘律。

校記

〔一〕『風玄武』，底本、刻本均作『風元武』。按『元武』即『玄武』，避康熙皇帝諱而改書。句出杜甫《魏將軍歌》。宋代郭知達編注《九家集注杜詩》注：『一作玄武暮。……玄武者，闕名。《三輔舊事》曰：「未央宫北有玄武闕。」舊本誤以「武」字爲韵，云「風玄武」，極無義理，徒誤學者。以「鈎陳」則「蒼蒼」，以「玄武」則「暮」，言當酒闌插劍之時如此。』則杜詩原句應爲『玄武暮』。張晉系據舊本。

九變

驥之子，鳳之雛，衆中見毛骨，日月繼高衢。汝身已見唾成珠，金支翠旗光有無。世人那得知其故，四月五月偏號呼。蜜蜂蝴蝶生情性，清霜殺氣得憂虞。孔雀未知牛有角，浪翻江黑雨飛初。乾坤莽回互，天地日榛蕪。聖者骨已朽，文章敢自誣。腰下寶玦青珊瑚，手提擲還崔大夫。此生已愧須人扶，富貴功名焉足圖！

宮調。合黃鐘律。

十變

杖兮杖兮，爾之生也甚正直。天開地裂長安陌，行路難行澀如棘。我生托子以爲命，屈强泥沙有時立。天馬跛足隨氂牛，暫蹶霜蹄未爲失。咫尺應須論萬里，扶持自是神明力。王孫善保千金軀，不襪不巾踏曉日。日落青龍見水中，涼風蕭蕭吹汝急。至今斑竹臨江活，人生有情淚沾臆。秋山眼冷魂未歸，歸來倚杖自嘆息。虎之飢，下巉岩；蛟之横，出青泚。杖藜嘆世者誰子，豐草青青寒不死。

『杖兮』至『嘆息』：角調；『虎之』至末：徵調。合無射律。

十一變

長安卿相多少年，皎如玉樹臨風前。春酒杯濃琥珀薄，青蛾皓齒在樓船。穿花蛺蝶深深見，置酒張燈促華饌。疏松隔水奏笙簧，東流江水西飛燕。揚眉結義黃金臺，氣酣日落西風來。吾獨胡爲在泥滓，教兒且覆掌中杯。

『長安』至『樓船』：商調；『穿花』至『飛燕』：羽調；『揚眉』至末：商調。合太簇律。

十二變

君不見鞲上鷹，緣鏇光堪摘。觀者貪愁掣臂飛，孩虎野羊俱辟易。城闕秋生畫角哀，金眸玉爪不凡材。雄姿逸態何崷崒，悲風爲我從天來。側腦看青霄，百中皆用壯。快意風雨會，功成失所往。天陰雨濕聲啾啾，一辱泥塗遂晚收。古往今來皆涕淚，於人何事網羅求！

『君不見』至『辟易』：角調；『城闕』至『天來』：商調；『側腦』至『所往』：羽調；『天陰』至末：商調。合仲吕律。

十三變

吾聞天子之馬走千里，汗血今稱獻於此。五花散作雲滿身，與人同生亦同死。龍媒去盡鳥呼風，一洗萬古凡馬空。乘出千人萬人愛，點注桃花舒小紅。當時歷塊誤一蹶，其聲哀痛口流血。不與八駿俱先鳴，虚疑皓首衝泥怯。支離委絕同死灰，鳳凰麒麟安在哉！人生快意多所辱，先生早賦《歸去來》。

『吾聞』至『同死』：徵調；『龍媒』至『小紅』：宫調；『當時』至『泥怯』：角調。『支離』至末：商調。

合南吕律。

十四變

早歸來，古人白骨生青苔。孔丘盜跖俱塵埃，儒術於我何有哉！草堂少花今欲栽，祇恐花盡老相催。漸老逢春能幾回，安危須仗出群材。吾人甘作心似灰，百年多病獨登臺。白屋寒多暖始開，樽酒家貧祇舊醅。莫怪頻頻勸酒杯，我能拔爾抑塞磊落之奇才。早歸來！

商調。合應鐘律。

十五變

露下天高秋氣清，門前小灘渾欲平。雲水長和島嶼青，獨樹花發自分明。便教鶯語太丁寧，酒盡沙頭雙玉瓶。《北山移文》誰勒銘？轉見千秋萬古情。窮途阮籍幾時醒，潺雲疏雨過高城。四海十年不解兵，不覺前賢畏後生。誰家巧作斷腸聲，他日杖藜來細聽。

宮調。合黄鐘律。

十六變

庶幾知者聽，且用慰遲暮。身貴不足論，多爲才名誤。世事兩茫茫，猿鳥聚儔侶。老鶴萬里心，自益毛髮古。時清猶茹芝，好靜心迹素。攜子臥蒼苔，農器尚牢固。自喜遂生理，層臺俯風渚。王喬下天壇，幽人有高步。

羽調。合無射律。

十七收聲

江湖滿地一漁翁，十年厭見旌旗紅。文章有神交有道，此曲哀怨何時終？

宮調。合黃鐘律。

琵琶聲本近古，人多以其不莊，不使之列堂上。非琵琶不莊，琵琶之曲不莊也。十七翻調，俱依漢魏樂府叶音，雖琴瑟可和，豈僅馬上檀槽已耶？又識。

箋

《琵琶十七變（集杜）》爲張晉在獄中所作，當成於順治十五年（一六五八），距在臨洮時《集杜》之作相距大約九年左右。詩人用杜甫之句以寫己心，詩人對杜甫詩記誦之熟練、理解之深刻與運用之靈活，均令人欽佩！當年張晉三十歲

（實足二十九歲）。他二十三歲中舉，二十四歲中進士，然而并非僅長於科舉應試，從小在重要的詩書典籍方面也下過很大功夫。《琵琶十七變》激情蕩漾、噴涌而出，似句句出於其内心而不覺是借杜公之句以寫己心。古今能及之者不多。

附　補十八變有小敘

劍門何振

《琵琶十七變》，流離惝恍，平分少陵一席，至末而餘音不絕如縷也。仍集杜補十八變以招魂。

有美生人傑，高標跨蒼穹。青春動才調，應合總從龍。國家法令在，戒之在至公。此生遭聖代，此事終朦朧。反覆乃須臾，局促傷樊籠。百年不敢料，暮在青泥中。孰知是死別，連爲糞土叢。棄絕父母恩，山深苦多風。何處埋爾骨？凄涼信不通。嗚呼已十年，故里亦高桐。不意清詩久零落，白蘋愁殺白頭翁。苦調短長吟，生涯獨轉蓬。此身飄泊苦西東，何人高義同？

宮調。合黄鐘律。

箋

由『嗚呼已十年』句看，何振之補，在康熙七年（一六六八）。此雖非張晉之抒情，然而評價張晉，又對其蒙冤而死表現出深切同情，反映出當時社會上較普遍的看法，可以印證張晉之作中悲苦、憂思之根源。其中曰：『有美生人傑，高標跨蒼穹。青春動才調，應合總從龍。』是對張晉無上的贊揚。『此生遭聖代，此事終朦朧』表現出對張晉等人的處理是否合理合法的懷疑。『反覆乃須臾，局促傷樊籠』是言突然而變，改爲極刑，人多不解。這實際上是以張晉死後十來年中文人們的情感反映，印證了詩人當時的痛苦願望，非本自有過失而僥幸于法度之寬大。

其小序言張晉《琵琶十七變》「流離惝恍，平分少陵一席」，此何氏在同情張晉故欲就其事有所抒發之外，作《補十八變》之另一理由。詩人已逝，而能使其後之高才文士如此懷念欽佩，實亦難得！讀孫枝蔚《輓張康侯》、嚴熊《題超果寺寓壁》，并有同感。

輯佚

重修文廟學宮碑記

崇德，故有廟；重教，故有學。德教不可一日忘，學廟不可一日忽。不可一日忽，則必如父之寢門，不廢晨昏；必如王之闕下，不廢書笏。如是則日修月飾，猶虞或疏。而乃聽其榛蕪者，何哉？學不求其本，治不敦乎原，以重地而任其攸斁，則又從而文其説曰：時不及爲也，財不及用也，人不及役也。噫嘻！是猶之乎必待豐年而修甘旨，必需高爵而生靖共也。理也乎哉？

我岳老師舉大典於人不能舉之日，成大功於人不能成之時。非獨私於洮也，學得其本，而治得其原，誠見德教之不可忘，而因以行其志也。所謂孔門之忠臣孝子非歟？夫忠爲臣職，孝爲子常，忠孝固不欲人傳，而今日廟學之修，則所謂顛沛而忠，流離而孝者，可不傳哉！

予乃昌言而告師士曰：廟雖所以肅觀瞻，而尤所以生誠敬；學雖所以育科第，而尤所以養聖賢。從本原而求之，夫亦可以思德教之所在矣。師士念之哉！師不可以多事而廢厥修，士可以多事而廢厥學乎？今而後，洮人士多顯達而報師，不如多賢良而可以報師也。此固師崇德重教之心也。

師與前守程公合修學廟，已載特記，茲記其師之捐俸續成，獨興復者云。

（乾隆年間修《狄道州志》卷五）

箋

此文當作於順治九年（一六五二）至十一年（一六五四）春兩年間。張晉已中進士而尚未離臨洮時。文中『岳老師』

即岳于天。宋琬有《口號成簡岳于天吏部十首》，其六下注：『君之門人張晉爲丹徒令，年少有詩名，以事見法，人多惜之。』乾隆年間修《狄道州志》卷七：『岳峻極，字于天，山西澤州進士，順治七年任臨洮州推官，性和雅，不爲崖岸。然莅治精察於刑獄，多所平反，境内無寃民。復修學宫，愛養士子，以故士風日厚，政聲嘖嘖。後升工部主事。瀕行士民攀轅遮道，垂涕泣窮日而後行。』

得樹齋詩

張謙

得樹齋詩

張牧公得樹齋詩序〔一〕

孫枝蔚

臨洮詩人之有二張，猶汝南之有德璉、休璉，吳郡之有士衡、士龍，武邑之有孟陽、景陽也〔二〕。乃造物善忌，使牧公之兄早罹奇慘。華亭鶴唳〔三〕，《廣陵散》絕〔四〕，不謂此事，復見於今。牧公方在弱冠，即流離江湖間數年，家産籍没，欲歸不得。垂白老母，日夜泣於堂上。牧公於是奔走東西〔五〕，負米爲亟。且復朝出而夕歸〔六〕，惴惴然不敢忘倚門之望也〔七〕。同志者聞之，或竊相嘆息，謂牧公既能爲子弟，何必讀書？蓋以牧公不暇讀書也。嗚呼！既免子羔喪禮之譏，復伸鶺鴒急難之義。子夏云〔八〕：『雖曰未學，吾必謂之學矣。』同志之言豈盡非耶〔九〕？

及禍難稍平，牧公由江南侍太夫人過維揚，僦一椽暫憩息其下，予乃得與牧公再一相見。恍惚若夢中人。且驚且涕，未及坐，遽問：『令兄康侯遺稿何在？』牧公曰：『幸禍不及此耳。』然余尚不知牧公之能詩也〔一〇〕。未幾，牧公又過江去，相別輒復年餘。蓋牧公今年纔二十一歲，其疲頓舟車之間如此。然則，才雖高，獨安從得學乎？近日與予稍有過從之樂，益得盡知牧公之爲人，則誠好學之士也。吾兩人酒後耳熱，劇談古今來成敗得失，鄰墻有老生吹燈竊聽，未嘗不驚爲聞所未聞矣。論史之餘，稍及詩歌，則予聞牧公之詩而驚，無異老生聞吾兩人之言而驚矣。

嗟乎！吾知牧公誠不易盡，然以牧公年少負雄才，丈夫何所不可自見，亦復用力於此，更如此其工〔一一〕！吾有箴戒之耳〔一二〕。不惟不能相箴戒〔一三〕，且復爲評訂其詩，句必擊節。此予愛才之心，出於不自已也。若其詩，如束晳《補亡》，能使讀者興仁孝之性。五言規摹少陵，已近肉骨，是何可以少年易之？今海内知詩者十人，而五頗異鍾、譚當日。即吾言又安能欺人耶？吾序其詩，深喜吾亡友之有弟也。

同里孫枝蔚撰。

校記

〔一〕此序又收入《溉堂文集》卷一、《狄道州志》卷十二。刻本大體與《溉堂文集》所收相同，抄本大體與《狄道州志》相同，個別地方有誤。此以《狄道州志》、《溉堂文集》所收校之。

〔二〕「武邑」，《狄道州志》作「安平」。

〔三〕「華亭鶴唳」，康熙十八年刻《溉堂文集》卷一《張牧公得樹齋詩序》作「回頭鶴唳」。

〔四〕「《廣陵散》絕」，《溉堂文集》作「傷心《散》絕」。

〔五〕「於是奔走東西」，《狄道州志》無「於是」二字。

〔六〕「夕歸」，《狄道州志》作「暮歸」。

〔七〕「望」，《狄道州志》作「待」。

〔八〕「云」，《狄道州志》作「曰」。

〔九〕「盡」，《狄道州志》作「竟」。

〔一〇〕「余」，《狄道州志》作「予」。

〔一一〕『更如此其工』，《溉堂文集》作『後日恐益以此致窮』。
〔一二〕『箴戒之耳』，《狄道州志》作『摧折之已耳』。
〔一三〕『相箴戒』，《狄道州志》作『摧折之』。

序

季公琦

予偶過豹人溉堂，得牧公近詩一册，讀之不禁瞿然起敬，曰：海内二十年間作者紛起，莫不遠宗少陵，近師北地。兩公固皆秦産，豈風氣獨上，乃在鄠杜耶？因往晤怡園，握手慰論，歡若平生。嗣後同豹人數相過從，於贈答諸篇，獨驚敏捷。知牧公天才家學，積之深而出之厚，此其所就，當不在兩公下也。

牧公於予將别之前一夕〔一〕，張燈置酒，縱横辨難，如《太史公自序》，嶔崎歷落，悲憤動人，期三年後各著一書，相見即出以披質。嗟乎！士有遇不遇，此意何可多道。吾聞康侯先生所作《史見》，上自戰國，迄於元明，皆論斷精嚴。惜書未成，稿多散佚。身後之業，望牧公起而成之。則司馬之以史作詩，杜陵之以詩作史，且近在一家，又寧僅聲韵之學乎哉！

牧公行且歸矣，青柯坪畔，當築讀書岩，益覽篇籍，工文辭，毋負予之從溉堂讀君詩而即以天下士命君，與豹人之同出一意也。

延令同學弟季公琦題。

校記

〔一〕『於』，原抄本作『與』。

張牧公詩集弁言

戚藩

君虞、長吉，并以能詩名隴西。錦囊屬草，至不可句，卒以嘔心促駕赤虬。而君虞詞章穩順，多可被弦歌，愜人耳，遂出入蘭臺，侍從列時。固僅同系姓，人已爭以『二李』稱之。況士龍之與士衡，子由之與子瞻，皆以『二難』世其家，如康侯、牧公之競秀於連萼者乎〔一〕？

康侯之詩壯往而疏越，期於鼓吹休明，發揚興會〔二〕，讀之使人歌呼起舞，不能自已。然或不免長吉之傷。牧公則沉鬱悲涼，多騷屑之音〔三〕，如聽繁弦急管，或至掩袂飲泣。然和平忠厚〔四〕，君子謂有《小雅》之遺焉。坐臥其中，久之究得歌舞以快意。天才所縱，未嘗不相表裏，蓋不啻《劍閣》之銘、《七命》之旨，塤篪於後先，非效張伯緒讀兄緗藏書萬卷已也。而又能以吴楚之情，寫關山之怨，每一韵成，若萬里飛濤，激射上下，有白帝江陵之勢。及其一泓澄碧，波紋細生，則中泠廻瀾，若可朝夕注而左右吸者。三山殊勝，元章得而私之耶？兹且屬張氏矣。

思曼善談玄，絕口不言利，有則悉散之，或竟夕乏食，門人爲治具，亦不面謝。昔日康侯居官似之。思光陸居無屋，水居無舟，遇賊猶能作洛生咏。今日牧公異鄉况味似之。要與康侯皆垂髫即汪洋千萬言，而器識閑定，不以變事易所素好，斯其意量深矣。自此益大兄業，酣肆於漢魏初盛之間，手筆當不出燕國下，豈徒伯仲樂天、東野，爲『元和體』云爾哉！

蓉江年家弟戚藩价人題。

校記

〔一〕『競秀』，原抄本作『齊驅』。

〔二〕『期於』以下十字據原抄本與《狄道州志》補。

〔三〕『騷屑』，原刻本作『騷怨』。

〔四〕『和平忠厚』，原抄本作『怨而不怒』。

得樹齋詩

塞上詩五首

其一

交河九月天，衆草盡凋枯。涼風來大漠，中夜割肌膚。列幕向平沙，殺氣肅天隅。不聞人語聲，但聽馬相呼。征人對寒月，惆悵立斯須。男兒功不就，奄忽壯歲徂。

總評

既盡人情，復有畫意。

其二

大將分虎符，猛氣橫沙漠。從軍十萬人，盡道軍中樂。帳下吹笙竽，營門鳴鼓角。中夜報敵來，衆山烽燧作。旗開青龍飛，馬騰赤汗落。功成瞬息間，談笑意空廓。歸來視名字，早上麒麟閣。

總評

前首悲，此首壯。嚴滄浪謂：『唐人好詩，多是征戍行旅之作，往往能感動激發人意。』今讀牧公《塞上詩》，悲涼激烈，何等胷襟，何等氣象！擬古得此，是具正法眼，從最上乘者。老夫近年見此畏友，安得不放出一頭地耶？

其三

隴山一何高，遥見秦川樹。［一］征戍去悠悠，回望家鄉路。有母髮如霜，有妻共糟糠。有子甫弱齡，未解呼爹娘。我行當遠别，牽衣淚成血。茫茫千里道，耿耿心百結。不悲歸不早，所悲人易老。不見邊城骨，征人命如草。

夾評

［一］作古詩，敘事必須有情景，方好看。

總評

合太白《戰城南》、老杜《兵車行》。作此一首，詞意淒愴，可謂得詩人憂思之正矣。

其四

寶劍值百金，駿馬行千里。馬蹄如飆風，劍鋒如秋水。塞上重雄豪，萬人齊歎美。遠涉流沙波，數拔祁連壘。丈夫行胷懷，所向誰能止。吁嗟章句輩，白首徒爲爾。

總評

古游俠之遺。

其五

少年輕死生，所志在遠道。結束向邊城，殺敵疾如掃。邊城多風霜，朱顔那易保。功成爵不尊，此身忽已老。中夜撫長劍，歌聲何浩浩。歌罷仰高天，激烈傷懷抱。

總評

陶翰《古塞下曲》有此音節。

箋

此詩爲赴丹徒以前所作。由『隴山』、『秦川』可知作於甘肅時。多學古邊塞詩之句。康熙《狄道新志》言張謙『年甫十四即有詩成帙』，此即是也。當作於順治十一（一六五四）、十二年（一六五五）。

吴希聲席上賦别季二希韓

今夕良宴會，春風堂上吹。喈喈黄鳥聲，乃在東南枝。賤子感行役，對此心苦悲。顧我同心友，相見在天涯。酌酒道意氣，還復論文辭。我今歸故里，輾轉路多歧。干戈滿天地，生死安可知。執手贈一言，令德永相期。

總評

風氣自古。

箋

當作於詩人康熙五年（一六六六）離開丹徒之前。

吳希聲，張謙在江南之朋友。季二希韓，季公琦，字希韓，行二。宣統《泰興縣志續》附《泰興縣志補》卷五《人物志下》之『國初以來見舊志者列傳』載：『季公琦，字希韓，號方石，選貢。填詞工麗，擅名江左，黃九柳七未足擬也，新城王士祿、嘉善曹爾堪諸巨公在揚州皆極口以騷雅之才推之。』

贈吳賓賢

朝暮多悲風，吹君海上屋。君當未衰時，早已謝榮辱。吟詩二十年，空齋苔蘚綠。戎馬遍乾坤，貧老甘林麓。賤子苦風塵，古道蒙相屬。誓當歸舊林，饑餓栖窮谷。君釣槎頭魚，我侶澗邊鹿。萬里歲寒心，相望慰幽獨。

箋

詩作於其兄死後在江南之時。

吳賓賢(一六一八—一六八四),名嘉紀,泰州(今江蘇泰州)人。嘉慶《東臺縣志》卷三十七『藝文』載鄭方坤《吳陋軒小傳》:『吳嘉紀,字賓賢,一字野人。家泰州東淘,爲濱海斥鹵之區,鄉人以魚鹽爲業,駔儈雜居,習尚淩競。野人一鶴孤騫,翛然雲表,名所居曰陋軒。蓽門圭竇,草萊不剪,旁有野水虛明,鳧鷗出没。日惟鍵户一編,吟嘯自若,即缾無儲粟,弗恤也。最工爲危苦嚴冷之詞,所撰今樂府尤淒急幽奥,皆變通陳迹,自立一宗。』有《陋軒詩集》,收詩一千八百六十五首。上海古籍出版社一九八〇年出版有楊積慶《吳嘉紀詩詞箋校》。

重過溉堂贈孫豹人

歲晏霜雪繁,行子顏枯槁。匹馬背朔風,遠走蕪城道。蕪城競繁華,何事供幽討?唯念素心人,五載縈懷抱。入門見白髮,別後何其老。熟視無多言,翻怪相逢早。淒惻問家室,商略及傾倒。燈光照夜分,憂端方浩浩。

箋

詩作於其兄死後在南方的數年之中。『五載縈懷抱』當是言孫枝蔚離開丹徒、揚州一帶,五年後重新相見。

孫豹人,即孫枝蔚,字豹人,陝西三原人,明之後流寓江南。性豪宕,敦氣節,博學工詩。爲張晉的老朋友,與張謙也極友善。

送邑侯胡父師之清淵太守任

清淵在何許？乃在泰山隅。地兼齊兖會，風物號名區。大郡思賢守，治理急相須。吾師卓魯流，經濟邁群儒。向來綏西土，清迥照冰壺。撫字久稱最，循良新剖符。迢迢旌蓋飛，銜命向征途。驥馳青坂遥，鵬搏碧漢孤。行矣布新政，萬里望來蘇。

箋

清淵，《太平寰宇記》卷五十四《河北道三》：『臨清縣西南一百五十里舊五鄉，今六鄉，本漢清淵縣地。後魏孝文帝太和二十一年於此置臨清縣……』

胡鼎文，字完修，浙江山陰人。康熙三年（一六六四）任狄道縣知縣。張謙落魄返鄉，胡鼎文對其幫助很大。張謙有四組詩送胡鼎文臨清赴任，另有《送胡父師守清淵》七絶一首、五律六首、七律二首。

乾隆《狄道州志》卷二《職官·狄道縣知縣》：『胡鼎文，山陰人，吏員，康熙五年；田七善，陽城人，進士，康熙十三年。』則據此，康熙十三年（一六七四）田七善繼胡鼎文爲狄道知縣，胡於此年升任臨清州知州，詩作於康熙十三年（一六七四）胡鼎文離任之時。

按作時，此詩同《送胡父師守清淵》五律六首、七律二首、七絶一首并作於七絶《歸來口號》之後。因其按體編排，提於前。

吴鎮整理張謙《得樹齋詩》亦以詩之體式爲類。以上爲五古。

寶劍歌〔一〕

三尺秋水青芙蓉，鸊鵜寒泉淬利鋒。十年埋向空山畔，神光直上衝霄漢。風塵澒洞人逐鹿，匣中夜夜蒼龍哭。拔向星前意氣豪，蛟螭犀兕紛騰逃。壯士酒酣舞且歌，蓬蒿日月易蹉跎。英雄老矣奈若何！

總評

讀其詩，輒想見其人磊落英豪。若李長吉少年徒能作鬼語，詩雖工，吾所不喜也。

箋

詩當作於由江南回臨洮之初，即康熙五年（一六六六），見離家前所藏劍而作。詩人於順治十二年（一六五五）赴丹徒，至康熙五年，共十一年，舉成數爲十年，故曰「十年埋向空山畔」。

校記

〔一〕《二南遺音》卷一亦錄《寶劍歌》，僅第二聯「霄漢」作「雲漢」，其他全同。

大堤曲

大堤落日西風涼，平湖如鏡芰荷香。木蘭之楫桂爲檣，美人并坐採蓮房。採蓮房，揚素波，玉簫檀板發清歌。一聲《白紵歌》未已，沙上伯勞雙雙起。

總評

不失古調。

箋

作於順治十四年（一六五七）秋在丹徒之時。「西風」可知其季節，「平湖」、「芰荷」、「木蘭」可知其地。從所表現的情緒看，在其兄被收監之前。

醉歌行爲范陽張孟寬作

生不能長揖謁侯王，縱横計就色揚揚。又不能終歲守窮谷，散髮空林友麋鹿。胡爲來往大江間，五年奔走空僕僕。大江南北多鼓鼙，白日荒荒豺虎啼。朝出一言夕見殺，有才不異犬與鷄。今年饑走淮南道，其時天氣秋將老。與子相逢破寺中，對酒長歌聲浩浩。更出新詩與我看，風霆魑魅走筆端。讀罷轉傷行路難，使我感激倍辛酸。今與子年同少壯，中懷磊落屹相向。丈夫凍餓寧足愁，相期齊出青雲上。來年我有五陵游，安得與子馬并頭？相攜登華岳之高峯，俯大河之長流。此時意氣凌滄洲，吁嗟人世徒啾啾。

總評

骨性骯髒，順筆寫下，自見豪爽之致。

箋

范陽，縣名，今屬河北涿州。由『胡爲來往大江間，五年奔走空僕僕』看，當作於其兄死後第五年，即康熙二年（一六六三）。

張綸，字孟寬。民國《涿縣志》第六編之《文苑》云：『張綸，康熙辛亥以諸生召試鍾、王書法，供奉内廷，授詹事府錄事，綸亦工詩。』康熙辛亥爲康熙十年（一六七一），則因書法被重用在與張謙分別數年之後。范陽即民國之河北涿縣。縣志中雖未指明張綸即字孟寬，然而《玉篇・糸部》：『綸，寬也。』古人表字與名之義相關。『孟』表示其人在家中排行爲老大。按其時間，爲張綸無疑，時張綸亦流寓南方。縣志言『綸亦工詩』，本詩中言『更出新詩與我看』；縣志中言張綸以書法而受召見并授職，本詩中言『風霆魑魅走筆端』，以書法見長。此皆與張綸情形相合。

曲陽行贈劉峻老明府

薊門九月寒偏早，涼風日夜吹沙草。客子單衣騎瘦驢，衝風遠走曲陽道。曲陽之君當世賢，桑梓親情有歲年。登堂不厭塵埃色，憐余失意相周旋。憶昔蕪城花正發，東園同對廣陵月。追陪未幾復分襟，西行塞上多顛越。射策今年不見收，荆山空抱楚人愁。長安卿相自豪貴，誰向塵中憫敝裘。歸路蕭條獨見君，重陽秋色正氤氳。執酒且看官舍菊，搔頭卻望故鄉雲。君不見少陵窮途仗友生，仲叔口腹累知己。古來貧士多依人，英雄含泣傖兒鄙。醉罷爲君一浩歌，更長漏永奈愁何！今霄對酒離懷遣，明日懷君旅夢多。

箋

薊門，在今北京市海淀區，爲燕京八景之一。由此詩看，張謙似於康熙十一年（一六七二）被選爲拔貢後於九月間曾赴京一次，詩中言『射策今年不見收』云云可證。『客子單衣騎瘦驢』可以看出當時的困難情形。曲陽，即今河北省曲陽縣。劉峻爲曲陽人，故詩題作『曲陽行』。蕪城，漢廣陵（今揚州）的别稱，看來詩人在南方時曾與劉峻相聚，『憶昔』云云可證。在外尋求故舊，亦希有所幫助也。

與方十乘作時同居毗陵

相逢多難後，寢迹共幽居。家破三年久，身全萬死餘。尚看天地意，莫廢父兄書。麥飯秋來飽，同君且晏如。

總評

五、六，勸勉厚道。

箋

由『家破三年久』可知詩作於康熙元年（一六六二）。毗陵，今江蘇常州。是張謙因坐館或其他事到毗陵，與方十乘相遇。從『家破三年久，身全萬死餘』等句看，方十乘應爲丁酉江南鄉試主考官方猷之子。詩前半部分回顧所經共同災難，後半部分主要是安慰，并言『莫廢父兄書』，『父』者，對方十乘而言，指方猷；『兄』對己而言，指張晉。全詩表現都極含蓄，然而情意深厚。

寄白石圃訊南陂舊居〔一〕

南郊栖息地，百畝帶荒園。亂後知誰主？天邊愧我存。雜花多傍舍，高柳定成村。君每騎驢過，何人爲應門？〔一〕

夾評

〔一〕鄧評：如話〔二〕。

箋

作於其兄死後打算回臨洮時，當在康熙三年（一六六四）前後。南陂舊居，張謙家祖屋，地在臨洮城南郊。白石圃，由其稱呼可知爲家在臨洮的張謙同輩朋友。

校記

〔一〕『陂』，道光《蘭州府志》卷十二《雜記》和乾隆年刻印《戒庵詩草》卷五末附張謙詩俱作『郊』。

〔二〕底本無此『如話』評語。此詩及下面《舟夜》、《江上雜感》之一、七絕《青溪口號》皆《天下名家詩觀》編者鄧漢儀（字孝威）評語。此則與《江上雜感》一則底本無，據《詩觀》録入。

舟夜

野宿蒹葭岸，還鄉夢未迷。江雲衝面過，山月去舟低。〔一〕時序三秋末，行藏萬慮齊。〔二〕孤蹤漂泊慣，明日任東西。

夾評

〔一〕鄧評：用虛字好極。

〔二〕鄧評：厚。

總評

結處往往得法。

鄧評：牧公爲詩，輒從樸老處入手，不墮小家。

箋

似作於康熙五年（一六六六）回狄道路途之初，尚在水路上，由『還鄉』云云可知。

暮望〔一〕

一望川原迥，長河暝色來。抱城千樹合，背日一帆開。〔一〕笛起孤村遠〔二〕，鐘沉晚寺哀。客心苦蕭瑟，秋思正悠哉〔三〕。

夾評

〔一〕畫出一幅矣。

箋

作於順治十二年（一六六五）前後在臨洮時。雖有『客心苦』之類詞句，但也不過是『悠哉』的『秋思』，非真愁也。當是到洮河以西某地去游玩或到親戚家，思家而作。

校記

〔一〕詩題乾隆《狄道州志·藝文》作『洮溪暮望』，原抄本、張抄本均作『暮望』。

〔二〕『起』，《狄道州志》、張抄本均作『赴』。

〔三〕『苦』，《狄道州志》、張抄本均作『多』。

歸雁

歸雁來何遠，黃昏飛漸低。他鄉三見汝，孤客萬行啼。月冷鳴聲切，山高去影迷。江湖矰繳滿，仔細落沙堤。

總評

真得少陵家法。咏物若太貼切，便落晚唐蹊徑矣。

箋

作於順治十五年（一六五八）秋季的某一天，見歸雁而思鄉。從『他鄉三見汝』知在到江南之第三年。

答任八見寄

五載游吳楚，家山路渺茫。故人憐遠客，佳句到殊方。江上楓初赤，籬邊菊漸黃。小槽松酒熟，滿瓮待余嘗。

總評

極自然。

箋

作於順治十六年（一六五九）。張謙是順治十二年（一六五五）底到丹徒，至十六年則首尾五年，故言『五載游吳楚』。任八，應爲臨洮的朋友，由『家山路渺茫』、『故人憐遠客』二句可知。

湖泊

湖風驅驟雨，靜夜落孤舟。荻岸村燈出，沙堤野市收。鄉園他日夢，兵甲八年愁〔一〕。羨彼垂綸客，烟蓑古渡頭。

箋

作於在江南其兄死後，由『鄉園他日夢』可知。

校記

〔一〕『甲』，原抄本、張抄本俱作『家』。

早發

岸岸鷄聲出，蕭蕭曙色涼。雲蒸山樹白，星落水天黄。解纜聞吴語，聽歌憶楚狂。客帆初夢醒，一任入滄浪。

總評

『燕』字、『落』字是句中之眼，得煉字法。

箋

由『解纜聞吳語』之句看，當是順治十二年（一六五五）秋冬之間陪同其母、其嫂赴丹徒途中作。

舟行遇雨

一棹長河暮，三秋野草深。昏烟沉去鳥，過雨失前林。地闊人聲遠，舟虛水氣侵。蒼茫近城郭，濁酒且須斟。

箋

作於在江南之時，當在其兄死之後。

十四夜月二首

其一

來日中秋到，連宵孤月明。涓涓臨水樹，悄悄渡江城。風笛來何遠，霜砧聽轉清。故鄉無近信，長望一含情。

總評

前六句景，結二句情。詩本無定法，金聖歎分前四句爲一段，後四句爲一段，未嘗全非，但太拘且偏耳。

其二

夜迴光初滿，樓高影漸沉。又當秋裏見，祇動客中心。過去愁何用，賒來酒自斟。庭前雙老樹，坐久發悲音。

總評

好結法。

箋

作於其兄死後在江南之時。由第一首之『故鄉無近信』看，平時常同家人通信聯絡。

重過胡氏園林

苔徑斜連圃，柴門舊面城。經年吾再過，此夜月偏明。新竹霜前老，清溪雨後平。坐來幽興發，一擬酒同傾。

淮南舟次簡張翼生

棹返淮南路〔一〕，相看各倦游。囊空何敢怨，年少不能愁。病僕禁寒夜，單衣入暮秋。幸無賊盜慮，歌笑下揚州。

總評

牢騷特復露激昂。

箋

作於其兄死後在江南之時。由首尾二句可知。

校記

〔一〕『返』，原抄本、張抄本作『遠』。

寄吳楚卿先輩

父執復誰在？先生誼獨深。酸辛思往事，生死見初心。故國經多難，衰親受贈金。他鄉悲感處，雙淚落衣襟。

總評

老杜『華筵直一金』，近日余亦有『兒飢待一金』，與牧公『衰親受贈金』，皆善押『金』字。

箋

由詩的首句看，吳楚卿應即順治十一年（一六五四）至十六年（一六五九）任狄道知縣的吳鳳起，張謙詩中稱爲『先輩』。《莊子·人間世》云：『孔子適楚，楚狂接輿游其門曰：「鳳兮鳳兮……」』。名『鳳起』而字『楚卿』（志書所載爲名，晚輩稱長輩只能稱字而不能稱名）。張行敏早死，吳鳳起爲地方官贈金張晉家以支持其讀書與科舉考試，故詩中曰：『故國經多難，衰親受贈金。』『故國經多難』暗指其父之殉國而亡。由尾聯看，詩作於在南方時，故詩題作『寄吳楚卿先輩』。張晉任職丹徒後常聯繫，至吳去職之後仍通音訊。張晉必然有呈詩，惜已不存。

遣懷

萬方多難日，安枕即吾廬。門掩看山後，樽開見月初。他鄉違故舊，老母課詩書。莫更傷飄轉，江村好定居。

總評

祇是渾樸，便入杜陵門户。

箋

作於其兄死後在江南之時。由第三句及末句可知時已移居城外近山的江村。

贈朱愚庵〔一〕

茅屋荒城下，年年卧舊臣。讀書消壯氣，飲酒老閑身。短榻青燈夜，空階碧草春。獨行天地闊，每日不冠巾。

總評

氣格自健。

箋

作於在江南之時。朱愚庵，朱鶴齡，與寓居江南之秦地詩人張恂等皆相友善，同張晉摯友顧如華亦有很深的交誼。《愚庵小集》（卷六）和《得樹齋詩草》中都有《送孫無言歸黄山》，反映了他們一起聚會作詩的情況。

校記

〔一〕『朱』，底本、原抄本、張抄本均作『史』，傳抄、潦草之誤，《戒庵詩草》卷五《郭筠山令陽山》『郭』誤爲『鄒』，與此同類。

送友人歸秦

江邊今送爾，惆悵對斜暉。六月驅疲馬，孤身著短衣。淒涼郵店酒，安穩故園扉。計到秦川日，新秋梧葉飛。

箋

作於江南，時當六月，在其兄死後。所送爲秦地友人，詩之頸聯勸其安穩在家中，不必在外。看全詩，似遠至江南求其兄謀事者，至方知張晉已因事牽連獲罪。當作於順治十五年（一六五八）。

納涼觀音寺

郭外禪扉敞，涼風已颯然。庭空百鳥下，僧靜一燈懸。冉冉荷香細，盈盈稻水連。暮天人散盡〔二〕，獨上小漁船。

總評

極工極細。學杜往往易失之粗，直當以此爲上乘。

箋

作於在江南之時。由全詩所透露的情緒看，當作於其兄死後。

校記

〔一〕『盡』，原抄本、張抄本作『淨』。

感憤

萬里樓船將，生還越海時。從來荷恩澤，能不愧鬢眉。寶玉南來重，旌旗北向遲。入朝行賞日，應自數功奇。

箋

似由順治十六年（一六五九）清軍抵抗鄭成功、張煌言海上戰爭事而引起。因爲鄭成功、張煌言都是反清的，情況比較複雜，故詩中表現含蓄。但當時張謙尚未從其兄亡故的悲痛中走出，未必因此而吟詩，故定於順治十八年（一六六一）。

征夫

邊郡良家子，新從萬里征。弓開江月滿，角亂海風清。不解吳中語，空歌塞上聲。何年烽燧斷，生返國西營。

總評

數首關心時事乃爾。

箋

此詩之創作背景同《感憤》，因清軍中有由西北征調之兵而作。

江上雜感四首〔一〕

其一

江邊百戰後，況乃未銷兵。陰雨號新鬼〔二〕，狂瀾撼舊京〔三〕。津關開虎帳〔四〕，幕府挂龍旌。可惜春風裏，偏聞畫角聲。

總評

寫亂後光景如畫。

鄧評：字字逼杜。

其二

五載傷心處，春風得樹堂。吾兄曾養母，有弟共稱觴。向日名花滿，他時蔓草長。三山明月夜，過客淚沾裳。

總評

真詩自然感人。昔人謂夏侯湛詩能見孝悌之性，吾子牧公亦云。

其三

往年憑吊地，一望迥生愁。［一］塔自衝烟立，人誰乘月游？荒林空鳥雀，新壘遍沙洲。勝事傷今昔，滄江日夜流。

夾評

［一］望金、焦諸山。

總評

祗須説景，已自慘絕。劉滄《懷古》之遺。

其四

又當寒食近，勝會感天涯。歌吹連三月，羅紈照萬花。時危人避地，春老戍思家。兵甲兼生事，回頭祇重嗟。

箋

詩作於康熙二年（一六六三）。時其兄已死去首尾五年，感慨傷心而作。得樹堂爲其兄死後在江南奉其母住所。其在江南所作詩集爲《得樹齋詩》。

校記

〔一〕《詩觀》收此詩，詩題作『江上』。
〔二〕『陰雨』，《詩觀》作『風雨』。
〔三〕『狂瀾』，《詩觀》作『波濤』。
〔四〕『津關』，《詩觀》作『雄關』。

晉陵東園逢方十五彥博弟三首

其一

相逢仍此地，握手問萍蹤。見汝詩成帙，[一]教余喜動容。淹留驚歲改，飄轉怨春濃。酒罷論身世，孤城起暮鐘。

夾評

[一]彥博年十四，爲詩幾三百首。

其二

同當多難後，羨爾有庭闈。祖父三年別，風霜萬里歸。[一]何須愁旅食，將次舞斑衣。無恙家山近，他年好掩扉。

夾評

[一]時令祖坦庵先生自塞外召還。

總評

讀之使人淚下。

其三

園舍又逢春，晴光入眼新。梅殘香著水，竹動月隨人。野客重過此，貧交自可親。莓苔深處坐，宿鳥莫相嗔。

箋

詩作於順治十八年（一六六一）底或康熙元年（一六六二）初在江南時。方彦博，方拱乾之孫。夾評云：『時令祖坦庵先生自塞外召還。』坦庵爲方拱乾之號。江南科場案因其第五子方章鉞與主考官方猷『聯宗』而發，方拱乾受牽連於順治十六年（一六五九）流放寧古塔，十八年赦還。第二首『同當多難後，羨爾有庭闈』，表現了張謙當時的心情。方拱乾，字肅之，號坦庵，安徽桐城人，崇禎元年（一六二八）進士。酷好爲詩，有《白門》、《鐵鞋》、《裕齋》等集。

平山春望

迥立高原上，憑虛望遠天。對江山斂霧，近郭水生烟。鐘磬聞村寺，笙歌過酒船。隋家遺柳樹，長使後人憐。

總評

一句不可挪移。

箋

所寫江南之景，淡遠舒暢，當作於順治十三四年間（一六五六——一六五七）。

出郭與謝漢襄作

江村寒食後，風日最宜人。水照桃花色，橋垂柳葉春。有生當亂世，爲樂及閑身。君看雷塘墓，東風草又新。

總評

眼前悟境。

箋

詩作於其兄死後在江南時。謝天錦，字漢襄，蘭州人。道光《蘭州府志》載：『謝天錦，字漢襄，蘭州人，僑居廣陵，嘗游京師。與三原孫豹人、張康侯兄弟友善。楊明經元勛偶於市上見其《燕游近草》一帙……』詩中所言雷塘在揚州城北。

將歸

患難留天末，將歸意惘然。鄉園慈母戀，僕馬故交憐。喜伴青春色，行登華岳巔。逢人問關內，盡說是豐年。

總評

與『劍外忽傳收薊北』同一喜時語氣，化七律爲五律，是牧公善學古人處。

箋

作於康熙五年（一六六六）欲歸故里之時。

贈喬二石坡

喬郎何磊落，壯歲飽風塵。閉户觀花久，開懷對酒真。草亭秋會客，霜劍夜隨身。莫謂終飄泊，乾坤重武臣。

箋

從内容和所表現情懷看，當作於在江南之時。喬二石坡，姓喬名石坡，在家中排行第二，以其爲張謙朋友，年相若，故如此稱呼。由末句看，喬石坡爲武人。

歲暮感懷三首

其一

又值冬將盡，風塵老客顏。家從前歲破，身較往年閑。[一]澤國兵常鬭，洮河信不還。萬端飄泊裏，何處問青山。

夾評

[一]『閑』字用得慘。

其二

高堂垂素髮，啼眼送年歸。坐接孤兒拜，[一]悲看萊子衣。雁行驚失序，花萼罷同輝。[二]歲歲逢除夕，天涯獨掩扉。

夾評

［一］五字不堪多讀。

［二］五律中能如此敘事如話，可抵一篇長古詩讀。

其三

律轉風常急，陰霾聚客亭。早梅衝雨破，暮草敵寒青。歸夢三千里，行年二十齡。孤蹤何處著，天地一漂萍。

箋

作於順治十七年（一六六〇）除夕，由第三首『行年二十齡』和第一首『歲歲逢除夕』可知。詩中言及其兄死，他作爲孤兒拜於母前。

同孫八豹人集季希韓寓齋四首

其一

逢君客舍裏，同坐惜青春。對酒歡無極，憐才意最真。好花飛過眼，老友句通神。［一］從此長相見，天涯有近鄰。

夾評

［一］毫不著力，句法入妙。

其二

僻地容吾輩，公然夜放歌。都忘身是客，翻怪酒無多。照影殘燈滅，當階驟雨過。小童催不起，堅坐待如何？

總評

後四句，大是畫手。

其三

主人惟好静，客到啓柴關。手自烹魚美，梁空待燕還。江湖萍迹定，日月布衣閑。把酒論當世，商量及買山。

其四

狡獪郭生儔，投壺技絶優。屏間神鬼出，堂上水雲流。［一］良會初無約，高朋爲破愁。人生慎學術，一藝足千秋。［二］

夾評

［一］坐中郭生奏雜技。

［二］末忽感慨。

箋

從『僻地容吾輩』、『高朋爲破愁』等句看，作於其兄死後在江南時。孫豹人，見《重過溉堂贈孫豹人》箋。季希韓，即季公琦，見五古《吳希聲席上賦别季二希韓》箋。

紙鳶以下二首同豹人、希韓作

輕揚原汝質，得用幸遭時。令節當寒食，郊原走小兒。雲高長隱見，地迥慎操持。［一］莫待驚風過，飄飄無返期。

夾評

［一］五字更不易撰。

總評

善寄託，得風人之遺。

箋

當作於其兄死前無憂無慮之時。

鶯

江南春既入，聽爾即能歌。柳密身難見，［一］花飛語漸多。空閨啼怨女，曉鏡減新娥。伐去庭前樹，遼西夢或過。

夾評

［一］不減『黃鸝不露身』。

總評

後四句作一句，章法又變矣。當從『打起黃鶯兒』一首著想。然『斫卻月中桂，清光應更多』意亦偶同。

箋

同上《紙鳶》。

燕

梁上舊巢毁，飛來空有情。簾開須審顧，客至且低聲。花伴尋皆失，雲雛引未成。主人不相妒，留爾到秋清。

總評

方是牧公咏燕詩。

箋

同上二首。就詩而言，確是圖畫清新而寓意含蓄有味，然均與當時社會和個人生活無關，非經歷變故以後之作。

晚先輩

其一

案尚存遺札〔一〕，身還著贈衣。感恩雙淚盡，懷報寸心違。隴水聲長咽，江楓葉正飛。空將《蒿里》曲，遙送柳車歸。

其二

辛苦雕蟲技，吾師早見推。微吟聊破悶，高義雅憐才。南郡門人散，西州過客哀。從今思舊誼，惆悵隔泉臺。

箋

此輓臨洮時某一親近師長，時在江南。由『隴水聲長咽，江楓葉正飛』二句及『遙送』等句可知，當在其兄出事之後。

校記

〔一〕『尚』，原抄本作『高』。

櫻桃

櫻桃春後熟，空自滿林繁。當日供朝宴，因時薦寢園。遠遺憐野獻，分賜想皇恩。更說沙洲上，千株已盡燔。

總評

小題大做，然是點化少陵、摩詰二詩。此詩家所謂『換骨法』也。『讀千賦則善賦』，信矣。

箋

當作於初至丹徒的兩年中，即順治十三四年間（一六五六—一六五七）。

本篇與下《送胡父師守清淵》五律六首、七絕二首，刻本與兩抄本皆以《補遺詩九首》領起列卷末。今依其編排體例，分別列各類之末。

送胡父師守清淵

其一

彩鳳來雙闕，仙鳧向九霄。贈錢似劉寵，留犢類時苗。悵別關山遠，追陪劍履遙。從今瞻望處，臺宿燦中霄。

其二

絕域臨洮地，年年塞草黃。自從沾雨露，遂爾有農桑。比户謳歌起〔一〕，專城寵命揚〔二〕。清淵相送者〔三〕，留愛在甘棠。

其三

三年饒異政，事事總堪傳。花縣春風入，琴堂夜月懸。西陲思臥轍，東國待烹鮮。惆悵軒車遠，臨歧覺黯然。

其四

聞道清淵曲，繁華北地無。雲山臨泰岱，舟楫控江湖。按部雙旌發，行春五馬俱。獨憐御李客，未忍唱《驪駒》。

其五

使節發邊城，光華羨此行。十年深帝眷，千里赴王程。剩有陸雲像，寧無龔遂名〔四〕。不知武始宰，誰更繼賢聲。

其六

一代循聲起，風流誰復過。訟庭餘鳥雀，野路雜弦歌。魯國征途遠，秦山別恨多。外臺清肅地，到日好鳴珂。

箋

胡父師，對前臨洮知縣胡鼎文之稱。詩作於康熙十三年（一六七四）。北魏至隋清淵縣在今山東冠縣東北清水鎮，唐廢。此應指清館陶縣（在今冠縣以北），故詩中曰『東國待烹鮮』。參五古《送邑侯胡父師之清淵太守任》箋。

校記

〔一〕『比』，《狄道州志》作『萬』。
〔二〕『專城』，《狄道州志》作『一時』。
〔三〕『者』，《狄道州志》作『去』。
〔四〕『寧無龔遂名』，《狄道州志》和乾隆年刻印《戒庵詩草》卷五末附張謙詩作『仍留賈父名』。

江上春思

江上高樓接遠空，樓頭少婦倚東風。卻看小苑桃花落，隨點方塘水面紅。夫壻遠從驃騎去，音書長望塞垣通。春來有恨人難見，横笛關山曲未終。

總評

前四句是初唐人口聲。

箋

當作於到丹徒的第一個春天，即順治十三年（一六五六）春。

送孟寬與其弟季彪北征

江邊烟樹入新秋，送汝同登一葉舟。南北共憐經喪亂，弟兄何事尚飄流？帆開淮水悲前迹，［一］路向燕山問舊游。别後鬚眉應鄭重，莫將長鋏倚王侯。

夾評

［一］孟寬集中有《吊韓王孫詩》。

箋

詩作於在南方時。由『南北共憐經喪亂』和『莫將長鋏倚王侯』之句看，應作於其兄死之後。張綸，字孟寬。七古中有《醉歌行爲范陽張孟寬作》，作於康熙二年（一六六三）。此爲張孟寬與其弟季彪（此爲表字，名不知）所作，當在同一年而較前一首稍遲，詩中表現出對仕進及官宦交游失去熱情。

促孫無言歸黄山

空教猿鶴待幽人，怪爾將歸又過春。日月漸看催老鬢，兵戈何處著閑身。林中有屋猶堪隱，囊裹無錢莫慮貧。試看當時黄綺輩，商山及早避紅塵。

總評

氣健甚。

箋

詩作於在南方之時。由『林中有屋猶堪隱，囊裹無錢莫慮貧』可看出爲其兄死後之作。乾隆《江都縣志》卷二十六《人物·寓賢》：『孫默，字無言，休寧人。客居於揚，工爲詩，有孟浩然風致。默敦篤交游，四方士經淮南者必訪造其廬，相與流連不忍舍，風雅聲氣不介而乎。家貧欲歸黄山，舊隱騷壇之以詩文送者滿篋盈幀，亦盛事也。』

寄許鐵堂先生

辭官猶自在邊州，誰識東陵是故侯。旅思幾年成白髮，閑身何日到滄洲。槃間越燕雙雙語，塞上秦山一一游〔二〕。但使高懷隨處遣，天涯淪落亦風流。

箋

許鐵堂，即許珌，字天玉，鐵堂其號也。乾隆《狄道州志》卷十六《拾遺》載：『閩南許天玉珌由安定令罷官，嘗僑寓狄道。娶一老媪，王漁洋詩「許生潦倒作秦贅」是也。狄道吴孝廉鎮曾於一舊家處抄得其遺詩八卷，皆漁洋《感舊集》中所未載者，因題其後三絶云……鐵堂墓今在安定東門外，士民歲時祭之。』乾隆《福州府志》卷六十《人物》之『文苑』載：『許珌，字天玉，侯官人。明崇禎己卯舉於鄉，與新城王尚書士禛善。士禛作《慈仁寺雙松歌》贈之，稱爲閩海奇人。田髴淵曰：天玉詩才敏贍，廿年來屢與倡和，每拈一韻，嘆其絶神，其爲名流推挹如此……後官安定知縣，著有《鐵堂集》。』由詩首二句看，許珌被罷官，貧困難以歸家。張謙聞訊後作而寄之。許珌之罷官在康熙六年（一六六七），張謙已回臨洮。詩當作於康熙六年，由狄道寄安定。後許珌移居臨洮。

校記

〔一〕『秦山』，兩抄本均作『青山』。

送胡父師守清淵

其一

美人爲政足賢聲，久向西方奏治平。月靜邊城停夜鼓，雨餘山郭課春耕。九重拜詔逢今日，萬里銜恩重此行。獨嘆臨歧相送者，扳轅無計莽含情。

其二

畫驷雕旗度隴山，雲霄地迥杳難攀。熊轓故表專城望，虎節遥分領郡班。甘雨已沾枹罕塞，清風還拂穆陵關。懸知行部褰帷處，道路爭瞻郭賀顔。

箋

參五古《送邑侯胡父師之清淵太守任》與五律《送胡父師守清淵》箋。

春閨曲五首

其一

桃李開簾前，迎風嬌且弱。待郎郎不歸，春去花將落。

總評

祇覺好。

其二

枝頭有黄鳥，作意向人鳴。鳴罷雙飛去，空階妾獨行。

總評

好處更不須語言說〔一〕。

其三

春寒翠幕空，夜静金爐冷。細步向庭前，朦朧月照影。

其四

天半結高樓，闌干臨大道。獨上望遼西，開簾見芳草。

總評

皆非著意，極渾成之作。

其五

對鏡畫蛾眉，私心衹自知。郎行曾有約，今日是還期。

總評

數首有彈丸脱手之妙，當是從唐人《玉階怨》、《拜新月》諸詩脱化得來。

鄧評：　極渾成，字字入解。

校記

〔一〕底本作『更不須語言』，此據原抄本校改。

箋

應作於順治十二年（一六五五）以前，『空階妾獨行』、『獨上望遼西』等句模擬之風較明顯。

桃花

江岸野桃花，春來發豔蕊。東風日夜吹，片片過江水。

總評

自是五絕上乘。

几

久置幽窗下，烏皮半已脱。閑來偶一憑，眼向青山豁。

徑

荒圃須從入，柴門正對開。喜無車馬迹，歲歲長青苔。

枕

萬端唯睡穩，春晝更相親。浮世同蕉鹿，君應知最真。

籬

風雨久漂搖，牽蘿自葺補。寄言牧豎兒，從此莫予侮。

榻

高臥向長松，風來自瀟灑。本非陳豫章，肯爲徐生下。

樹

芳菲隨節序，春到是花時。獨嘆生邊地，清明雪滿枝。

草

綠徧天涯路，王孫去不歸。空庭坐相憶，細雨復霏霏。

書架

滿架標名目，冥搜愧未精。壁魚應最感，累月不曾驚。

箋

以上八首詠物之作，成於丹徒以前在臨洮時，就身邊常見之物詠以寄情，而幾與現實生活無關。社會經歷不多，生活單純故也。當作於順治十一年（一六五四）前後，時張謙十四歲上下。《几》之『久置幽窗下，烏皮半已脱』，可見寫臨洮老家之几無疑。《徑》之『荒圃』、『柴門』及『喜無車馬迹』之句亦可見。

舟行口號〔一〕

輕烟遠接瓜洲渡〔二〕，細雨低迷揚子橋。薄暮孤舟下春水，鐘聲閑落大江潮。

箋

作於順治十三年（一六五六）。乾隆《狄道州志》云張謙『初至兄署，即以能詩聞，時紳士以謙年少未之信也。會春日諸名士邀飲板橋，請爲詩，謙即口占二絶云：……衆乃服』。張謙口占二絶即集中《舟行口號》和《青溪口號》。

校記

〔一〕此首及《青溪口號》在乾隆年刻《戒庵詩草》中總題作《春日諸名士邀飲板橋》。

〔二〕『輕』，覆刻本、張抄本作『晴』。

青溪口號〔一〕

板橋東去是青溪，無數春鶯坐樹啼。欲聽江南楊柳曲，美人立在杏花西。

總評

丰致欲絕，極類王貽上。

鄧評：亦復善操吳音。

每與豹人言秦地多才，然後來之秀咄咄逼人者，必首推牧公，此固汗血之駒，不甘千里者也。

箋

參《舟行口號》箋。《閑漁閑閑錄》卷四云：『黄岡杜茶村論詩云：「諸妙皆生於活，諸響皆生於老。」偶錄諸前輩絕句，以明茶村論詩之確。』錄有錢牧齋等多家之作，於牧公即錄此詩，題作《青溪》。

校記

〔一〕見《舟行口號》校記。《詩觀》作『青溪』。

歸來口號

其一

隴水吳山萬里春，歸來琴劍幸隨身。東風莫過三田宅，階下荆花已屬人。

其二

畫裏鄉山夢裏身，幾回拈筆減精神。候蟲時鳥聲將歇，風月何愁少替人。

箋

作於康熙五年（一六六六）甫至臨洮之時。

送胡父師守清淵

其一

東方千騎領專城，執酒臨歧滿別情。到日官衙春正好，能無回首賦《西征》。

其二

祖帳東皋對夕曛，驪歌一曲不堪聞。願將治譜傳新令，別後清風如見君。

箋

參此前《送邑侯胡父師之清淵太守任》箋，與五律、七律《送胡父師守清淵》同題之作。

跋

楊芳燦

牧公先生詩，才氣雄肆不如阿兄，至錘煉之功則有過之。獨怪其歸里後反無所作，意者因脊令音斷，而遂自等寒蟬與？

梁溪楊芳燦識。〔一〕

校記

〔一〕楊芳燦識語之後，原有《補遺詩九首》，即《櫻桃》一首，《送胡父師守清淵》五律六首，七絕二首，已移於前；其後爲《附諸公贈答詩》，包括孫枝蔚的《謝張康侯明府送馬游山口號》、《張牧公見過溉堂》、《張牧公特渡江別余歸里二首》、《贈別張牧公三首》、《雍南、千一邀飲西郊酒家》，張天符《九日牧公寓齋步頻陽吳海若韻》、宗適《杪秋同可三、華階昆季過牧公寓齋留飲》、《喜牧公自京口至》，李三奇《冬日送牧公還隴西》、孫枝蔚《春日懷友》，宋琬《送張康侯進士赴選》（三首），皆移入《附錄二》。

附録

附錄一　張晉張謙家世生平資料

臨洮府志·張行敏傳

張行敏，字公儒，號大陸，狄道人。天啓辛酉舉人。年十三游泮，聰慧萬倫，淹貫六經百子，尤恣意《陰騭》，刻文以自佩服。每嚴冬必捐家資煮粥施捨於市，郡人感頌之。任觀城令，甫三月，會李逆之變，挂冠歸里，優游林下者數年。公天性孝友，凡言動俱有法則，郡中子弟皆矜式焉。卒祀鄉賢。長子晉登順治壬辰進士。

（康熙二十六年高錫爵序《臨洮府志》卷十六）

狄道新志

張謙，字牧公，膺壬子拔貢。自幼能詩，年甫十四即有詩成帙，爲孫豹人所欣賞。後著作數千首，悉爲士林膾炙人口。有遺稿藏於家。

（康熙二十七年李觀我纂修《狄道新志》卷五）

詩觀初集

每與豹人言秦地多才，然後來之秀咄咄逼人者，必首推牧公，此固汗血之駒，不日千里者也。

（鄧漢儀《詩觀初集》卷六）

四庫全書總目提要·集部

《張康侯詩草》十一卷，陝西巡撫采進本。

國朝張晉撰。晉字康侯，狄道人，順治壬辰進士。官丹徒縣知縣。其詩頗學李白，兼及李賀之體。第一卷爲《黍谷吟》，第二卷爲《秋舫一嘯》，第三卷爲《薊門篇》，第四卷爲《勞勞篇》，第五卷爲《石芝山房草》，第六卷、七卷爲《雍草》，第八卷爲《税雲草》，而以詩餘附焉。第九卷爲《律陶》，集陶詩爲五言律也。第十卷爲《集杜》，第十一卷爲《集唐》，亦皆五言律。據後跋云：尚有七律集句，未經編入云。

（永瑢等編《四庫全書總目提要·集部》別集類存目九）

張晉，字康侯，觀城令行敏子。少聰穎，讀書一過不忘。舉順治辛卯鄉試，聯捷南宫。晉博學能詩，與焦穫孫枝蔚、蓉江戚藩相友善。初授刑部觀政，明年出宰丹徒。詢疾苦、勸農桑、興學校、裁火耗，罷諸不急之務。三載，惠洽民孚。辛酉（按：此『辛酉』爲『丁酉』之誤）充鄉試同考官，得張京江玉書，即所縣試童子第一人者也。會主司以賄敗，晉亦罣誤，死時年三十一。死後虧帑千三百兩，士民悼惜，乃於城隅設匭，投施甚夥，雖婦女亦多脱簪珥助之。不數日，木櫃皆盈。人以是知晉之廉而有去思也。

晉詩才如雲蒸泉涌，嘗於獄中集杜作《琵琶十七變》，抑揚頓挫，感動人心，聞之者無不憐其才而悲其遇云。

張行敏，字公儒，號大陸，聰慧博學，萬曆辛酉舉人。嘗刻《陰騭文》以自佩，每嚴冬煮粥濟人。後任觀城令，以兵亂挂冠歸。旋聞甲申之變，不食死。子晉、謙俱見《文學傳》。（採錄）

張謙，字牧公，晉弟。年十四即有詩成帙，爲孫豹人所欣賞。初至兄署，即以能詩聞，時紳士以謙年少未之信也。會春日諸名士邀飲板橋，請爲詩，謙即口占二絶云：『晴烟遠接瓜洲渡，細雨低迷揚子橋。薄暮孤舟下春水，鐘聲閑落大江潮。』又：『板橋東去是青溪，無數春鶯坐樹啼。欲聽江南楊柳曲，美人遥在杏花西。』衆乃服。謙有《得樹齋詩集》，士林傳誦。後以選貢早卒。

晏御賜，字心皃，邑學生，進士張晉之舅也。博學多才，所著有《夢夢軒詩草》一卷，京江張九徵爲之序。

（以上乾隆二十八年沈青崖等撰稿、呼延華國等編輯、吴鎮校訂之《狄道州志》卷九）

潘光祖，字羲繩，號海虞。少家貧，下帷攻苦，中天啓甲子解元，聯捷進士，任吏、户二部郎中，歷山西參議道。性清介，執法不撓，巡按某托令曲庇所知，光祖不從，巡按銜之。會流寇猖獗，諸州大饑，光祖多方撫恤，民賴以安。後賊又入境掠地，陷城邑，光祖親冒矢石，日夜督軍拒戰，賊皆敗走。上官嫌其直，以招降之誤，劾其縱賊。光祖曰：『予於國家，心力盡矣，豈能復對刀筆吏乎？』遂仰藥而卒。晉民悲感，立祠祀之。（《甘肅通志》）

（同上，卷八）

《黍谷吟》、《薊門篇》、《歲寒詩集》、《秋舫一嘯》、《勞勞篇》、《雍草》、《律陶》一卷，《集杜》一卷，《醫經》一卷，《琵琶十七變》一出：張晉著。

《得樹齋詩集》、《葭露齋詩集》：張謙著。

《介圜集》、《血、舊孤傳》：（《臨洮府志》）潘光祖著。

（同上，卷十四）

明潘海虞光祖嘗參議山右，時撫軍則蔡忠襄公懋德也。潘嘗輯《廣輿通志》，後忠襄子方炳增補而另梓之，遂據爲己書，今海内盛行，無知九霞之爲齊丘者矣。（積石朱孔陽《雜記》。朱曾祖家仕，明末官山西道，與蔡忠襄公同殉節，見《明史》）。

（同上，卷十六）

鎮江府志

丹徒縣知縣：　張晉，字康侯，陝西狄道人。壬辰進士，順治十二年任。

（乾隆年間高龍光修、朱霖纂《鎮江府志》卷二十五）

高來鳳，字梧陽，陝西西安人。丙子舉鄉試，由國學助教歷户部郎中，出守鎮江，爲治清介寧謐，不矜嶄刻峭絕之行，而人皆憚之。聽訟，委細曲折，雖婦人孺子皆娓娓叶所欲言，卒得其平以去。……臨洮張晉，乙未冬來令丹徒，工詩文，有治行。來鳳以吏事董率，潔己奉公，相倚如左右手。丙申夏，來鳳去官，士民持瓣香，擁馬前數千人。晉牽裾泣別如父子，旁觀者爲流涕不止。改任順德，亦以善政著聞。易簀日，預定時刻，無疾而逝。

朱臣，字來賓，蘇州太倉人。以歲貢授丹徒縣學訓導，月會課諸生，具酒饌論文，評題無不得當。學廟將傾圮，請於令，張晉上督學使者鳩工修築。凡數月，朝夕勞瘁，竟以是獲疾。卒，諸生多爲詩哭之。

（乾隆年間高龍光修、朱霖纂《鎮江府志》卷三十四）

重修丹徒縣儒學碑記（節録）

張九徵

江南以京口爲關鍵，故其山川人物，冠冕今古。數百年來，文教翔洽，於兹極盛，豈徒地靈爲之助乎？然其學址據壽丘之勝，青烏家往往盛稱之。乃予嘗論聖人之道淑世澤民，昔者教化大行之日，比屋弦誦，孝弟仁讓、三物六行之典，恒修舉罔缺。蓋唐虞之司徒，三代之庠序、學校，典教明倫，不獨爲子衿升選之階也。後世以泮茆爲學地，鼓篋爲學事，學古、入官爲學者之始終，於風教民生何所關？揆聖人立教之初指其然乎哉？慨自莅民者罔識師帥之責，惰窳玩愒，本之撥矣，士修文不修行，民失其德。有世道人心之慮者，爰是亟亟焉以興學爲首事。

丹徒在郡城中，其學與郡學相望屬。以地勢高廣，風雨剝蝕，聖宫賢廡，悉就廢弛。臨洮張君來領是邑，喟然興嘆，爲請之督學張公。張公率先倡助，集紳士謀焉。與諸生之復身免役者而合計之，共得若干金，以廣文婁東朱君董其事，毗陵吴君繼之。二君晝夜竭蹶，經年而學宫畢新，又未病民也。

初，張君以家學成進士，有才名。下車逾月，百廢俱舉。退食之暇，力學不倦。士民皆以興學誦其功，予不佞爲之載筆焉。

（乾隆年間高龍光修、朱霖纂《鎮江府志》卷四十六）

曹州府志

觀城縣知縣……張行敏，狄道縣人，舉人。

（乾隆年間周尚質修、李登明纂《曹州府志》卷十一）

與袁簡齋先生書（節錄）

吴鎮

再、狄道先輩有張康侯、牧公及前安定縣令許鐵堂者，皆真正詩人也。僕爲刻其遺稿，而貴門人楊君蓉裳曾加校訂焉。表章前賢，此係吾曹之要事，不但如并世之袞袞者，尚可聽其浮沉也。今寄來三種，想高人雅鑒，必能識曲聽真，廣爲流傳，不亦快哉！

（吴鎮《松花庵全集》卷十一）

《洮陽詩集》自序

李苞

洮陽詩學自漢代以來代不乏人，而本朝尤稱盛焉。國初張康侯、牧公提倡於前，越數十年而又有先師吴松崖先生集其大成。……嘗於公務之暇，思輯二張及先師遺集匯爲一編，以便傳誦，匆之未能。

《洮陽詩鈔》序

楊芳燦

《洮陽詩鈔》者，余同年友李元方刺史之所輯也。……先是張康侯、牧公兩先生急難競秀，同懷振奇；摛鋭藻之繽紛，飛清機之英麗。足使儀、廙失步，溉洽慚顔，惜其齡促，才未可量。

（楊芳燦《芙蓉山館全集·文鈔》卷三，光緒十七年印本）

二南遺音·張晉小傳

劉紹攽

張晉，康侯，狄道進士，令丹徒。南闈同考，罣誤。李叔則、孫豹人稱其年少具壯志，間馳馬，一日可二三百里。爲詩出入青蓮、長吉。與弟牧公卓然名一時。有《秋舫一嘯》、《薊門篇》、《勞勞篇》、《石芝山房草》、《雍草》、《黍谷吟》。

若康孟謀、張康侯，并爲秀傑。康侯僅存寫本。

（該書選收其五古《老子説經臺》、《朱仙鎮》、《銅雀臺》、《蘇長公雪浪石》、《劉伶墓》、《張車騎井》、《宋廣平古迹》，七古《瑤華樂》、《海東船》、《茂陵秋》、《賽神曲》、《豐年歌》、《將進酒》二首，五律《萱花》、《伏羲廟》、《堯廟》、《禹廟》、《二程先生祠》、《岳忠武王廟》二首、《望華岳》之一、之四，七律《長安懷古》之六、之八，五絶《辛夷》、《山茶》，計二十七首）

二南遺音・張謙小傳

劉紹攽

張謙，牧公，狄道拔貢，晉之弟也。有《得樹齋》、《葭露齋詩》。

（以下選收其五古《贈吳賓賢》，七古《大堤曲》、《寶劍歌》，五律《江上雜感》二首，五絕《古意》二首，計七首）

乾隆五十四年刻《戒庵詩草》附《戒庵詩目》

《黍谷吟》、《薊門篇》、《秋舫一嘯》、《勞勞篇》、《石芝山房草》、《雍草》、《税雲草》、《詩餘》、《律陶》、《集杜》、《集唐》、《琵琶十七變》。

《史見》軼，《醫經》附

巡撫鄭冑判，附（朝考進士第一名）

附《原刻校訂姓氏》

孫枝蔚　豹人　焦穫　　韓詩　聖秋　焦穫

曹爾堪　子顧　古越　　陳于鼎　實安　陽羨

顧夢游　與治　金陵
陳檀禧　延喜　三山
李　楷　叔則　河濱
侯于唐　蓮岳　焦穫
高攀蟾　玉盤　西楚
白乃貞　蕊淵　寬郡
戚　藩　价人　毗陵
張　恂　稚恭　涇干
劉　湘　沅水　京口
劉　泉　原水　潤州
吳　瑕　但小　鐵瓮

三岡識略

法式善

順治丁酉江南鄉試前數日，嚴霜厚二寸。既鎖闈，鬼嚎不止。放榜後，弊發，主考官方猷、錢開宗，房考李上林、商顯仁、葉初槐、錢文燦、周霖、張晉、朱蒞、李祥光、田俊民、李大升、龔勳、郝維訓、朱建寅、王國禎、錢昇、雷震生俱駢戮于市。前此，江陵書肆刻傳奇名《万金記》，不知何人所作。以『方』字去一點爲『万』，『錢』字去邊傍爲『金』，指二主考姓。備極行賄通賄狀，流布禁中，遂有是獄。北闈李振鄴、張我樸有『張千李万』之謠，事發，被誅者亦數十人。

（法式善《槐廳載筆》卷十三，嘉慶刻本）

蘭州府志

法式善

張晉，字康侯，觀城知縣行敏子，登順治九年進士，博學能詩，與三原孫枝蔚友善。官丹徒知縣，勸農桑、興學校、裁火耗，罷諸不急之務，民咸德之。充鄉試同考官，得張相國玉書，即縣試童子所拔第一人也。會主司以賄敗，晉亦罣誤，死時年三十一。死後虧帑千三百兩，士民於城隅設匭，募錢代贖，雖婦女亦脱簪珥助之，不數日即盈其數。人以是知晉之廉而有遺愛也。晉詩思如雲蒸泉涌。嘗於獄中集杜作《琵琶十七變》，抑揚頓挫，感動人心，聞者無不憐其才而悲其不幸云。

弟謙，字牧公，年十四即有詩成帙，著有《得樹齋集》，後以選貢早卒。

（道光年間陳士楨修、涂鴻儀編輯之《蘭州府志》卷十）

潘光祖，字義繩，狄道人，天啓五年進士，歷官至山西參議。性清介，執法不撓。巡按某有所屬，光祖不從，某銜之。會流賊入境，光祖親冒矢石，督軍力拒，賊敗走。巡按以招降之誤，劾其縱賊，被逮。光祖自以無罪，耻對獄吏，絶食而死。晉民悲之，立祠以祀。（按採《通志》）

（同上，卷九）

謝天錦，字漢襄，蘭州人。僑居廣陵，嘗游京師。與三原孫豹人、狄道張康侯兄弟友善，不知旋里與否，蘭人無知之者。楊明經元勛偶於市上見其《燕游近草》一帙，首載孫豹人一序，此知其爲此地人。

（同上，卷十二）

國朝詩人徵略

張晉，字康侯，陝西狄道人，順治九年進士，官丹徒縣。康侯少年壯志，馳馬一日可二三百里。（《二南遺音》）

摘句：

相公方正人，而有《梅花賦》。乃知情至者，始能見真素。（《宋廣平》）

斯文今鼻祖，吾道此心師。（《伏羲廟》）

雲日開天表，山河見帝心。（《堯廟》）

衣裳垂古壁，權欏紀豐碑。（《禹廟》）

先來朝白帝，相與問青天。萬古河如帶，三秋藕似船。（《望華岳》）

（張維屏《国朝诗人徵略二编》卷一）

丹徒縣志·職官表

縣令：張晉，陝西狄道人，壬辰進士，十二年任。

（光绪五年修《丹徒县志》卷二十一）

郎潛紀聞

陳康祺

最可畏者，尤莫如十四年丁酉順天、江南兩省科場大獄。順天則刑科給事中任克溥奏：同考官李振鄴、張我樸（時有『張千李万』之謠），受科臣陸貽吉及博士蔡元禧、進士項紹芳賄，中田耜、鄔作霖舉人。俱奉旨：七人立斬，家産籍没，父母、兄弟、妻子流徙尚陽堡，餘被流徙者二十五人，正考官庶子黄岡曹本榮、副考官中允溧陽宋之繩失察，各降五級。江南則江寧書肆刊《万金記》傳奇，不知出誰手，傳聞禁中，以『方』除一點、『錢』去二戈指兩主考姓。世祖大怒，命將主考侍講遂安方猷、檢討仁和錢開宗，房考李上林、商顯仁、葉楚槐、錢文燦、周霖、張晉、朱蒞、李祥光、田俊民、李大升、龔勳、郝維訓、朱建寅、王國禎、盧鑄鼎（一作錢昇）、雷震生俱駢戮於市。厥後衡文獲咎者尚難枚舉，聖諭煌煌，從未比附輕典。然則戊午一案，同官不聞連坐，家屬亦未長流，聖意哀矜，豈部臣所能持柄哉。

（陳康祺《郎潛纪闻》卷十二，光绪六年至十二年刻本）

晚晴簃詩匯

徐世昌

張晉，字康侯，號戒庵，狄道人。順治壬辰進士。官丹徒知縣，有《黍穀》、《秋舫一嘯》、《薊門》、《勞勞》、《石芝》、《税雲》諸集。

詩話：戒庵詩縱橫凌厲，出入《風》、《騷》。少年成進士，謁選，宋荔裳備兵秦中，贈以詩曰：『才子半爲吏，如君方少年。一時驚彩筆，百里聽朱弦。雨雪關山道，音書鴻雁天。梅花春信好，寄我《上陵篇》。』『葭菼露蒼蒼，弓刀客子裝。秦風餘《駟驖》，漢使重星郎。掣電徠天馬，彈琴下鳳凰。定蒙宣室問，災異説維桑。』旋令丹徒，充鄉試同考，坐吏議。年甫三十遽卒。戒庵旁通音律，有《琵琶十七變》，世猶傳其譜。

（以下選有七律《秋望》、《報國寺》，五律《河上》、《春寒》）

（徐世昌《晚晴簃詩匯》卷二十六）

張謙，字牧公，狄道人，貢生，有《得樹齋詩》。

（以下選有五古《贈吴賓賢》、五律《平山春望》）

（同上，卷五十三）

李苞，字元方，狄道人……詩話：隴西詩人佳作，稀如星鳳。元方自序謂其鄉人以詩鳴者，張康侯晉、牧公謙兄弟，及吴松崖鎮爲最著。

（同上，卷一百四）

甘肅文獻録

《九經解》，狄道張晉著。《十三經辨疑》，狄道張晉著。（下附張晉小傳同《狄道州志》，略）

（民國初年李九如、王國香、王烜編《甘肅文獻録》）

附録二　酬贈悼念詩作

爲張進士題父節母壽册各一首

魏象樞

明運知難挽，先生竟不存。乾坤多正氣，秦晉一幽魂。直筆輸良史，狂歌慰九原。興朝隆節義，何處薦秋蘩？

萱室稱觴日，仙郎出宰時。白雲通華岳，青鳥出瑶池。北地文星迥，江城畫舫遲。好將新政迹，先慰倚門思。

（《寒松堂詩集》卷一）

送張康侯進士赴選

宋琬

才子半爲吏，如君方少年。一時驚彩筆，百里聽朱弦。雨雪關山道，音書鴻雁天。梅花春信好，寄我《上陵》篇時大駕有事於山陵。

葭菼露蒼蒼，弓刀客子裝。秦風餘《駟驖》，漢使重星郎。掣電徠天馬，彈琴下鳳凰。定蒙宣室問，災異説維桑時天水地震。

（《安雅堂集》）

口號成簡岳于天吏部十首其六

宋琬

隴西才子稱高弟，匣裏朱絃久絕音。我到三山深下淚，那能不係馬融心。君之門人張晉爲丹徒令，年少有詩名，以事見法，人多惜之。

（《安雅堂未刊稿》四部備要本）

送張康侯之京口時召見賜宴

施閏章

揚之江邊是潤州，蘭舟錦纜發清秋。中泠泉冠三吳水，北固山當萬歲樓。身披皇暉辭太液，心閑官舍接滄洲。漫恐海畔多烽火，禁旅旌旗在上游。

（《施愚山先生全集·學餘堂集》卷三十四）

答臨洮張康侯途中寄詩并序

顧如華

先是，康侯自天雄偕其友人馬伯顧赴都謁選，取道鶴城，予初晤於郵館，未及論詩也。嗣貽我壬辰會牘，遒然有韵，余始讀而異之。詰旦報以數帙，則二君先發，使者追及三里，反云：『攜余集而去矣。』越一日，乃附郵筒致書，并作長歌及錄道中諸作寄予，深悔邂逅相失。柬云：『吾將寓長安某巷，約爲雉壇。』予感其意，遂賦此答之。康侯清雄内負，其詩才韵兩勝，予亦非漫然許可者。

惆悵高人嘆失之，多在掉頭不住時。雖然騷鬼持須臾，文字一卷終留秋水思。昨夜殽函客宿宿，語不及韵去不辭。風塵豈復多措意，猛然珩琚來相委。其言有若赤城霞攙天，又如青田搖落紫玉芝。鶴城主人乃驚訝，此人正是掉頭不住者。偏是隴西生瑰士，前有長吉後北地。君起洮滸擅風逸，竟欲手挽二李扶衰墜。氣復豪邁眼長白，馬上呼叫湘靈異。咄咄專憐失顧子，返旆無及已數里。悔從别後才誦《鶴城咏》，寄我長歌一篇半溢美。君言毋乃類嗜痂，我亦拍案賞音慰知己。更惜我何爲不清華，久困一令强種花。落拓君懷未深思，試問古今陶謝之流抱槧幾人早槎枒。意君感慨非爲我，縱汝妙年潘岳，望塵而拜胡不可。吾但期君謁得水山縣，他日殷勤遺我珠湛湛。

（《六是堂詩選》）

贈張康侯　李楷

江南嗟客久，破瓦露茅茨。有困皆無粟，殘桑未見絲。山川存眼界，虞夏剩心期。年少題名早，曾經得意時。（《河濱詩選》卷六）

爲丹徒張明府母壽　顧夢游

河陽花信先春好，花下輿開花下樽。侑以謳歌彌四野，若爲歡舞散千門。筵娛狡獪麻姑米，岳氣氤氳玉女盆。聞道詞人爭獻賦，才華誰與茂先論。（《顧與治詩》卷七。）

按：此詩作於張晉母五十大壽時，當順治十四年（一六五七）臘月十二日之前。參孫枝蔚《壽張康侯母晏太夫人》箋。

寄丹徒張康侯明府

顧夢游

其一

在昔關西稱獨步，於今爲政復何如？干旄行處攜冰雪，山水光中了簿書。千騎望風遵約法，四郊沾灑似階除。江田敲骨逃無計，此日來蘇欲荷鋤。

其二

多難餘生顧影憎，龍門不望聳身登。噓枯拯溺有何幸，請急訟冤殊未曾。肺病夢中梁苑賦，心期江上剡溪藤。他時樽酒論文地，雲白山青第幾層？

（《顧與治詩》卷六）

贈丹徒明府張康侯

孫枝蔚

弱齡擅詞賦，百里試才賢。江邑正多事，訟堂何寂然。養親須薄祿，卧病有佳篇。但對崔秋浦，長慚李謫仙。

（《溉堂前集》卷四。作於順治乙未年）

謝張康侯明府送馬游山口號

孫枝蔚

遠處尋僧怯杖藜，江邊梅發已多時。殷勤最有張明府，日日看山送馬騎。王阮亭曰：風致佳。

（《溉堂前集》卷九。作於順治丁酉，當在春天）

壽張康侯母晏太夫人有序

孫枝蔚

京兆孫子與臨洮張子幸忝爲金石之交，吾友之母，即吾母也。當母夫人五十設帨之辰，爰撰詩以進，凡三章。其一謂大陸先生殉甲申國難，義不食盜賊之粟，以忠臣爲之夫也；其二謂康侯今爲養而仕，以孝子爲之子也；其三乃美康侯能取友，而歸於母教焉。或曰：多重客則累廉吏。夫多客，誠不可；寡友，可乎？寡友，懼將廢學矣。

其一

可許躋堂獻頌頻，年高自署未亡人。雖然眉壽逢丁酉，祇是心傷憶甲申。曾庭聞曰：羅隱《京口見李侍郎》有云：『屈身不堪言甲子，披風常記是庚申。』未若此用轉語之妙。夫子在天爲日月，郎君繞膝作星辰。世間忠孝偏長久，不似蓬萊事未真。

其二

將母琴堂饌未奢，非關陶令棄烟霞。魚鱗一色江中細，笋味三吳雪後嘉。縣古慈烏栖滿樹，年豐彩袖舞千家。更因泰媪貞能壽，祇種青松不種花。

其三

歲晚江梅繞署香，蘭交萬里滿華堂。賢侯愛客如陶侃，阿母教兒似敬姜。淚竹斑多徵節操，靈雛年小擅文章。謂康侯弟牧公。若令單父無君子，誰信三遷舊義方。

（《溉堂前集》卷七。此詩作於順治丁酉（順治十四年），詩之第一首亦言『雖然眉壽逢丁酉』，當在臘月十二日之前幾天中。由孫枝蔚詩序可知爲張晉母親之五十大壽。）

輓張康侯

孫枝蔚

其一

獄中詩更好，讀罷斷人腸。猿哭聞中夜，鵑啼在異鄉。何曾明罪迹？能不悔詞場。江上慈親老，終朝淚萬行。

其二

夙昔承高義，俸錢分腐儒。飢寒曾不死，感激有長吁。尚乞陶潛食，仍窮阮籍途。難逢知己再，老淚灑江湖。

（《溉堂前集》卷四。作於順治己亥春）

晚秋别張康侯、陳士振、仲渭千

宗元鼎

惆悵霜風起暮暉，一天殘葉打征衣。柳邊吹笛搖舟去，城上登樓望客歸。故園不堪歌水調，深秋何處覓漁磯。年來漂泊還如舊，空對鸂鶒兩岸飛。

（《芙蓉集》卷七）

葛震父招游雨花臺，同張康侯、姚佩卿諸子

徐燧

高臺千尺俯烟霞，卻望當年舊帝家。百雉都城仍踞虎，六朝宫樹半栖鴉。雲邊淮水連天遠，林際鍾山帶郭斜。獨有空門不銷歇，至今猶落講壇花。

（《慢亭集》卷八）

仙女臺和張康侯韵

何絜

數聲猿嘯出青丘，獨立仙臺笑浪游。松檜遠浮雲外瘦，芙蓉隱挂樹邊愁松檜、芙蓉二峯名。山河不似三都賦，花鳥何如萬歲樓。歸去臥看江上月，西風吹動半林秋。

（清康熙刻增修本《晴江閣集》卷五）

張牧公見過溉堂

孫枝蔚

檐響芭蕉樹，墻鳴蟋蟀蟲。幽人發高興，大笑對秋風。畏禍憐今日，安貧勸野翁。莫愁歸路黑，明月滿城中。

（《溉堂前集》卷五。作於辛丑年）

同張牧公過季希韓寓齋留飲即席作

孫枝蔚

春晚愛幽栖，落花新葉齊。腐儒慚看劍，歸客勸扶犁牧公將歸秦中。風細暖吹面，酒清香到臍。主人多意氣，翻怪醉如泥。

（《溉堂前集》卷五。作於壬寅年）

春日過牧公飲寓園

孫枝蔚

把酒逢遲日，論文立小橋。園花紅一樹，池柳碧千條。樂事輸年少，閑身是野樵。徑須成爛醉，兼

使客愁消。（《溉堂前集》卷五。作於壬寅年）

春盡日偶同程奕先過南鄰迮旦庵留飲適張牧公亦至

孫枝蔚

其一

鄰舍相尋易，驚心對故知。樽開落花處，雨響送春時。話舊音容好，爭新紙筆馳。不須愁後會，且暫慰相思。

其二

微寒收細雨，久坐見晴空。江近魚偏美，主賢庖最工。聽鶯春夏變，作客弟兄同。自醉燈前酒，誰知阮籍窮。（《溉堂前集》卷六。作於壬寅年）

贈別張牧公三首

孫枝蔚

其一

作客相寬賴酒卮，把君新句淚交頤。廣陵閑續《蕪城賦》，春日苦吟《棠棣》詩。拔劍出門年正少，馱書歸里馬難騎。何時攜手蓮花岳，高咏還看謝朓奇。

其二

曾看意氣全無敵，獨立高臺羨去塵。少壯能寬多病母，流離喜見故鄉人。悠悠白髮吾衰甚，兀兀青山爾到真。萬里音書須早寄，一杯痛飲更誰頻。

其三

臨歧折柳淚沾纓，愁對踟蹰馬不行。山帶野烟空遠色，風吹獨樹有悲聲。百年筇杖身何用，十畝瓜田路最生。江北江南烽火地，可憐吾久負西京。

春日懷友之二

孫枝蔚

載酒朝朝過溉堂，堂前明月照飛揚。自騎白馬臨洮去，江北江南問小張張牧公謙。

（《溉堂前集》卷七。作於壬寅年）

張牧公特渡江別余歸里

孫枝蔚

（《溉堂前集》卷九。辛丑年作）

其一

白浪春風裏，清樽鐵瓮邊。吕安千里駕〔一〕，何似渡江船？野老誰相念，新詩大可傳。名山須努力，游俠勿徒然。

其二

連床聞客夢，昨夜傍慈闈。園送新生笋，燈明舊斷機。海風吹別淚，江霧撲征衣。那得平山下，看君上馬歸。

校記

〔一〕『千里』，底本作『遙命』，此據《溉堂續集》。

（《溉堂續集》卷一。丙午年作）

雍南、千一邀飲西郊酒家送牧公歸臨洮

孫枝蔚

其一

城西依舊好風光，山下多年是戰場。駿馬并行如岳湛，名花真見勝熙昌徐熙、趙昌善寫花卉。避風館牡丹盛開。

其二

粗豪年少解春衣，酒罷彈箏對落暉。那識我曹情最苦，送春時節送人歸。

其三

束裝何事太匆匆，不惜青山離眼中。留客古來惟兩物，鴟夷榼與石尤風。

其四

江深不及主人情，山好强如塞上行。無數枝間求友鳥，何曾中有勸歸聲。

（《溉堂續集》卷一。丙午年作）

寄懷張牧公

謝天錦

黄金臺畔分襟日，萬木蕭森村落暉。君馬虺隤洮水去，予情黯淡楚雲飛。秦關聞已騰兵甲，江國何曾減鐵衣。滿目塵沙鄉路迥，何年同坐釣魚磯？

（《詩觀二集》卷十）

喜晤張牧公時即送別西津

何絜

昆弟才名關洛聞，傷心鴻雁忽離群。十年舊事悲黄犬，一卷新詩對白雲。渭北夢歸還念友，江南花發暫逢君。不堪賦別丹楓下，握手西津黯落曛。

（清康熙刻增修本《晴江閣集》卷五）

題超果寺寓壁

嚴熊

歲酉曾來此，於今又子年。喪朋愁挂劍謂徐武靜、張康侯、子美諸公，遇衲且安禪。密竹蕭蕭雨，空堂寂寂烟。紗籠何日事，握筆一潸然。

（《嚴白雲詩集》卷八）

九日牧公寓齋步頻陽吴海若韵

張天符

石菊花開古砌邊，西風吹冷樹頭烟。九秋尚記三峯約，一醉空逃十日禪。釃破葛巾無所事，囊成萸佩不如眠。祇愁夢裏飛蝴蝶，仍入黄昏慘淡天。

杪秋同可三、華階昆季過牧公寓齋留飲

宗適

平生思益友，今日幸登龍。落筆詩才敏，傳杯酒興濃。花香含曉露，草色淡秋容。況是重陽近，相期第一峯。

喜牧公自京口至

宗適

吳中看衛玠，塞上識張華。雖未談詩久，應知得句佳。邊聲寒白草，秋色老黄花。旅館如相問，村醪莫厭賒。

冬日送牧公還隴西

李三奇

此別何時會，人生類轉蓬。關河兩地隔，風雨寸心通。客路寒山外，離情濁酒中。貧交重義氣，不忍各西東。

（上四題《狄道州志·藝文》載）

附錄三　張晉張謙年譜

說明：

一、《年譜》中年齡皆按舊例爲虚歲。

二、當時狄道縣（今臨洮縣）屬陝西省。張晉、張謙將陝西學人皆視爲同鄉，故《年譜》開頭也列出個别與張晉、張謙有一定關係的陝西詩人當年之年齡，以便瞭解他們成長之文化環境。

明崇禎二年己巳（一六二九），張晉一歲

張晉生於臨洮府狄道縣（今甘肅省定西市臨洮縣）。其地當時歸陝西省。爲秦朝臨洮縣舊地，屬隴西郡。西漢爲西部都尉治，晉初分屬狄道郡。北魏廢。西魏置溢樂縣。歷史上或爲狄道縣或爲狄道州、郡治地。清初爲狄道縣，屬臨洮府。乾隆三年（一七三八）移府治蘭州，升狄道縣爲狄道州。一九一三年復降爲縣，一九二八年改爲臨洮縣。

生日可能在前半年，集中卷二《戊戌初度八歌》作於其生日之一天，排在《七夕篇》之前，衹是吴鎮編刻《戒庵詩草》時很多地方打亂了次序，故難以肯定。

父張行敏，字公孺，號大陸，明天啓辛酉（一六二一）舉人，曾任觀城令。

舅父晏御賜，字心晛，有《夢夢軒詩草》一卷。

舅父潘光祖，字義繩，號海虞，天啓甲子（一六二四）解元，聯捷進士，任吏、户二部郎中，歷山西參議道。李楷爲張晉詩集作序曰：『狄道爲臨洮首地，有大人見焉。長城之創，亦始於此。康侯試書判爲第一，其舅潘文部，余同年也，亦第一。』

有一兄，約四歲。

隴西關永傑（字人孟，號華岳）約四十五歲。

蘭州郝璧（字仲趙，號蘭石，又號昆侖子）約二十八歲。

隴西王予望（字勝明）二十五歲。予望原名家柱，明亡以後改名予望，晚年又改名了望。

朝邑李楷（字叔則）二十七歲。涇陽雷士俊（字伯籲）十九歲。涇陽張恂（字稚恭）十二歲。三原孫枝蔚（字豹人）九歲，始進學。郿縣李柏（字雪木）五歲。富平李因篤（字天生，又字孔德）三歲。盩厔李顒（字中孚）二歲。涇陽李念慈（字屺瞻）二歲。萊陽宋琬（字玉叔）十五歲。

明崇禎三年庚午（一六三〇），張晉二歲

六月，臨洮遭冰雹。

是年陝北義軍李自成在狄道、渭源、河州一帶活動，殺貪官污吏，放糧於饑民百姓。後明軍追擊，進入陝西。

明崇禎四年辛未（一六三一），張晉三歲

隴西關永傑中進士，後官河南按察使司僉事、睢陳兵備道、兵部武選司主事。關永傑性沉著剛毅，不苟言笑、交游，文以奇警名世，詩才雋逸。

明崇禎八年乙亥（一六三五），張晉七歲

二月，義軍攻秦州未下，過禮縣，往來於秦安、清水、秦州間。其首領號搖天動者襲破西和，其餘數十人駐寧遠（今武山）。

張晉自小讀書識字，聰慧异常。呼延華國等修《狄道州志》：『張晉，字康侯，觀城令行敏子。少聰穎，讀書一過不忘。』家有書房曰『石芝山房』，有園名『芝園』。其後所成詩曰『石芝山房詩草』。

明崇禎九年丙子（一六三六），張晉八歲

正月，李自成部攻占階州。

十二月，李自成軍至鞏昌，入狄道縣境，與狄道總兵曹變蛟戰，旋即出境。

明崇禎十年丁丑（一六三七），張晉九歲

二月，李自成部入階州、文縣等地，洪承疇派兵追擊。

四月，義軍混天星、過天星據洮、岷、階、文數州深谷間，洪承疇派兵會剿，義軍受挫。

五月，李自成爲孫傳庭所敗，走秦川，入四川。

夏，甘肅平凉等地大旱，飛蝗蔽天，所至秋禾立盡。大旱，人相食。

郭充中進士。郭充原名九圍，字函九，號損庵，崇禎七年（一六三四）舉人。授山西太原府司理，官至刑部給事中。

明崇禎十一年戊寅（一六三八），張晉十歲

正月，洪承疇敗李自成於梓潼，李自成退走洮州。

三月，曹變蛟敗李自成於洮州，李自成入番地（藏區）。後由於番地少糧，再入岷州及西和、禮縣山中。

靈臺、莊浪、環縣及河西諸郡蝗蟲食禾、受災甚眾。

陝西監察御史周一敬買學田以贍貧士。

明崇禎十三年庚辰（一六四〇），張晉十二歲

狄道縣知縣褚泰珍修建文廟，興辦儒學。二月，左良玉敗張獻忠於四川之瑪瑙山。張獻忠走興安、平利群山中。

蘭州、金縣大旱，民饑，死數萬，至次年六月漸止。

平涼、慶陽等府和秦州等地連遭蝗、旱，百姓大饑。河州自正月至六月不雨，夏禾盡枯，穀價騰貴，死人無算，人相食。

山東、河南、山西、陝西亦大饑，人相食。

蘭州郝璧於崇禎十二年（一六三九）中舉。約於此年或下一年被派往揚州做官。順治初任太常博士，擢給事中。典試江西、浙江。

明崇禎十四年辛巳（一六四一），張晉十三歲，張謙一歲

四弟張謙生。謙字牧公。

秦隴州縣大饑，人相食。

明崇禎十五年壬午（一六四二），張晉十四歲，張謙二歲

張晉十四歲『知聲律』，以能詩稱。自此年之詩始存。

狄道姚之珵，乾隆《狄道州志》卷九：『姚之珵，字德佩，崇禎壬午舉人。天姿誠慤，臨文敏妙，爲士類所推，後署同官教諭，卒於官。』

袁養浩，字義生，明諸生。少勤勉而有大志，李自成起事後，躬耕讀書以絶功名。壽八十餘而卒，有《袁義正遺文》（乾隆《狄道州志》卷九）。

孫宜纘，字述雲，少喜作詩，以歲貢司訓秦安，遷固原學正。有《洮叟詩集》。（《狄道州志》卷九，《甘肅新通志》卷七十五）

劉惠聲順治十七年鄉試，以字違置於副卷，著作百餘。爲當時狄道一帶名士。（《狄道州志》卷九，《甘肅新通志》卷六十六，民國《甘肅通志稿》卷八十九）

張晉詩中還提及孺登、友梅、孫夫子并張晉之師長。

隴西關永傑去世。著有《晴雲亭詩草》，又有《在陳吟》（郭漢儒《隴右文獻錄》）。

明崇禎十六年壬午（一六四三），張晉十五歲，張謙三歲

張晉此年前後有五古《望仙謠二首》等。

十月，李自成攻陷潼關，破西安，改名爲長安，號西京。逼諸生出試。李因篤食廩餼，遂棄衣冠，屏舉子業，一意經學，旁通《左傳》、《國語》、《史記》、《漢書》及唐宋諸大家。肆力古文辭，尤好詩歌。

十一月，李自成軍隊攻克平涼、安定、會寧、秦安等地，所屬州縣望風迎降。

十二月，李自成遺將賀思賢、袁維中攻臨洮城，總兵棄城逃走，練兵副將歐陽衮（狄道人）率兵固守。後進軍蘭州，蘭州開城降迎，肅王朱識鋐被殺。遂渡黃河西進。

張晉父張行敏在此年前後任觀城令。在任僅三月，聞李自成軍隊之亂，挂冠歸里。呼延華國等修《狄道州志》卷九：『張行敏……後任觀城令，以兵亂挂冠歸。』觀城縣，在山東省菏澤縣西北，古觀國。春秋屬衛國，清代屬山東省曹州府。

明崇禎十七年、清順治元年甲申（一六四四），張晉十六歲，張謙四歲

正月朔，李自成在西安稱王，國號大順，建元永昌。三月，明思宗朱由檢自縊於煤山。明亡。

四月，清軍入關。李自成在北京登基稱皇帝，次日即焚毀紫禁城各宮殿，撤出北京。其軍至狄道，大掠沿途居民。

五月，多爾袞入京師。明南京兵部尚書史可法、鳳陽總督馬士英擁立福王朱由崧爲帝，據南京，改明年爲弘光元年。

十月，清世祖愛新覺羅・福臨遷都北京，改國號大清，紀元順治。

張晉在狄道。好詩文，也關心國事。有《蘇幕遮・苦雪》詞等。

張晉兄生一子，名元玉。

隴西郭充於清軍入關後去刑部給事中之職，由京歸鄉。有《凝思錄》傳世。八十一歲去世。

順治二年乙酉（一六四五），張晉十七歲，張謙五歲

二月，清靖遠大將軍阿濟格下秦隴四十四城。直隸真定人恩旨智適爲清首任狄道知縣。

清兵渡江，弘光帝被俘遇害，錢謙益率南明朝臣降清。

六月，清廷下剃髮令，十日之內，男子一律剃髮，否則『殺無赦』。

故明將武大定踞仇池山（西和縣南部）一帶。

張晉在狄道。攻讀詩書。五絶《白兔》、《紅魚》、《玄鹿》、《黄鶴》等詩可能作於此年或下一年。

張謙自小聰慧，勤於讀書。

郝璧在揚州。

順治三年丙戌（一六四六），張晉十八歲，張謙六歲

正月初一，張晉作《望江南·元日》。此年前後有五律《登來青樓》。

張晉父行敏聞甲申之變，不食死。《狄道州志》卷九：『張行敏，……旋聞甲申之變，不食死。』蓋聞甲申之變即悲傷抑鬱，然而因福王朱由崧在南京建弘光政權（一六四四—一六四五）、唐王朱聿鍵在福州建隆武政權（一六四五—一六四六），尚抱有希望，至聞隆武政權亡，則不食而死。《避賊十歌》自注云：『明末時作。』然而其中説：『血口淋淋哭我父，前年新葬東郊土。』則其父之死在順治三年（一六四六）。

是年，清朝開科取士。秋，舉行鄉試。魏裔介、魏象樞、李蔚登進士第。

蘭縣（今蘭州）郝璧赴京，被任命爲太常博士。不久提升爲給事中。

順治五年戊子（一六四八），張晉二十歲，張謙八歲

張晉在狄道。

三月，駐甘州回族降清軍官米喇印、丁國棟借召開軍事會議之機殺甘肅巡撫張文衡及總兵、副將等，以反清復明爲號召，率眾起義，連下涼州、蘭州。四月，東鄉族闖塌天在河州響應起義，丁國棟攻占臨洮府。動亂至六月纔得平息。山東金鄉人郭肇全任狄道知縣。

張晉在順治五年避難中作七古《避賊十歌》、五律《避兵尋洞》等詩。《避賊十歌》注爲『明末時作』而不言二十歲時作者，是以魯王朱以海在紹興所建南明魯王監國政權（一六四五—一六五三）還在之故，而理解上又靈活，不會因此犯忌。《望江南·元日》自注『十八歲作』，亦含蓄地表現了對南明小朝廷的希望。

張晉此年二十歲，爲成丁之年。正月有七律《春日試筆》。大約在成丁後曾游歷蘭州。此年前後有五古《金谷》，七古《將進酒二首》、《宛轉歌》、《烏夜啼》、《明月歌四首》，五律《圃事》、《明妃曲》、《古意》等。

隴西王予望選拔貢，任京官。後改任福建同安縣知縣。體察民情，興利除弊，頗有政聲。有《風雅堂詩文集》（又名《搜珠集》，據郭漢儒《隴右文獻錄》）。

順治六年己丑（一六四九），張晉二十一歲，張謙九歲

張晉之父死於順治三年三月（明亡）之後，至順治六年張晉已二十一歲。則當年夏其父三年祭禮之後，當選吉日完婚。時間在夏季之後，妻名眉仙。《好事近·小三》、《卜算子·春歸》當作於此年至十一年（一六五四）在臨洮之時。《律陶》亦當此年前後所作。

張晉在狄道。蒲州人貢士吳大壽任狄道知縣。

此年前後張晉有七律《鸚鵡》、《菊花》、《牡丹》等詩及《浣溪沙·夏景二首》，《集杜》一卷也應主要成於此年前後。

此年前後張晉因其父喪三年已過，并已成丁，成婚，曾遠游河州、蘭州幾處名勝之地，有七古《秋圉篇》，五律《黄河》、《禹廟》，七律《河上作》、《過故肅邸》、《鎮邊樓》、《河州王莊毅公墓》等。

按：　張晉游河州、蘭州、積石具體時間不可考，姑繫於此。

積石關有禹王廟，元代以來詩人多有題詠。

鎮邊樓，即河州城北城樓，因城樓北檐挂有『鎮邊』匾額，故稱鎮邊樓。自解縉登樓題詩後，歷代文人學士題咏不絶，使河州鎮邊樓聲名遠播。

王竑，字公度，河州衛人，死後賜太子少保，謚莊毅，正德年間立專祠受祀。王竑，正統四年（一四三九）進士，授户科給事中，累官至兵部尚書。景泰初年，王竑總督漕運，兼理巡撫江北。康熙《狄道府志》載：『徐淮諸郡大饑，死者相枕藉，山東、河南流移民載道。公不待奏請大發廣運倉糧賑濟。近者日飼以粥，遠者量發以粟，流徙者給以口糧，疾病者委醫調理……前後全活者二百二十九萬人……』對土木堡之變後明朝政權的穩定起到重要的作用。嘉靖間丘濬撰專祠祭文曰：『世之偉人，國之重臣。如虎豹在山，如山川出雲。如金之百練，如弩之千鈞。在漢爲汲長孺，在宋爲包希仁……』

郝璧遷安徽按察副使。有《郝蘭石集》二十卷，李楷序。

順治八年辛卯（一六五一），張晉二十三歲，張謙十一歲

八月，張晉赴三原參加鄉試，過天水，有五律《伏羲廟》。七律《春草》云『今日馬蹄江上路』，似亦作於赴三原途中。赴試途中還有五古《老子説經臺》。五古《黄帝鑄鼎原》應作於鄉試之後。此試中舉，爲秦隴青年才俊。乾隆《狄道州志》卷九：『張晉字康侯，……舉順治辛卯鄉試，聯捷南宮。』七律

《白燕》二首，當爲鄉試後游長安所作。七絶《秋興》三首，七律《竺原寺》二首、《黄鶯》二首亦當爲秋闈後所作。竺原寺，原在臨洮縣東南渭源縣，清同治年間有大批亂軍至渭源，同隴中其他幾座佛寺一起被毁。

此外，張晉五古《乞農書》亦作於此年前後。

張謙受其兄影響，也學習寫詩。

孫枝蔚仲兄枝蕃舉於鄉。孫枝蔚有詩懷李楷。李楷在揚州。

韓詩在南京，得熊文舉推薦，至京，授中書舍人。

順治九年壬辰（一六五二），張晉二十四歲，張謙十二歲

春，張晉赴京會試。由其弟張咸護送，大約至秦州（今天水）。至陝西，有五律《望華岳四首》、《渭南道中》、《華山下遇高陟雲》、《華州廣文閏見我》。

春試結束之後給家中寫信，并附五律《寄三弟咸》一首。其贈人之作，亦皆作於春試之後。

高嶙，字陟雲，陝西寶鷄人。爲張晉摯友，集中有五古《懷高陟雲》。高嶙科場不利，順治十七年（一六六〇）以歲貢任浙江慶元知縣。頗有政績，書法宗李邕。《寶鷄縣志》、《慶元縣志》俱有傳。

張晉中進士。

此年直至七月張晉尚在京師，有五絶《長安門》、《琉璃廠》、《帝王廟》、《金水橋》、《自君之出矣》，七絶《燕京竹枝詞六首》，五律《寄二弟咸》、《萱花》，七律《贈楊太史地一》等詩。

順治壬辰同年中可以考知此後有交誼者有以下二十三人，屬陝西者有六人：

白乃貞，雍正《陝西通志》：『白乃貞，清澗人，檢討。』清澗即今陝西省北部綏德以南清澗縣。白乃貞是乾隆己酉刻《戒庵詩草》原刻校訂十五人之一。《四庫全書總目》卷一八二《集部·別集類存目九》著錄其《愁齋存稿》四卷，云：『乃貞字廉叔，號蕊淵，順治壬辰進士。官翰林院檢討。其詩敘述真樸，不加文飾，故余恂序以爲善學香山。蓋舉其近似者爾。』張晉此年有《贈白太史蕊淵》。

劉澤溥，字潤生，陝西華州（今渭南市華州區）人，安徽亳州知州。康熙《續華州志》卷二《藝文志》：『《學易日記》、《劉子藏稿》，劉澤溥著。』又錄其詩二首。澤溥曾主修編纂《亳州志》四卷。又嗜金石，與金石學家郭宗昌爲摯友。耿文光《萬卷精華樓藏書記》載，劉澤溥爲其所著《金石史》作序并傳其書。其書尚存。

楊素蘊，字筠湄，也作『藥眉』，號退庵，陝西宜君人，順治十年（一六五三）任東明縣令。後任四川道御史，曾督學山西，終於湖北巡撫，所至均有政聲。雍正《宜君縣志》卷四十八《人物》載楊素蘊『有《見山樓文集》、《京兆奏議》、《撫楚治略》、《穀城水運紀略》諸刻』。《四庫全書總目》卷一八二《集部·別集類存目九》亦著录《見山樓詩文集》，評曰：『其詩集刻於康熙壬子。文集則無序無跋，不知刻於何時。均不分卷帙，不列目錄，皆似乎隨有所作，隨以付雕。其詩頗摹李夢陽，文則皆應俗之作也。』當時西北詩人以李夢陽（今甘肅慶陽人）爲宗，楊素蘊詩所表現的正是時代風尚。

侯于唐，字蓮岳，涇陽人。選庶吉士，擢御史。後任巡漕監察御史、甘肅整飭平慶道，康熙八年（一六六九）任兩淮鹽運史，奉詔以敬慎剛方褒之。居鄉葺學宮、築白渠堤，民賴其利，祀鄉賢。張晉詩首次刊刻，他是校訂人之一。雍正《陝西通志》卷五十七下《階州直隸州續志·藝文》有其所撰《重建武階南浮橋碑記》，署『池陽侯于唐』。池陽縣即今陝西省涇陽縣，故《張康侯詩草》之《原刻校訂姓氏》中署焦穫人。乾隆《三原縣志》卷十四有《重修文峯寺大殿記》，卷十八有《舟署偶存》、《燕臺集》，署名侯于唐。張晉於此年有《贈侯太史蓮岳》。

同年中陝西籍還有趙鶚薦、陸騰鳳。

其他省者十七人：

章平事，字大修，號無黨，浙江諸暨人，少有文名。官河南永寧縣令，性剛正，不畏豪强，有政聲。乾隆年間《紹興府志》、《諸暨縣志》并有傳。章平事去官『家居四十年，益肆力於古，稱極博，所著有《受盠堂集》。康熙中，邑令蔡杓奉檄纂修縣志，平事主之，人稱《章志》』（乾隆《諸暨縣志》）。所著還有《懶名齋文稿》。今人張堯國《浣水流韻——諸暨歷代詩詞作品選》録其單篇詩文。

尹惟日，字冬如，號麟塢，湖南茶陵人。康熙《長沙府志》載其『年方十八九，其應制文海内傳誦之』。由和平縣令升江西贛州贛北兵備道。乾隆《長沙府志》卷四十五、嘉慶《茶陵州志》卷二十均載其《赤松壇》一文。嘉慶《茶陵州志》卷二十存有尹惟日《報虔院佟公書》。同治《茶陵州志·藝文》又載：『《和平政迹》、《行吟集》、《制藝稿》，尹惟日著』，并收其詩《贈王南伯游擊》、《白蛟山三首》。

常大忠，字二河，山西交城人，知四川梓潼縣。順治十六年（一六五九）授潛山縣令，後升保定府同知。其藝民敷政，恩威兼濟，關心百姓疾苦，重視培養人才。康熙《安慶府志》載其『洞悉民隱則如家人父子焉。興學育才，新聖宫、建書院，進諸多士』，稱其『嚴氣正性，人不敢干以私』。光緒《保定府志》稱其『端嚴若神，好言大節』。蒲松齡《聊齋志異》卷七《梓潼令》原型即是常大忠。乾隆《潛山縣志》卷二十二收有其《三立書院碑》。

葉獻論，乾隆《泉州府志》卷五十三：『葉獻論，字日卿，號懷蓼，南安高田人。入安溪庠，順治辛卯、壬辰聯捷進士。』高田因山嶺中辟田而得名，世居葉氏，西與安溪相接。葉獻論順治十一年（一六五四）任河北滿城知縣，爲官勤政有所作爲，以激直招致讒毀，後歸隱。乾隆《泉州府志》云：『嘗咏中秋夜有云：「一片歸雲南浦水，數聲遙笛北山風。」又登真定佛塔有云：「梵宇鐘聲窗外渺，烟空雁影檻中還。」可想見其襟期。』葉獻論曾參修《南安縣志》二十卷，康熙十一年刊行。乾隆《泉州府志》卷七十四《藝文》著錄其《詩集》；民國《南安縣志》之《藝文志》著錄其《玉川集》，又錄其文《凌雲山記》及七律《登凌雲山絕頂》。

易象兑，字西澤，號秋濤，海門（位於江蘇省東南部）人。康熙《繁昌縣志》卷十《名宦》載：『易象兑，號秋濤，海門人。順治間以舉人署教諭，正性不阿，以理學訓士。猶好讀書，署中咿唔達旦，幾忘冬爐夏扇。程課月三舉，閱諸生文爲句櫛字比，務準先輩理法，多鼓舞勵進焉。壬辰成進士，選崇德知縣。』

范乃蕃，字震生，山東黄縣人，順治十一年（一六五四）任河北藁城知縣。同治《黄縣志》卷七《選舉志》：『范乃蕃，壬辰科。藁城知縣，歷兵部職方司主事，户部貴州司員外郎、江南司郎中，湖廣永州府知府。』乃蕃潔己奉公，多有政績，於教育尤著。任藁城時，文運昌盛一時。康熙《藁城縣志》卷十二《文集志》中有《浮糧補廩記》、《萊山廟碑記》署『知縣范乃蕃』。

郭礎，字石公，江都人，官至順德府知府。爲官興利除弊，惠民一方。政績以治順德大陸澤爲著。

嘉慶《揚州府志》卷六十二《藝文志》著錄：『《瓊花草堂集》，郭礎撰。』光緒《增修甘泉縣志》卷二十三《經籍志》錄其《畫法年紀》一卷。

程邑，字幼洪，又字翼蒼，江寧人。選翰林院庶吉士，散館後授翰林院職。順治十三年（一六五六）轉蘇州府教授，捲入順治十八年（一六六一）『抗糧哭廟』事件，致金聖歎等一百二十一人斬首，聲名損於士林。同治《蘇州府志》卷七十三據康熙間志書：『康熙二年，升國子助教，纂修國史，尋卒。』張晉此年有《贈程太史幼洪》。

曹爾堪，字子顧，一字顧庵，浙江嘉善人。選庶吉士，授編修，累官侍講學士。光緒《重修嘉善縣志》載其『兩冠閣試，館中罕有』。爲詩清麗可諷，與宋琬、沈荃、施閏章、王士祿、王士禎、汪琬、程可則并稱清詩『海内八大家』。曹爾堪善書畫，卒年六十三。《清史列傳》卷七十有傳。著有《南溪文略》二十卷、《詞略》二卷及《杜鵑亭稿》。《清詩別裁集》言其『詩文頃刻成，同館無與爭捷者』。吳之振選其詩入《八家詩選》，《皇清百名家詩》選收其詩一卷。現存張晉詩集中有曹爾堪點評。張晉此年有《贈曹太史顧庵》。

張晉有詩相贈的同年還有戴應昌、程一璧、王坤、吳章龍、許侃、張先基、黃秉坤、楊永寧。

此外，又結識河南郭升、浙江姚琅。二人於此年任縣令，張晉贈以詩。

郭升，筠山爲其表字或另一號，貢生，順治九年（一六五二）任廣東陽山縣令。順治《陽山縣志》卷五《人物志》：『時陽城新恢，多難永靖。升招撫殘黎，安戢兵訌。且城池、文廟、衙宇、學宮次第修復……』邑人樹《郭升政績碑》紀之，其序言郭升詳情爲『郭侯，諱升，號木生，河南歸德府夏邑縣人』。

順治《陽山縣志》卷一載有邑令郭升詩，卷四有《郭升重建文公釣臺記》。張晉贈詩爲《郭筠山令陽山》。

姚琅，字聲玉，號書岑，貢生。順治九年（一六五二）任長樂縣知縣。康熙《安慶府志》卷十二：『姚琅，號書岑，浙江石門人。少穎悟，讀書過目成誦。』康熙九年（一六七〇）任安慶知府，『琅廉潔敏幹，寬猛互濟，游刃有餘。培植學校，撫字殘黎，案無晉牘，獄無枉縱，一時有神明之譽』。安慶爲水陸要衝，一六七四年清王朝討伐吴三桂，往來軍隊悉經此地，琅謀劃合宜，百姓未受驚擾，能依然安居樂業。張晉贈詩爲《姚聲玉令長樂》。

八月，隴南一帶大水，造成嚴重災害。

秋天回狄道，路上游覽名勝古迹多處，有五古《朱仙鎮》、《銅雀臺》、《蘇長公雪浪石》、《劉伶墓》、《張車騎井》，七古《五烈井》、《茂陵秋》，七絶《孟津》，五律《堯廟》、《舜廟》、《二程先生祠》、《邵先生祠》、《洛城》、《岳武穆王廟二首》、《馬嵬》等詩。七古《嵩山高》、《中山伎》、《趙昭儀春浴行》、《銅駝淚》、《弁青》可能作於此年秋由京城返狄道或順治十年赴京謁選時。五律《椒山先生祠二首》或作於此年。狄道有楊椒山祠，陝西監察御史姜圖南建雙忠祠於東山超然臺，祀明兵部主事、署員外郎楊繼盛與御史鄒應龍。楊繼盛號椒山，因彈劾大將軍仇鸞被貶爲狄道典史。仇鸞敗，起用爲兵部主事、署員外郎。又因彈劾嚴嵩下獄被殺。楊椒山祠并附祭明户部給事中張萬紀。

孫枝蔚和吴嘉紀《流民船》詩，反映農民流離顛沛之苦。孫枝蔚曾客富安場，作旱詩。又出游蘇州、鎮江，時遇兵亂，逢江防，暫不得歸。

韓詩在京，與龔鼎孳、鄧漢儀、趙爾忭諸名士集。

順治十年癸巳(一六五三),張晉二十五歲,張謙十三歲

春,有五古《宋廣平古迹》,七古《迎神曲》、《豐年歌》、《春鳩鳴》等詩。

六月,狄道遭受嚴重雹災,『小者似鷄卵,大者如人頭』。

張晉赴京謁選,行前有五古《別岳世兄蒲玉》、《小玉》、《元玉》諸作。

張晉二十四歲中進士,志得意滿,赴京候選途中觀景取樂之作,當多成於此年。過西安有《浣溪沙·春閨》、《憶秦娥·別人》之詞。到大名府(今河北大名縣)約了文友馬伯顧。又一同至廣平(今河北廣平縣),有五古《宋廣平古迹》。於廣平會顧如華,有《鵝城咏》一詩。後又有七古《寄顧西巘》。顧如華有七古《答臨洮張康侯途中寄詩》。

顧如華,字西巘,湖廣漢陽漢川縣人。順治五年(一六四八)舉人,六年己丑科進士,授廣平縣令,康熙初巡鹽兩浙。《販書偶記》卷十四著錄《顧侍御集》十卷,説明云:『晴川顧如華撰,康熙甲辰刊,又名《顧西巘合稿》。』則顧如華有文稿行世。因其爲湖廣漢陽人,所謂『晴川歷歷漢陽樹』,故亦謂之『晴川』人。

途中應還有七古《洞庭秋》、《李夫人招魂歌》、《瑤華樂》、《海東船》,五絕《渡渭思親》、《早耕》,七絕《歌者娟兒故良家子,行歌道舊,泣下潸潸,予亦愴然,慰之以此》,五律《乾壕早發》、《閿鄉道中》等詩。

八月張晉至京,至初冬尚在京候選。在京所結識的前輩詩人有魏裔介、魏象樞、施閏章等。

魏裔介(一六一六—一六八六),字石生,號貞庵,直隸柏鄉人。裔介少年聰慧,順治三年(一六四六）進士及第，選庶吉士，歷工部給事中、吏部給事中、兵部給事中，後升任都察院都御史，累官至保和殿大學士，加太子太保。魏裔介是清初名相，年四十餘入閣，鬚髮皆黑，有『烏頭宰相』之稱。幾十年宦海沉浮，爲百姓做過許多好事，對清初各方面建設都有貢獻。魏裔介手不釋卷、口不停吟，爲詩主張『詩之爲道，非小務』、『性情正而天下真詩出』，廣結文士，於當時文壇甚有影響。有《經世編》、《聖學知統錄》等書行世。所爲詩自出機杼，不屑學前人以爲工。其著作還有《兼濟堂文集》二十卷，《昆林小品集》三卷及《昆林外集》等（見《四庫全書總目》）。《清史列傳・大臣傳》、《清史稿》卷二六二并有傳。

魏象樞（一六一九—一六八七），字環極，一字環溪，號昆林，山西蔚州人，順治三年（一六四六）進士。乾隆《宣化府志》卷二十九：『象樞事母以孝稱。中順治丙戌進士，由翰林歷刑工吏三科，以左遷轉御史，終刑部尚書。性敏直敢諫，前後凡八十二疏，并中樞要，有古大臣風。理學經術爲一時冠。予告歸，賜御書寒松堂額。以壽終，賜祭葬，謚敏果。雍正十一年特詔從祀賢良祠。』著作有《寒松堂文集》十卷、《寒松堂詩集》三卷。《清史列傳・大臣傳》、《清史稿》卷二六三并有傳。

施閏章（一六一八—一六八三），字尚白，宣城人。順治六年（一六四九）進士，授刑部主事，歷員外郎。擢山東學政，遷江西參議。辛酉典試河南，轉侍讀，病卒。施閏章著有《學餘堂集》二十八卷，《愚山詩集》五十卷并《矩齋雜記》、《蠖齋詩話》等。詩與宋琬齊名，人稱之曰南施北宋。王士禛《漁洋詩話》說：『論當代詩人，目曰「南施北宋」。施曰閏章，宋曰荔裳。』又在《池北偶談》中談施閏章之詩『温柔敦厚，一唱三歎，有風人之旨；其章法之妙，如天衣無縫，如園客獨繭』。極受當時詩壇推重。

《清史列傳》、《清史稿》卷四八四并有傳。張晉此年有七律《贈施尚白比部》。

在京見吉允迪，有七古《醉書吉太丘戰袍上》。吉允迪，字太丘，陜西洋縣人，順治己丑（一六四九）進士，授信豐縣令，歷官雲南參政、貴州學道。允迪曉兵法，以戰功著稱，光緒《江西通志》卷一百三十三《宦績錄》載其戰績：「時議剿安遠砂含賊，練鄉兵於新田，賊聞令已離縣，謀從他道襲城，允迪偵知之，夜伏兵於龍頭逕，賊至大敗之。九年復奉檄剿黃石寨，副將楊栗、賈三榮久戰無功，允迪與賊書，諭以威德，賊乃聽命。允迪趫勇絕人，嫻兵略，數以討賊自效，所至克捷。」

此年，同年劉澤溥、王坤、楊素藴赴任，張晉有五律《送劉潤生守亳州二首》、《王檠叟令元氏》、《楊藥眉令東明》。同籍中何祥瑞赴任，張晉作《送何二年兄西湖之任》相贈。

五律《大風》作於此年在京之時。

張晉應於年底返回狄道。因宋琬《送張康侯進士赴選》於『災異說維桑』下注：『時天水地震。』按天水一帶地震在順治十一年（一六五四），而張晉有贈順治十年（一六五三）獲命者朋友與同年之詩數首，則是十年底回鄉過年，十一年夏秋之際又赴京。

從十年秋至十一年夏有五古《夏夜山房》，以及《重修文廟學宮碑記》，以其爲新中進士，鄉人請其撰重修文廟學宮之碑文。

宋琬任隴右兵備道。

順治十一年甲午（一六五四），張晉二十六歲，張謙十四歲

保定府雄縣舉人吳鳳起任狄道知縣。

六月，狄道、鞏昌、天水、平涼一帶地震，城垣官舍崩圮殆盡，百姓死傷無數。

七八月間，張晉又赴京候選。過天水，見宋琬，琬作《送張康侯進士赴選》詩送別。其第二首之末云：『定蒙宣室問，災異説維桑。』取漢文帝宣室問賈誼之典。并自注：『時天水地震。』

宋琬（一六一四—一六七四），字玉叔，號荔裳，山東萊陽人。順治四年（一六四七）進士。官至户部郎中，出爲隴右道僉事。宋琬爲清初著名詩人，詩文俱工，詩尤著名於時。與嚴沆、施閏章等酬唱，有『燕臺七子』之目。王士禛定其作爲《安雅堂集》三十卷，并以之與施閏章合稱『南施北宋』。沈德潛《國朝詩別裁集》評其詩『天才俊上，跨越衆人』。林昌彝《射鷹樓詩話》言其詩『風骨渾雄，氣韻深厚，其七古尤爲沉鬱，直指少陵，爲當時諸老之冠』。《清史列傳》、《清史稿》卷四八四并有傳。《安雅堂未刊稿》又存《口號成簡岳于天吏部十首》第六首提及張晉。

過西安，游覽古迹，作七律《長安十首》。

第一次赴京未得任命，第二次赴京心情不如前一年之輕鬆愉快，途中游覽取樂之作，應有成於十一年（一六五四）者，然難以判別，今俱歸於前。

成五古《古詩十三首》，秦隴之地四年中連續發生自然災害，其中也寫及『三歲水爲災』的事。七夕立秋，張晉與諸同年會徐園，有五律《七夕立秋諸同年會徐園大雨二首》。孟秋之際有七律《燈下偶成為同長卿壽》。應酬之作《招素公》作於此年。金德純，字素公，漢軍正紅旗人。金德純博學，著有《旗軍志》，自署奉天人。新安張潮跋云：『敘事詳明，筆致古健，誠可備一朝典故者也。』

此年，同年戴應昌、吳龍章、趙鶚薦、葉獻論、范乃蕃赴任，張晉有詩《戴孟全令龍門》、《吳雲表令完縣》、《趙健翮令鉅鹿》、《葉懷蓼令滿城》、《范震生令藁城》。又有贈同籍之五律《贈党世美同籍》、《贈李坦石同籍》。

友人彭新、張可舉赴任，張晉作《彭與民守臨清》、《九如兄令邢臺》。

此年還有答程邑之七古《古墨歌答程翼蒼太史》、贈白乃貞七古《白衷葵年伯舉孫》及七律《贈霍魯齋司馬》、《贈原礪岳司馬》、《贈高弗若給諫》。

年底，被派爲刑部觀政，以熟悉見習政務。自此至十二年夏，期間與京師友人魏象樞、施閏章、白乃貞、曹爾堪等經常贈答唱和，《懷高陟雲》亦可能作於此年後半年。另外有七古《勸君酒》、《莊門東有古松六株，爲鄰人劉家樹，與我久有情，不可無詞，乃望而賦此》，五律《御溝柳》。

冬，有五古《率然》、七律《思親》。

臘月十二，母親四十七歲誕辰，張晉有七律《臘十二家慈帨辰西望賦此》。

七律《除夕》作於此年年底。

此年前後張晉有七律《思歸》、詞《訴衷情·琵琶》、《醜奴兒·聽箏》。

張謙聰慧異常。康熙《狄道新志》言其『自幼能詩，年甫十四即有詩成帙，爲孫豹人所欣賞』。十四以前詩作具體時間不可考，當有五古《塞上詩五首》及《春閨曲五首》、《桃花》、《几》、《徑》、《枕》、《籬》、《榻》、《樹》、《草》、《書架》九首詠物五絕。

順治十二年乙未（一六五五），張晉二十七歲，張謙十五歲

春，在京，曾病，作五律《病》、《故侯宅》，又有詞《清平樂·倩生》、《浪淘沙·春思》、《點將脣·春懷》。

當年春闈之後，有七律《三月晦日送張碧耦西歸》、《春夜飲伯顧邸中，限燈家》。

五月，黑霜飛秦川。憶其妻作《憶王孫・紫雲》、《浪淘沙・閨情》。

裁岷州衛前後所、洮州衛前後三所，平涼衛、慶陽衛、靖遠衛左右中後四所，河州衛右中前後四所、秦州衛後所、蘭州衛左右後三所、臨洮衛左中後三所。以甘州中護衛并蘭州衛。

前半年張晉在京，有五古《四災異詞》，七古《梅花帳》，又有五絶《憶芝園三首》，七絶《寄情》，五律《漫興》、《春日》、《秦女捲衣裳》、《宮怨》、《賣花二首》、《賦美人手》、《河上》，七律《早朝》。

楊端本，嘉慶《續潼關縣志・人物第六・鄉賢》云：『楊端本，字函東，一字樹滋，楊箮子也。順治乙未進士，授臨淄知縣，以廉明稱。開淄西龍首渠。淄有温泉久涸，至是涌出如故，逮端本去官復涸，淄人名曰楊公泉……嫻吟咏，著《潼水閣詩文》十六卷。潼商道高夢説延修關志，起古上，終國朝康熙二十四年，凡三卷。新城王尚書士正稱其簡核有體，兵志尤可備史家掌故。卒祀鄉賢祠。』『王尚書士正』即王士禛。《二南遺音》錄其詩二首，并有小傳，云『成進士後家居八年』，則張晉死時楊端本正閑居在家。楊端本詩文今存《潼水閣詩文集》八卷，《詩集》二卷，《補遺》二卷。張晉本年有爲楊端本作七古《題周夫人壽卷》。

朱廷璟，字山輝，陝西富平人。雍正《陝西通志》：『朱廷璟，字山輝，富平人……順治乙丑成進士，改庶吉士，累遷登萊副使。』後升河南參政。乾隆《富平縣志》言其『幼聰穎，既長，性嚴毅，言不妄發，臨大事從容有斷制』，爲官『清慎自矢，剔弊興利，所至政績懋著』。廷璟性好古，遇鼎彝書畫，輒摩娑不去手，人以是覘其風度。《二南遺音》録其詩一首。乾隆《富平縣志》卷七《人物志》載其著有《循寄堂集》、《古文函始》、《古文函餘》、《仕學箴語》、《間默堂文約》、《鏡波園花木譜》共七十餘卷。張晉此年有七律《贈朱天部山輝》。

晉淑軾，字長眉，號積庵，山西洪洞人。順治三年（一六四六）進士，知中牟縣，累官至通政使司通政使。晉淑軾以治賊盜聞名，能因地制宜，賞罰分明，歷任皆成效斐然。年四十九歲而卒，人多惜之。（雍正《平陽府志》）張晉此年有七律《晉給諫長眉父母雙壽》。

前半年張晉贈答的五律有給詩壇前輩魏象樞的《螢火和魏環極先生韵》、同鄉師長的袁養浩《懷袁義生》及《答趙爾和》、《寄張宗明先生》；七律有給同年曹爾堪的《答曹子顧韵》、其舅晏御賜的《寄心覞舅》及《雨夜飲月蘿精舍，同張法文、同長卿、姚德佩》、《送韓文起》、《送滑豹山司李》。

初秋作五律《榮華》、《望西山》、《報國寺》、《寄孺登友、楊二先輩》，七律《午日同諸公作》。七夕節有七律《七夕》。八九月間作《更漏子·念卿》。

當年秋被任命爲丹徒縣令。乾隆《鎮江府志》卷二十五：『丹徒縣知縣：張晉，字康侯，陝西狄道人。壬辰進士，順治十二年任。』順治皇帝曾賜宴此次任命之官員，張晉有《賜宴》詩。

同時候選同年及友人被任命爲縣令、個別任爲他職者，依次赴任，張晉有贈別之五律詩近四十首有《章無黨令永寧》（章平事）、《尹麟塢令和平》（尹惟日）、《常二河令梓潼》（常大忠）、《余魯山令都昌》（余崛起）、《程澹庵令安陽》（程一璧）、《許希陶令邯鄲》（許侃）、《孫岫霞令蕭山》（孫昌猷）、《吳吉先令輝縣》（吳家正）、《劉兩玉令聞喜》（劉珏）、《張元蕚令武昌》（張春枝）、《毛槐眉令海鹽》（毛一駿）、《沈次雪令錢塘》（沈虬）、《黎道存令南昌》（黎士毅）、《開有兄令東强》（張先基）、《九如兄令邢臺》（張可举）、《易四澤令崇德》（易象兑）、《韓龍臯令烏程》（韓禹甸）、《謝黄輔令崇仁》（謝胤璜）、《方備水令嘉善》（方舟）、《陸見南令益都》（陸騰鳳）、《翁先葉令任丘》（翁年奕）、《吴擎侯守通州》（吴柱）、《王慈許令交河》（王基昌）、《余元濟令安陸》（余蘗生）等。

與張晉同時獲任的友人有詩文相贈且政績突出者：

張春枝，武昌縣知縣。光緒《武昌縣志》：「張春枝，字元萼，江西泰興貢生。嘗以計禽盜，四境以安。學宫毀於兵，春枝捐俸二百金爲之創始，次第修復。」其中「江西」爲「江蘇」之誤。張晉有《張元萼令武昌》。

毛一駿，海鹽知縣。光緒《海鹽縣志》：「毛一駿，字槐眉，竟陵人，舉人，順治十二年任知縣。性仁厚愛民，好士博學，能詩文，以經術飾吏治，至修築城垣海塘，尤功績之著者。」光緒《嘉興府志》卷八十三《藝文》收有《毛一駿海防議》一文。張晉有《毛槐眉令海鹽》。

沈虬，康熙《錢塘縣志》卷九《官師》：「沈虬，十三年任，吴江人。」同治《蘇州府志》稱沈虬「工書，得文徵明法，盛行於時」。民國《震澤縣志續》卷五《藝能》載其「工詩善書，其書法初宗文待詔，既學董文敏，皆能亂真。四方乞其詩與字者，嘗踵相接，至今猶寳貴之也」。《詞綜補遺》卷八十一收其詞一首，并有《小傳》。乾隆《震澤縣志》、同治《蘇州府志》均著録沈虬《雙庭詩稿》。又有《河東君傳》、《圓圓偶記》傳世。張晉有《沈次雪令錢塘》。

黎士毅，字道存，福建長汀人，貢生，南昌縣令。後遷知壽州鎮陽關，所至免錢糧、禁賊盜、平物價，有政聲。尋解組歸，年七十七卒於家。著有《寶穡堂詩集》。乾隆《長汀縣志》卷二十五《藝文》錄其《聽松閣次韻》、《春江花夜月》詩。張晉有《黎道存令南昌》。

韓禹甸，字奕卿，號龍皋，北通州（今北京通州區）人。康熙《通州志》卷八《選舉志》：『韓禹甸，十州子，五年拔貢，烏程縣知縣。』爲官頗得民心，有『韓菩薩』之稱。著有《苕川游記》、《南游小草》。又同治《湖州府志》卷十九有『國朝韓禹甸《游仁王山記》』。張晉有《韓龍皋令烏程》。

王基昌，字嵒一，號長公，一號慈許，河南上蔡人，交河縣知縣。康熙《上蔡縣志》卷十載其『性孝友而美姿容，爲諸生時，即有推讓祖業於二弟之事。中天啓辛酉科舉人，以一論冠場，至今人多誦之。居鄉輕財好施，親友之貧者基昌無所贈，即釋田産之饒者贈之；遇窮途者更盡力周全』。崇禎十五年（一六四二）李自成起義軍進河南，逃至金陵，遂家於此。張晉有《王慈許令交河》。

當年秋天有七律《雨中見南邸中同元功、樹庵、道生、見未、伯顒、爾瞻、玉如》等。還有七律贈詩若干首：

《贈劉安東駕部》。劉瀾，官至陝西固原道。乾隆《續河南通志》卷五十：『劉瀾，字安東，直隸霸州人，進士，知盧氏縣。是時葛黨餘孽未平，瀾夜襲賊巢，於鷄冠山獲賊獻馘，民始安堵。既而清地畝、均賦稅、勸文學、課農桑，建立文廟、縣治。後張天澤謀叛襲城，登陴守禦，左膊帶箭，請兵剿除，平之。』

《送聶輯五侍御按秦》。聶玠，字輯五，山西蒲州人，崇禎十六年（一六四三）進士。嘉慶《南陵縣志》卷六《職官表》：『知縣：順治二年，聶玠，字輯五，山西蒲州人，進士，六年擢御史。』順治十二年授巡按甘肅御史。今可見聶玠詩作有《登望仙樓》一首，又有《〈杜詩石刻〉跋》，在甘肅留有《鎮遠樓靖逆張公碑記》、《重建行都儒學碑記》。

八月十三四日，張晉啓程赴丹徒，先由京城至通州，再乘船沿運河經天津南行。行前有七絶《瓶中梅花》、《開緘》、《憶别》等詩。

施閏章在京師送别。

張晉在通灣有《通灣舟次寄環極、石生二先生》寄魏象樞、魏裔介，至鄚陰遇風受阻，有五律《鄚陰阻風》。

張晉至天津，有五律《天津留别朱雪沽》、七律《秋望八首》。

朱承命，字雪沽，直隸天津衛人，順治己丑（一六四九）進士。康熙九年（一六七〇）任山東鄒縣知縣，官至户部員外郎。朱承命爲政體恤百姓，康熙《鄒縣志》載，康熙十三年（一六七四）討伐吴三桂，大兵過境，往來絡繹，其多方籌應，民賴以安。又好文學，多與當時名士交往。其好聲律，長於書法，爲清初名士。康熙《鄒縣志》卷一、光緒《鎮海縣志》卷六載有其詩。

至務關，與雷學謙相見，復别去，有《秋望務關舟中别雷六吉》。

嵇曾筠《（雍正）浙江通志》卷一百二十一：『巡鹽御史……雷學謙，字六吉，陝西郃陽人。順治乙未進士，康熙四年任。』

過泊頭，與友人王廷機相見，作《泊頭遇王定一》；在滄州地界，又成五古《舟具六首》。

至臨清，與同年進士郭礎相會，有《臨清倉部郭石公》。

張晉路上還有五律《舟中新月》、《長望》、《漁火》、《鄰舟》、《有所思》，七絶《舟行口號十首》等。

五律《白梅子》亦或作於途中。

秋冬之際，張晉一至丹徒任所，即重整因戰亂造成之廢弛之事，勤政愛民，政績卓著。與知府高來鳳最爲莫逆。

丹徒在郡城中，丹徒縣學與郡學相望屬。因其地勢高廣，戰亂中常年風雨剝蝕，聖宮賢廡，均廢弛空曠。張晉主縣以後請之督學張公，張公率先倡議并資助，集紳士共同商議興學之事。與諸生之復身免役之費合并計之，共得若干金，以縣學訓導婁東朱臣董其事，毗陵吴君繼之，經年而學宫修補一新，又未給老百姓添麻煩。

此年冬，家眷由張謙護送至丹徒，其母生日魏象樞爲其父母作詩稱壽。

張謙赴丹徒途中有五律《早發》，《暮望》亦或作於此年。

張晉有五絶《茉莉》、《丁香》，五律《西風》，七律《孫夫子》。

張晉於公事之暇力學不倦，與孫枝蔚、李楷、顧夢游等相知，詩歌贈答。

孫枝蔚（一六二〇——一六八七），字豹人，號溉堂，陝西三原人。孫枝蔚長張晉九歲，貌魁梧，性伉直，幼爲諸生，遭流寇，與其鄉少年奮戈逐賊，落深塹得不死，乃走江都。「習賈，屢致千金，輒散之。既乃折節讀書，僦居董相祠，高不見之節」。與李因篤并舉博學鴻詞，因耻於徐乾學拉攏，「求罷不允，促入試，不終幅而出」（《碑傳集》卷一三九）。其詩通脱豪放，直抒胷臆，少雕鑿修飾，與當時力尊盛唐、標舉神韻法度的風氣迥異。自命在杜、韓、蘇、陸諸公間，餘子不屑也。雍正《陝西通志》、《關中人文傳》記其事，《清史列傳》卷七一、《清史稿》卷四八四等有傳。他所作有關張晉的詩有七首。給張謙的詩有十五首，多作於張晉死後張謙貧困難支及將離丹徒之時，都表現出很深的情誼。他編選、評點張晉的詩并爲之作序，又爲張謙的詩集作序。孫枝蔚有《溉堂前集》九卷、《溉堂續集》六卷、《溉堂文集》五卷、《溉堂詩餘》二卷、《溉堂後集》六卷。

李楷（一六〇三—一六七〇），字叔則，號霧堂，又號岸翁、河濱野史、河濱夫子，陝西朝邑人。少聰敏，好古文學。讀書朝萊山，殊自刻苦。弱冠舉天啓甲子鄉試，後屢試不第。清初知寶應縣，『縣項割附淮，益困，力請仍歸揚，省解草米水脚及減院米草折合萬一千金有奇。暇則行游名勝，題詠遍邑中。求詩若字者，無貴賤皆厭其意』（康熙《朝邑縣後志》）。解官後，流寓廣陵幾二十載。與江西李明睿著《二李珏書》，歸里後應邀修《陝西省通志》。康熙年間刊刻《仙音譜》，劉紹攽輯《二南遺音》、《二南遺音續集》，近人徐世昌的《晚晴簃詩匯》等都選有李楷之詩。今人武作成編《清史藝文志補編》在《集部·別集類》著錄其《霧堂遺書》一卷。《關中叢書》收《河濱遺書鈔》六卷。李楷本年在揚州，作《揚州雜咏（乙未）》。張晉詩初刻，李楷作序。

顧夢游（一五九九—一六六〇），一作孟游，字與治，江寧（今江蘇省南京市）人。明崇禎十五年（一六四二）進士，入清不仕。少稱神童，十歲作《荷花賦》，十九歲廩學宮。數就闈試，而輒病不終牘。一意攻古文詞，與當時名士賢豪多有深交，爲張晉詩原刻校訂人之一。其性耿介任俠，慷慨救友，恤死友多人。顧夢游之詩清真絶俗，有孟郊、賈島之風。其《顧與治詩》中收有贈張晉詩三首。施閏章寫有《顧與治傳》。《四庫全書總目》著錄其《茂綠軒集》四卷。曹學佺刻《十二代詩選》，所輯顧夢游詩題曰《偶存稿》。沈德潛《明詩別裁集》卷十一選其詩三首。《石倉詩選》有其詩一卷。光緒五年重修《丹徒縣志》亦載其詩。

雷士俊在揚州，爲陳維崧父陳貞慧作《陳處士傳》。曾至安豐、金陵，有詩書寄孫枝蔚。

杜恒燦，號杜若。八歲能文，後鄉試中副車，遂入太學。課輒冠六館，名益噪。順治五年（一六四八）副榜貢士，歷爲郎廷極、賈漢復、梁化鳳等人門客，畢生出入幕府中。考職授通判，未仕而卒。《二南遺音》小傳云：『杜恒燦，蒼舒，三原人。國初副車，以闖亂毁家，爲記室。酒酣耳熱，揮毫潑墨。一夕悉焚所著書，弟熇急收之，僅存《春樹草堂集》。』《春樹草堂集》六卷，《清史稿·藝文志》及《四庫全書總目》著録。《張康侯詩草》中有杜恒燦點評。

順治十三年丙申（一六五六），張晉二十八歲，張謙十六歲

張晉正月有五律《人日》。

張謙折服江南士人。乾隆《狄道州志》云：『初至兄署，即以能詩聞，時紳士以謙年少未之信也。會春日諸名士邀飲板橋，請爲詩，謙即口占二絶云：「晴烟遠接瓜洲渡，細雨低迷揚子橋。薄暮孤舟下春水，鐘聲閑落大江潮。」又：「板橋東去是青溪，無數春鶯坐樹啼。欲聽江南楊柳曲，美人遥在杏花西。」衆乃服。』

前半年，張晉有五古《梅雨》，五絶《荼蘼》、《含笑》，七絶《惜春》，七律《春愁》。本年前後，還有五古《有所見》、《見漁者歸》，五絶《素馨》，五律《寄郝惟三》、《蓮池晚霽》，七律《賞蓮》。此年二月或下一年二月有五律《哭友梅先輩三首》、《春寒》。

張晉詩集刻成，孫枝蔚、李楷、劉泉爲之作序。孫枝蔚、韓詩、曹爾堪、陳于鼎、顧夢游、陳檀禧、李楷、侯于唐、高攀蟾、白乃貞、戚藩、張恂、劉湘、劉泉、吳瑕十五人列名校訂。

劉泉，字原水，丹徒人（劉泉自稱『潤州劉泉』）。潤州隋開皇十五年置，舊治在今江蘇鎮江縣，亦即清代丹徒）。劉泉爲張晉詩作序。從其序文看，是一個恃才倨傲、性情怪僻的人物。他自言『狂僻爲性，磨蠍爲命，不能隨世，世亦棄余小子』。但這個不隨於俗的狂人，卻對張晉崇拜得五體投地。

韓詩，字聖秋，號固庵，三原人，明崇禎十五年（一六四二）舉人。入清爲常州府通判、兵部職方司郎中。久寓江南，遍交名士。著有《學古堂集》、《寒山問答》、《太青外紀》、《明文西》、《行笈言》諸書。王士禎《居易錄》、楊際昌《國朝詩話》均選錄其詩。所著《學古堂集》詩一卷、文一卷藏於北京圖書館。韓詩曾與西湖陳祚明同選《國門集初選》六卷。雲間田茂遇所選《燕臺文選》八卷亦韓詩所評。沈粹芬、黃人《國朝文匯》收有其《李石庵詩序》、《明侍御忠烈衛公傳》等文四篇，并有傳。

陳于鼎，字爾新，號實安，江南宜興人。時在揚州。《明清進士題名碑錄》：『陳于鼎，直隸宜興人，明崇禎進士。』《四庫全書總目》卷三十《經部·春秋類存目》著錄《麟旨定》一書，無卷數。《總目》云：『明陳于鼎撰。于鼎字爾新，宜興人。是書成於崇禎庚午（一六三〇）』，評價不高。

陳檀禧，道光年間王豫輯《江蘇詩徵》卷二十五錄其詩二首，云：『陳檀禧，字延喜，丹徒諸生，著《三知堂集》、《盟鷗淑筆談》。延喜性情與秦汝霖相近，詩宗杜家，尤工書法。後汝霖二十餘年，以酒病肺死。有《杜律注》、《五經音韻》、《四書音釋》行世。』《京江耆舊集》及《續丹徒縣志》卷十八《藝文》并著錄其《三知堂集》。

高攀蟾，壽州人。光緒《壽州志》卷九《人物志》：『高攀蟾，字玉盤，歲貢，任丹徒縣訓導，海寇犯江南，有守城功，升青田縣知縣。」光緒《青田縣志》卷八《官師志》載其「始下車，邑有火災，即出資賑貸。愛民禮士，教養備至。時兵馬絡繹，從容應給，民不驚擾。罷官日，談笑自若，行李蕭然」。張晉任丹徒縣知縣時，高攀蟾任訓導，因此參與《張康侯詩草》編訂。壽州別稱壽縣、壽春，今屬安徽淮南，是楚文化故乡。故高氏在《原刻校訂姓氏》中標籍貫爲「西楚」。

戚藩，《狄道州志·張晉傳》言張晉「與蓉江戚藩相友善」。《晚晴簃詩匯》卷二十六：「戚藩，字价人，號蘧庵，江陰人。順治壬辰進士，官安定知縣。」據《明清進士題名碑錄》，戚藩爲順治十二年（一六五五）乙未科三甲第一八八名進士，《晚晴簃詩匯》誤記爲前一科。清江陰三國時屬吴國之毗陵，故戚藩也自稱毗陵人。安定縣即今之甘肅省定西縣。戚藩曾校訂張晉之《律陶》、《集杜》；爲張謙《得樹齋詩》寫序，時在張晉死數年之後，可見他們的友誼持續長久。《狄道州志·藝文》亦載有其詩。

劉湘，字沅水，京口人。《戒庵詩草》中多有「劉沅水」評語。又爲寫跋語一篇。

吴瑕，字但小，丹徒人。《戒庵詩草》附《原刻校訂姓氏》所標籍貫爲「鐵甕」。鐵甕在今江蘇鎮江市，三國時孫權在此築鐵甕城，故後人用以指丹徒。

此年，丹徒學宫落成，張九徵作《重修丹徒縣儒學碑記》。張九徵，字湘曉，又字公選，丹徒人。順治四年（一六四七）進士，精《春秋三傳》，尤邃於史。又善行書。歷吏部文選郎中，出爲河南提學僉事。考績最，當超擢，遽引疾歸。見《清史稿》卷二六七張玉書傳附。九徵爲張玉書、張玉裁之父。據《狄道州志》載，張九徵曾爲張晉舅父晏御賜《夢夢軒詩草》作序，則與張晉的交情可知。

張恂，字稚恭，陝西涇陽人，崇禎癸未（一六四三）成進士。雍正《陝西通志》卷六十三《張恂傳》言其『幼機警，甫冠，即盡發先世所藏書，鍵户篝燈，百讀不厭。又博綜詩學。稍暇，輒仿法書名畫，落筆都似，爲通人所賞』，李自成起義軍踞關中，遁迹壺山。順治二年（一六四五），思整頓先世揚州鹽業，遂南游邗上，遍交吴越諸名士。十二年，至京師，獻畫，順治帝喜，命官中書舍人。與梁清標、王崇簡、龔鼎孳、王岱等友人相會。張恂此年觀政江南，至揚州，與程邃、龔賢、李楷、孫枝蔚、紀映鐘等友人聚會。後以丁酉科場案遣戍尚陽堡，康熙初贖歸。晚年以詩畫自娱。有《樵山堂詩》、《西松館詩》及《雪鴻草》。

張晉與當地名士宗元鼎、徐熥、何絜等有所交往。

宗元鼎，江都人。其《芙蓉集》卷七有七律《晚秋别張康侯、陳士振、仲渭千》。民國《續修江都縣志》卷二十六：『宗元鼎，字定九，號梅岑，别號小香居士，晚年又號賣花老人。工設色山水。王文簡公司李揚州，元鼎年長於文簡，乃從學詩，執弟子禮。别後，寫紅橋小景寄文簡，文簡報以詩，有「好在東原舊居士，雨窗著意寫蕪城」之句，并許其詩以風調勝。』

徐熥著有《幔亭集》二十卷，中有七律《葛震父招游雨花臺，同張康侯、姚佩卿諸子》一首。乾隆《福州府志》卷之六十：『徐熥，字惟和，閩縣人，永寧令棉之子也。舉萬曆戊子鄉薦，十上不第，風流吐納，居然名士。家貧好客，凡游閩者，無論尊官賤士，無不得見，户外四方之屨相錯如市，或游困不能歸者，傾囊以贈，人咸誚爲窮孟嘗云。其詩爲張幼于、王百穀所推許。有《幔亭集》，屠長卿序之；又選《晉安風雅》。』後言其『年四十，齎志以殁』，恐有誤。丹徒至南京不過百里，又可沿江水行，這些詩人有時到南京去游覽吟詩。

何絜，字雍南，諸生，事親以孝稱，力學，以詩文自鳴，所交多一時名士。曾應聘修邑志郡志，又主纂《江南通志》，著有《晴江閣集》（有康熙年刻本）。《晚晴簃詩匯》云『雍南以詩、古文、辭名一時，與同郡程千一有《文概》、《詩概》諸選。其詩出入錢、劉、韋、柳之間』。

李楷在揚州，與胡介、范國祿、方文等人游。爲張晉詩作序，稱張恂、張晉爲『秦中二張』。

雷士俊在揚州，作《錢烈女誄并序》。李沛卒，雷士俊爲作《祭李平子文》。雷士俊，字伯籲，祖籍陝西涇陽，隨父居江都之艾陵，世稱艾陵先生。少攻古文，專力經史，已究心性理書。後棄舉子業，退而著書，與友人王岩日夕切磨，窮探經史百家之説。著有《艾陵文鈔》、《詩鈔》，《二南遺音》、《晚晴簃詩匯》并選有其詩。

是年孫枝蔚游丹徒，與張晉多有來往。又游浙江，至海寧，訪查繼佐。又至杭州，寓居吳山雲居寺。歸揚州，與方文、王猷定訪孫默於新居。

順治十四年丁酉（一六五七），張晉二十九歲，張謙十七歲

春，張晉托孫枝蔚、李楷等聯絡西北旅居丹徒、揚州詩人成立丁酉社。孫枝蔚《溉堂前集》有七律《與岸翁、潘江如初訂丁酉社，喜醫者何印源招飲》三首。岸翁爲李楷之號。李楷《河濱詩選》卷七有七律一組，題《丁酉詩社》，小序云：『不佞萍飄潤浦，常懷用晦之詩；褐被殘冬，偶作臨邛之客。主人好我（康侯時爲令），力振秦風；良友切磋（豹人先予至），頓還大雅。』這一方面是西北詩人與南方詩人共同組成的詩社，體現著南北詩歌的交流；另一方面是明遺民同仕清文人的一種交流。

春夏之間，有五絕《水仙》、《合歡》、《辛夷》、《芙蓉》、《玉蕊》、《海棠》等詩。

秋，張晉任江南鄉試同考官，門人張玉書中舉。

張玉書，字素存，江南丹徒人。順治辛丑（一六六一）進士。官至大學士，曾主持編纂《明史》、《佩文韻府》、《康熙字典》，謚文貞。沈德潛《清詩別裁集》卷六：『文貞古今文俱以風度勝，詩品亦然，令讀者如飲醇醪，自然心醉。』

鄉試結束後江南對主考方猷、副主考錢開宗物議沸騰。

其年初冬有五絶《刺桐》、《山茶》等，冬日有七古《蟹》、七絶《無題二首》。十月，順天科場案發。十一月，就江南科場事有人上告朝廷。張晉有七律《大雪懷人》，表現出憂慮的心情。

《順治實錄》卷一一三：『（十四年十一月）癸亥，工科給事中陰應節參奏：「江南主考方猷等弊竇多端，榜發後士子忿其不公，哭文廟、毆簾官，物議沸騰。其彰著者，如取中之方章鉞，係少詹事方拱乾第五子，懸成、亨咸、膏茂之弟，與猷連宗有素，乘機滋弊，冒濫賢書。請皇上立賜提究嚴訊，以正國憲、重大典。」得旨：「據奏南闈情弊多端，物議沸騰，方猷等經朕面諭，尚敢如此，殊屬可惡。方猷、錢開宗并同考試官，俱著革職，并中式舉人方章鉞，刑部差員役速拿來京，嚴行詳審。本内所參事情，及闈中一切弊竇，著郎廷佐速行嚴查明白，將人犯拿解刑部，方拱乾著明白回奏。」』

張晉在京時有七律《臘十二家慈帨辰西望賦此》，則其母生日在臘月十二日。而由孫枝蔚詩看其母五十壽辰在順治十四年。此年臘月十二日張晉母晏太夫人五十大壽，孫枝蔚、顧夢游等有詩賀壽。

張謙此年有七古《大堤曲》。五律《平山春望》、《櫻桃》、《紙鳶》、《鶯》、《燕》作於此年或上一年。

是年春，李念慈在金陵。將歸家，臨別，顧夢游有詩贈別。五月，至家。後半年再次赴京應試。在京師，與韓詩相會。

張恂在揚州，擬訪冒辟疆於水繪園。

施閏章校士山東，李楷有書寄施閏章，施閏章答以詩。雷士俊與孫枝蔚訪李楷於寓所。

韓詩在京師，與陳祚明選《國門集》。出使江西，道出杭州，張縉彦爲其《國門集》作序。至江西，訪熊文舉。至南京，訪紀映鍾。至京口，與顧夢游相遇。

孫枝蔚至潤州，與陳維崧、潘陸、陳延喜聚合，又遇徐莘叟、方退穀等人。

年底，張晉、張恂被牽連下獄。

順治十五年戊戌（一六五八），張晉三十歲，張謙十八歲

正月甲寅，順治帝親自復試丁酉科順天舉人。

三月庚戌，順治帝親自復試丁酉科江南舉人。戊午，諭禮部：『前因丁酉科江南中式舉人情弊多端，物議沸騰，屢見參奏，朕是以親加復試。今取得吴珂鳴三次試卷，文理獨優，特准同今科會試中式舉人，一體殿試。其汪溥勛等七十四名，仍准做舉人。史繼佚、詹有望……史𡟝等二十四名，亦准作舉人，罰停會試二科。方域……等十四名，文理不通，俱著革去舉人。』（《清實録·世祖實録》卷一一五）

四月，順治帝就順天鄉試舞弊案諸人定罪。十九人立斬，涇陽張恂遠戍尚陽堡。

張晉在江南獄中，前半年生日在獄中有七古《戊戌初度八歌》、七律《藥名詩爲眉仙作》，七月初七有七古《七夕篇》，重陽節有七古《九日醉歌》。年底還有七律《梅花十五首》、《琵琶十七變》等。《戊戌初度八歌》中有『日暖月寒三十年』，張晉虚歲三十。《七夕篇》爲懷念其妻而作，從此詩中『胡爲阻隔動經年』和《梅花十五首》之三的『春光何日渡寒江』兩句看，他以爲朝廷勘察清楚之後會放他出獄。由《梅花十五首》之四尾聯言『辛酸歲暮難回首』，可見作於年底。其之三末二句『聞到嶺南消息好，春光何日渡寒江』，似對順治皇帝還抱有希望。當然，他也由這次擴大的科場案看到了上層政壇的可怕，『卻恐瓊枝高處種，瑤臺冰雪不勝寒』（之十四）即表現出這種思想。所以他打算將來脱離官場。第十三首末的『祇向桃花問水源』也流露出這個意思。

張謙此年六月有五律《送友人歸秦》。秋天又有《歸雁》，滲透著對其兄境況的擔憂。

十一月，順治帝就江南鄉試舞弊案諸人定罪：『方猷、錢開宗差出典試，經朕面諭，務令簡拔真才，嚴絕弊竇，輒敢違朕面諭，納賄作弊，大爲可惡……方猷、錢開宗俱著即正法，妻子家產籍没入官。葉楚槐、周霖、張晉、劉廷桂、田俊民、郝惟訓、商顯仁、李祥光、錢文燦、雷震生、李上林、朱建寅、王熙如、李大升、朱蓜、王國禎、龔勳俱著即處絞，妻子家產籍没入官。已死盧鑄鼎，妻子家產亦籍没入官。方章鉞、張明薦、伍成禮、姚其章、吴蘭友、莊允堡、吴兆騫、錢威，俱著責四十板，家產籍没入官，父母兄弟妻子并流徙寧古塔。』（《清實錄·世祖實錄》卷一二一）

《清史稿·選舉志》：『順治十四年丁酉……江南主考侍講方猷、檢討錢開宗，賄通關節，江寧書肆刊《万金記》傳奇詆之。言官交章論劾，刑部審實。世祖大怒，猷、開宗及同考葉楚槐等十七人俱棄市，妻子家產籍没。一時人心大震，科場弊端爲之廓清者數十年。』

順治十六年己亥（一六五九），張晉三十一歲，張謙十九歲

張獻忠部將李定國等於順治四年（一六四七）從四川退入貴州、雲南一帶抗清。順治九年（一六五二）入廣西，十一年（一六五四）又攻入廣東，十六年（一六五九）以後仍在邊境抗擊清軍。五月，鄭成功大舉入長江，六月破鎮江，七月至江寧城下。張煌言由蕪湖進取徽寧一帶。後清軍敗鄭成功，鄭成功還至厦門，張煌言旋由徽州一帶山區出錢塘入海。

結合孫枝蔚《溉堂前集》卷四至卷六《輓張康侯》二首前後之詩看，張晉當死於己亥年（一六五九）初。死於絞刑，人皆悲之。

《槐廳載筆》卷十三《炯戒》：『順治丁酉江南鄉試前數日，嚴霜厚二寸。既鎖闈，鬼嚎不止。放榜後，弊發，主考方猷、錢開宗，房考李上林、商顯仁、葉初槐、錢文燦、周霖、張晉、朱薖、李祥光、田俊民、李大升、龔勳、郝維訓、朱建寅、王國禎、錢昇、雷震生俱駢戮於市。前此，江陵書肆刻傳奇名《万金記》，不知何人所作。以「方」字去一點爲「万」，「錢」字去邊傍爲「金」，指二主考姓。備極行賄通賄狀，流布禁中，遂有是獄。北闈李振鄴、張我樸有「張千李万」之謠，事發，被誅者亦數十人。（《三岡識略》）』

《狄道州志》載：『會主司以賄敗，晉亦罣誤，死時年三十一。死後虧帑千三百兩，士民悼惜，乃於城隅設匭，投施甚夥，雖婦女亦多脱簪珥助之。不數日，木櫃皆盈。人以是知晉之廉而有去思也。晉詩才如雲蒸泉涌，嘗於獄中集杜作《琵琶十七變》，抑揚頓挫，感動人心，聞之者無不憐其才而悲其遇云。』

張晉殞命，家產籍没，陷入困頓，張謙曾過江暫居孫枝蔚溉堂，孫枝蔚《張牧公得樹齋詩序》云：『及禍難稍平，牧公由江南侍太夫人過維揚，僦一椽暫憩其下，予乃得與牧公再一相見。恍惚若夢中人。且驚且涕……』

張謙此年有五律《答任八見寄》。

順治十七年庚子（一六六〇），張謙二十歲

張晉死後，一家老小的生計都落在張謙肩上。孫枝蔚《張牧公得樹齋詩序》：『牧公方在弱冠，即流離江湖間數年，家産籍没，欲歸不得。垂白老母，日夜泣於堂上。牧公奔走東西，負米爲亟。且復朝出而暮歸……』

此年昭文嚴熊至丹徒，有《題超果寺寓壁》一詩悼張晉。其前四句云：『歲酉曾來此，於今又子年。喪朋愁挂劍，遇衲且安禪。』歲酉，丁酉年也，順治十四年；子年，庚子年，順治十七年。作者第一次至丹徒，張晉尚在，第二次來則已故。第三句下自注：『謂徐武靜、張康侯、子美諸公。』末句云：『握筆一潸然。』可見對三人遇害之同情。

嚴熊，昭文縣（今常熟）人，有《嚴白雲詩集》。勞必達《（雍正）昭文縣志》卷七：『嚴熊，字武伯，小司馬栻之子，爲明諸生，棄去，縱情詩酒，游歷邊徼，晚而息影山窗，與四方勝流、邑中耆舊日相唱酬。錢牧齋敘其少作，謂詞氣朴直，披華落實，自有一種不可磨滅之氣。居恒自比羅隱，人以爲絕類徐文長也。楷書得其外家文待詔真傳。與修邑志，聘纂《江南通志》，有詩集若干卷。』

張謙稽留南方，以教書爲生，以後也一直與江南新老朋友及西北流寓江南人士來往，時有詩作以抒懷或奉答詩友。

除夕，張謙有五律《歲暮感懷三首》。張謙知以後科第無望，設帳授徒以爲生計，兼習醫藥。其兄張晉從青年時代起即習醫，故應多少知道一些醫藥知識，入門較易。

此年李楷在朝邑，有《庚子恩赦詩與寧觀察》。孫枝蔚有詩懷之。

王士禛任揚州推官，龔鼎孳、韓詩、王又旦、劉體仁、汪琬諸名士送別。

孫枝蔚將游河南，有詩投贈王士禛，并和其《無題》詩。

雷士俊在揚州，爲宗元鼎作《宗鶴問山響集序》。孫枝蔚四十誕辰，雷士俊有詩以贈。

張恂在尚陽堡戍所。

孫枝蔚至海鹽，與邢祥訪汪汝祺，楊昌齡亦至。

李念慈至揚州，寓居孫枝蔚溉堂。至金陵，聞顧夢游卒，詩以哭之。施閏章在揚州，與李念慈、孫枝蔚交往頗密，曾爲宗觀題李楷畫。

順治十八年辛丑（一六六一），張謙二十一歲。

正月，清世祖以痘死，子玄燁即位，年八歲。

蘇州發生哭廟案。諸生金人瑞（號聖歎）以吳縣知縣濫用非刑，貪賄浮征，乃於『哭臨大典』之日聚哭於文廟，巡撫朱治國指爲『震驚先帝之靈』，清廷派葉尼等往查，不分首從，一律凌遲處死。

鄭成功從厦門進兵臺灣，驅逐荷蘭侵略軍，收復台灣。清殺鄭成功之父鄭芝龍，實行海禁，強迫江南、浙江、福建、廣東沿海居民分別内遷三十至五十里，不許商船、漁船下海。

張謙欲歸狄道，過揚州訪孫枝蔚。『未幾，牧公又過江去，相別輒復年餘。蓋牧公今年纔二十一歲，其疲頓舟車之間如此。』（《張牧公得樹齋詩序》）孫枝蔚始知張謙能詩，有五律《張牧公見過溉堂》。

張謙亦當有詩，今不存。

此年底或下年初，遇方拱乾之孫方彥博，有五律《晉陵東園逢方十五彥博弟三首》。

方拱乾，字肅之，號坦庵，安徽桐城人。崇禎元年（一六二八）進士，入清官至少詹事。方氏爲桐城望族，拱乾平生酷好爲詩，有《白門》、《鐵鞋》、《裕齋》等集。江南丁酉鄉試中，其第五子方章鉞高中，因方家與主考官方猷『聯宗』而案發，方拱乾受牽連於順治十六年（一六五九）流放寧古塔，流放期間作品很具史料價值，十八年（一六六一）赦還。

張謙五律《感憤》、《征夫》亦作於此年。

李楷在陝西。施閏章在杭州，遇杜恒燦，有詩寄懷李楷。

韓詩在北京，與龔鼎孳伏景運門外，恭聽世祖章皇帝遺詔。申涵光至京師，下榻韓詩旁舍，過從甚密。

雷士俊爲施閏章、李念慈詩集作序。

張恂在尚陽堡戍所。方拱乾被赦放還，臨別，有詩贈張恂。

孫枝蔚與王澤弘、梁舟定交。王猷定、姚佺卒，孫枝蔚有詩哭之。

李念慈授河間司理，王岩隨李念慈至河間，爲幕友。雷士俊、孫枝蔚賦詩送別。

康熙元年壬寅（一六六二），張謙二十二歲。

于七據山東栖霞鋸齒山起義抗清。次年春兵敗入海，不知所終。

上年黃河決口，淹七八縣，從決口入洪澤湖（今江蘇境內）。

此年張謙於常州見江南科場案主考官方猷之子方十乘，有五古《與方十乘作》。

張謙十九歲以前生活優裕，之後發生了天翻地覆的變化，陷入貧困之中。困苦之中，文人名士與之來往頻繁。《得樹齋詩草》所存詩歌大抵都作於此時，有五古《贈吳賓賢》，五律《淮南舟次簡張翼生》、《贈朱愚庵》、《同孫八豹人集季希韓寓齋四首》，七律《促孫無言歸黃山》等。具體創作時間難以確定，姑繫於此年。

可考姓名者有：

吳嘉紀（一六一八—一六八四），字賓賢，號野人，泰州人。道光《泰州志》言其『幼負異姿，成童時習舉子業，操觚立就，無何輒棄去，曰：「男兒自有成名事，奚必青紫爲！」自是專力於詩，歷三十年絕口不譚仕進，蓬門蒿徑，樂以忘飢。其爲詩工爲嚴冷危苦之詞，所撰今樂府尤悽急幽奧，皆變通陳迹，自爲一家』。著有《陋軒詩》六卷。

朱鶴齡，字長孺，吳江（今屬江蘇蘇州）人，明諸生。『穎敏嗜學，嘗箋注杜甫、李商隱詩，盛行於世。後屏居著述，晨夕一編，行不識途路，坐不知寒暑，人或謂之愚，遂自號愚庵。』（《清史稿·朱鶴齡傳》）有《毛詩古義》、《尚書埤傳》等多種著作。

季公琦，字希韓，泰興（今屬泰州）人，選貢。『填詞工麗，擅名江左，黃九、柳七未足擬也，新城王士祿、嘉善曹爾堪諸巨公在揚州皆極口以騷雅之才推之。』（宣統《泰興縣志續》）有《方石詩鈔》。爲張謙《得樹齋詩》作序。

孫默（一六一七—一六七八），字無言，安徽休寧人。『客居於揚，工爲詩，有孟浩然風致。默敦篤交游，四方士經淮南者必訪造其廬，相與流連不忍舍，風雅聲氣不介而孚。』（乾隆《江都縣志》）著有《笛松閣集》，曾編《十五家詞》，包括吳偉業、宋琬、王士禛、陳維崧等人。《四庫全書總目》卷一百九十九稱其『凡閱十四年，始匯成之』、『存之可以見國初諸人文采風流之盛』。

程世英，字千一，丹徒名士，民國《續丹徒縣志》卷十三有傳。康熙年間曾與何絜一起修《丹徒縣志》，二人之文章亦曾合編爲《京口二家文選》，魏禧爲之序。

謝天錦，字漢襄，蘭州人。《二南遺音》錄其詩一首，《詩觀二集》收其詩十六首。

此年孫枝蔚同張謙、季公琦、季南宮、杜濬、汪楫、孫默、蔣易、陶又隱等人游。曾至海陵，偕吳嘉紀歸揚州。

李楷有《六十自壽》，有詩贈王士禛。王士禛爲李楷題像。

韓詩在京，得病，魏象樞寄詩問病。韓詩卒，魏象樞爲輓詩。

雷士俊在揚州。

張恂在尚陽堡，此年贖還。

是年，孫枝蔚客泰州，訪吳嘉紀，嘉紀爲作《哀羊裘》詩；到東臺，作《東臺場雜詩》。

康熙二年癸卯（一六六三），張謙二十三歲。

《明史》獄結案，主持編刻《明史輯略》之莊廷鑨被剖棺戮尸，家屬十八人均處極刑；列名參校、作序、刻印、買書者及失察地方官共七十二人被殺。因其書讚揚明朝，用『建夷』、『後金』以至『夷寇』等詞稱清朝或滿族。

清軍攻入四川。

張謙在丹徒、揚州一帶。有七古《醉歌行爲范陽張孟寬作》。

張綸，字孟寬，河北涿州人，以書法著稱，亦工詩。張綸曾流寓江南，與張謙結識。張謙有《送孟寬與其弟季彪北征》當爲送其返里之作。張綸於康熙十年（一六七一）以書法應召，供奉内廷，授詹事府録事。

張謙五律《江上雜感四首》亦作於此年。

雷士俊在揚州，與魏禧相識，魏禧爲其作《艾陵文鈔序》。

張恂自塞外歸，曾贈方拱乾鱘魚，方有詩致謝。

孫枝蔚客金陵，與汪楫、吳嘉紀、林古度、方文等游。

王又旦至廣陵，訪孫枝蔚、方文、吳嘉紀。吳嘉紀、孫枝蔚爲其姊作《貞女詩》。將歸秦中，作《樽酒論文圖》（亦作《五客論文圖》）。

康熙三年甲辰（一六六四），張謙二十四歲。

張煌言在海島上被捕，至杭州遇害。

李自成大順軍之後繼卓越將領李來亨隨後期領袖李錦轉戰湖南、湖北、廣西及川東，堅持抗清。李錦死後領統其軍，從廣西經貴州入川，據守川東、荆西山區，『耕田自給』，并以興山第藘山爲中心，聯合郝摇旗、劉體純等組成夔東十三家軍，屢出擊清軍。永曆十三年（順治十六年）聯合進攻重慶，敗還。康熙三年清軍集重兵攻第藘山，李來亨等大敗清軍。後終因力竭矢盡，全家自焚死。

張謙在江南。此年前後有五律《寄白石圃訊南陂舊居》。

屈大均與關中詩人杜恒燦在吳門相逢，相約入秦。

李楷應聘修《陜西通志》，嘗游隴右。

雷士俊爲王士祿、王士禛兄弟作《焦山古鼎圖詩序》、《十笏草堂辛甲集序》。王士禛赴京，雷士俊、孫枝蔚、吳嘉紀等友人於禪智寺送別。

孫枝蔚與吳嘉紀、杜濬、華衮、汪楫、汪懋麟等人宴集。

王又旦再至揚州，孫枝蔚自歷陽歸，有詩贈之。

康熙五年丙午（一六六六），張謙二十六歲

張晉死後，張謙一直打算護送家小回歸故里，至本年春纔得成行。張謙有五律《將歸》，離開丹徒時，有五古《吳希聲席上賦別季二希韓》，孫枝蔚、何絜、李三奇等有詩相贈。

本年，張謙攜家小回到狄道，途中有五律《舟夜》。歸來後有《寶劍歌》。又作《歸來口號》，其一云：『東風莫過三田宅，階下荆花已屬人。』因家產籍没，他與其三兄的生活都必然十分困難。幸得時任狄道知縣胡鼎文幫助。

胡鼎文，字完修，浙江山陰人。康熙《臨洮府志》卷十一《官師表》載其於康熙三年任知縣；後升任臨清知州，康熙《臨清州志》雖未載何年任職，但其《州志序》落款記康熙十三年，其傳云：『革里下管支之弊，復錢糧吏收官解之制，民間二百年積害，一旦頓釋。舉行鄉飲，久曠大典，選檢得人……丁祀鄭重，科舉賓興，皆其善之不可没者。』

張謙回狄道之後，孫枝蔚還有《春日懷友》，之二云：『自騎白馬臨洮去，江南江北問小張。』

本年三月，王士祿復游揚州，與雷士俊、杜濬、孫枝蔚、宗元鼎、陳維崧、鄧漢儀、王又旦、吳嘉紀輩，數游平山堂、紅橋，刻《紅橋唱和集》。

五月，番禺屈大均至長安，與李楷、李因篤、王弘撰定交。

王弘撰爲關中書院掌院，做《關中書院制義序》。冬，其子王宜輔補博士弟子員，李因篤、杜恒燦等人聚關中書院祝賀，李因篤爲文紀之。

孫枝蔚與王又旦、方文同游焦山。

王又旦歸秦，雷士俊賦詩送別。

康熙六年丁未（一六六七），張謙二十七歲

改陝西右布政司爲鞏昌布政司。

狄道、鞏昌、慶陽、莊浪、靜定等處大旱。狄道、夏河夏旱秋澇，斗粟千錢。饑民攜妻子逃逸者，動以千計，鬻男女者無數。

張謙家庭之艱難可想而知。專力學醫。一以維生，亦以濟世。其母應逝於此年，年六十歲。

是年，許珌罷官，張謙作七律《寄許鐵堂先生》。許珌（一六一四—一六七一），字天玉，號鐵堂，福建侯官（今福州市）人。明舉人，康熙四年（一六六五）授鞏昌府安定知縣。在任期間興利除弊，訪貧濟困，百姓呼爲『許青天』。因放賑救災得罪三司大臣，於康熙六年被革職。貧困潦倒，無資歸里，流寓臨洮。吳鎮云：『狄道先輩有張康侯、牧公及前安定縣令許鐵堂者，皆真正詩人也。』乾隆《狄道州志》載：『閩南許天玉珌由安定令罷官，嘗僑寓狄道。娶一老嫗，王漁洋詩「許生潦倒作秦贅」是也。』乾隆《福州府志》稱其爲『閩海奇人』。因二人遭遇有相近處，故多所來往。許珌於康熙十年（一六七一）死於安定（今甘肅定西）。

康熙八年己酉（一六六九），張謙二十九歲

甘肅巡撫劉斗、山陝總督莫洛奏準，豁免平涼、狄道、鞏昌三府各州縣衛積欠銀七萬八千三百兩，糧十六萬三千餘石。

改鞏昌布政使司爲甘肅布政使司，甘肅布政、按察二司由鞏昌移駐蘭州，臨洮道由蘭州移駐臨洮，隴右道由秦州移駐鞏昌。

張謙在狄道，以醫藥爲生。

康熙十一年壬子（一六七二），張謙三十二歲。

在當時狄道縣令胡鼎文的支持下，張謙被選爲拔貢。康熙《狄道新志》：『張謙，字牧公，膺壬子拔貢。』

由七古《曲陽行贈劉峻老明府》可知，詩人爲求錄用曾赴京一次，并拜見了舊相識劉峻。張謙進京自然也得到了胡鼎文的幫助，故現存張謙詩集中送胡鼎文臨清赴任之詩，均以『父師』相稱。

康熙十三年甲寅（一六七四），張謙三十四歲

先一年十一月，吳三桂殺巡撫朱治國等舉兵反，自稱天下都招討兵馬大元帥。正月，吳三桂部總兵趙時申攻陷臨洮。三月，清甘肅總督張勇、西寧總兵王進寶提兵進攻蘭州、臨洮、鞏昌等地。同月，王進寶派游擊王潮海攻臨洮，吳軍不支，克復臨洮。靖逆侯張勇移建洮河上浮橋於城西五里處。清軍與吳三桂軍在臨洮爭奪反復。

此年胡鼎文升任臨清州知州，張謙作《送邑侯胡父師之清淵太守任》五古一首、《送胡父師守清淵》五律六首、《送胡父師守清淵》七律二首、《送胡父師守清淵》七絶二首。《送胡父師守清淵》詩是可考知張謙最後的作品。從這十一首詩看，其當時精力尚可。

康熙十四年乙卯（一六七五），張謙三十五歲

岳鎮邦與王潮海合力克復臨洮。

臨洮歲貢生魏宗諫率郡人修超然臺、鎖峯橋、岳麓山石徑。

張謙在狄道以行醫爲生，生活艱難。

康熙十六年丁巳（一六七七），張謙三十七歲

六月黄河暴漲，民不聊生。隴中名士馮盡善抱病勘視督教，風餐露宿河邊，旬日，積勞成疾而卒。馮盡善，字虞操，鞏昌府隴西縣人，康熙舉人。歷任福建松溪、台灣諸羅、陝西朝邑等縣知縣。剔除積弊，注重農桑，事必親躬，庭無滯獄。

張謙在狄道，以行醫爲生。

康熙十九年庚申（一六八〇），張謙四十歲

甘肅巡撫自鞏昌移駐蘭州。

張謙在狄道，因家庭變故和長期生活貧困，精神與體力越來越差。

康熙二十七年（一六八八）修《狄道新志》云張謙『有遺稿藏於家』，則其時已去世。其卒應在康熙二十七年前的幾年中，死時四十多歲。可說是貧困潦倒而卒。

後記

《張晉張謙詩校箋》是在我三十多年前出版的《張康侯詩草》(附張謙《得樹齋詩》)的基礎上進行的。書出後見到路志霄所藏《得樹齋詩》刻本,衹就印象深的幾處有疑問文字翻看了一下。此次重新整理,路老師去世近二十年,書已無從查找。感謝甘肅省圖書館有關同志查得天水市圖書館藏有該書刻本,并聯繫了天水市圖書館負責同志,得到支持,提供了該書圖片,這樣,本書《得樹齋詩》得以用天水市圖書館所藏刻本爲底本。

甘肅在五代以後漸成偏僻之地,文化有欠發達,但也出了一些詩人、學者。然而其在詩壇或學界有一定影響者,無一例外都是長時間仕宦於陝西以東,在中原或南方各地生活較久者。張晉生於明末,仕於清初,在南北詩人中有較大的影響,是很突出的一位。小時候聽父親講過,張晉十四歲知音律,二十歲成進士,已有詩成帙。家中原也有《戒庵詩草》,所以印象很深。

一九八〇年在《甘肅農民報》的一位老同學約我給他們作《隴上詩選註》,連登了兩三個月,衹是當時手上没有張晉的詩集,未介紹張晉之詩。一九八一年八月逛工人俱樂部(舊城隍廟)舊書攤時發現了一部《戒庵詩草》,線裝兩册,亟購歸。我即在校圖書館借閱所存有關張晉詩、生平的文獻,著手整理此書,并通過一些熟人在臨洮瞭解關於張晉作品的傳本和有關家世等方面的資料。臨洮縣志編纂委員會主任鞏發俊老先生(上世紀五十年代曾任臨洮縣副縣長)曾兩次到我處,提供了《戒庵詩草》和張謙《得樹齋詩》的抄本，而《得樹齋詩》之後附有張晉的《律陶》、《集杜》、《琵琶十七變》。那時省圖書館的古籍部在五泉山脚下，記得有一段時間没課時都往那裏跑，拿著我整理的書稿到那裏去作對校。後來省人民廣播電臺約我爲電臺的『甘肅古代作家作品』和『咏隴詩文欣賞』兩個節目寫稿，我共寫了十一篇，關於張晉的就有四篇：《動人的農村風俗畫——談張晉農村題材的兩首詩》、《知有憂民意，災異説維桑——讀張晉的七言古詩〈紀水〉、〈紀震〉》、《有懷吟未穩，上岸數殘星——談張晉的三首以寫景爲題材的律詩》等，陸續播出。

我編校的《張康侯詩草》書稿完成於一九八七年。在完成書稿的過程中，南京大學程千帆先生正在主持作《全清詞》的大項目，托李鼎文、馬禄程教授瞭解甘肅清代詞人詞作文獻，兩位先生推薦由我作答復。我即將張晉《戒庵詩草》中的卷六《詩餘》復印寄去，并介紹了張晉的生平與創作情況。書稿完成之後，請李鼎文先生指正，李先生提出了一些寶貴的意見。程千帆先生并爲本書題簽。時間已過去三十年，兩位先生均已仙逝，但他們對這本書的關心與支持，永志不忘。

我整理的《張康侯詩草》出版問世於一九八八年十二月（版權頁上署一九八九年一月）。近三十年來，我仍一直注意收集有關張晉的材料，尤其是與其他人詩詞來往之作。因張晉牽扯進清初御案受絞刑而死，故清代作家別集中多將有關詩文删去，大體衹一些未刊印的抄本和刻印較遲的詩文集中，會偶然存留一些同張晉有關的材料，所以要再現當時他同詩界的交流，困難很大。

這期間，我校張兵教授曾給我提供幾首當時詩人贈張晉的詩，冉耀斌同志也提供了清初一些詩人活動的材料及贈張晉的幾首詩，省去我不少精力。去年年底人民文學出版社副總編周絢隆同志言修訂之後可以接受出版，并提出了一些具體的意見和建議； 北京師範大學杜桂萍教授也就體例方面談了一些補充意見。因而利用寒假時間加以修訂，補充了一些材料。此外，對作品的創作年代可以考定者盡量加以考定，對詩題及詩中一些人名、地名、景物、事件需要説明者，加以簡要説明，作爲『箋』，以便閱讀與研究。因爲我不用電腦，祇習慣於手寫，博士生趙祥延幫我在電腦上處理，楊小明協助我查閱資料和校對原文，都花去不少時間。工作完成，對周絢隆、杜桂萍二位同志支持這個工作的完成，古編室主任葛雲波、責編高宏洲二位在審讀中提出了很好的修改意見和建議，都表示誠摯的感謝！

趙逵夫

戊戌正月初五於西北師範大學文學院